黑色系列 012

Harry Dolan

坏种子

VERY BAD MEN

〔美〕哈里·多兰 著　蓝澜 译

人民文学出版社
PEOPLE'S LITERATURE PUBLISHING HOUSE

著作权合同登记号　图字 01-2017-5631

Very Bad Men
by Harry Dolan
All right reserved including the right of reproduction in whole or in part in any form.
This edition published by arrangement with **Amy Einhorn Books**，published by **G.P.Putnam's Sons**，a member of Penguin Group(USA)Inc.，arranged through Andrew Nurnberg Associates International Ltd.
Chinese Simplified edition Copyright © Shanghai 99 Culture Consulting Co.，Ltd.，2017
All rights reserved.

图书在版编目(CIP)数据

坏种子/(美)哈里·多兰著;蓝澜译.—北京:
人民文学出版社,2017
(黑色系列)
ISBN 978-7-02-013232-4

Ⅰ.①坏⋯　Ⅱ.①哈⋯　②蓝⋯　Ⅲ.①长篇小说-美国-现代　Ⅳ.①I712.45

中国版本图书馆 CIP 数据核字(2017)第 203309 号

责任编辑　甘　慧　李　晖
封面设计　汪佳诗

出版发行　人民文学出版社
社　　址　北京市朝内大街 166 号
邮政编码　100705
网　　址　http://www.rw-cn.com

印　　刷　宁波市大港印务有限公司
经　　销　全国新华书店等

开　　本　890 毫米×1240 毫米　1/32
印　　张　16.25
字　　数　374 千字
版　　次　2018 年 3 月北京第 1 版
印　　次　2018 年 3 月第 1 次印刷

书　　号　978-7-02-013232-4
定　　价　65.00 元

如有印装质量问题,请与本社图书销售中心调换。电话:010-65233595

丛书说明

"黑色系列"遴选全球推理、惊悚、黑色类通俗作品,为读者呈现最经典、最好看的故事,回归阅读原初的乐趣所在。

致我的父亲母亲

目　录

序	1
第 1 章	5
第 2 章	14
第 3 章	20
第 4 章	31
第 5 章	40
第 6 章	50
第 7 章	60
第 8 章	66
第 9 章	71
第 10 章	76
第 11 章	88
第 12 章	96
第 13 章	104
第 14 章	113
第 15 章	117

第 16 章	129
第 17 章	135
第 18 章	142
第 19 章	155
第 20 章	162
第 21 章	172
第 22 章	181
第 23 章	188
第 24 章	200
第 25 章	208
第 26 章	223
第 27 章	235
第 28 章	239
第 29 章	246
第 30 章	253
第 31 章	264
第 32 章	272
第 33 章	280
第 34 章	286
第 35 章	293
第 36 章	300
第 37 章	309
第 38 章	315

第39章	323
第40章	333
第41章	339
第42章	350
第43章	361
第44章	367
第45章	377
第46章	392
第47章	399
第48章	406
第49章	419
第50章	424
第51章	432
第52章	440
第53章	447
第54章	458
第55章	466
第56章	471
第57章	482
第58章	493
第59章	503
致　谢	509
作者按	510

序

我办公桌台灯的灯臂上挂着一串玻璃珠项链,但凡桌子有一点点震动,它都会晃个不停。深蓝色的玻璃珠,仿若傍晚时分的天空。灯光下,它散着荧荧的冷光,熠熠生辉的样子很是灵动,像被赋予了生命一样。

让我将这串项链的来历向你娓娓道来。我第一次和伊丽莎白接吻时,她就戴着这串项链。那是一个冬夜,在我的办公室里,就是安娜堡市缅因街这幢大楼的六楼。伊丽莎白是一名警探,那天晚上,她去一个车祸现场出警。现场满是断裂的金属、碎裂的玻璃,还有其他支离破碎的东西。现场有三人死亡,其中一个是孩子。那是一场你希望自己永远都不会看到的事故,一场你希望自己可以遗忘的事故。

但她看到了。她想逃离那里,尽自己所能,离那里越远越好。然后,她逃到了我这里。当时已是深夜,我在办公室里加班。我听到有人打开了走廊的门,然后听到了她的脚步声。她穿过外面那间空无一人的办公室,在我办公室的门口停了下来。她个子高挑,身上的长大衣将她的身形衬得十分修长。几片雪花落在大衣的肩膀处,消融之后水印晕染开来。我看到敞着的大衣里是一件衬衫,第一颗扣子没有扣。她僵直地站在那里，右手五指焦躁地拨弄着脖子上的玻璃珠项链。

她的脸被乌亮的头发圈着，面色苍白。我非常了解她，知道她一定是遇上了不好的事。我从办公桌后站起身，朝她走了过去。她一动不动地站着，无神的样子让我不由得凛了心神，不敢随意碰她。我慢慢抬手，把手放在她的肩膀上，然后又收了回来。

办公室的窗外，雪花一片一片，从天空懒洋洋地向下飘落。我们一起站了一会儿，我一句话都没问，静静地等着她告诉我。过了一会儿，她开口了。她把看到的一切都告诉了我，一句句话像连珠炮一样不停地从她嘴里蹦出来。每说到一个可怕的细节，她的手指就会拨弄一下项链上的玻璃珠。

说完之后，她别开脸。因为羞怯，或者可能是尴尬。我想应该是尴尬。我后退了一步，不知道自己该做些什么，便走到办公桌前，把抽屉里那瓶苏格兰威士忌拿了出来，给她斟上一杯。

但她需要的不是酒。

我的目光追随着她。她脱下大衣，轻轻搭在一张椅子的椅背上，慢慢向我走来。她离我越来越近，最后，我们四目相对。吻我的时候，她睁着双眼，眼眸幽蓝深邃，就像那串项链上的玻璃珠。第一个吻轻缓缠绵，不疾不徐。我们都知道它只是一种对抗之举。这是人类的本能。我们见证了死亡，但我们却想对抗死亡，我们想要证明自己是活着的。

这些想法在我的脑海里一闪而过，却没来得及深思。第二个吻比之前热烈而急切。我感觉到她的手从我的肩膀移到了后颈处，她的手指插进了我的发间。她贴着我，想要把自己嵌入我的身体里，我们

2　｜　坏种子

紧紧地拥抱，我能感受到她的体温，她的活力，还有身体里澎湃的激情。

这段记忆我并不愿意全部说出来，我想能说到这里已经是极限。余下的，是我和她的专属回忆，禁止其他人窥探。那晚，它被伊丽莎白落在了这里。这就是我办公室里那条项链的来历。

我之所以告诉你它的来历，是因为它和动机有关。

如果你把这条项链放在一个珠宝商面前，他会说它一文不值。项链的串珠都是玻璃做的，用一根普通的线串在一起。我知道，这是事实，无须置疑。

但同样我也知道，如果一个小偷想把这串项链从我这里偷走，我一定会竭尽全力制止他。如果杀死他是唯一的方法，我一定会这样做，毫不犹豫。

我说这么多，重点并不在于项链，而在于人们杀死他人的动机。关于动机，我有所了解。我叫大卫·卢根，是一名编辑，人们会向我诉说许许多多杀人的故事。我收到的大部分稿子都很糟糕，但也会有一些有潜力有前景的。我会从中挑出最好的稿子，做一番润色，然后放到一本叫《灰街》的推理杂志上出版。

也许，我说我的故事源于一份文稿，也丝毫不会让人意外。

事情非常简单明了。七月中旬一个周三的晚上，我在办公室外面的走廊上发现了它。这很稀松平常。当地的写手时常会把文稿放在那里，数量多得超乎你的想象。

然而，这一份稿子却是不同的。它被装在一个空白的牛皮纸信封里，只有不到十页。这份稿子描写了三起谋杀案，其中两起已经付诸行动，还有一起没有实施，这些都不是杜撰之事。

稿子的开头和结尾都没有留下名字。写下这个故事的男人并不想暴露自己。他把故事录进电脑里，然后在外面的复印店里打印出来。当然，我当时并没有意识到这一点，这是后来伊丽莎白发现的。

我把这份稿子交给伊丽莎白时，还抱着一线希望，想从中发现一些有用的证据。犯罪实验室可以通过检验毛发、纤维和DNA来创造奇迹。我本以为纸页上除了我的指纹之外，还会留有其他人的指纹。但伊丽莎白把稿子交到实验室之后，线索就断了。没有任何蛛丝马迹——没有任何让她找到作者，或者是揭示作者动机的提示。

如果你想知道这些问题的答案，我们只能回到过去。回到七月中旬，我收到稿子的那一天之前。我们不得不摒弃常规，因为这是一个不循常规的故事，它根据自己的思路发展。尽管这故事和我有关，也和伊丽莎白有关，但却并不是从我们这里开始的。它从密歇根北部一个叫苏圣玛丽的城市开始。它从一个旅馆房间里开始。

故事开始于一本笔记本。

第1章

这个笔记本样式简单，却很雅致。它是一本螺旋线圈本，横格纸张，黑色软皮外封，大小刚好能装进口袋。文森特·梵高曾经用这样的笔记本做过素描。欧内斯特·海明威曾经在巴黎的咖啡馆里，把简短的对话记在这样的本子上。

安东尼·拉克用他的笔记本列了一份名单。

名单上有三个名字，用浓重的黑墨水写着：亨利·高摩伦、萨顿·贝尔、特里·多特里。字迹很优雅。是用威迪文钢笔写的，那是拉克的父亲给他留下的遗产。

解决高摩伦和贝尔相对来说比较容易，他们都住在安娜堡市。高摩伦住在一幢公寓楼里，贝尔则和妻子及女儿住在一幢普通的民宅里。贝尔的妻子和女儿让计划变得有些棘手，但总体来说拉克不受影响，他可以解决高摩伦和贝尔。

要解决多特里就得另外做打算了。他在苏圣玛丽南二十英里处的金罗斯监狱服刑，被判了三十年。

拉克把笔记本放在旅馆的床上，赤脚走到楼下大厅的制冰机旁。

他用一个塑料杯接冰片，不多，就一小撮，刚好是足够他敷额头的量。他的头痛发作得越来越频繁。

这个下午，当他开车经过金罗斯监狱的大门时，头痛没有发作。他不知道自己内心期盼着看到什么，也许是和堡垒类似的东西。高大的石头建筑、城墙和桥墩，还有高耸在城墙上的塔楼。

然而监狱的实景并没有这么震撼人心。寥寥几幢高大的棕色砖墙建筑，常见而又平凡无奇的那种。阳光将警戒塔长长的影子投在院子里。四周竖着高高的铁丝网围栏，围栏的顶部还装了刀片刺网。

拉克在底特律郊区的一个工薪阶层居民区里长大，那里叫迪尔本。如果没有警戒塔和铁丝网围栏，兴许他还能看到曾经就读的中学。

而且，警戒塔和铁丝网围栏还隔开了他和特里·多特里。理论上，他可以把事情做得很圆满，前提是一切按照他的计划发展。他得有一把高性能的来复枪，并且在监狱附近那片开阔的平地上找到一个掩蔽处。多特里必须走到前门候着，胸口上还得贴着一个靶牌。

在旅馆的房间里，拉克躺在床上，头枕在枕头上，额头上敷着冰片，反复琢磨这个问题。他想，还可以有另外一种方案：他可以想个借口进去探望多特里。这样他就可以穿过大门，堂而皇之地到里面寻找自己的目标。他们会把他领到一个四周是水泥墙壁的房间。一个非常普通的房间，里面放着很多张桌子，坐满了罪犯的妻子和坐立不安的孩子。他可以和多特里面对面坐在其中的一张桌子旁。他们之间不会像电影里演的那样隔着玻璃幕墙。他不会被允许携带武器入内，但他只需要一样锐物，比如眼镜的一根镜腿。这就够了。

但这样的话，他就没有办法从警卫那里脱身。这将是一次不归之旅。

这是一个棘手的问题，他得再想想。他按下电视机遥控器上的电源键，然后飞快地转换频道。警匪片、商业广告和有线电视新闻。他的本意并不是要找那个女人，但还是在有线新闻台发现了她。有时候事情就是这样。她站在一个讲台上，被一群高举着标牌的年轻人簇拥着。她的皮肤是小麦色的，若你在密歇根州生活，也可以和她一样。她有一头时髦的黑色短发，像缎子一样顺滑。

他把电视机调成静音，所以听不到她在说什么，但这无关紧要。他看到她笑了，然后周围的人鼓掌欢呼，拼命晃动手里的标语。她的微笑有不可思议的魔力。她不笑的时候，给人一种严峻而冷漠的感觉；她笑的时候，甜美中带着点俏皮。他想起以前听到过的一句话：单凭笑容，她就可以在民意调查中拿到十个百分点。

在电视上看到她让他感觉好了些，当然，冰片也是。冰凉的感觉缓解了后脑的疼痛。他想是否要第二天一早就去退房，然后一路向南开往安娜堡市。那是大多数人都会做出的选择：从容易的下手，先解决高摩伦和贝尔，把多特里留到最后，推迟不得不面对这个难题的时间。然而，这和他打小接受的教育观念不同。

先解决最难的，他的父亲这样告诫他。

第二天晚上，安东尼·拉克来到白鱼湾沿岸一个叫布雷姆利的小镇，这里位于苏圣玛丽西南方十六英里处。他在舒适酒店吃晚餐，这家酒店很适合外来游客。他在角落的一张桌子坐下，然后一直盯着坐在吧台凳子上的一个老头看。

拉克知道布雷姆利是齐佩瓦印第安人的聚居地。这一地区的主要景点米尔斯湾赌场就在他们的掌控之下。坐在吧台凳子上的老头看着像是齐佩瓦印第安人。他有一张饱经风霜的脸，脸上遍布的垂直纹，就像是深深刻在悬崖峭壁上的沟壑一般。他的四肢很结实，看得出年轻时一定很健壮。

拉克知道这个老头的名字。他在布雷姆利的电话簿上查到了他的名字，然后用那支威迪文钢笔把名字记在自己的笔记本上。

老头住在苏必略湖附近的一座小木屋里。说是木屋，实际上，那只能算一间木头搭的简陋棚子。苏必略湖附近的树林里遍布着很多类似的木屋，没有铺柏油的小道穿梭在林间。夏天，这里无疑是避暑胜地，老桦树浓密的树荫遮住了夏日的艳阳。但在冬天，拉克心想，住在这里无异于住在冰寒地狱。

中午的时候，他花了一个小时的时间探察这座小木屋。老头出去上班了，他在走廊的一个木桶下找到了一把钥匙。一整抽屉的工资清单使老头凄凉的境遇流露纸上：他在赌场上班，可能是当清洁工，薪水少得可怜。

木屋里有一间窄小的起居室、一间小小的厨房、一间比厨房更小的浴室。没有卧室，只有一张折叠式沙发。整间房子里的家当少得可怜。浴室水池上的医药箱里放着一把刮胡刀、一把牙刷和一管牙膏。起居室里的家具屈指可数：一台装了室内天线的电视机、一本水彩麻雀挂历。拉克迅速翻着挂历，发现日历上每隔一周的星期六旁都被人写了一个字母"T"。

日历旁边挂着一个相框，照片上是一个穿着校服的男孩，十四五岁左右。

拉克盯着照片研究时，电话突然响了起来。他被电话声吓了一跳。他循着声音来到厨房,然后看到厨房的流理台上有一部破旧的米色电话,旁边是一部简陋的答录机。答录机里的磁带开始转动,是老头留下的外出信息。随后哔的一声,一个女人的声音响了起来,透着长期吸烟造成的沙哑。

"查理,你在吗?"女人先说了一句,然后停顿了一会儿,"也许稍后我会在舒适酒店和你见一面。"

老头下班回到家时,拉克坐在雪佛兰里,他把车子停在了离小木屋不远的地方。他看到老头从一辆皮卡上下来,走到小木屋的门口。也许他可以行动了,就这样跟着他进到屋子里,但这样似乎有点冒失,而且现在还是白天,还是等天黑了以后再行动吧。

拉克开车来到舒适酒店,非常悠闲地享用了自己的晚餐:从湖里现捞上来的鱼、法式炸薯条和凉拌卷心菜。他从苏圣玛丽随身带了一份报纸过来,服务生把餐盘端走后,他开始看报纸的头条新闻。一会儿,服务生送了账单过来,他付了一笔可观的小费,然后她就识相地离开,把空间留给他一个人。

八点整,老头出现了,坐在酒吧的老位子上。他灌了几口爱尔兰威士忌,又喝了几杯啤酒。十点时,大部分游客陆续从酒吧离开,剩下的几乎都是当地人,酒吧里回响着说话声和笑声,很是喧闹。十一点时,一个女人出现在酒吧里,她穿着一条皮短裙,上身是一件针织罩衫,头发染成黑色。她的年纪大约在五十五岁上下,拉克心想,但她希望自己看起来能像四十岁。

"原来你在这儿,查理。"她对老头说。

"玛德琳,你这个坏女人。"他一边说一边拍打着身旁的凳子。

拉克在角落里静静观察他们,他看到玛德琳从一个珠绣钱包里掏出一支香烟，查理用一个芝宝打火机帮她点了烟，他感觉头又开始疼了，但他希望自己可以再坚持一会儿。在小木屋里时，他就应该提前做好准备的。他拿出一个以前用来装薄荷糖的小罐子，掏出一片药（舒马曲坦），然后咽了下去。他根本没指望这药能起作用。他感到疼痛正慢慢地在脑袋里蔓延，扭曲盘旋，就像玛德琳吐出的烟雾一样。

他的脑子里有一个声音响起，是他医生的声音：头痛是一种征兆。他的医生总是反复对他说这句话。

午夜十二点，有状况发生。拉克面前放着一杯啤酒，这一个小时里，全靠它缓解了他的疼痛。他看到一群年轻人向出口涌去。是一群眉目周正、衣冠楚楚的年轻人，他猜应该是赌场里的荷官。走在最后面的人撑着门，把一个身形魁梧的男人让了进来。

这家伙看上去可不像庄家，拉克心想，不是干苦力的，就是渔夫。

玛德琳认识那个男人。她起身，快步迎了过去，在屋子中间两人碰了面。

"凯尔，我的爱人。"她很自然地唤道。

凯尔是一个年轻的男人，至少比玛德琳年轻，大约四十岁左右，正是玛德琳想要假扮的年龄。他穿着牛仔布工作服，脚上是一双厚实的帆布靴子。她领着他走进酒吧，帮他点了一杯酒。她靠在他身边，喋喋不休地自说自话，不时地还会伸出手帮他掸掸衣领，或者把手放在他的肩上。她和其他女人一样，不自在的时候就会下意识地紧张。

老头查理坐在她旁边，完全被她忽略了。时间一分一秒地过去，他的脸越来越臭。酒吧里的其他客人似乎在从这三个人身边退开，仿佛他们也感觉到接下来将要发生一些不好的事。

拉克仍然坐在靠墙的桌子旁，关注着这边的动静。查理抬起手，放在玛德琳的后颈处。这是一个宣示所有权的动作。玛德琳转过身，瞪了他一眼。凯尔趴在吧台上，喝着杯子里的酒，尽量让自己不去在意眼前的一幕，但最后他忍不下去了。

凯尔站了起来，查理也不甘示弱地起身。玛德琳往两个人中间一站，半真半假地想要让他们分开，凯尔轻轻把她往边上一推。

拉克知道打架最快制胜的要诀就是直击门面，打断对方的鼻子。如果一个男人的鼻子被打断，他就会丧失斗志，迅速败下阵来。查理同样知道这个道理。他右手成拳，向身形比他壮硕的男人快速而猛烈地击出一拳。

眼看拳头快要扫到面门，凯尔赶紧弯下身子，用额头接下这一拳。

手骨当然没有颅骨那么硬，所以查理痛呼着撤回拳头。凯尔甩了甩头，把额头上的疼痛甩开，然后上前一步，一抬腿，工作靴的靴底划过木质地板，出其不意地扫向老头的腿。查理背朝下，重重地摔在地板上，受伤的手也撞在地板上，他蜷缩着躺在那里，嘴里不住地哀号。

凯尔走到他身后，拿起自己的酒杯一饮而尽，然后向门口走去，顺便招呼玛德琳和他一起走。她看着凯尔，怒骂道："该死的！凯尔！"然而，在施舍给查理仓促得不能再仓促的一瞥之后，玛德琳还是跟着凯尔走了。

几分钟之后，拉克从酒吧离开。那时，一些当地人已经把查理重新扶坐到了椅子上，用一块手帕把他的手指绑了起来，然后又帮他重新点了一杯啤酒。

桦树下面一片漆黑,但拉克还是找到了那座小木屋。他从木屋前开过去,在小路的另一侧停下来。他关掉引擎,静静地等着。撬胎棒还是静静地躺在副驾驶座上。

凌晨一点时,查理的皮卡回来了,车子呼啸着冲到草地上,然后停了下来。老头跌跌撞撞地走过石头铺的小路,然后进了屋子。拉克下了车,手里握着副驾驶座上的那根撬胎棒,他来到走廊上,在木桶下面重新拿到了钥匙。

开门时,门上的铰链发出一阵金属碰撞声,但响声不大,不会惊动到老头。事实上,拉克潜入木屋时,他并没看到老头的人影。一盏台灯静静地照着沙发和电视机。地毯上摊着一双破旧的鞋子。

拉克看到台灯的影像映照在沙发后面黑漆漆的窗玻璃上,他赶紧走过去把窗帘拉上。走到窗边时,他听到水流声。他立刻不假思索地从沙发上翻了过去,紧紧地贴在起居室门口的墙上。

他的右手握着撬胎棒,等着浴室门打开。一分钟,两分钟。之前他造访过这间木屋,他知道浴室墙上是一个方形的磨砂窗户,窗口很小,一个成年男人根本不可能从窗户翻出去。所以查理一定是在浴室门板的另一侧等着。

拉克开口说道:"我觉得你还是从里面出来比较好,你是怎么知道我在这儿的?"

一阵短暂的沉默之后,老头的声音从门里传了出来。"你走路的声音就像大象在跺脚。你是谁?斯库德的朋友?"

"我不知道你说的是谁。"

"凯尔·斯库德。你跟他是一伙儿的?"

"不,但我看到了他在酒吧里对你做的一切。你的手应该要处理一下,我可以帮你。"

"你是医生?"

"我懂一些急救护理。"

"我不需要你的帮助。你滚吧,在我报警之前。"

"电话可在外面,在我这儿。"

"我有手机。"

拉克看了看木屋里破烂的沙发、破旧的地毯和那双磨破了的鞋子。

"我可不这样想。"拉克答道。

他听到门里有微弱的声响,是老头的呼吸声。他听到医药箱被打开,随后又被轻轻关上。

"好吧,我马上就出来。"

拉克放低手里的撬胎棒,走到门前,侧着身子,右肩抵着门。随后他重心下沉,打算等门把手一转动,抄起手就打过去。

第 2 章

"拿着那把刮胡刀对你可没什么好处。"拉克说。

"我×。"

老头坐在他刚刚倒地的地板上,背靠着水槽板,左手攥着从医药箱里拿出来的那把刮胡刀。他抬起包着手帕的右手去擦鼻腔里喷出来的血。

"你的鼻子断了。"拉克说。

"以前也断过。"老头答道,他说话的声音像隔着厚玻璃传出来一样,有点瓮声瓮气的。

"冰块可以止血。"

"去你妈的。"

"把刮胡刀放下,然后走出来,"拉克说,"我会帮你拿一些冰块来。"

他退到走廊上,一边退一边警惕地盯着老头,看着他把刮胡刀放在地板上,然后靠着水槽板站起身子。老头一把挥开拉克伸过来的手,径自向沙发走去,他一屁股坐在沙发的坐垫上,背靠着沙发,左手掌根小心翼翼地捂着鼻子。

拉克站在厨房里，密切留意他的动作。他把撬胎棒放在厨房的一张椅子上，然后从冰箱里拿出一个冰格，从其中一个抽屉里拿出两块毛巾。他把所有的东西都放在椅子上，然后把椅子搬到起居室。

他把一些冰块放在其中一块毛巾里，包起来，然后递了过去，老头一言不发地接过，把冰包放在一侧的鼻子上。拉克在第二块毛巾里放上冰块，然后敷在自己的额头上。

"你怎么了？"老头问道。

"我头疼。"

老头的笑声有点像呻吟声，他说："这可真丢人。"

"这是一种征兆。"拉克心不在焉地答道，然后脑子里闪过一个念头。他坐在椅子上，撬胎棒本来是放在膝盖上的。随后，他直起身子，把撬胎棒和毛巾放到地上，然后从口袋里掏出那个笔记本。

他翻到了想看的那一页，然后举起笔记本，放在老头眼前一步之遥的地方。"告诉我你看到了什么。"他说。

两绺铁灰色的头发垂在老头的眉毛上方。他斜着瞥了一眼。"我的名字。"

"有没有什么奇怪的地方？"

"你指哪方面？"

"它是不是在动？"

"你在说什么？"

"你说，它是什么颜色的？"

"你在开玩笑吧？它不是用黑墨水写的吗？"

拉克把笔记本转到自己面前，然后看写在上面的名字：查理·多特里。"没错，墨水的确是黑色。这我当然知道。这是从理性方面出发。但对我来说，这些字是红色的。难道你看不到那红色？"

老头眨了眨眼。"我的天啊。"

"难道你没看到它们泛着波纹，好像漂浮在水面一样？难道你没看到它们在不停地收缩扩张，就好像自己有呼吸一样？"

"我的天啊。我这是在跟一个神经病说话。"

"我不是神经病，"拉克说，随后他又翻过一页，"再看看这几个名字又如何？"

他盯着老头，看着他从上到下浏览那串名字：亨利·高摩伦、萨顿·贝尔、特里·多特里。

"那是我儿子的名字，还有他两个狐朋狗友的名字。"

"你还是没感觉到这些字在呼吸？"

"这和我儿子有关？"

拉克合上笔记本，然后塞进自己的口袋里。"你和你儿子感情好吗？"

"早就不好了。"

"如果你出了事，他会不会去吊唁？"

"什么意思？"

"如果你死了，他会去吊唁吗？"

"你到底想怎么样？"

一阵钝痛袭来，拉克感觉到那痛楚接着开始在脑袋里翻江倒海。他重新坐回椅子上，捡起包着冰块的毛巾。

"我想你回答我这个问题，"他说，"我想如果你死了，势必会对他有一些影响。你死了，他会为你哀悼的。"

老头的鼻子已经不再流血，他把冰包扔在身侧的沙发垫子上，缓缓地向前倾身。

他说:"先生,你是不是以为伤害我就能让我儿子难过?如果你抱有这种想法,那你可完全打错算盘了。即便我真的死了,也不会有人在意,更不用说特里了。"

"你和他没有联系吗?"

"他已经在监狱里待了十六年。对他我已经绝望了,同样的,他也对我不抱任何希望,在很久以前就已经是这样了。"

"你从没去探过监?"

"从没去过。所以你不觉得现在你可以从这里滚出去了吗?带着你那满腔仇恨哪儿来的回哪儿去。"

"我并没有满怀怨恨。"

"你这样是在浪费时间。"

"我可不这样想。你有一本麻雀日历。"

老头把垂在眼前的头发拨开。"什么?"

"每只麻雀的生死都是命中注定的。我很相信这句话,这是《圣经》里的一句话。"

"噢,上帝,你又开始神志不清了。"

"我没有神志不清。关于麻雀的这句话有一个寓意——意思是我们都是一个伟大计划中的棋子。你不应该害怕自己所要起的作用。你不应该试图通过扯谎来脱离这个计划。"

"我没撒谎。"

拉克把毛巾贴在额头上,一滴冰水沿着鼻梁下滑,滚落在脸颊上。

"你有一本麻雀日历。"他复又说道,"每隔一个星期六,日历上

第2章 | 17

就会出现一个字母'T'。这是特里名字的略写，说明你仍然和他有联系。每隔一周的周六，你都会去监狱看他。"

老头没有再继续试图否认。他屈起肿着的右手五指，然后抬头和拉克四目相对。

"你的脸色不太好。你的头很疼吗？"

拉克对这问题不屑一顾。

"也许它是想要给你一些提示。"老头如是说道。

疼痛又在翻搅。冰块能够缓解疼痛，但没有让疼痛彻底消失。

"头痛只是一种征兆，"拉克说，"除非我把根源问题解决掉，不然它会一直跟着我。"

"这就是你的目的？你觉得杀了我就能解决你所有的问题？"

"这是我能想到的唯一的办法。"

老头神情悲伤地摇了摇头。"你看，先生，你并不想这么做。"

"事实确实如此，我不想这样做。但凡能有其他办法，我都不会这么做。但监狱周围有围墙，还有警戒塔。这是唯一一个能让我接触到他的办法。"

老头闭上双眼，清了清嗓子。他开口说话了，声音很轻，几近耳语。

"在那所监狱里的男人连畜生都不如。特里在那里待了十六年。你认为你将要对他做的还有什么是他没受过的？你认为杀了我，就能够让他痛苦吗？"

拉克挪开贴在额头上的毛巾，然后把它扔在地上，有冰块悄然无声地散落在地毯上。

"他是否痛苦并不重要，"拉克答道，"重点在于，他们会让他从监狱里出来。这就足够了,不是吗?只需要几个小时。"

撬胎棒就躺在拉克的脚边。他弯下身子,把它捡了起来。

"我没法通过围墙,也没法通过警戒塔。但我想他们会让他出来。他将会出现在你的葬礼上。"

第 3 章

你如何到达那里并不重要,拉克的父亲曾经这样告诫他,重要的是最终你到达了那里。

托马斯·拉克在胭脂河畔的迪尔本装配工厂里工作了三十年,他的工作是制造野马式战斗机。没过几个月,这份工作就失去了最初的吸引力,但他并没有辞掉这份工作,因为他想要的并不多——妻子、一个家,或许还有一艘渔船——只要他能拥有这些,为之努力奋斗的过程并不重要。

于是他坚持着,经受住了裁员和收购,然后娶到了一位妻子——海伦,一名幼儿园老师。随后,他们生了一个儿子,安东尼。数年来,托马斯·拉克前后买了四艘船,最早是一艘铝制单人艇,第四艘是二十四英尺长的玻璃钢汽艇。在组装线上工作三十年之后,他终于退休了。退休两年后一个晴朗的早晨,距离日出一个小时的时候,因为心脏瓣膜衰坏,他倒在了码头上。

海伦·拉克的工作是教孩子识字,对自己丈夫这种辛苦操劳三十年却只偷得两年清闲的人生等式,她从没有抱怨过半句。安东尼·拉克在父亲的葬礼上失声痛哭时,她把他拉到身前,尽自己最大的努力安慰他。最后，她双手握着他的肩膀，定定地说："你对我发誓，你会珍惜你生命中的每一分每一秒。"

在他邂逅查理·多特里后的第二个清晨，他本可以在床上睡一天，但他想起了她，就改了主意，觉得这样是不对的。多特里的葬礼还有几天才到，他得至少先做好一些必要的准备。

六月的阳光已经开始微热，他开了很长一段路，上午十点左右横穿右面有密歇根湖左面有休伦湖的麦基诺桥。过了桥，他继续往前开，经过了奥赛布河河畔的格雷灵镇，随后西行至特拉弗斯城。在福兰特街的一家体育用品商店，他买了一把雷明顿来复枪，有瞄准镜，配有一盒0.30英寸口径、1906年定型的7.62mm步枪子弹。他在一座湖边公园里吃了午餐，然后在湖湾逗留了一会儿，看帆船出航。

下午，他开车返回格雷灵镇，随后上了75号州际公路，一路向北。他看到前方不远处有个出口，但向前望去似乎无路可通，于是他下了州际公路，继续漫无目的地向前开，直到发现一条没有铺柏油的砾石路。他沿着这条砾石路穿过一片荆棘丛和一间废弃的谷仓。

开到谷仓后方三英里处，他靠边停了车，然后提着来复枪下了车。他装上瞄准镜，垫上一本杂志，朝路边三码开外的一排树连开数枪。第一枪打在了一棵病歪歪的白蜡木上，一块树皮被打掉，两只乌鸦受了惊吓，用力而快速地拍打着黑色的翅膀从树上飞起来，直冲蓝色的天幕，仓皇不已。他又接连开了几枪，然后把来复枪放回车里，跟着发动车子重新回到75号州际公路上。

第二天，他在旅馆的客房里打了几个电话，找到了那间负责查理·多特里葬礼的殡仪馆。弥撒将在苏圣玛丽的圣约瑟夫教堂举行。弥撒结束之后，就在当地的公墓直接举行葬礼。葬礼安排在六月八号,距离这个日期还有一个半星期的时间。听了之后他稍稍安下心来,这说明家属需要一些时间来安排葬礼的各项事宜,包括安排特里·多特里参加。

日子过得很慢,但拉克并不着急。有时候,他会在晚上的时候不断地转换电视频道,想要找到那个有曼妙笑容的女人。他把电视调成静音,然后盯着电视看,看着电视屏幕里的女人,他觉得自己的头不疼了。

如果他没在电视上看到她,他就会看书。他带了一些平装小说:丹尼斯·勒翰和迈克尔·康纳利的小说,还有几本推理杂志,是《灰街》的不同刊号。

他对推理小说情有独钟,因为它的文字浅显易懂,句子结构简单。那些字安静地躺在书页上,不像他写在笔记本里的那些名字。他一看到那几个名字就觉得它们在浮动,在呼吸,而且是以一种让他感觉不适的方式。

关于他的这种情况有一个专有名词,他的医生告诉他,是联觉,一种感官的混淆。这是一种恼人的折磨,并不常见,在不同的人身上有不同的症状。有的人会觉得不同的声音有不同的颜色,有的人则会把不同的质感和对应的情感相连。对于拉克来说,他写下的每一个字都有自己的颜色和动作。

华丽的辞藻让他无所适从。翻看写于十九世纪的小说书页时,他总觉得上面的字在发热发光,就像炙热的炭一样,要不就像一堆蛇在不停地蠕动。事实上,他尽量让自己不看第一次世界大战之前的任何读物。海明威就是一个很好的分界点。海明威的句子呈现出一种很漂亮的深蓝色,而且那些字大多数都是静止不动的,就像在一个无风的日子里静静垂着的麦穗。

二十世纪五十年代到六十年代之间写著的小说基本上也是安全的。库尔特·冯内古特的散文是让人舒适的蓝绿色，他的文字温雅而又流畅，就像一部缓速向上爬升的自动扶梯一样。约瑟夫·海勒则是另外一种截然不同的风格。海勒笔下的人物很少会在出场时中规中矩地说话，他们往往会"激昂地叫喊"，"欢欣地宣告"，"谨慎地低语"。这些副词让拉克根本没办法看完《第二十二条军规》。对于拉克来说，副词就像电视机屏幕上滋滋作响的静电一样，或者是一大群列队行进的密密麻麻的蚂蚁。

推理小说很少让他有这种负担。俏皮的第一人称缓缓流淌着，一行行绿色的字让人备觉神清气爽。因此，在等待多特里葬礼到来的这段时间，他看的几乎全部都是推理小说和报纸报道。

多特里的死讯被各大报纸争相报道。故事往往在开始就为后续发展埋下了伏笔。齐佩瓦郡的治安长官坚称警方很快就能破案。随后报纸上出现了一个醒目的标题，报道了警方的逮捕行动，被逮捕的人是凯尔·斯库德。

拉克被这一进展打了个措手不及，尽管他安慰自己这也是早先预估到的可能性之一。在查理·多特里死的当天夜里，斯库德和他发生了一次斗殴。他在一间酒吧里把多特里踢倒在地，当时有许多人目睹了这一幕。

在看了这篇报道的随后几天里，拉克打开自己的笔记本，写下他和查理·多特里相遇的梗概，洋洋洒洒写了好几页。起初，他是想深究原因和动机，但当他边想边写时，那些句子的颜色突然变黑（是那种让人感觉不适的黑），变得模糊。它们在纸页上颤抖，直到拉克把它们通通划掉，并决定让自己接受既定的现实。

突然，他的脑子里闪过一个念头，觉得自己应该向凯尔·斯库德的律师说明事情的来龙去脉，让一个无辜的人免除被当作杀人凶手的命运。然而从大局考虑，这似乎是无关紧要的事，他不认为自己有义务为斯库德考虑这些。

这世界上，并没有正义存在，他的父亲过去常把这句话挂在嘴边。

但拉克有一种强烈的欲望，他想要让别人知道查理·多特里的死跟自己有关。他想，我们应该对自己的行为负责，否则，没有人会了解我们。这句话并不是父亲说的，是他医生的口头禅。

我们都想让别人了解自己。我们都想呈现最真实的自我。

一轮红日挂在圣约瑟夫教堂红棕色的尖塔顶部。安东尼·拉克把雪佛兰停在教堂对面的停车场，然后坐在车里听塔楼上的钟响了十下。在这个位置，他能看到教堂的门廊，此时，两扇厚重的橡木门敞着。

数十名哀悼者已经进入教堂，人数超出了拉克的预测。他本以为查理·多特里只有一个独生子，但现在看来他的孩子肯定不止一个，是一个大家庭。拉克看着他们沿着教堂的花岗岩台阶拾级而上。

舒适酒店里的那个女人——玛德琳，她很晚才出现在教堂。她带着一个十几岁的男孩，在多特里小屋的墙上挂有这个男孩的照片。

拉克看着他们走进教堂，然后看到一辆警察巡逻车在花岗岩台阶前停了下来。其中一个卷发警察身材有点矮壮，他从驾驶室下车，然后在车子前面走来走去，警觉地扫视着周围的街道。另一个警察身材较为修长，看起来年轻一些，他打开乘客座的后车门，一把把特里·多特里拽了下来。

多特里身上松垮垮地套着一身灰色的西服，没打领带。黑色的头发被推成板寸，双手交握垂在身前。一束阳光照在他手腕上那副手铐的金属圈上。

他的脚踝处戴着脚镣。他侧着身子，沿着台阶蹒跚而行，一名警察紧紧跟着他，另一名则继续监视街道上的动静。拉克看着这三人走进门廊，随后发动了汽车，从停车场开出去，笔直地往西行驶。

白叶公墓位于一座山的山脚下，山上漫山遍野都是松树。拉克在松树间穿行，手里提着他的来复枪，枪身用一块布裹着。他把车子停在了身后四分之一英里处，就在公墓边上那条路的一侧。他想应该没什么问题。他看到附近还停了另外的车，一辆生锈的大黄蜂，就停在砾石路上，半个车身横在路边的草地上。

拉克找到了他前一天选好的位置，一块平地，头顶罩着一棵五针松，这让他既可以隐蔽自己，又可以观察下方的公墓。

半个多小时之后，第一波车流到了。拉克坐在山岭上，观察着下方的一举一动，来复枪横卧在他的膝头。就在他耐心等待警车出现时，一个突然跳出来的念头让他惊慌失措起来，他想自己可能犯了个致命的错误：警察会不会不把特里·多特里带到这里来？他会不会只被允许去参加教堂的仪式？

拉克看着护柩者在灵车的后方围聚在一起。一个穿着黑色西服的殡仪员指挥他们分成两列站开，然后让他们把棺材抬了出来。还是没看到警车出现，拉克开始认真思考是不是应该离开这里，去找他的车子。这样,也许他可以在返回金罗斯监狱的路上遇到那辆警车,并把它撞到路边截停。也许现在出发还来得及。

圣约瑟夫教堂的牧师站在坟墓边,身旁围着一些参加葬礼的哀悼者。玛德琳站的位置离人群有些远,她穿着一件黑色的衬衫,还有一条黑色长裙。照片上的那个男孩紧紧依偎在她身旁。

护柩者们抬着棺材缓缓前行。牧师打开手里的《圣经》。这时,警车终于出现了,它缓缓碾过停车场的砾石路面,发出隆隆的响声。

拉克迅速把自己隐没在五针松浓密的树枝下,看见特里·多特里慢吞吞地穿过墓地的那块草坪,两名警察一左一右把他夹在中间。拉克趴在地上,枪托垫在肩膀上,从手肘到脚趾都在五针松的树冠之下。在瞄准镜里,他看到多特里穿过草坪,那个矮壮的警察挡住了多特里,他没法瞄准。

拉克把来复枪放到地上。警察带着多特里走到墓地的另一侧,和其他的哀悼者隔开。牧师开始说话,但拉克听不清他在说什么。拉克的目光四处游移,扫过墓地上的一排排墓碑。只有少数墓有人探望,这些墓碑前都放着一个塑料花瓶,插着玫瑰和蕨类植物。

拉克的目光沿着墓碑移动,跳转到墓地的围墙:几根水泥柱子,彼此间隔一些距离,柱子之间连着黑色的铁链条。

围墙的一部分正对着拉克所在的下方的小斜坡,有人在其中一根链条上绑了一块黄布。黄布的末端在微风中起舞。

牧师的陈词很简短,当拉克把目光重新挪回墓地时,殡仪员正在摆弄一个众所周知的小把戏,他按下一个按钮,把棺材放到墓穴里。

有的哀悼者上前一步,掬起一捧泥土,洒到棺材上。玛德琳和那个男孩跟着哀悼者做同样的动作。人群开始分散离去,警察带着特里·多特里走到墓前，打算让他完成这个仪式。让他用戴着手铐的手从地上掬起一捧泥土，然后张开五指，泥土从指缝间飘落，就像一阵黑色的雨。

随后，特里·多特里和两个警察围拢在一起。过了一会儿，他们又迅速分开。拉克重新把来复枪垫在肩膀上，他看到多特里往另一条小路上走，瘦一点的警察跟在他后面，隔着一段距离，他们离墓地现场的人越来越远。矮壮的警察则走到牧师面前，和他说着什么。

从瞄准镜里，拉克看到多特里磨损的黑色鞋子，还有在路面上拖行的脚镣链条。十字瞄准线继续移动，扫过多特里交握的双手，还有闪着银光的手铐。继续，直到十字瞄准线对准了他的脸。拉克的眼睛一动不动地盯着，继续瞄准。

拉克的目光从瞄准镜移开，转向现实中的场景：多特里蹒跚着向摆着一瓶玫瑰花的墓碑走去，他每走一步，就离拉克的藏身之处更近一步。瘦警察现在离多特里已经有好几码的距离。

他又重新把眼睛贴到瞄准镜上，扫过多特里低垂着的头，扫过他因为疲惫而耷拉着的肩膀。随后，他把十字准线移到多特里的胸口，停在露在外套翻领中间的白色衬衫上。他的手指扣紧扳机。

一阵刺耳的流行音乐声打破了墓地的安静，音乐的节奏很快，听起来就像机枪突突扫射的声音。拉克的目光从瞄准镜上移开，他向左看去，发现了声音的来源。远处有火光闪烁，从公墓停车场的砾石路面上向空中喷射。两个男孩正在火光后面又笑又跳。他们穿着破破烂烂的牛仔裤和网球鞋，身上的衬衫没扣扣子，露出瘦骨嶙峋、晒得黝黑的身躯，看起来像是十六岁的样子，最多也不过十七岁。其中一个人用打火机点着了一根保险丝，然后朝砾石路上扔了什么，跟着又一阵流行音乐声响了起来。

拉克回过头，把目光重新投向墓地的草坪，正好看到特里·多特里在那瓶玫瑰花前蹲了下来，然后去拽草地上的什么东西。下一秒，多特里的右手分别碰了一下两个脚踝，动作非常迅速，然后，他脚上的脚镣掉到了地上。他一跃而起，就像一个踩着起跑器的短跑选手，这一刻，先前的那种佝偻和疲惫已经不翼而飞。他的右手碰一下左手腕，左手碰一下右手腕，然后手腕上的那副手铐也松开掉落到了草地上。他奋力摆动着手臂，笔直地向绑在围栏上的那块黄布狂奔过去。

拉克的眼睛盯着来复枪的瞄准镜，十字瞄准线在多特里的胸口摇摆不定，他扣下了扳机。什么也没发生。他偏过头，抖了一下来复枪，似乎这样就能解决问题。现在，他的注意力没法光集中在瞄准上，他还得分心去留意周围的动静。多特里离围栏越来越近。那两个穿着满是破洞的牛仔裤的男孩骑着自行车夺路而逃。散开的哀悼者们茫然站在原地，目光在多特里和停车场之间来回移动。矮壮的警察一把将牧师推到一旁，然后奋力从参加葬礼的人群中挤出来。

瘦警察沿着小路一路快跑，紧紧追着多特里，他一边跑一边把别在腰上的手枪从皮套里拔出来。

拉克拉动枪栓，一颗没用的子弹应声弹了出去，它在空中划了一条曲线，然后无力地掉落在松针上。在下方，特里·多特里已经跑到围栏前，他一跃而起，两手抓住铁链条。瘦警察大声呵斥让他停下来。

多特里翻过围栏，向下一跳，踉踉跄跄地站到地上，惯性作用力带着他向前跌在斜坡上。他用双手拨开高耸的野草，奋力向前跑着。警察站在围栏后面，大声喊着让他不要跑。

拉克重新把枪托架在肩膀上,把十字瞄准线对准在多特里白色衬衫敞开的领子上。拉克扣紧扳机时,多特里的下颌向上一抬,然后他的喉咙下方出现了一个红黑色中空的点。

听到枪声,拉克条件反射一般扣下了扳机,在多特里的双膝跪倒在斜坡上时,来复枪也射出了一颗子弹。子弹惊险地从他肩膀上擦过去。拉克把来复枪放在地上,然后看向举枪站在围栏后方的警察。枪口冒着烟。拉克听到警察的咒骂声在山坡上响起,他看到警察皱着眉,愤怒地把手枪重新插回皮套里。

多特里一动不动地躺在草地上,他理着板寸的脑袋就在斜坡下方不到二十码的地方。拉克趴在地上,带着他的来复枪缓缓从山坡上撤退。墓地下方响起了惊慌失措的喧哗声。矮壮的警察正在大声喊话,让众人保持冷静。

拉克一直小心翼翼地在地上爬行,直到他安全地离开那个山坡。他用布把来复枪裹好,然后往回走,打算去取车子。

那天晚上,枪击事件成了当地的头条。臭名昭著的特里·多特里企图逃跑,然后被一名警察当场击毙。拉克躺在旅馆的床上看新闻报道。被遗忘在一旁的一包冰块已经融化了,对现在的他来说,头痛就像四布的谣言。

那个笑容里有魔力的女人在某频道出现。一名记者给她打电话,询问她对多特里死讯的看法。她只是面无表情地摇了摇头,没有做任何评价。

半夜,拉克关掉电视机,拿出他的笔记本。他翻到一页空白页,用他的威迪文钢笔就当天发生的事写了一个简要的梗概——因为我们都应该承认自己所做过的一切。

凌晨一点，笔记本向前倾斜，滑到了他的胸口。他眨了眨眼，困顿不已，随后侧过身子，发现钢笔已经滚落到了床单上。他把笔记本往前翻，翻到他写下名单的那一页：亨利·高摩伦、萨顿·贝尔、特里·多特里。红色的字体在纸面上呼吸。高摩伦和贝尔住在安娜堡市。拉克决定第二天多睡一会儿，然后再开车去找他们。

犹豫了片刻之后，他在多特里的名字上画了一条删除线。他觉得可以这样做了，即使事情并没有按照最初计划的剧本走。

他想要那个男人死，而那个男人最终死了。你如何做到的并不重要，只要你能做到。

第4章

这就是我关于那天的所有记忆。那份手稿出现在我面前的那天，是七月十五日，星期三。

当时，我正在《灰街》的办公室里修改一个故事。下午六点半，我的手机发出嗡嗡的叫声，并在桌面上缓缓移动。我让它响了一会儿，因为我正翻到其中的一页，在页边的空白处写一句话。写完之后，我拿起手机，发现是伊丽莎白的来电。于是，我翻开手机盖。

"莉齐，"我问她，"你认为'摔交'是什么意思？"

这个问题并没有难倒她。"我想跟'摔跤'一个意思，只有一笔之差。"

"我开始也这样想，但又觉得不太对。所以现在我改用'摔交'。"

她仔细想了想。"这样感觉很通俗，"她说，"而且很口语化。"

我转了转椅子，把脚架到窗台上，然后一本正经地问她，"你今天穿的什么衣服？"

我当然知道她穿的什么衣服。那天早上，我目送她离开。她穿一条和黑发同色的休闲裤，上身是一件样式简单的白色衬衫，戴着一串玻璃珠项链，和挂在我台灯灯臂上的那串是一对，但这一串是绿色而非蓝色。玻璃珠项链是她唯一佩戴的首饰,是她的女儿做的。

我的问题博来伊丽莎白一阵咯咯的笑声。"大卫,我打电话来可不是和你闲聊的。我是想告诉你今天晚上我会很晚。公事。"

"不是偷书贼的案子?"

"不是。比那个案子要棘手。林登街的一座公寓里发现了一具尸体,好像已经死了有一段时间了。"

"谋杀案?"

"是被绳子勒死的,我听说是这样的。卡特已经到现场了。我不知道我得在那儿待多久。"

"我会等你的。"

"你不用等我。"

"我会的。你自己小心点。"

我们互道再见,然后我合上了手机,但还没来得及把它放回桌子上,它就又开始嗡嗡叫了。

我又打开了手机盖,"我不在办公室。"

"我看到你的脚了,就在窗台上,"布丽奇特·希尔克洛斯说道,"你干吗不下来,我已经点了两杯鸡尾酒。"

"那就恭敬不如从命了。"

我关上窗户,把刚刚在改的稿子整理在一起,然后放进文件夹里。

穿过外面的办公室时,我看到前台堆着厚厚的一打信封,这都是满怀信心的作者们写来的稿子。我没有上前去拿。走到大厅时,我回转身子想锁门,然后透过毛玻璃瞥到几个黑色的字:《灰街》,大卫·卢根编辑,亲启。

我几乎没注意到大厅里的那个信封,它倚在门框边,看起来和其他的投稿无异。我拿起信封,把它和文件夹一起夹在腋下。

我快步下楼,走过五段楼梯,穿过大厅,然后走到街道上。街道上人山人海,让我觉得自己身处第三世界国家的首都。

每年一到七月份的那四天,都会有上百万人在安娜堡市中心的大街小巷穿行。他们看起来就像从外地慕名而来,前来享受美食和购物乐趣的游客一样。汉堡包、比萨、烤肉串和漏斗蛋糕。雕塑、油画以及手工饰品。这就是安娜堡市艺术博览会。街道上涌动着上百万人,而且不断有人在我和布丽奇特·希尔克洛斯身边转悠,幸好布丽奇特在菲利克斯咖啡馆对面的街道上占到了一个座位。

我走到她面前,她站起来,给我一个问候的颊吻。因为身高差距,她不得不踮起脚尖。布丽奇特的身高只有五尺多一点点,身子单薄,瘦得跟一片草叶差不多。一头棕色的短发,刻意吹出凌乱的感觉。她大多数时候都会穿黑色衣服,但今天却选了一件米色的衬衫,搭配一条酒红色的裙子。

布丽奇特是一个作家,撰写推理小说,几个月之前,她从《灰街》前任老板的遗孀那里买下这本杂志,成了新一任的出版商。然后她把杂志的大小事情全都交给我,自己当了甩手掌柜。我只有在两个人聚在一起喝一杯时才能见到她。

我把信封和文件夹放在桌子上,然后我们坐了下来,我问了她那个关于"摔跤"和"摔交"的问题。

她啜了一小口伏特加吉姆雷特,我面前也有一杯,但我一口没碰,跟着她开口说道:"我要看上下文。"

我打开文件夹,把我正在润色的故事递到她面前。"第六页,看页边的空白处。"我告诉她具体位置。她翻到那一页,然后静静地看起来。我知道她是很认真地在看。

电话响了,我接起来,然后电话那头传来一个声音,让我不要挂电话,于是我握着电话,就像一名古巴渔夫抓着一条青枪鱼。

她失声笑了出来,但动作幅度不敢太大,因为担心会把酒弄洒。

"这是弗莱彻的新故事?"她问我。

"对。他自认为是第二个雷蒙德·钱德勒。通篇都是这种明喻,所以我想再多一个也不算多。"

布丽奇特翻着稿子。"看得出,你做了很多修改和润色。"

"关于编辑文稿,我有自己的一套理论。你可以对一篇文稿为所欲为,你可以逐行重写,只要你的字迹娟小整洁、纸面干净,作者也不会反对的。"

"这是你的理论?"

"如果出版商支持的话,这绝对可行。"

"别拖我下水。"

我把文稿从她手里抽过来。"你觉得会被弗莱彻给否了?"

"我猜他应该想要一种血腥杀人的效果,但我从来没见过他。就按照你想的去做,如果他不愿意,他可以去找埃勒里·奎因。看他能跟他们对付多久。"

菲利克斯咖啡馆的服务生已经等了好一会儿,因为我们在交谈。她问我是不是我的这杯伏特加吉姆雷特有什么问题。

"没问题,"我回答,"但我觉得不是那么原汁原味。"我把杯子推到布丽奇特面前,她把自己的空杯子交给了服务生。

"大卫要苏格兰威士忌,"她告诉服务生,"要纯的。"

我摇头拒绝,"大卫只需要一杯柠檬水。"

服务生离开了，在等她给我上柠檬水的这段时间，街道上的人流变少了些许，似乎他们都涌到了南面去听乐队翻唱鲍勃·迪伦的歌曲。开头是一段长长的口琴独奏，显然是《沿着瞭望塔》的开头。

布丽奇特看到我一动不动地盯着对街看，便问道："怎么了？"

我喝了一口柠檬水。"他又在那里了。"

"谁？"

"你没看到吗？他戴着太阳镜，还有一顶探险帽。"

布丽奇特皱了皱眉头。"大卫，那些人都戴着太阳镜，头上都顶着一顶探险帽。"

"他站在那家礼品店的雨篷下面，手里拿着一瓶水。"

"他们人人手拿一瓶水。"

我耐心地等着她，直到她找到我的视线所在处，看到了我说的那个人。他看起来大约三十来岁，宽肩，脖子很短，尖下巴。他明显是普通个子，站姿却有点像个子很高的人不想别人注意到自己的身高时一样，微微低着头，佝着背。他穿着一件格子衬衫，下身一条工装裤。

"觉得他怎么样？"我问布丽奇特。

"嗯，"她答道，"他穿得很土。"

"注意看他是如何观察四周的，非常有条不紊的样子。但他却并不往我们这里看。"

布丽奇特嘲笑我，"你这纯粹是在疑神疑鬼。"

"先前我见过他。就在今天早些时候，在星巴克外面。我想他应该是在跟踪我。"

"也有可能他是来这里参加艺术博览会的。"

"我不喜欢他那副德行。你有没有枪？"

她的手包正好放在桌子上，差不多是一盒香烟的大小。

"我能把它放在哪儿？"她说。

"我只有一把瑞士军刀。我觉得有把枪会好一些。"

"我觉得你没有必要对他开枪。"

"如果我有枪，我一定露给他看，兴许他就知难而退避得远远的了。但如果他发现我只有一把小折刀，我不知道会有什么后果，有可能是我自己一身伤。"

"他看起来很无害，大卫。"

"他们看起来都是一副无害的样子。我不喜欢那工装裤。这种裤子有太多可以藏匿武器的地方。我想走到他那里，让他把口袋一个一个掏空给我看。"

"我觉得你应该乖乖坐在这里，老老实实喝你的柠檬水。"

我点点头，朝着菲利克斯咖啡馆的入口方向。"如果他打算走过来，你就闪到里面去。"

"如果真是这样，我们俩都要躲到里面去。但我不认为他有过来的意思。"

"刀已经在我手里握着了。我想我应该可以一刀割向他的股动脉。他会在一分钟之内因为失血过多而死。是不是这样？"

"我不想知道是不是这样。"

之前，布丽奇特和其他人一样戴着太阳镜——一副无框的黑色太阳镜，但现在她把太阳镜摘了下来，她看着我，双眼满含担忧。

我朝她笑笑，让她知道我并不是真的打算在安娜堡市艺术博览会期间和别人来一场械斗，也并不打算去割任何人的股动脉。然后她释然了，因为大卫·卢根虽然时不时会说一些不靠谱的话，但他是个靠谱的人。而且彼时阳光明媚天空湛蓝,她理所当然会认为我只是在开玩笑。大多数时候确实是这样。

我又看了那个穿着格子衬衫和工装裤的男人一眼。他仍然站在雨篷下面,朝着南边正在演奏迪伦歌曲的乐队看。我把手按在裤兜上,告诉自己瑞士军刀在那儿。随后我推翻了之前的估测。这玩意儿很锋利,估计不到一分钟就能让他失血过多而死,应该只需要三十秒。

布丽奇特和我聊了其他话题。她问我伊丽莎白近况如何,她知道她最近在调查一个窃书贼团伙:高中生乔装成客人在大学商店偷教科书,然后把偷到的书卖到旧书店里。关键问题在于,书店老板是否也参与了作案,或者他就真的只是比较蠢,比较粗线条;现在这个问题也迎刃而解了,因为其中一个学生已经指证了他。但现在这个案子暂停了,我告诉布丽奇特,因为现在伊丽莎白正在调查林登街的一宗谋杀案。

过了一会儿,布丽奇特的新女友到了,她是一个优雅的金发女人,靠信托基金维持生活,每个周六的夜晚她都在光线昏暗的咖啡屋里弹琉特琴。她的名字好像是艾莉尔,又好像是叫琥珀,可能她弹的不是琉特琴,是西特琴才对。

后来,她们两人一起离开,打算去派力奥吃晚餐,我独自一人留了下来。乐队演唱了迪伦许多为人所熟知的歌曲,这会儿正在演唱的是《一切都已改变》。街对面那个打扮老土的家伙仍然站在那里陪着我。现在,我发现他的左手缠着绷带,这是我之前没有注意到的细节。

我迅速喝完第二杯柠檬水,然后拿起我从大厅里带过来的信封。

第 4 章 | 37

信封长约十二英寸，宽九英寸，外面什么都没写，封口处贴着一截胶带。我拿出瑞士军刀，展开其中一片刀刃，那个穿着格子衬衫的家伙，就算他因此心生怯意，也绝对不会显露出来。我用刀尖沿着信封口划了一道，随后把刀又放回口袋里。

我把信封里那份略显单薄的手稿拿了出来，大概八到十页的样子，整齐地装订在一起。我看了开头第一行，然后证明迪伦是对的，一切都已改变。

我猛地抬头，发现我的伙伴正站在对街盯着我。之前他一直在雨篷下面徘徊，和我对视之后，他猛地转身，朝着南边跑了。

我一跃而起，几乎撞上站在边上等着我离座的一对老年夫妇。妻子正在用艺术博览会的宣传册扇风，丈夫手里拿着一个石头做的园林饰品在掂量。那是一只看着很喜庆的鸭子，砰的一声，他把它放在桌子上，表明自己对这张桌子的所有权。

我还没来得及把摊在桌上的信封、手稿和文件夹都收在一起，就已经看不到那个陪着我站了许久的小伙伴的踪影。我跑到街道中央，挤进人海里，身边的人都戴着太阳镜，半数以上的人都戴着探险帽。我踮起脚尖，想要看得更远更清楚。面朝南，我可以看到街道东边的舞台，乐队正站在上面表演，再往前是一排小吃摊。西边是艺术家们的展台，很长的一排，都是白色的帆布帐篷。街道中央是两排人流，一排正在离我远去，一排正朝我走来。

我看到格子衬衫的一角，出现在半个街区开外的地方，但它很快就消失不见了。我拔腿就跑，从两个穿着篮球球衣的孩子中间穿过去，飞快地朝我选中的地标建筑跑过去——一座体态修长的铜制人形雕像。没跑出去几步，一个女人拦住了我的去路，她推着一辆婴儿车，车子里躺着一个小宝宝。于是，等我跑到雕像旁边时，那个穿着格子衬衫的身影早已消失不见。

我向正南方跑，跑过一面贴满野生动植物照片的展示墙。在一个售卖凯尔特人饰品的小摊旁，我瞥到一个穿着格子衬衫的背影，他转了一个弯，然后在一排白色的帆布后面不见了踪影。我追上前去，转过拐角时，看到他就在那里，离我非常近。我伸手按住他格子衬衫的肩膀处，手上一用力，把他的身子猛然往后一翻。他就像被马路牙子绊了一跤一样，背部着地摔在人行道上。头上的探险帽摔飞了，太阳镜也歪到一旁，然后我看到他穿的是卡其裤，不是工装裤。他的手上也没有绷带。我认错人了。

摔在地上的那个人开口了，"你他妈的想干什么？"我伸手想把他拉起来，却被他生气地一把推开。他跑去追帽子，根本没有把我的道歉当回事。我又重新转回街道上。我本想继续往南边找，但随后我意识到，此刻，我正在找的那个男人可能早就不知道跑到哪里躲起来了——可能是某条小巷，或者是另外的街道上，也有可能是躲进了哪个商店或者餐馆里。

我决定回办公室。文件夹、信封和那份手稿被我卷成筒状握在左手里，走到半路上，我重新把它们展开，把那份只有几页纸的手稿翻到最上面。我随意翻到中间的一页，然后迅速扫着稿纸上的文字，随机捕捉到了几个词语：推、打破、台灯、头疼。看起来很混乱，但没关系。开头吸引人就够了，其他的都只是细节处理问题。

我又翻回到第一页，重新看开头，开头只有一句话，是陈述句，非常简单直白：

我杀了亨利·高摩伦，就在他林登街的公寓里。

第5章

公寓的大门是铁灰色，猫眼上方挂着一块牌子，上面写着门牌号：105。伊丽莎白·华士奇进门之后首先注意到的，就是翻倒在厨房里的那张椅子。随后她看到油布地毯上有一把牛排刀，还有几滴血迹。

从这里到起居室的路上一片混乱，起居室里那张廉价的咖啡桌只剩下了三条腿。断掉的那条桌腿在房间中间，躺在煤气壁炉前的地毯上。壁炉旁边的墙上挂着一张泛黄的照片，照片上面的两个角已经破了。

壁炉前面的玻璃因为灯光的反射而熠熠生辉。房间里的平板电视被调成了静音，定格在有线新闻台。

沙发的坐垫上放着一个灯罩。伊丽莎白在房间里四处找里面的灯泡。在起居室旁的一条窄小的走道上，她发现了灯泡的碎片。大厅的尽头有两扇门，其中一扇门里有一片亮光透出来。

她大声喊卡特·单，让他知道她已经到了现场。

她站在门口，看到单站在床尾，用数码相机给受害者的尸体拍照。他剃了个平头，一边拧着眉毛，一边不停地按下快门。亮光不停地在房间里闪烁。

床旁边的床头柜上有个钱包。伊丽莎白在钱包里找到了一张驾照,驾照上有一张主人的照片:很平凡的一张脸,带着笑,因为对着相机的缘故,有点眯眼。这是亨利·高摩伦的生前照。

现在,她看不到他的脸。他的尸体面朝下,横趴在房间里那张小床上。他穿着一件哈雷·戴维森的T恤和运动裤,脚上穿着袜子,其中一只袜子的脚跟处破了一个洞。他的头顶秃了一块,一只苍蝇绕着那块苍白的头皮嗡嗡叫。

在走道里时,味道不是很浓,但进到房间里就是另外一种感觉了。恶臭和香味混杂在一起,一股腐烂的味道。如果房间里没开空调,味道会更难闻。外面的气温很高,但房间里却很凉快。

之前伊丽莎白四处找的灯就在床上,在尸体的旁边。电灯线绕在高摩伦的脖子上。

单走到床的另一头,继续拍照。"你看到了吗,那边乱糟糟的。"他说。

"我看到了。"

"看起来打斗是从厨房里开始的。至于地板上的血,我想应该不是高摩伦的,我没在他身上发现任何伤口。"

"你认为他曾经拿着那把牛排刀自卫?"

单点点头。"而且他还刺中了凶手。跟着他们一路打到了起居室。他们扭打着一同摔倒,撞坏了咖啡桌,打翻了那里的灯。高摩伦挣脱开来,穿过了大厅。"

"凶手拿灯砸他。灯泡就是这样破的。"

"高摩伦跑进卧室,但没办法锁门。凶手推门进来。他手里拿着那盏灯。他用那盏灯打高摩伦——高摩伦的头发上有干涸的血迹。随后他把电灯线绕在高摩伦的脖子上,把他勒死了。"

照相机的亮光仍然在闪烁。

"你给埃金斯打电话了吗?"伊丽莎白问。

"她正在赶来这里的路上。"他们说的是莉莲·埃金斯,她是法医。

伊丽莎白看了高摩伦的驾照最后一眼,然后把它放回了钱包里。"你觉得他死了有几天了?"

卡特·单警探向前倾身,给脖子拍了个放大特写。他是一个身形瘦削、表情严肃的男人,中等个子,总是把领带夹进衬衫里,袖子卷到手肘处。

"超过一天,"他答道,"但没到两天。"

"依据呢?"

"眼睛浑浊。尸僵之后又开始变软了。手和脸刚开始肿胀。有苍蝇围着他,但还没有生蛆。"

"这听起来有理有据。"

他弯下身子,微微一笑。"还有,他的姐姐给他打过电话,差不多是四十八小时之前,也就是在星期一的六点钟左右。她约了他昨天一起吃午饭,但他没去。她打他电话一直没人接,所以今天她到公寓里来了,说服公寓管理员帮她开了门。她就是发现尸体的人。"

"她给人感觉如何?"

"是个美人。我想她一定吸收了高摩伦所有家族成员的优良基因,有点冷酷。我没看到她掉一滴泪。我记下了她的名字和联系电话。我还告诉她,她得到局子里说明一下情况。"

伊丽莎白点头。"很好。你这里都完事了吗？"

"嗯，完事了。怎么？"

"我想去呼吸点新鲜空气。"

单把相机塞进腰间的小袋子里，然后他们一起穿过大厅，走到起居室。她一边做深呼吸，一边四处打量。然后她注意到了之前被遗漏的地方：壁炉上面的墙上贴着四截遮光胶带。

她单膝跪地，研究地上的照片。照片上是年幼的亨利·高摩伦，九到十岁左右的样子，戴着手套拿着球摆姿势。一个脸上挂着随和微笑的男人站在他身旁，大概是他的父亲。她的心里突然生出一种古怪的感觉，好像在今天之前她看到过这张照片，否则她不可能认得出照片上的人是"亨利·高摩伦"。

墙上贴着四截胶带，其中的两截固定着这张照片。

"另一张照片在哪儿？"伊丽莎白大声问。

她说话的当口，单已经在找了。她看见他从沙发的坐垫之间把什么一把拽了出来。她直起身子，越过他的肩膀看了过去。

这是一幅五寸宽七寸长的油画，看得出是一张二十多岁女人的肖像画复制品。乌黑的眼睛，棕色的皮肤，乌亮的中分长发。

"噢——"她拖长了尾音。

"她是谁？"单问。

"你不认识她？"

"给我个提示。"

"她现在长了点年纪，头发变短了。这幅画上的她没有笑，如果她笑了，你就会看到一口白牙。"

"再给我另外一个提示。"

伊丽莎白的下巴朝无声的电视机抬了抬。屏幕上是两个正在交谈的人的头像。

"盯着美国有线电视新闻台别换台，你就一定能看到她，"伊丽莎白说，"现在有关她的报道越来越多了。"

"凯莉·斯宾塞？"

"凯莉·斯宾塞。如果你相信民意调查的话，这是下一任新科参议员，来自密歇根州。"

单把画像放在沙发的坐垫上，"她能和高摩伦扯上什么关系？"

"你可以说，正是他让她踏入了政坛。"

伊丽莎白开车前往市政厅的时候，天还没黑。卡特·单留在高摩伦的公寓里，他得照看现场，直到莉莲·埃金斯过去把尸体收走。

伊丽莎白避开了因为举办艺术博览会而被封锁的那些街区，绕了一个大圈子。开车的时候，她看了一下手机，看到大卫发来的一条短信，她想过一会儿再看短信的内容。她给安娜堡市警察局的局长欧文·麦凯莱布打了一个电话，告诉他她正在去往他办公室的路上。欧文和其他从刑事调查组调过来的警探们正聚在一起，准备为亨利·高摩伦的案子建档。

谋杀案的调查归根到底可总结为：将各种细节收录在档案中，然后形成一个事件的轮廓。在市政厅，所有的细节都已经收录完毕，包括从网络上搜集的已有新闻报道，还有从齐佩瓦郡传真过来的案件卷宗。

这些资料完整地向众人讲述了高摩伦的故事。伊丽莎白并不知道所有的细节，但以前她的确听说过。这是一起发生在十七年前的银行抢劫案。

十月份一个沉闷的早晨，五名男子开着一辆黑色的SUV，前往苏圣玛丽的大湖银行。司机在银行外面等候，其他四名男子进了银行。他们戴着手套，套着滑雪面罩，背着准备用来装战利品的圆形大帆布口袋。四名男子分别是弗洛伊德·兰姆比、萨顿·贝尔、特里·多特里和亨利·高摩伦。兰姆比是领头人，他携带一支双管猎枪，其他人拿着手枪。

他们的胃口很大，先是把银行柜台抽屉里的现金洗劫一空，但还没有满足。他们想要的东西藏在地下室，也就是赌场存在银行里的钱。

他们快速冲进银行，一路大声呼喝，让顾客和出纳员都趴到地上。多特里按照兰姆比的指示，一把拽住银行经理后背的衣服，打算把他拖到地下室的入口，让他开门。但整个过程花的时间比所有人预估的多得多。

负责望风的是高摩伦，他发现有人过来了。他的职责是不让任何人进来，如果有人进来，他就得让这个人和其他人一样都趴在地上。但这个进来的人显然不是他想看到的——一个穿着灰色制服的警察。这个人是哈伦·斯宾塞，齐佩瓦郡的治安官。

斯宾塞的妻子一直不停叨叨，催他到银行办张存折。于是，这个早上他决定去银行办一张。他把没有喷漆的巡逻车停在街对面，然后发现SUV的司机在盯着自己。司机的一些行为让斯宾塞警觉起来。他悄悄走近SUV，一只手下意识地移到了他执勤用的武器上——一把九毫米口径的格洛克手枪。

他还没走到SUV旁边，车子就飞快地开走了。自那之后，那名司机就像人间蒸发了一样。五个人当中，只有司机一个人逃脱。

亨利·高摩伦慌了。他的脑海里蹦出一个疯狂的想法：如果他快点跑，也许还能追上那辆SUV。他把枪扔在银行前厅的地板上，高举着双手，迎着稀薄的日光向银行外跑去。斯宾塞拔出格洛克枪，命令高摩伦趴在地上不准动。

高摩伦转了一个方向，继续飞奔。他高举的双手救了他一命。斯宾塞不愿意从背后向一个没有武器的人开枪。于是，他跑到自己的巡逻车前，坐进去发动汽车，然后把车一把横在路中间，一边闪车灯，一边用车上的无线电请求支援。

弗洛伊德·兰姆比是第二个走出银行的人，他一手拿着猎枪，另一手拽着一名出纳，前臂紧紧地勒在她的脖子上。他朝街道上四处张望，似乎这样下一秒就能看到那辆SUV从拐角出现。看到SUV没有出现之后，他向最近的一辆车走去，是福特的一款小型车，被卡在治安长官的巡逻车和后面的车子中间动弹不得。

斯宾塞站在巡逻车驾驶座的车门后，大声朝兰姆比喊话，让他把枪扔掉。与此同时，被挟持的出纳一把抓住兰姆比的大拇指，用力向后扳。他痛叫一声，出纳趁机挣脱了出来。当兰姆比反应过来，正打算为猎枪上膛，斯宾塞用格洛克枪射击了他，正中心脏。

在特里·多特里和萨顿·贝尔出来之前，斯宾塞已经成功地让出纳和福特车的司机从开阔的街面转移到了街道的一家商店里。兰姆比的尸体躺在街道上。斯宾塞重新回到巡逻车旁，把自己隐蔽在驾驶座的车门后，随后，斯宾塞听到了远处呼啸而来的警笛声。他想知道支援能否及时赶到，但貌似及时赶到的可能性不大。

特里·多特里出来了，他的左轮手枪正抵在银行经理的太阳穴上。萨顿·贝尔站在他们后面，左手拎着一个沉甸甸的黑色大帆布口袋。

斯宾塞非常沉着地告诉多特里和贝尔他们已经走投无路。多特里笑了，然后提出要把巡逻车开走的要求。他还威胁道，如果斯宾塞不肯交出钥匙，他就一枪打爆银行经理的头。

斯宾塞告诉他绝对不可能。多特里重复了一遍他的要求，就好像他在和一个反应迟钝的孩子说话。多特里为手枪上好了膛，而斯宾塞稳稳地举着格洛克枪，希望银行经理能够稍微动一下。但这个经理的性格显然没有之前那个出纳那么坚毅。他看着斯宾塞，满眼乞求，斯宾塞知道在这个人身上，此刻是毫无指望了。

一声枪响，盖过了警笛声。银行经理的身子向前倾，特里·多特里双膝着地，左手紧紧按压着大腿，殷红的血从他的粗布牛仔裤下渗了出来。一秒钟之后，斯宾塞才反应过来刚才发生了什么：是萨顿·贝尔，他意识到事态的发展已经脱离了他们的操控，于是朝多特里开了枪。开枪之后，贝尔举起双手投降。冒着烟的左轮手枪从他的手指之间滑落，掉到了地上。斯宾塞从巡逻车的车门后面走出来，这时银行经理也向他跑了过来，挡住了他看向多特里的视线。斯宾塞一把把银行经理推开，然后看到了多特里的枪口。

多特里射出的第一颗子弹穿透了斯宾塞制服的袖子，第二颗子弹射中了他的左肩，冲击力迫使斯宾塞的身子翻转了一百八十度。然后，第三颗子弹射进了他的脊椎。

多特里随后又开了三枪，但这三枪都没有命中目标。子弹在后坐力的作用下射得很高，而哈伦·斯宾塞蜷缩着倒在了街道上。他并没有失去意识，相反，清醒的状态维持了很久，久到他甚至感觉到一名手下轻轻地把他的身体翻转了过来，让他背着地躺着；他看到特里·多特里伸手去拿萨顿·贝尔的左轮手枪时，被另一名手下铐了起来；他意识到自己的双臂和双腿失去了知觉。

经过数月的治疗，斯宾塞的右臂和右手恢复正常了，左臂和双腿却都废了。

当时，他二十三岁的女儿只能从密歇根大学法学院退学回来照顾他，随后又重回校园，并以数一数二的成绩毕了业。凯莉·斯宾塞在沃什特瑙郡的检察官办公室工作了七年，负责处理最恶劣的家庭暴力事件。当她决意竞选密歇根州众议院议员时，她的阅历毫无疑义地助她脱颖而出：受虐妇女和受虐儿童的保护者，一名英雄警察的女儿。

她在密歇根众议院成功连任两届，如果她愿意还可以连任第三届，而当时，受人尊敬的约翰·卡斯特布里奇宣布他要从美国参议院退休。经过一番艰苦的竞选，凯莉·斯宾塞看起来即将要成为约翰的继任者。

伊丽莎白抵达市政厅，停车之后，她绕道走向大厦前的台阶。刚走进大厅，她就看到一个人从长凳上站了起来。他穿着白色亚麻衣服，就像刚刚从一艘帆船上走下来。

"大卫。"她唤道。

正值酷热的夏季，他红棕色的头发因为被汗水打湿而卷起。他脸上露出一丝笑意，却难掩笑容下的严肃。"我知道你不愿意我来这里。"他开口说。

她并没有否认，"有事吗？"

"你收到我的留言了吗？"

"我还没时间收听。"

他从长凳上拿起一个信封,"这里有一份东西,你应该看一下。"

"不能等会吗?"她说道,"我真的得上楼了。"

他已经打开了信封,抽出里面的手稿递到她面前。

"读第一行。"他说。

"大卫……"她张口刚想说些什么,却看到了纸上的字。

我杀了亨利·高摩伦,就在他位于林登街的公寓里。

"大卫,你在哪里拿到这个的?"

"我一会儿会告诉你,"他答道,"你最好也看下最后一行。"

她翻到手稿的最后一页。

接下来轮到萨顿·贝尔。

第 6 章

在过去的二十年间,安娜堡市的周边地区陆续冒出许多房屋,像雨后春笋一样,填补了地图上的空白。这里的街道呈直线形和圆弧形分布,房屋的样式比较简单,颜色和建筑细节也比较单一。

贝尔一家住的地方有塑料护墙板,车库门上面有一个装饰物,像拱门的拱顶石一样。伊丽莎白到达贝尔家时,她所请求支援的巡逻警车已经停在了门外。其中一名穿着制服的警察下车来迎接她,是一个肌肉结实的家伙,名叫菲尔德。

"没有动静?"她问菲尔德。

"嗯,"他回答,"贝尔不在家,他的妻子也不在家,他的女儿和保姆在家。那个保姆神神道道的,她还想帮我看手相呢。"

保姆是个女人,身上挂满了珠珠链链,头发稀疏。她给伊丽莎白开了门,然后把她领到家庭娱乐室,一个八岁的女孩正坐在地上,用彩色的马克笔在一叠报纸上画画。

小女孩抬头看向伊丽莎白,害羞地微微笑了一下。她有淡黄色的头发、蓝色的眼睛,就像天使一样,她的一切都显示出这是一个无忧无虑的孩子。

伊丽莎白向她打招呼，朝她挥了挥手，小女孩也朝她挥挥手，然后继续画画。

"我没感觉到任何危险。"保姆低声说。

伊丽莎白用同样的声调答道："是这样吗？"

保姆带着她来到一个角落，和小女孩隔开了距离。

"我并不是要对你的工作指手画脚，亲爱的，"保姆说，"但通常我会有强烈的直觉，而现在我什么感觉也没有。"

"你知道贝尔先生现在在哪儿吗？"

"我不确定。之前我试过联系他，就是那个年轻人，那位芬德利先生……"

"是菲尔德警官。"

"……反正就是他告诉我你很担心萨顿的安全。我以为萨顿在上班，但他们说他早就不在那里了，大概五点的时候就离开了。"

"贝尔先生在哪里上班？"伊丽莎白问。

"在镇上的一家诊所，"保姆答道，"他是一名护理师。这也是我不担心他的原因，他现在是医生。"她停了一下，强调自己的看法。"他是有暴力史，但那是过去，他的未来将会风平浪静。"

"那他的妻子呢？"伊丽莎白又问。

"罗莎莉的未来也是如此。他们是一体的，你知道的。"

"我的意思是，她在哪里工作？"

保姆眨了眨眼，似乎觉得这个误解很好笑，"她在购物中心上班，在梅西百货公司卖化妆品。那里九点关门，所以我想她应该就快到家了。"

"她有手机吗？"

"他们两口子都有手机,但并不因此受到束缚。我觉得这很健康……"

伊丽莎白打断了她的话,"你能把他们的手机号码告诉我吗?"

保姆把手轻轻地放在伊丽莎白的肩膀上,"如果你需要,我当然可以告诉你,亲爱的,但我已经给他们俩都留言了。当然,你也可以花心思去找他们,但如果你愿意等的话,我想他们很快就会出现在你面前。"

保姆转身去拿手机号码,走动间周身有叮叮当当的响声环绕。伊丽莎白走到小女孩身边,她正在专注地画画。她在画参差不齐的松树,绿葱葱的;一座有尖屋顶的房子;一个男人面带笑容地拿着什么,看起来像一根棒棒糖,又像一朵花,也有点像一部手机。

伊丽莎白想这个男人一定是萨顿·贝尔,在她开口问小女孩之前,她听到前门开关的声音。随后有说话声响起,还有向这边走来的脚步声。保姆跟在一个打扮入时且皮肤晶莹剔透的女人身后。

"现在,罗莎莉……"保姆说。

"现在怎样了?"罗莎莉·贝尔问伊丽莎白,"萨顿没事吧?"

从她的声音听得出,她有些恐慌。伊丽莎白走到她面前,和她冷静地交谈。

"我得找到他。你知道他在哪儿吗?"

"他今晚有工作。"

"他上班的时候我给他去过电话……"保姆又开口了,伊丽莎白抬起一只手,让她不要说话。

"我知道他很早就离开了诊所。"伊丽莎白说。

罗莎莉·贝尔急躁地摇头,"我说的不是诊所。他在今晚的艺博览会上有演出。"

保姆摩挲下巴时,手腕上的手镯发出叮当响的声音,"噢,是的。"

伊丽莎白完全无视她,把注意力都集中在罗莎莉·贝尔身上,"也许你可以说得详细一些,我以为你丈夫是个护理师。"

"那是他白天的工作。"女人答道,"但他同时也是一名乐队成员,他的乐队名字是'铬骑兵',他们翻唱鲍勃·迪伦的歌。"

安东尼·拉克举着一杯冰水贴在额头上。冷凝感透过玻璃杯的表面,渗到他左手绕着的纱布里。他吸了一口气,吸进去的几乎全是烟味。

他面前放着一个纸托盘,托盘上有一个台球样式的图标:一个黑色的大圆,大圆里是一个白色的小圆,小圆里有一个数字8。这里是八球酒吧,楼上有一个叫"盲猪"的俱乐部,里面正放着音乐。节奏感强烈的音乐震得拉克的脑仁儿疼。

拉克坐在俱乐部靠后的位置,这里便于他观察整个房间。房间里烟雾缭绕,两张台球桌占了大部分空间,绿色的长方形台球桌上方有黄色的灯光照下来。这是天花板上的灯发出的光,这灯固定在一根长链条上,从天花板上悬垂下来。两张台球桌上都有人,但拉克的视线放在就近的一张桌子上,在这张桌子上打球的是四个三十多岁的男人,他们在打双打。他们下身穿着牛仔裤,上身穿着T恤,其中一个人的胡子刮得很干净,另外三个人的下巴上都有胡茬冒了出来。

那个胡子刮得很干净的男人就是萨顿·贝尔。

一个小时以前,他们结束了表演,把乐器拆开扔进厢式货车里,然后把车子停在了附近的停车场。拉克本以为他们会各回各家,但他们却一直待在一起，于是他跟着他们到了这里，一间第一大街上的下等酒吧，远离艺术博览会的会场。

现在，贝尔弯下腰，俯在桌子上打角落里的七号球，球落进球袋时，其他人开始起哄，然后他们一起喝长颈瓶里的啤酒。

拉克把杯子放回托盘里，想叫酒保过来。酒保是一个二十岁出头的年轻人，穿着眉环。现在他走到了酒吧的另一头，把一杯科斯莫放在一个看起来不是律师就是房地产经纪人的女人面前。

她穿着一条灰色的裙子，裙子合身好看，如果配上一件夹克会更好，但她没穿夹克。她穿了一件剪裁精致的真丝上衣，饰着珠扣，有三粒扣子没扣。棕色的卷发挑染成金色。光洁的额头，小巧的鼻子，性感的嘴唇。

这是她叫的第二杯科斯莫，偶尔，她会环视房间，拉克注意到她特别关注贝尔和他的朋友们在的那一桌。大概她认识他们吧，拉克心想，或者她看过他们的表演，觉得跟一个玩音乐的人攀谈会是一件有趣的事。

酒保把拉克的杯子拿走，装满兰姆可乐之后又送了回来。拉克伸手掏钱包时，感到手上传来一阵剧痛。纱布下的手一定开始肿起来了。

在亨利·高摩伦的公寓里，事情进展得没有想象中的顺利。拉克是白天去的公寓，并且很轻易就让高摩伦给他开了门。但没有什么事是轻易就能办到的——这是他父亲经常挂在嘴边的一句话——虽然他带了铁棒过去，但他这次面对的不是一个像查理·多特里那样的老人。高摩伦成功地把铁棒从拉克手上击落，然后抓着餐刀扑了上来，之后是砸坏的家具、灯和绳子。真是差一点就失败了。

拉克啜了一口可乐，然后把脸颊贴在玻璃杯上。八球酒吧里的空气有点燥热，酒吧里的烟雾把他的眼睛熏得生疼。

萨顿·贝尔走到吧台前，又买了一扎长颈瓶装啤酒，拉克下意识地别开了头。在自由街的一家商店里，他扔掉了探险帽和太阳镜，换了一顶棒球帽。现在，因为要冰敷额头，他把棒球帽脱了下来，没有帽子，他总觉得自己暴露了。他告诉自己不用担心，萨顿·贝尔不会走到他面前，更不会认出他。

今晚拉克没有带铁棒，但他工装裤的口袋里装有他需要的东西。一根粗短棒，其实就是一只塞满了弹珠的羊毛短袜。还有一把套着硬纸套筒的厨师刀，约六英寸长。它们会派上用场的。

他抬起手臂，拭了拭额头，因为出了一头汗，所到之处感觉滑溜溜的。他拿起放在吧台上的帽子戴好，随后把帽檐拉低。他希望贝尔能从这儿离开，快快离开，而且是一个人离开。

过了一会儿，响亮的台球撞击声响起——拉克觉得那声音像在自己的脑海里炸开来似的——随后有欢呼声响起。贝尔的一个朋友把八号球打进了球袋里，反击成功。

穿着真丝衬衫的女子从吧台旁边的椅子上站了起来，从拉克身边走过，向后面那条昏暗的走廊走去。那边通往卫生间，还有一扇通向一条小巷子的门。大约一分钟后，萨顿·贝尔和他的朋友们道别，他们不肯放行，但他还是离开了，和刚才那个女人去的方向一样。拉克不禁想这两个人是不是预先约好了从同一条路离开，那个女人现在是不是在小巷子里等贝尔。

他从自己的椅子上滑下来，穿过走廊，用屁股顶开出口门上的金属把手。一走出去，清新的空气扑面而来。门在身后关了起来，酒吧里的音乐被隔绝开来。他看到贝尔的身影在巷子的另一头，在贝尔抬头看天时他看到了他的头顶。

拉克把那把刀从工装裤的深口袋里拿出来，插进屁股后面的口袋里，这样比较好拿。随后，他又把自制的粗短棒也移到了好拿的位置。

在酒吧后面的停车场里走动时，贝尔步履轻快，而且毫无戒心。拉克跟着他，他知道他们要往哪儿走。贝尔的车并没有停在停车场，而是停在了两条街开外的街道上，拉克的雪佛兰也停在那里。

快走到人行道时，萨顿·贝尔吹起了口哨。拉克一下子就听了出来，他吹的是《沿着瞭望塔》的前奏。

他们走到一条街的街尾，然后贝尔走到街对面，网球鞋擦过路面的声音清晰可闻。拉克跟上他的步子，慢慢缩短两个人之间的距离。不时地有汽车从他们身边经过，都是朝着东面的市中心方向开的。晚风吹过，树叶发出沙沙声。

当两个人之间的距离只剩下十步之遥时，口哨声突然中断了，贝尔回转身子，并后退了几步，停在一棵枫树下面。

"我这里没有你想要的东西，我的朋友。"

他的声音很好听。拉克忍不住又靠近了一点点。

"你认为我想要什么？"他警惕地问道。

"海洛因，或者可卡因，不管是什么，我都没有。"贝尔摊开自己空空如也的双手。"我手里什么都没有。我也没有钱，所以我什么忙也帮不上。"

拉克微眯起眼，"我并不是想要你的钱。"

"那实在是太好了，因为我也没有钱。但我能给你一些建议，你应该回家去，好好休息。"

拉克往前踏出一步，迈步间，他感觉到口袋里那根粗短棒颇有分量。

"这就是你的建议？"

贝尔微微点了点头，"在酒吧里我就看到你了。你看起来很糟糕。哪怕现在出了酒吧，你的状态也不好。我想你应该是发热了。"

"那是因为今天晚上很热。"

"朋友，这种程度的热并不会让人不停流汗。我以前见过这种情况。"

拉克握紧拳头，立刻感觉到一股刺痛。他抬起左手，伸给贝尔看。"前几天我不小心弄伤了手，"他说，"我想可能是伤口感染了。"

贝尔皱眉，然后凑近了一些。"你应该去检查一下。南工业大道那里有一家急诊所。你知道在哪儿吗？"

"如果一定得去那儿的话，我总会找到的。"

"他们会帮你做伤口消毒，然后给你开抗生素。吃个十天左右的头孢氨苄应该就可以好了。"

"头孢氨苄。"拉克重复道。他几乎忍不住要掏出笔记本来做笔记。现在，贝尔离得很近，几乎就是伸手可及的距离。拉克下意识地计划起接下来的行动。掏出粗短棒。照着贝尔的太阳穴猛地一击。一击重击就能让他倒地不起。如果一击没把他打倒，可以再补上一下。然后扔掉粗短棒，掏出刀，一刀割开贝尔的咽喉。

"你现在就可以去。"贝尔说。过了一会儿，拉克才反应过来他说的是那个急诊所。"那里二十四小时营业。不过你最好打车去，因为走着去太远。"他拿出一个皮夹，打开来，从里面掏了几张纸币出来。"这些应该够了。"

拉克用绕着纱布的左手接过钱。

"可你刚才说你没钱。"

"这就是我身上所有的钱，"贝尔答道，"如果你今天晚上不去，明天去也可以。我在那里上班，到时候我会为你做护理，我叫贝尔。"

拉克把钱塞进衬衫口袋里，他不是想要这钱，只是不想让这些钱在手里碍事。

"我知道你的名字，"他说，"我的名单里有你的名字。"他脑海里有一个疯狂的想法，他想把自己的笔记本拿出来，让贝尔看写有名单的那一页，想问他有没有看到红色的字在纸上呼吸。

"你在说什么呀？"贝尔问，"我认识你吗？"

拉克一边伸手去拿屁股后袋里的粗短棒，一边说："让我来问你吧，你有没有想起过哈伦·斯宾塞？"

这句话引起了贝尔的注意。"你是谁？"

"你有没有想起过凯莉·斯宾塞？"

"我不知道你想要……"

"你的墙上是不是有她的肖像画？"他能感觉到指间握着的粗短棒上羊毛短袜的顺滑触感，还能听到弹珠相互碰撞的声音。"你是不是总在新闻里看她？"

"你开始让我觉得害怕了，朋友。"现在他对他的称呼变成朋友，而不是我的朋友了。

"你没必要感到害怕。我会快点结束的。"

站在枫树投射下的阴影里，拉克把短棒从口袋里掏出来，高高举起。出于防卫的本能，贝尔高举起手臂，抓在手里的钱包掉落在人行道上。短棒降下，重重地砸在他的左手上，然后是他的太阳穴。他应声单膝着地。拉克再次举起短棒时,他已经摔倒在地。

贝尔唯一能发出的声音就是微弱的呻吟,但街道上突然有响声传来。一阵急促的脚步声传来,还有一个女人的叫声:"喂!住手!"

拉克下意识地回头,然后看到酒吧里的那个女人——穿着丝绸衬衫、深色裙子的女人。她离他们还有一段距离,但她已经快步跑了起来。

他转回头想继续攻击贝尔时,右膝盖后窝受了一记重击。他被踢倒在地,缠着纱布的手撞在人行道上,就像被锐利的匕首划了一刀似的。

拉克努力想要站起来时,萨顿·贝尔又踢了一下他的腿,不过这一次没什么力道。贝尔躺在地上,死死按着自己的太阳穴。拉克站了起来,但手上的短棒已经掉到了草地上,不知所踪。他的口袋里还有刀,但他的左手痛得火烧火燎,而且那个女人越来越近了。她一边跑一边把手伸进手提包里。如果她掏出一把枪或者是一罐催泪瓦斯,事情会更糟。

现在,贝尔用手支撑着跪在地上,拉克飞起一脚踹出去,脚尖踹在他的肋骨上,把他踹得往一旁的草地滚了过去。拉克顾不上回头看一眼,便沿着人行道一路狂奔,跑到车子前时,车钥匙早已在手里攥着。他发动引擎,关掉车灯,猛地冲到街道上。经过刚才逃跑的地方时,他看到那个女人正向贝尔俯下身子。他急转弯拐过街角,轮胎在地上摩擦时发出刺耳的声音。

开过几条街之后,他放慢车速,并开了灯。就这样又开过了几条街,他不得不在一条居民区的街道上停下来休息几分钟,因为他的头痛又发作了,就像要把他送上绞刑架一样。

第 7 章

萨顿·贝尔是个看上去有些孩子气的男人，一头黑色的长发，瘦瘦高高的个子。他的太阳穴上有一块瘀伤，左手绑着矫正架，大学医院里的医护人员让他坐在急诊室的一张轮床上。在伊丽莎白眼里，他就像一个从自行车上摔下来的孩子。

他看上去机灵而又活泼，他的妻子正在照顾他，她坐在轮床的床边上，摆出一副护卫的架势。

"不能等一会儿吗？"她对伊丽莎白说。

"越早越好。"

伊丽莎白得到贝尔被袭击的消息时，她还在贝尔家。罗莎莉·贝尔坚持直接开车赶到医院来，让女儿和保姆留在家里。伊丽莎白没有直接到医院，她知道医生给他做检查和护理需要时间，于是她先开车去了八球酒吧，跟酒保和贝尔的几个朋友了解了一下情况。他们告诉她说有一个目击证人，是一个女人，穿着真丝衬衫、灰色的裙子，踩着高跟鞋。她一直守着贝尔，救护车来了以后，她开着自己的车跟到了医院里。

伊丽莎白在急诊室的休息区里找了一圈，但没看到那个女人。

现在,伊丽莎白站在急诊室里,她觉得对贝尔夫妇而言,她就是一个入侵者。显然,贝尔的妻子希望她能离开这里。

"医生说他是脑震荡。"罗莎莉·贝尔说。

萨顿·贝尔开口插了一句话,"是轻微的脑震荡。"

"你知道什么呀!"罗莎莉·贝尔说。考虑到伊丽莎白在场,她又补充了两句:"医生说我们得留心。有时候,并不是所有的症状都会马上显现出来。"

"首当其冲的是我的手,"萨顿·贝尔轻声说,"食指和中指中间的指骨骨折了,我担心以后都没法弹吉他了。"

罗莎莉·贝尔摇摇头。"他的吉他本来就弹得很烂,"她说,"他学来学去,也只学会了弹三个和弦。"

"这是事实。"他说,"幸运的是,我唱歌的嗓音很赞。"

"你唱歌的嗓音很像鲍勃·迪伦。"她反讽一句。跟着,她转向伊丽莎白:"你就不能明天再向他了解情况吗?"

贝尔把没有受伤的手放在妻子的膝盖上。"我想现在说。脑震荡并不严重。如果是严重的脑震荡,我不可能会把'中间的指骨骨折'说得这么清楚。"他向伊丽莎白点点头,"你想问什么,尽管问吧。"

她坐在房间里唯一的那张椅子上,然后拿出她的笔记本。她先让贝尔描述一下被袭击的过程,然后再回忆一下整个晚上——从他的乐队在艺术博览会上演出到遇上那个袭击他的男人这段时间里发生的事。

她让他把记住的对话都复述出来,特别是和凯莉·斯宾塞有关的对话。

"没什么特别的,"贝尔说,"他想知道我有没有想到过她,我的墙上有没有挂她的照片。"

伊丽莎白一字不落都记了下来,虽然她没有发表任何评论,但一直近距离认真观察她的贝尔还是察觉到了。

"这些对你有用。"他肯定地说。

告诉他事实真相并无害处。"前几天,有人发现亨利·高摩伦死在了自己的公寓里。他的起居室里有一幅凯莉·斯宾塞的照片。"

她看得出,在此之前,贝尔对此毫不知情。他低头看向自己手上的矫正架。

"你认为杀死高摩伦的人,就是攻击我的那个男人。"

"看起来应该是这样。"

他抬头看向伊丽莎白。"为什么?"

"我希望你能给我提供一些线索,让我弄明白为什么。你最近和高摩伦有联系吗?"

"我已经十七年没有和他联系过了。"

"那特里·多特里呢?"

贝尔的脸上浮现出困惑的表情。"特里·多特里死了。我在报纸上看到的。你觉得他的死也和今天晚上的事有联系?"

伊丽莎白耸耸肩,"应该说,这种可能性让我觉得很有意思。"

"报纸上说,多特里企图越狱,然后被执勤警察击毙。这两件事情能有什么关联?"

"我现在还不能肯定。我问你一些其他的问题吧。那个袭击你的人你觉得熟悉吗?有没有可能你以前见过他?"

"我在酒吧里见过他,或者是在艺术博览会上。"

"那有没有可能是在十七年前,在苏圣玛丽的大湖银行里?"

贝尔更困惑了。"我没听懂。你觉着他当时在银行里？是顾客？"

"或者是抢劫犯也说不定。"

贝尔低叹一声，就像一声轻笑一样。"弗洛伊德·兰姆比已经死了，多特里也死了。刚才你告诉我说高摩伦也死了，只剩下我了，而我今天晚上也的确是出事了。"

"你忘了一个人，"伊丽莎白提醒他，"那个逃跑的司机。"

他的目光若有所思地落在房间的另一头，"你是说金伯？"

"那是他的名字吗？我记得我看到过的报告上没有提到过。"

"这不可能出现在报告里，"贝尔答道，"这是我开的一个小玩笑罢了。当时，除了弗洛伊德，我不知道其他人的名字。所有人都认识弗洛伊德，但弗洛伊德觉得我们其他人互不相识会比较好。"

"这会让事情变得不好操作。动手之前，你怎么也得和其他人碰一下面，做一下抢劫的计划。那你和其他人是怎么互相称呼的？"

"弗洛伊德给我们起了外号。他叫我阳光，多特里是月光，高摩伦是彩虹。在抢劫银行之前，我们只见过司机一次。我们制定计划的时候他不在，所以他没有外号。不过我叫他金伯。"

"为什么？"

"没什么特别的原因，就觉得是个谐音，兰姆比和彩虹，彩虹不是念作雷恩伯嘛。我从没有当面这么叫过他，和他说的话总共也不超过两句。"

"从那个时候起，你再也没见过他？一次也没有？"

"没有。"

"你觉得今天晚上这个人会是他吗？"

"如果不是你提起，我都不可能会想起这个人。"

伊丽莎白从椅子上站了起来,"那就是说不是他?"

"我不知道。我们说的这个人是我十七年前见过的,那么现在他最起码应该有三十七岁了。今天晚上遇到的这家伙——我觉得他要年轻一些,但我不敢肯定。他们都是白人,不高也不矮,都是中等个子。我真的不知道。你真的觉得可能会是他吗?"

"我觉得有必要考虑这个可能性。"

萨顿·贝尔抬头看向天花板。他问了一个问题,但并不是向哪一个人发问。

"为什么金伯想杀我?"

他的妻子握住了他那只没有受伤的手。伊丽莎白没有回答他。

贝尔说话的语气变得愈加困惑。"他是那天早晨唯一一个逃跑的人。他保住了自己,把我们其他人都推入了困境。要这么说,也应该是我想杀了他才是。"

大学医院的急诊室是一个有序的地方,至少在七月里这个星期三的夜晚是这样。没有喧哗声,没有剧烈的运动。伊丽莎白结束了与贝尔夫妇的谈话,向外走去,经过医院前台时听到一个满面倦容的男人在向一个负责人抱怨他的保险范畴。她看到两名急诊医师推着一辆轮床,轮床上躺着一个灰头发的女人。她看到卡特·单从急诊医师身后的滑门走了进来。

"局长让我到你这里问问情况。"他说。

"是这样吗?"

"事实上,是我自己要来的。贝尔怎么样了?"

"看上去没什么大问题。他们可能会让他待一会儿,留院观察。"

"一会儿他要走的时候,可能得选择另外一个出口。这个门外面围着一堆记者。"

"太有爱了。"

单开始问她从贝尔那里打听到的情况,但伊丽莎白有点心不在焉。她的注意力被坐在一排座位尽头处的女人吸引住了,座位旁有一棵高大的蕨类盆栽,那个女人穿着白色的真丝衬衫、灰色的裙子,完全符合她在八球酒吧里打听到的那个女人的特征。

单也注意到那个女人。"她在这儿干什么?"他问道。

伊丽莎白下意识地回答,"她跟着载贝尔的救护车来的。"

"她认识贝尔?"

"我不知道,不过我知道她是贝尔被袭击的目击证人。我们得去问问她。"

"她是贝尔被袭击的目击证人?"单重复了伊丽莎白的话,"她可真有点忙啊,不是吗?"

他的语气有点怪怪的,伊丽莎白敏锐地察觉到了,她忍不住皱了皱眉,"这是什么意思?"

他举手向那个女人挥挥手,然后那个女人也朝他挥了挥手。

"我说的在高摩伦公寓里的人就是她,"单说,"她就是发现高摩伦尸体的人。"

他们看着那个女人从蕨类盆栽的阴影下站了起来。

"那是亨利·高摩伦的姐姐。"

第8章

穿着真丝衬衫的女人鼻梁上有雀斑,她涂了一层粉底霜,想要遮住这些雀斑,但还是能看到雀斑的印子。伊丽莎白估计她应该有二十五岁。

"我想说,之前我说谎了。"女人说道,眼睛盯着单看。

"这不正常。"伊丽莎白说。

"会吗?从没有人对你说过谎?"

"人们总是会说谎,"单答道,"他们不愿意做的就是承认自己说了谎。这真让人失望。"

"我不该那么做。我道歉。"

伊丽莎白将指头划过蕨类盆栽的塑料叶子。"失望是因为单警探更愿意自己戳穿你的谎言。如果你直接承认了,那就变得毫无挑战性了。至少你应该让他能努力一下。你该做的是让我们把你带回局里,把你一个人关进一个房间里……"

"用强光照你……"单补充道。

"让你坐在一张摇摇晃晃的椅子上,因为我们事先把椅子的一条腿儿给卸了。一旦把你关进去,我们就会让你在里面一直等着。等一个小时……"

"或者两个小时。"

"然后单警探会进到房间里,把一个厚厚的文件夹重重地往桌子上一拍,发出砰的声音。当你想要将一切和盘托出时,他会找个借口离开……"

"通常,我会假装自己忘了拿笔。"单说出自己的秘密。

"这是一个经典的举动。"伊丽莎白说,"在他拿着笔折回来之前,你会变得异常焦虑,所以他一回来屁股还没坐到椅子上,你就会忍不住开始招供了,因为你害怕他又要离开。"她停了下来,摇摇头,"事情本来应该是这样发展的,你本可以让他有一个愉快的夜晚,但你非得要现在冒出来,承认自己撒谎了。"

穿着真丝衬衫的女人的目光在伊丽莎白和单之间转来转去,嘴角边浮现一抹微小的笑容。"我很遗憾错过了这些。"她如是说道。

"现在也还有很多机会,"伊丽莎白说,"说说看,你撒了什么谎?"

"事实上,我并不是亨利·高摩伦的姐姐。"

"那你是谁?"单问。

她把手伸进自己的手提包,然后递给单一张名片。

伊丽莎白看到了名片上的名字,露西·纳瓦罗,还有她工作的报社名称——《全球时事》。

"原来是我们记者朋友中的一员。"单说。

"除了这一点,我说的其他话都是真的。"露西·纳瓦罗说,"我本来和亨利·高摩伦约好了昨天一起吃午饭,但他一直没露面,所以今天晚上我去了他的公寓。我对公寓管理员说我是他的姐姐,他才让我进去了。"

"为什么你要和高摩伦见面？"伊丽莎白问。

"这不是显而易见的么？凯莉·斯宾塞正在竞选参议员。特里·多特里在他父亲的葬礼上被击毙。因为十七年前的一起银行劫案，高摩伦和这两个人都有关联，其中一定有故事。"

"这就是你去找萨顿·贝尔的原因？因为他也是故事的一部分？"

"我之前试过和贝尔联系，"露西·纳瓦罗答道，"高摩伦出事之后，我觉得我最好跟着贝尔。"

"你是怎么找到他的？"

"我在谷歌上搜索。我查到他的乐队会在艺术博览会上表演。不过我到那里的时候已经太晚了，没看到他们的演出，不过他们很棒，对吧？我猜演出结束之后他们应该会去喝一杯。八球酒吧是我找的第三家酒吧。我想和贝尔单独聊聊，所以我一直在里面等着。他打台球的时候，我离开了一会儿，去了一下洗手间，恰好在那个时候，他决定要离开酒吧。"

"所以你一路跟着他，"伊丽莎白问，"那你有没有看到袭击他的人？"

"在酒吧里的时候我看到他了，但那里的光线不好。他的手上缠着绷带，戴了一顶棒球帽。"

"他的眼睛是什么颜色？"

"我不知道。"

"他的头发呢？"

应该是深色头发吧，女人心想。她对嫌疑人车子的描述也很模糊。是一辆轿车，好像是灰色的，又像是绿色的，也有可能是蓝色的。应该是美国人，不太像外国人。她没看到牌照。

伊丽莎白的问题问完之后，露西·纳瓦罗也问了自己想问的问题。

"你认为他和杀死亨利·高摩伦的人是同一个人吗？"她很想知道。"十有八九就是同一个人，没错吧？"

伊丽莎白非常赞同她的猜测，但话到了嘴边却变成了："对此我真的无可奉告。"

"那只绑了绷带的手就是他和高摩伦被害案有关联的证据，对吧？在高摩伦的公寓里有一把刀，还有血。"

"对此我还是无可奉告。"

"你打算就这一案件和凯莉·斯宾塞见一面吗？"

伊丽莎白转头看向单，"这问题问得真好……"

他点头表示赞同。"但很遗憾我们无可奉告。"

安东尼·拉克把一个硬纸杯抵在前额。杯子里的冰块已经融化了，但苏打水还是冰凉的，丝丝凉意缓解了一抽一抽的头疼。

他把车子停在医院的停车场里。透过挡风玻璃，他能看到急诊室的滑动玻璃门，能看到里面有明亮的灯光透出。

玻璃门打开了，一个女人从里面走了出来。即使隔着一段距离，他还是认出了她，她就是酒吧里的那个女人，那个追着萨顿·贝尔的女人。

和她一起出来的还有另外两个人：一个高个子女人，黑色的头发在脑后扎成了一个马尾，还有一个身形纤瘦的亚洲男人，穿着衬衫打着领带。他们看起来像是警察，拉克心想，他们的举止和警察很像。

第 8 章 | 69

有记者和摄影师从路边停着的一辆新闻车上下来，朝他们走了过去，他们挥手示意对方离开。

他把杯子放低，最后放到了自己的膝盖上。绷带下的手很痛。抗生素，这是他需要的。头孢氨苄，萨顿·贝尔这样告诉过他。这里就有这两样东西，在医院里，但他没法进去。他没法去医生的办公室，也没法去诊所就医，他们一定会留意到他。

他只能等上一两天。也许到时候手上的伤势会自动好转。如果没有转好，他再另想办法。现在，他只能选择潜伏。在贝尔这件事上，是他过于自信了。他不该写下那句话：下一个轮到萨顿·贝尔了。这是在冒险。就算是为了坦诚面对自己，他也不该把手稿放在《灰街》办公室外面。他是在下班时间才把手稿放了过去的，本想在贝尔死后的早晨才会有人发现它。

我们都想得到他人的理解，都想要寻找真实的自我，但他的步伐明显过于急切。

他还是会有机会接触到萨顿·贝尔的。现在他们会监视他：在他家里，在他上班的地方。但他们会坚持多久？拉克完全可以等下去。事情会变得更艰难，但最后总能达成。

这都是为了凯莉·斯宾塞，那个笑容有魔力的女人。

他需要休息，需要好好地睡上一觉。他发动汽车，慢慢地开出停车场，驶到了街道上。

第9章

因为盛夏的酷热,华士奇家的前门不合槽,得花一把不小的力气才能推开它。半夜,我被开门的声音惊醒。我听到伊丽莎白把钥匙从锁孔拔出来,然后把门推进槽里。

我听到她解开别在腰带上的枪套,脚步声从铺了瓷砖的大厅一路响到起居室门口。她进了房间,把枪套和手提包放在茶几上,然后在我对面的椅子上坐了下来。

"大卫,我以为我们已经说好了,你不用等我回来再睡。"

"我怎么记得我们好像不是这么说好的。"我说。

她转向沙发,看到她女儿躺在上面睡着了。莎拉·华士奇,高挑苗条的十六岁女孩,她蜷着身子侧躺着,穿着牛仔短裤,还有一件宽松的白色T恤。她的右脚踝上系着一根皮质麻花绳,长长的黑发从额前垂到枕头上,双手合着枕在脸颊下。我以前见过这样的姿势。她的睡姿很像一幅文艺复兴时期的油画上的女孩。

"她应该睡到床上去的。"伊丽莎白低声说。

"我试着说服她,让她先睡,不要等你。但她不听。"

"我想也是。"

"她的意志很坚定。"

这女孩不是我的女儿,伊丽莎白不是我的妻子,她的房子也不是我的房子,但也可以说是我的。说是我的也未尝不可,因为事实差不多也可以用这几句话囊括。

我的人生,经历了很多差一点的时刻。

很久以前的一个深夜,我在一个室内停车场的顶楼和一个坏种打了一架。他死了,我差一点被指控为谋杀罪。去年,伊丽莎白和我在马歇尔公园的树林里和另外一个坏种缠斗,我差一点就把她害死了,自己也差一点就丧了命。

这些天,我都是在她的床上过夜,在她家的餐桌上吃饭,还在教她的女儿开车。所以说,虽然她的房子不是我的,但差不多也能算是我的。在这里,我来去自如,想来就来,想走就走。每个月,我都会付一半的按揭。我在《灰街》的办公室里放了一把牙刷,还有一套换洗衣服,加夜班的时候就会在办公室的储藏室沙发上凑合睡一晚上。除了这两样东西,我的全部家当都在这个房子里。

我试着和她的工作保持距离。她警局的同事们已经认可了我们的关系——应该说是几乎认可了,但他们更愿意忽略我的存在。处理安娜堡市的犯罪案件是伊丽莎白的工作,不是我的。严格地说,我不应该问她任何关于案件的问题,她也不应该告诉我。

今晚,伊丽莎白坐在我对面的椅子上休息,她的女儿在几步开外的沙发上沉沉睡着,我控制不住我的好奇心。

"关于那个穿格子衬衣戴探险帽的男人,你查到了些什么?"

伊丽莎白摩挲着脖子上的玻璃珠项链,接着开口回答我的问题。

"今天晚上他攻击萨顿·贝尔时,换了另外一顶帽子。"她说。

"真是狡猾。"

她告诉我贝尔被袭击的细节。听得出来,对于找出那个穿格子衬衫的男人她并不抱太大希望。

"我们本来可以拿到他的指纹,"她说,"不过八球酒吧的酒保一定是全镇工作效率最高的酒保。格子衬衫先生前脚刚走,他就把他坐过的台子擦了一遍,还把他的杯子端到厨房去洗了。"

"也许在我给你的那份手稿上有他的指纹。"我提了一个建议。

"也许吧。"显然她并不这样认为,我也是。

"我把贝尔和其他一些证人的描述都拼了起来,"她告诉我,"但我不知道到底有没有用,我们得做个整合。"

我拿起茶几上的速写本,翻到我想要的那一页,然后递给她。那一页有一个男人的铅笔素描,是我在艺术博览会上看到的那个男人,他戴着太阳镜和帽子。

"莎拉画的?"她问我。

我点头,"我是站在街对面看到他的。根据我给的提示,她画得棒极了。基本的特征都在这里了:他下巴的长度,还有他嘴巴的形状。"

"这很有用。"

伊丽莎白把速写本放回茶几上,然后拿起放在上面的一叠纸——是那个穿格子衬衫的男人的手稿。当晚,我在把手稿原件交给她之前先复印了一份。尽管已经处理过这份稿子,我还是想尽量把稿纸上可能有的证据都保存好。我觉得用复印机不是个好办法,所以我用数码相机逐页拍了照,把照片都拷贝到了办公室的电脑里,然后再打印出来。我觉得我有资格这样做,毕竟,那是一份曾被放在《灰街》办公室的手稿。

放在这里，并不是偶然的选择。

当我读到文稿的第一句话，我就明白了这一点。我杀了亨利·高摩伦……我听过这个名字。对于大湖银行劫案，我略有所闻。

几个月以前，我读到过一篇关于凯莉·斯宾塞的新闻报道，并且对她的过往非常好奇。我搜了一下当年的那起银行劫案，然后发现了一些非常有趣的细节——特别是关于那个一直没有伏法的第五个劫匪的部分。我一直在脑海里做场景回放，最后，我决定把这个作为短篇小说的题材。

我用假名在《灰街》上发表了这篇短篇小说。那个穿格子衬衫的男人一定读过这本杂志，也读过这篇小说。我忍不住猜想会不会就是因为这样，他才站在了我办公室门外的走廊上。

因此，我认为我有资格把他的稿子复印一份。我不知道伊丽莎白是否认同我的做法，她一言不发地把这叠稿纸放回茶几上。她自己也有一份拷贝。我看到那份拷贝的稿子从她手提包的一个口袋里露出一角。

"你看过了吗？"我问她。

"还没有全部看完。"

在等她回家的这段时间，我已经把这份稿子看了两遍。但即便是连读两遍，我还是没法喜欢这份稿子。

"你应该从头到尾看一遍。"我对她说，"然后我们晚一点可以讨论一下。"

她扫了我一眼，带着点揶揄，"我们吗？"

"我一直这么想来着。如果你要北上，我觉得我应该和你一起去。"

她的揶揄变成了困惑,"为什么我要北上?"

"你会明白的,只要你完整地看过一遍这稿子。"我答道,然后补上了我等她回家的时候一直默默练习的话,"我不想你一个人去。我知道是怎么一回事,部门里的预算削减,他们很有可能只派一个人过去。我猜他们会继续监视萨顿·贝尔,这会花费很多人力。所以他们会派你北上,我会和你一起去。"

"大卫,你在说什么呢?"她拿起自己拷贝的那份稿子,"这里面写了些什么?"她问,"为什么他们要派我北上?"

我瞥了茶几上的素描一眼。

"因为穿格子衬衫的男人在那里。"我如是答道,"他的一部分故事在那里展开——在苏圣玛丽。开头的几页是关于亨利·高摩伦的,最后写的是萨顿·贝尔,而中间部分……中间部分全都和特里·多特里有关。"

第 10 章

从安娜堡市到苏圣玛丽的车程是三百四十英里。选择从 23 号公路和 75 号州际公路走的话，大概要开五个多小时，这是连续开半路不停下来休息的时间。一路向北，以弗林特和萨吉诺为分水岭，你会发现，城市的喧嚣逐渐远去，村野的静谧慢慢靠近，目之所及皆是大片大片的旷野和森林。在这些树林后方，是波光粼粼的湖水，是你在高速公路上无法领略到的美景。在湖岸边散布着一些小屋，这里是密歇根州人在酷热夏季的避暑胜地。

进入下半岛区域，你会看到许多旅游小镇，这里有毛绒驼鹿玩具，还有印着黑熊图案的 T 恤。几乎每一家小店都有美味的软糖出售，种类繁多。这里的麦基诺大桥本身就是一个旅游景点：五英里长的钢索横跨在海峡之上，密歇根湖就经由这道海峡流入休伦湖。

另一面是上半岛（又称作北部半岛），沿着 75 号州际公路开五十多英里，就能抵达和加拿大接壤的苏圣玛丽。伊丽莎白和我于周四晚上抵达那里，然后我们开到了圣玛丽河的边上。我们欣赏了一会儿波涛汹涌的水面上光影交错的美景，然后从来路折回旅馆。

我们出发的时候已经晚了。欧文·麦凯莱布考虑了好一会儿，才决定派伊丽莎白北上。跟着我们就立马收拾行李，让莎拉暂时和布丽奇特·肖尔克洛斯住一段时间。车子开出来的时候，已经是下午三点。

周五早上，我们早早就起了床，开车前往齐佩瓦郡的治安官办公处，一幢位于法院街上的棕色砖墙建筑。治安官在接待室迎接我们。他的名字叫沃尔特·德拉科特，身高六英尺，双肩宽阔，向外鼓起的肚腩让他看起来很胖。他戴着一副琥珀太阳镜，领着我们往街上的一家小餐馆走去，小餐馆的窗玻璃上贴着"凯莉·斯宾塞竞选参议员"的标语。

"你们长途跋涉，来到这里，"他说，"怎么也应该享用一顿美味的早餐。我可不想你们满怀希望而来，万分失望而回。"

一走进小餐馆，我们就闻到了一股培根和浓咖啡的味道。一名女服务员领着我们穿过一张长收银台，来到餐馆后方的一个小包间里，坐在这里，可以和别的顾客隔开。吃煎蛋饼的时候，我们闲聊了一会儿，德拉科特问了一下我们路上是否顺利，然后又问我从事什么职业。原来他是个不折不扣的推理小说迷。女服务员把盘子清走之后，他和伊丽莎白才开始谈公事。

"我知道你们为何而来，"德拉科特说，"但我不知道自己是否能帮上忙。我很怀疑你们正在找的那个男人是不是在苏圣玛丽。"

"你看过我发给你的那份稿子没？"她一边问德拉科特，一边把一份复印件摊开放在桌上，是那个穿格子衬衫的男人的宣言。在我们离开安娜堡市之前，她用传真把那份稿子发给了德拉科特。

"我看过了，"他说，"确实是个不错的故事，我能理解为什么你们想要传送这个故事。但我不像你们这么深信。你站在我的立场上想想就会明白。"

他用一根粗短的手指轻轻在那叠稿纸上敲了敲。"我不知道是谁写了这份声明,说自己杀了查理·多特里,但我已经抓了一个人在拘留,他的名字是凯尔·斯库德。他和多特里打了一架,这是事实,就在布雷姆利那边的舒适酒店。几个小时之后,多特里被殴打致死。一切都非常清楚,没有任何疑点。"

德拉科特往后一靠,耸了耸肩。他的灰色制服很合身,就像为他量身定做的一样。他的眼睛是浅灰色,黑色的头发里夹杂着银白色的发丝。

"至于特里·多特里,"他继续说,"事情经过也很明朗。他们让他出狱去参加他父亲的葬礼,然后他企图逃跑。我的一名手下不得不开枪射击。我从内心里期望这一切不会发生,但事情已经在那里了。这不需要更进一步的解释了。现在你们告诉我的这个故事,极有可能是当天在葬礼上的人写的。"治安官又伸出手指敲了敲那叠稿纸。"他说当时他在山坡上,带着一把来复枪。他说他朝多特里开了一枪,但没打中。但在和我有过交谈的所有人里,没有人看到过现场有这么一个人。他是一个幽灵。所以你说我应该怎么办?你也可以告诉我,我的汽车在动是因为轮子底下有小魔怪在作祟。"

伊丽莎白朝着稿纸的方向点了点头。"如果他不在现场,那这些怎么解释?"

"那是很有想象力的作品。"

"那它也未免太详细了。"

德拉科特的眼神非常温和,"我也这么觉得,细节处理得确实不错,但这所有的一切都可以从新闻报道里获知。"

"写了这份稿子的男人描述了他谋杀亨利·高摩伦的经过，"伊丽莎白说，"而他不可能从报纸上摘录相关信息，因为他是在高摩伦的尸体被人发现之前写的。"

"听起来，极有可能是他杀了高摩伦。这是发生在安娜堡市的事，调查清楚是你应该做的，我负责的是多特里父子的案子。"

"在最后一页，他同样对萨顿·贝尔发出了威胁。随后，贝尔被攻击了。贝尔、高摩伦和特里·多特里都和当年的大湖银行劫案有关。难道凭这一点不能大胆猜测这几起案子是相互关联的吗？"

治安官若有所思地伸出舌头，舌尖沿着门牙来回滑动。

"对于它们的相互关联，我并不怀疑，"他说，"也许你手头的那份稿子里的故事正好和犯罪事实重合了。可能他听说多特里被枪杀了，然后觉得这是一个绝佳的题材。他觉得高摩伦和贝尔也会被人给解决掉，然后他幻想自己就是那个人。这样对他来说还不够。他还想宣布对多特里的死负责，于是他写了这个故事。"

"所以说一切都是虚构的？"

"到目前为止，有关多特里的一切，我实在想不到还有别的什么解释。没有任何证据可以证明还有另一种可能。"

女服务生走过来，帮我们的咖啡续杯。德拉科特往他的杯子里加了糖和奶精。

"那么，我们不如来说说相关的证据？"伊丽莎白如是问他。

他手上搅拌咖啡的动作没停。"你们大老远特地来这里，只要你有任何问题，我们都可以畅所欲言。"

伊丽莎白把头发往后捋了一下，说道："我对凯尔·斯库德很好奇，就是那个你认为他杀死了查理·多特里的男人。你说他们打了一架。为什么打呢?"

"起因非常稀松平常,"德拉科特说,"为了一个女人打架。那个女人名叫玛德琳·特纳。很多年之前,她和多特里有过一段短暂的婚姻。他们有一个儿子,十五岁左右。两个人离婚之后,孩子跟着女方。"

"为什么离婚?"

"你还不如问他们俩为什么会结婚呢。查理·多特里邂逅玛德琳的时候已经年近六十了,而玛德琳只有四十多岁。他没有任何可取之处,一生都在身份低微的工作之间辗转。但玛德琳当时可是个名副其实的美人,她在众多男人之中游走,其中不乏一些有钱人和成功人士。"

"她和多特里的婚姻维持了三年,然后她开始和一个叫奥尔登·特纳的男人交往,她和特纳一起生活了七年,直到他去世。"

德拉科特喝了一口咖啡,然后接着往下说:"我觉得多特里和她并没有真正地结束。他们一直有联系,毕竟他们育有一个儿子。几个月之前,凯尔·斯库德开始和她交往。我猜他并不知道两人之间的年龄差距。玛德琳现在已经五十多岁,但她尽量让自己看起来年轻一些。斯库德四十二岁。他们第一次见面,是玛德琳雇斯库德到家里做室内绿化。从那时起,他爱上了她。对于她和特里·多特里曾经共同度过的那段时光,他心存嫉妒。那天晚上,他在舒适酒店把他们俩抓了个现行。当多特里以一种斯库德无法接受的方式把手放在玛德琳身上时,两个人就开打了。"

"斯库德怎么说的?"伊丽莎白问,"他承认自己杀了多特里吗?"

"他当然是否认了。他说他那天晚上在玛德琳家,一整夜都待在那里。"

"她是怎么说的?"

"这就得从你问话的时间去判断了。一开始,她说斯库德从舒适酒店一路跟到了她家,但她没让他进门,因为他之前把多特里暴打了一顿,这让她很生气。随后她又变了说辞,说她一整晚都和斯库德在一起。"

我忍不住插了一句话。"为什么她改口了?"

德拉科特看了我一眼,好像这时才想起还有我这么一个人在场似的。那个眼神很冷漠,就像在看一个毫无关联的陌生人一样,意在提醒我别忘记自己现在身处此处并不合适:一个普通市民正在参加一场按理来说并不适合自己出席的会议。德拉科特之所以让我留下来,完全是给伊丽莎白面子。

他朝我笑了一笑,示意我他会回答我的问题。

"卢根先生,"他说,"如果我知道为什么女人们会有那些行为,我早就能找到一份比现在好更多的工作。非要让我说的话,我会说玛德琳最一开始说的是真话。但想到斯库德由此会惹上大麻烦之后,她就决定掩护他。"

"有没有目击证人?"伊丽莎白问他。

"查理·多特里一个人住在树林里的一间小木屋里。隔壁没有其他住户。没有人看到什么陌生人,也没有人听到什么奇怪的声音。"

"那么凶器呢?"

"在现场没找到。法医说凶器可能是一根钢管,或者是撬轮胎的铁棒。"德拉科特的唇角又上翘了一下,然后把手放在了那叠稿纸上。"我知道听到现在你会觉得很兴奋,因为和稿子里写的都一样。但我不得不告诉你的是,我们的法医很喜欢接受媒体采访。所以写这个稿子的人只要看报纸,就算把铁棒构思成凶器也并不奇怪。"

"我猜,接下来你要告诉我,凯尔·斯库德本身就有一根这种铁棒。"

他的脸上再次浮现出一抹笑意,这一次,笑里还有一点自鸣得意。

"每个人都会有一根撬轮胎用的铁棒,不是吗?我们持搜查证对他的卡车和他的家做了搜查。有意思的是,在这两个地方我们都没找到那根铁棒。他说他有的,只是弄丢了。他说事情经过是这样的:几个礼拜之前,他看到路边有一个女人的车子爆胎,于是他停下车来帮忙。他想应该就是那时,无意中把铁棒落在了那个女人的后备厢里。当然,他不知道那个女人的名字。"

"你觉得他在撒谎。"伊丽莎白肯定地说。

"我想他有足够的时间处理那根铁棒。因为直到第二天很晚的时候,查理·多特里的尸体才被人发现。当天是他的儿子去看他,就是跟着玛德琳的那个男孩,他叫尼克。他骑自行车到木屋去,他们本打算一起去钓鱼。"

伊丽莎白的身子向前倾,我盯着她的侧颜。她直勾勾地盯着德拉科特,就像想要看透他脑袋里的想法一样。

最后她开口说道:"难道你一点都不担心你现在正在犯错,没想过凯尔·斯库德可能是无辜的?"

"我不想相信这是事实,"德拉科特说,"但这并不是我说了算的。我已经把所有的材料都交给了郡检察官。我把你们的这个故事也一并交给了他,但他坚信我的定论是板上钉钉的事实。"

伊丽莎白深吸一口气,我知道她已经决定先跳过这个问题。

"我们来说说特里·多特里吧。"她说。

德拉科特点点头，表示赞同。

"他正在服一个三十七年的刑期，"伊丽莎白说，"你不觉得奇怪吗，他们居然会让他在服刑期间外出，哪怕只是外出几个小时？"

"做这个决定的是金罗斯的典狱官，我也不觉得这个决定让人惊讶。一个人的父亲死了，我们应该体谅他的心情。"

"但多特里是一个受关注度很高的犯人。他之前意图逃跑的时候射伤了哈伦·斯宾塞。而现在，凯莉·斯宾塞正在竞选参议员。"

德拉科特又啜了一口咖啡，然后才开口答话。"我听说的是这样的，典狱官把自己的决定告诉了哈伦·斯宾塞，而哈伦没有反对。当然，对此我同样不觉得意外。当哈伦是治安官的时候，我曾经在他手下做过事。我不知道他是否已经原谅了多特里，但我知道，对过去所发生的一切，他已经能够坦然面对。"

"你的两名手下到金罗斯监狱去接特里·多特里，然后开车带他去教堂，跟着又去了墓地。"

"标准的流程就是这样的。我指派了萨姆·蒂尔曼和保罗·莱茵负责押送多特里。他们以前有护送囚犯的经验，曾顺利完成护送。"

"那这次是怎么回事？"

治安官环视了包间一圈，我以为他是想让女服务员过来续杯咖啡，随后才反应过来他只是在确认周围没有人能听到我们的谈话。

"这个只能你知我知。"他说。

"这是当然。"伊丽莎白答道。

"蒂尔曼和莱茵现在被停职了，整件事现在正在调查中。我告诉你的这些，你可不能到处声张。"

第 10 章 | 83

"我知道的。"她答道。

他警告性地看向我,我回了一个让他放心的眼神。我想他应该觉得我不是一个多嘴的人。

"事实上,是他们俩把事情办砸了。"他说,"在教堂里的时候,特里·多特里表现得很老实。到墓地的时候,蒂尔曼和莱茵的警戒松了一点。他们本该一直走在多特里的两侧,但他们没这么做。蒂尔曼是圣约瑟夫教堂的会众之一,走到坟墓边上时,他停下来和牧师聊了几句。莱茵让多特里远离了人群。多特里对莱茵说他想到祖母的墓前祭拜一下。莱茵就跟在他后面,但隔了一段距离。当时多特里上了脚镣。戴着脚镣他还能跑到哪儿去呢?"

"但是多特里成功脱掉了脚镣。"伊丽莎白说。

"他得到了援助。有人把一瓶玫瑰花放在他祖母的墓碑前,在花瓶旁边的草地上有一把手铐钥匙。"

我指了指那份稿子。"这稿子里也有这个细节。"

"报纸上同样有,"德拉科特说,"我们没法查到这钥匙的确切来源。虽说手铐钥匙的流通是受限的,但我看到易趣网上就有卖。"大概是考虑到我的缘故,他又补充了一句。"手铐的样式都差不多,它们都能用同一种钥匙打开。"

女服务员又走过来为我们的杯子续满咖啡,德拉科特又开始往杯子里加奶精和糖。

"那玫瑰花呢?"我问他,"没试过查一下出处吗?"

"就是很普通的玫瑰花。我们没法查出到底是哪家店售出的,花瓶上什么印记都没有。"

他挑高眉毛,就像在邀请我继续问其他的问题。但我没有继续发问,于是他重新转向伊丽莎白,继续从他之前停顿的地方说起。

"多特里一解开脚镣,就立即朝墓地的围栏跑。莱茵命令他停下来。当时,多特里已经爬上了围栏,如果莱茵不开枪的话,他很有可能就成功逃脱了。有人在墓地的另一侧给他留了一辆汽车。是一辆老旧的大黄蜂,一个送比萨的小伙子的车。他的车子前一天晚上被偷了。当时他到一幢公寓楼送外卖,上楼的时候他的车子没熄火,然后等他送完东西下楼发现自己的车子不见了。"

"关于偷车贼,有没有什么线索?"伊丽莎白问。

"车子被偷的过程自然是没有人看见的。"德拉科特说,"而且那辆车上的指纹都被擦干净了。我们发现钥匙被放在遮阳板后面,杂物箱里有一些现金,后备厢里有一身备换的衣服和一双鞋子。"

"有理由可以相信,这是一个周密的计划。"她说。

"嗯。当时还发生了分散注意力的事。两个骑着自行车的男孩在墓地停车场放烟花。他们把公众的注意力从多特里身上转移开,恰恰在那一瞬间,他打开了脚镣的锁。"

"然后你也没法指认他们?"

他犹豫了一下,低头盯着咖啡杯看。"你得明白当时的情形。我的两名手下都被绊住了。莱茵非常不愿意对多特里开枪。开枪之后,他立即翻过围栏,对他做心脏复苏。蒂尔曼则要维持墓地现场人群的秩序。他打开无线电寻求支援。他们中无论是哪一个都没时间去追那两个骑着自行车的男孩子。"

"参加葬礼的人里,就没人帮你指认他们?"

德拉科特抬起头,叹了一口气。

"我不知道怎样措辞才不会让你有被冒犯的感觉,华士奇警探。"

"你就直接说吧。"

"我们附近有一个叫华士奇的海湾，它是以一个齐佩瓦酋长的名字命名的。你有没有齐佩瓦血统，警探？"

"华士奇是我前夫的姓。"

"这并不是我这个问题的答案，"德拉科特说，"但我不介意。查理·多特里有一半齐佩瓦血统。他的儿子特里有四分之一齐佩瓦血统。我敢打赌，当天参加葬礼的人或多或少都有齐佩瓦血统。我常年和齐佩瓦人打交道，大多数时候，他们和其他公民一样愿意配合我们的工作。但这一次，是一个白人警察射杀了一个齐佩瓦人——即使他是一个企图越狱的囚犯。这让民众很愤怒。这种情况下，治安官跟他们说希望他们能够帮忙指认两个齐佩瓦男孩。你觉得会怎样？当时参加葬礼的所有人中，没有人愿意对我多透露半个字。"

"所以没有人告诉你他们看到山坡上有一个拿着来复枪的男人？"

"没有。"

"也没有人说除了莱茵朝多特里开的那一枪之外，他们听到了另外一声枪响？"

治安官的脸皱成一团，做了一个很痛苦的表情。"你四处打听的话，就能听到各种版本的回答，关于那声额外的枪响。有的人会把烟火的声音当成那一声枪响，有的人只是想煽风点火。还有谣言说莱茵弹夹里的子弹全都打到了多特里身上。但我可以明确地告诉你，当天只开了一枪。"

"所以你的其他手下也全都没有听到第二声枪响？"伊丽莎白说。"听起来也有可能像是回声。"她指了指那份稿子，"根据这份稿子写的，那个带着来复枪的男人在听到莱茵枪响的一瞬间也扣动了扳机。"

"那块墓地三面都有山坡围绕。任何一个认为自己听到了回声的人都可能会这样写。"德拉科特厚实的手掌拍打着桌面,这是在告诉我们交谈到此为止了。"我们可以过一会儿再讨论这些,现在我有公务要处理,你们可以趁此机会好好享受一下。"

他掏出钱包,准备结账。我也掏出钱包准备结账。女服务员把账单放在我们中间。

"既然已经来了这里,"德拉科特说,"我觉得你们应该去看看苏水闸。这可是世界上最繁忙的水闸了:每年从这里经过的船只多达上万艘。如果你们有机会横渡到加拿大那边,我建议你们坐火车穿越亚加华峡谷,那可是不朽的景观。"

他向包间外走去,然后在门口站了一会儿。

"据我所知,这件事的来龙去脉就跟我说的一样。特里·多特里的事更是没有任何疑点。他企图逃跑,然后被击毙了。你们说的那个山坡上的男人,还有他的来复枪,我不需要它们。没有它们我也知道发生了什么事。有时候最简单的解释就是事实真相。在山坡上,并没有什么男人在那里。"

第 11 章

走出小餐馆之后,沃尔特·德拉科特戴上太阳镜,把我们送到汽车边上。他留给我们的最后印象,是一个在法院街的街道上信步向前的背影。我们坐进车子里时,伊丽莎白吐出了一个名字,"罗德·斯泰格尔。"

我愣了一秒,然后马上明白过来。"说的是《炎热的夜晚》。"我说。

"他是警察局长。德拉科特让我联想到的就是这个人。罗德·斯泰格尔,非常有魅力的一个人,但他的正直度却和他的魅力成反比。"

她发动引擎,然后把车子驶到街道上。

"他让我想起奥卡姆的威廉。"我如是说。

"这是什么年代的人物?"

"中世纪,他是英国的哲学家。"

短暂的停顿之后,她接话了,"'奥卡姆的剃刀'原则。"

我点头,"确实是'奥卡姆的剃刀'。如无必要,勿增实体。所以,如果没有那个拿着来复枪潜伏在山坡上的男人,你能够解释所发生的一切……"

"……就可以说根本没有这么一个拿着来复枪的男人存在。"

"是这样没错。德拉科特治安官为我们进行了一场形而上学的演讲。"

"我想,我们这一趟苏圣玛丽之行不算完全白跑。"

"我觉得我们还有时间去看一下那些手铐。"

她降下驾驶座那一侧的窗玻璃,头发被灌进车厢的风吹得飞扬起来。

"我不想让你失望,大卫。但我觉得我们不应该把时间浪费在看那些手铐上。"

接下来的一个半小时,我们在苏圣玛丽的几个目标点之间辗转。我们的第一站是亚瑟·萨瑟兰的办公室,他是斯库德的律师。伊丽莎白把一份穿格子衬衫的男人的素描画像给了萨瑟兰,还有一份详细描写了查理·多特里死亡过程的稿子。尽管在谈话过程中他打断了伊丽莎白五到六次——他的手机一直不停地响,然后他不得不接电话——但到最后,她成功地让他相信现在他的当事人极有可能是无辜的。

接下来我们开车去莱茵警员的家,他家的房子非常整洁,前院里有一个花岗岩鸟浴池。车道上的一棵胡桃树下停着一辆别克,我们敲门之后,没有人来应门。伊丽莎白只得把自己的名片放在前门旁边的邮箱里。

跟着我们去了蒂尔曼警员的家,他家在城镇的西面,在州际公路和铁路之间,他住的是一幢木头结构的房子。我们沿着门廊前的台阶拾级而上时,旁边院子里的狗狂吠不停。来开门的是一个满脸疲态的女人,她的臂弯里抱着一个婴儿,一个蹒跚学步的孩子拽着她的裙角。两个都是女孩,头发上都绑着缎带。目光越过站在门口的这母女三人,我们看到屋子里有第三个女孩,年纪像是在六岁上下。她一边绕圈跑,一边跟着儿歌碟片唱一首歌。

这个女人是蒂尔曼的妻子,对伊丽莎白的问话,她一副很不耐烦的样子。她告诉我们她丈夫外出了,而且她不知道他什么时候回来。随后,她接过伊丽莎白递过去的名片,当着我们的面一把把门甩上了。

差不多中午的时候,我们去了白叶公墓。我们从大门驶进去,然后把车子停在停车场唯一一个有树荫遮蔽的车位上。我们花了几分钟才找到查理·多特里的墓碑。我们沿着特里·多特里走过的路走了一遍,然后找到了那块刻着艾格尼丝·多特里这个名字的墓碑——他祖母的墓碑,也就是他告诉警察说他想来拜祭的墓碑。

那瓶玫瑰花已经被拿走了,但特里·多特里就是在这里的草地跪了下来,然后捡起了手铐的钥匙。然后,他从这里向围栏跑去。

我们能看到他逃跑被迫中止的地方。在围栏的另一面,有块被圈起来的地方,现在还能看到些残余的警戒线。在一段围栏的柱子上,不知是谁绑了一条黄布,看起来像是浴巾的一角。

"这是一个记号。"伊丽莎白说。

她从口袋里掏出一张纸,展开——这是她从网上下载并打印出来的一份地图。上面有公墓里墓地的分布情况,还有周围的道路网。

"玫瑰告诉多特里这里有钥匙,"她说,"而那块布告诉他那里可以逃跑。"她低头扫了一遍地图,"如果他直线逃跑,翻过山坡,他就会跑到波蒂奇路上。那辆被偷走的大黄蜂就停在那条路上等他。"

我站在艾格尼丝·多特里的墓地旁边,背对着墓地,然后朝绑着黄布条的那段围栏走去。伊丽莎白在我身旁，也往那里走。

"在那份稿子里，那个穿格子衬衫的男人说，多特里逃跑的时候是在往他在山坡上的藏身之处靠近，"我说，"他应该是带着他的来复枪躲在那上面，其中一棵松树下。"

快走到围栏前时，伊丽莎白一把抓住我的手臂，我停了下来。"他朝多特里开了一枪，但是没打中。"她说。

这并不是问句，但我还是给了她肯定的回答。"是的。"

她指指我们面前的地上，那里的一块草皮有被人撕剪挪动后归位的痕迹。

"那个人把他的子弹挖走了。"

有风拂过，山坡上的野草迎风摇摆，泛起粼粼的绿浪。我站在山脊上向下看，犯罪现场的警戒线就像一条蜿蜒在草地里的蛇。

"就是这里。"我说。

伊丽莎白站在我旁边。我们走了很长一段路，穿过墓地的大门，绕了围栏一圈，然后来到山坡上的这个位置。

一棵五针松，树下的地上有厚厚的一层松针——这和那个穿格子衬衫的男人所描述的场景完全一样。如果你整个人趴在松树下，那么下方的一切将尽览无遗，而且藏在这里不会被人发现，除非是非常仔细的搜查。

伊丽莎白跪了下来，她把手掌贴在覆盖着厚厚一层松针的地上。她说："根据稿子里的描述，开第一枪的时候来复枪卡住了，他不得不把枪膛里的子弹清出来。那颗子弹掉在了松针上。第二次，来复枪射击成功了，也就是说子弹壳会掉出来，同样也会掉进松针堆里。他并没有说事后把这些东西捡走了。"

"是没有。"我说。

我们走到五针松下,然后仔细搜寻地面,但我们什么也没找到。

"也许他把子弹和弹壳都捡走了,"她说,"专业的人经常都会这样做。也许他没在稿子里提起,只是觉得没必要提。"

"你觉得他专业吗?"

她摇头,"他的表现就像一个喜欢即兴创作的人。"

"如果他没有把子弹和弹壳捡走,那就是其他人捡走了。德拉科特,或者是他的某个手下。"

"这个我们无从得知。"

"但我们都是这样想的,不是吗?"

她静默了一会儿。我们重新振作起精神,看向山下那片被风吹动的草地。

"可能那些警员从头到尾都不知道这里藏过一个人,"最后,她开口说道,"来复枪的枪响可能被错听成回声。那颗子弹没打中多特里,射进了地面里。但我觉得我给德拉科特传了那份稿子之后,他应该到这里来查看过。"

"也许他把子弹挖了出来,"我说,"然后把子弹和弹壳拿走了。"

"有可能。"

"那他这样做的意义何在?又为什么要掩盖这一切?"

"我不知道。也许德拉科特只是不想再惹更多的麻烦。他的手下射杀了一名囚犯,虽然是不得已而为之,但已经是大麻烦了。如果他承认在山上还有一个带着来复枪的男人,事情会变得更糟糕。届时,他将更不知道应该如何应对。"

她的声音弱了下去，似乎在下方看到了什么。我顺着她的视线看去，看到一辆汽车从墓地大门开了过去。

这车看起来很眼熟。伊丽莎白站在我身旁，开口说道："那是不是保罗·莱茵的别克？"

车子停了下来，驾驶室一侧的车门被推开。一个男人从车里跨了出来，他穿着蓝色的牛仔裤，上身是一件衬衫，没扣扣子。他走到我们车子旁边，透过窗玻璃向车里看了看，然后开始穿过墓地的草坪，向查理·多特里的墓走去。

"他在干吗？"我问。

"他在找我们。"

莱茵——如果他是莱茵的话——他在查理·多特里的墓碑前停了下来，慢慢地在那附近兜圈子。

"他不可能是跟着我们来到这里的，是吧？"我问伊丽莎白。

"我怀疑，"她回答，"可能是德拉科特告诉他的。"

"可你没告诉德拉科特我们打算来这里。"

"根本没有告诉他的必要。我问了查理·多特里的死，理所当然会到这里来。"

最后，莱茵抬头向上看。他站在那里，盯着我们，抬起一只手放在额前挡刺目的阳光。

"我们要下去吗？"我问。

"让他上来。"

看起来他的确有可能会上来。他朝大门走来，似乎想绕过围栏，到山上来。他走到停车场的时候，有另外一辆车开了进来：一辆黄色的大众甲壳虫。他给这辆车让了道，但是甲壳虫的司机——一个年轻的女人，下车之后一直跟在他后面。

"现在来的这个又是谁？"我问。

伊丽莎白低声答道："碍事的人。"

在山下，莱茵和那个女人说了一会儿话，我们听不到他们交谈的内容。不一会儿，莱茵转身上了自己的车。我们听到引擎发动的声音，还有轮胎在砾石路面上摩擦的声音。别克开到路边之后，莱茵猛踩了一下油门，车子呼啸而去。

伊丽莎白拉我从山脊上后退，然后弯下腰掬了一捧五针松的松针。我还没来得及开口问她为什么要拿那个东西，就听到她说了一句："我们走吧。"

我们又走了一段很长的路，走下山，又绕过围栏。那个女人靠在她的车子上，在等我们。她的打扮好像融合了当地人的风格元素：牛仔裤、棉布衣服，还有硬挺的帆布靴。

伊丽莎白为我们互相做了介绍："大卫，这是露西·纳瓦罗。露西，这是大卫·卢根。"

我们互相打了个招呼。

"露西是一名记者，"伊丽莎白说道，"她在《纽约时报》做事。"

露西咧嘴笑了一下，然后摇了摇头，"是《全球时事》。"

"真的？"伊丽莎白俏皮地揶揄了她一下，"你确定？"

"差不多确定。你能否告诉我你们之前在山上干吗了？"

我们穿过停车场的时候，伊丽莎白挽着我的胳膊，现在她的头靠在我的肩膀上，然后说道："大卫，她想知道我们之前在山上做了什么。"

我把她头发里的一根松针拿下来。"还有一根。"我说。

露西·纳瓦罗无视我们的装模作样，继续追问，"保罗·莱茵刚走。他是到这里来和你碰面的?"

伊丽莎白转头看向来路，"他是谁?"

"莱茵就是射杀特里·多特里的人。这案子有什么新进展吗? 有没有什么关于亨利·高摩伦谋杀案和萨顿·贝尔被袭案的线索?"

"她问的问题很犀利，对吧?"伊丽莎白对我说。

"问得也太多了。"我答道。

"也许你愿意回答其中一个问题。"露西·纳瓦罗答道。

"我是想啊，"伊丽莎白说，"但我们已经要来不及了。大卫，火车几点开?"

我看了一下手表，"如果我们现在就走，还赶得上。"

"什么火车?"

在我们走回自己车子前，伊丽莎白凑到露西·纳瓦罗面前对她说："我本不应该告诉你的，不过如果你越过边界进入加拿大，可以搭乘一辆火车穿越亚加华峡谷。不要告诉别人，这是我们之间的秘密，我听说那里的风景很美。"

第 12 章

从 75 号州际公路和 28 号公路走是抵达布雷姆利的捷径。伊丽莎白选了一条风景相对宜人的路线：穿过州际公路上被繁茂的树木环绕的乡村，上西六里公路，跟着穿过布雷姆利州立公园。露西·纳瓦罗开着她那辆黄色的甲壳虫，一路跟着我们。

我们向南穿过被称为镇中心的地方，然后向西转到一条坑坑洼洼的小路上，这条路带着我们来到一间改建过的农舍。这农舍有一个很粗的方形烟囱，还有长长的斜屋顶。我们的车子开到车道上，露西的车子则从农舍前开了过去。

来之前，伊丽莎白给玛德琳打过电话，我们到的时候，她已经候在门口准备迎接我们。简单的问候之后，她领着我们进了客厅。一个壁炉占据了客厅的大部分空间，这是一个大卵石壁炉，橡木做的炉架。

她让我们在一张皮沙发上坐下，然后给我们端了柠檬水过来。她刚要坐下，一个十五岁左右的男孩从另外一个房间里走了出来。男孩身高五英尺六英寸，黑头发，脸上有雀斑。她先介绍说这是她儿子尼克，跟着在男孩耳旁悄声说了几句话，男孩就出去了。过了一会儿，有砰的声音响起，是门被关上的声音，我透过房间一扇宽大的窗户看到那个男孩走进了旁边的院子里。

男孩的母亲先在一张扶手椅上坐了下来，然后开始说话："我不想让尼克听到我们谈话的内容。他父亲和特里身上发生的一切让他受了很大的打击，这不是一个孩子应该承受的。"

伊丽莎白的身子向前倾，双肘放在膝盖上，"我明白，毕竟发现父亲尸体的是他自己。"

"我当时就不该让他一个人去他父亲那里，"玛德琳·特纳说，"但他爱查理。就算我不让他去，他也不会听我的话。那孩子喜欢骑着自行车到处乱逛，而查理住的地方离这里又只有两三英里的路程。"

"你和查理·多特里是怎么认识的？"

玛德琳拿起茶几上的一包烟，然后认真想了一会儿。

"是银行劫案发生之后，"她说，"在特里接受审判的时候。当时查理每天都去法院，中午休庭时，他会去附近的一个公园里，坐在一张长凳上。当时我在苏圣玛丽的一家时装店上班，天气好的时候，我也会去那个公园里吃午饭。有一天，我们聊了起来，然后就这样认识了。"

"我知道当时他的年龄比你大很多。"伊丽莎白说。

"我很容易被比我年长的男人吸引，"玛德琳说，"通常，这类男人能给我的更多。我年轻时，也有过几段缠绵悱恻的爱情，每一段都是和比我年长的男人在一起。只要我想，我能说出好几段故事，亲爱的。"

这并不是让人难以相信的事。她有一头黑发，虽然一些头发的发根处已经变成灰色，但她的眼睛仍然很明亮。她的颧骨很高，下巴松弛了，但只是一点点。她穿着女式针织罩衫和及膝长裙，非常合身，这恰恰也是她年轻时风华无双的证明。

"查理是个可爱而忧伤的男人。"她说，"当然了，他是在为儿子担忧。一开始，我对他有点歉疚。虽然我想要拯救他，但我希望能从他身上得到我想要的也是不争的事实。我是个寡妇，查理和我互相帮助。"

"但你们并没有在一起。"伊丽莎白说。

"没有。特里被关进监狱之后，查理伤透了心。我当时想，给他再生个孩子应该能让事情有所转变。尼克出生之后，我一直期待查理能够开心起来。但有的伤痛是没办法愈合的。"

玛德琳凝视着窗外的某处。我看到外面的院子里，她的儿子在玩秋千，那秋千其实是一个用绳子系在榆树上的旧轮胎。

"查理和我离了婚，然后我又结了婚——和奥尔登·特纳，他帮我一起抚养尼克，还把这幢房子留给我。但不管怎样，查理始终是他儿子生命的一部分，特别是在奥尔登去世之后。"

"他也是你生命的一部分吗？"伊丽莎白问。

"查理和我时不时会在一起喝酒，说说笑笑。这么多年过去了，他变得更成熟了。我们在一起时，他是一个非常好的伴儿。"

"所以查理死的那个晚上也是这样——你们在一起喝酒？"

"是的。"

"但是凯尔·斯库德不乐意。"

玛德琳噘了噘嘴，"凯尔是个醋坛子，脾气还不好。他不了解查理，查理也不是个省事的。他认为凯尔的占有欲太强，所以对他一直没有好感。"

"今天早上我和德拉科特治安官聊过了，"伊丽莎白说，"他告诉我说对于当天晚上的事，你前后说辞不一致。开始你说凯尔跟着你回了家，但没在这里过夜，然后你又说他整晚都在这里。"

玛德琳脸上一暗。"当我发现查理他……"她的声音陡然一变，然后接着往下说，"尼克发现尸体之后给我打了电话，然后我赶了过去，我看到……这是我永远没办法忘记的一幕。治安官询问凯尔的行踪时，已经是几个小时之后的事，那个时候我已经喝了几杯。凯尔在舒适酒店里那么对查理，我很生气。当时我的头脑不是很清醒。但事实是凯尔在我这里待了一整夜，他不可能是杀死查理的凶手。"

"他可能会是因此进监狱的那个人。"伊丽莎白说。

"我不信。真相会大白的，正义会得到伸张。一定会的。"

"你为什么这么肯定？"

"凯尔是无辜的。我觉得这是最重要的，你不这样认为吗？"

"我也希望是这样。"伊丽莎白一边说，一边把放在沙发上的包拿起来。"事实上，我相信他是无辜的。"她从包里抽出一张莎拉画的穿格子衬衫男人的素描复印件，"你有没有见过这个男人？"

我没听到玛德琳·特纳的回答。她起身走到角落里的一张桌子旁找她的老花镜。尼克·多特里站在外面院子的轮胎秋千旁，好像在盯着我看。我拿起那杯柠檬水，向她们致歉说我想出去走走。

我穿过大厅来到厨房，看到一扇通向中庭的纱门。我绕过中庭，来到旁边的院子，向那棵榆树走去。尼克一只手抱着轮胎，脚尖踮在地面上摇荡。他身上松垮垮地套着一件T恤，下身穿着一条膝盖上破了洞的蓝色牛仔裤。

我朝尼克走过去时，看到露西·纳瓦罗站在不远处。那辆甲壳虫停在一条长车道尽头的路边,她就站在车子旁。她身旁有一只褐白两色的狗,是西班牙猎犬和我叫不出名字的难看品种的混种。那只狗欢快地叫着,使劲摇着尾巴。露西在喂东西给它吃,是用速食包装纸包着的食物。我看到她撕了一大块汉堡上的面包下来,往上一抛,然后那只狗一跃而起,一口咬住了面包。

尼克·多特里也在看着这一幕。"你认识她?"他问。

即使隔了一段距离,我仍能听到露西在笑。那只狗后腿站立,在跳舞给她看。

"算不上认识。"我回答,"那是谁的狗?"

"它是只流浪狗。"尼克答道,"我经常看到它在附近转悠。"

露西喂完了食物,把包装纸摊放在地上。随后,她从汽车里拿出一瓶水,倒了一些到用包装纸做成的浅碗里,让那只狗能喝到水。

尼克站在我旁边,松开手里的轮胎,让它像钟摆一样前后摇摆。

"你是警察吗?"他问。

在房子里时,他几乎没怎么说话,我以为他是个害羞的男孩,但现在看来他其实挺自信的。

"我是一名编辑。"我告诉他。

"你妻子是警察?"他说的是伊丽莎白,我根本没必要纠正他。

"对。"

"她是当地人?"

"她是安娜堡人。"

"我说的是以前。她是不是奥吉布瓦人?"

我不太确定他说的和我理解的是不是同一个意思。"你是说齐佩瓦人?"

"奥吉布瓦人。只有白人才会说齐佩瓦人。"

"我不知道她是不是奥吉布瓦人。"

他看了我一眼,满含失望。"也许你应该搞清楚这一点,老兄。"

"大概吧。"我如是说道。

在院子外的路边,露西又倒了一些水给那只狗。我的注意力从露西和狗身上挪开,转到尼克身上。

"对发生在你父亲身上的事,我很抱歉。"我对他说。

他的脸一沉,"每个人都这么说。你听说的版本是什么样的?"

"我知道他是被谋杀的。"

"大概你觉得是凯尔干的。"

这大概是他说过的所有话里,第一句让人觉得像是十五岁这个年龄的人该说的话。

"说真的,我不这样认为。"

"那你妻子呢?"

"她也不这样认为,"我说,"她想查清楚事情的真相。"

尼克笑了笑,一个洞悉一切、充满仇恨的笑容。"不,"他说,"她不会的。"

"这是什么意思?"

"她是警察,警察之间经常都是官官相护。"

轮胎在空中慢慢地旋转摇摆。

"你认为杀死你父亲的凶手是警察?"

"当然。为什么你这么惊讶,老兄?"

"我认为一般情况下,警察是不会杀人的。"

"只有白人才会这么说。"他的声音有些异样,似乎意有所指。

"你有雀斑。"我说。

我看得出,这句话让他很不解。

"所以呢?"他问。

"所以你和我一样是白人,你可以抛弃印第安人的成见。为什么警察要杀你父亲?"

"只要稍微想一想就知道了。他们杀了他,特里来参加葬礼,然后他们杀了特里。"

"那是因为特里试图逃跑。"

他耸了耸肩,"就算他不逃跑,他们也能找出其他的理由杀他。"

"你认为他们一直在计划杀死特里?"

他看着我,一副对我大失所望的表情。

"特里开枪打伤了一名警察,"他说,"害他坐了一辈子的轮椅。"

"那是十七年前的事了。"

"你认为其他的警察会忘了这种事?"又是意有所指的语气。"你和德拉科特治安官见过了吗?"

"见过了。"

"你觉得对于特里试图逃跑这事,他心怀歉意?你觉得他在努力查清一切事情的真相?你想要玫瑰吗,老兄?"

我又被他搞糊涂了,"什么?"

尼克指了指房子中庭附近,那里有一大簇玫瑰花。之前我从那里走过时,没有注意到那片花丛的存在。

"我可以剪一些玫瑰给你,"他说,"你可以送给你的妻子。你还可以搭配一些蕨类植物,我也可以给你。"他指向一行树,"是树林里的野生蕨类。"

我立马想到了特里·多特里，还有被人有意留在墓地草坪上的手铐钥匙，以及那瓶作为地点标记的玫瑰。

"治安官有没有来过这里，找你和你母亲问话？"

"当然来过。"

"那你给了他玫瑰没有？"

尼克·多特里咧嘴笑了，"白人的反应就是快。我给了，但他不想要。再多告诉你点其他的，上个礼拜，我骑着自行车去了苏圣玛丽。治安官的办公室在法院街。我绕着那条街骑了一圈又一圈，骑了整整一个小时。"

当我看到他那辆靠在房子一侧的自行车时，我顿时明白了他说这些话的含义。自行车的车把手上绑着两条黄布，就像两条飘带一样，和之前有人在白叶公墓的围栏上绑的布条一模一样。

他告诉我他骑着这辆自行车在德拉科特的办公室外转圈。"我知道他看到我了，"他补充道，"因为他走到办公室外面来了。除了亲口承认，其他能做的暗示我都做了。他并不想知道，对于目前这种水落石出，他乐见其成。"

第 13 章

"你在哪儿拿到的花瓶？"伊丽莎白问。

此时，我们已经回到旅馆的房间，她正泡在浴缸里，水面上漂着一层厚厚的泡沫，就像白色的云层一样。柜式长桌的桌面上摆着一个烛台，烛台上插着三根蜡烛，为整个房间镀上了一层金光。浴缸的边沿放着一个玻璃花瓶，里面插着尼克·多特里给我的玫瑰和蕨类植物。

"前台接待员给我的。"我回答，"她还给了我一些泡沫粉。前台后面有一篮子，以防有的客人忘了带自己的过来。"

我坐在瓷砖地板上，靠着浴缸。我把左手伸进浴缸里，五指穿过面上那层厚厚的白色泡沫。

早些时候，我们在布雷姆利的舒适酒店吃了晚饭，有了向那里的女服务员问话的机会。我们给她们看了那幅素描，其中有一个人觉得画像里的人看起来有点面熟。在凯尔·斯库德和特里·多特里打架的那天晚上，穿格子衬衫的男人一定在酒吧现场。但如果他在场，他一定是用现金付账，没刷信用卡。我们没法从这个方向寻找相关的线索。

玛德琳·特纳不认识素描上的人,尼克也不认识。

回苏圣玛丽时,我负责开车,伊丽莎白在打电话。她和莎拉聊了一会儿,然后又向欧文·麦凯莱布报备了一番。警局一直派人在萨顿·贝尔的家和工作的地方监视,但到目前为止都没有看到那个穿格子衬衫的男人出现。

伊丽莎白试着联络萨姆·蒂尔曼,接电话的仍然是他妻子,她的回答仍是他不在家。保罗·莱茵家的电话根本没人接。

我看着蜡烛的光映射在天花板上,温暖的水环绕着我的指尖。我听到伊丽莎白说:"如果他们不愿意主动和我谈,我根本没办法强迫他们。在这里,我没有质询任何人的权力。今天能和玛德琳·特纳说这么多,真的全是搏运气。如果沃尔特·德拉科特想阻止我,他完全有这个权力。"

"但我觉得德拉科特有点玩忽职守,"我说,"他并没有真正致力于查清楚在白叶公墓到底发生了什么。就像尼克说的,他根本不想知道发生了什么。"

"我当然可以借此发挥,但我也能想象得出之后会发生什么事。他们会逮捕尼克,以协助特里·多特里逃跑的罪名。然后他们会让他供出他的朋友——比如放烟花的孩子,比如帮他偷用来逃亡的车的人。你希望这样吗?"

"不希望。"

"同样的,我也不希望。"

她的膝盖露出水面,正好在我的手下面。我的手掌在她的小腿上滑动,她的肌肤光滑而又细嫩。

"我不认为他会供出任何人。"我如是说。

她闭上双眼,"你喜欢他。"

"为什么不喜欢?如果我身处困境,我也想要一个像尼克·多特里这样的弟弟。"我的手掌滑到她的脚踝,然后从脚踝处往上滑动。"那么接下来我们该做什么?"

"什么也不做。如果德拉科特想要隐瞒,他就会一直隐瞒下去。麦凯莱布想让我明天就回去。"

"但还有其他你可以询问的人不是吗——那些参加特里·多特里葬礼的人。"

"我可以去问。当然也可能会有人看到山坡上是有一个穿格子衬衫的男人。但仅凭这一点,也没法帮我找到这个人。"

我静静地看着她,看着她乌黑的发丝在水里摆动。

过了一会儿,我问道:"你有奥吉布瓦血统吗?"

她微微一笑,然后睁开眼睛。"你从哪儿听到这个词的?"

"尼克告诉我的。他想知道你是不是这附近的人。"

"我在米尔斯湾出生,距离他母亲的房子只有几英里的距离。"

"你应该告诉我在哪儿的。我很想看看你成长的地方。"

她在浴缸里翻了个身,转向另一侧。"现在那里什么都没了,只是一片杂草丛生的荒地。很久很久以前,房子就被他们拆了。"

我五指的触感告诉我,她小腿上的肌肉很紧实。

"你还是没有回答我的问题,"我说,"之前德拉科特问的时候,你也没有回答。"

她深吸了一口气,又呼了出来。"我的父亲名叫帕里什,他的祖上是从英格兰迁过来的,我的母亲是奥吉布瓦人。"

"为什么你从来没告诉过我?"

"因为我不知道你会有什么反应。"

"什么意思?"

她湛蓝的眸子闪过一抹顽皮。"我担心你会把我当成什么奇异物种,然后手足无措。"

她慢慢地坐起身子,双手撑在浴缸的边沿,双脚踩着浴缸用力,站了起来——整个过程一气呵成。我也站了起来,在烛光的照耀下欣赏着她,尽管和她四目相对,我还是能看到水和泡沫从她高耸的双峰之间滑过,滑到她的腹部,滑到她的大腿。我的手指沿着她的锁骨滑动,直到她喉咙的中空处才停下来。

"你应该告诉我的,"我说,"说出来并不会改变什么。在我眼里,你本来就奇异无比。"

不知过了多久,当我裹着薄薄的被单醒来时,四下里一片黑暗。伊丽莎白躺在我旁边,她的长发披散在我们俩的枕头上。有的时候她会趴着睡,头侧向一边。尽管我的本意并不是希望她在无意识中停止呼吸,我确实没有这个想法,但我还是把手放在了她的背心上。我感觉到手掌心下有轻微的起伏。

我下了床,就着浴室里微弱的烛光,走了进去。我关上门,在洗脸槽里放了一些水,掬起一捧喝了几口。接着,我把散在瓷砖地板上的衣服一件件穿起来,吹熄蜡烛,走出浴室。

我看到梳妆台上有一张房卡,就带着它出了门站到走廊里。地上铺着的地毯很粗糙,隔着短袜仍让人觉得硌脚。一阵低沉的嗡嗡声引着我来到一个凹室,这里有制冰机和自动贩卖机,但没有我想要的。我想要水果,最好是橘子。

我沿着楼梯下到一楼,穿过大厅来到餐厅。墙上挂着一台电视,放的是有线新闻台,声音很轻。餐厅里的长自助吧台上放着一壶咖啡、一罐冰水,还有一碗苹果。

"卢根先生。"有个声音响起。

露西·纳瓦罗穿着一件斜纹衬衫,和之前看到她时她身上穿的那件一样。衬衫一直垂到她的大腿处,衬衫下方是两条裸着的腿。我看了两次,才确定她穿着运动短裤。

她说:"你把头发上粘到的松针都拿下来了。"

我拿起一个苹果。"我不知道你住在这里。"

"这是唯一一家和我的目的契合的旅馆。帮我倒点水,行吗?"

我拿起大水罐,往两个塑料杯里倒了水,然后放到旁边的一张桌子上。她坐在我对面,背对着电视机。

"你和保罗·莱茵说上话了吗?"她问我。

我咬了一口苹果,然后摇摇头,表示没有。

"那他应该也不会和我说话。我一句话都没说完,萨姆·蒂尔曼的妻子就当着我的面把门甩上了。你觉得他们在隐瞒些什么?"

我盯着手里的苹果看,一言不发。

她没有灰心,继续往下说:"我在玛德琳·特纳那里也毫无收获。好像有人告诉她说我在一家廉价报社上班。"

"哈。"

"当然了,她也不会给我任何靠近那个男孩的机会。你和他在院子里待了一会儿,你们都聊了些什么?"

"棒球。"

你对聪明人撒谎时,如果他们知道这是个玩笑式的谎言,而且没指望你会说实话,这时候,他们不生你气,只是会露出一种嗔怪的眼神。现在,露西·纳瓦罗就露出了那样的眼神。

"我可不认为你们是在聊棒球。"她说。

"十五岁的男孩子们谈论的不都是这个话题吗?"

"也许二十年前谈论的话题会是棒球,但今天应该是电子游戏。你不问问我,我有什么目的吗?"

"什么?"

"我刚才告诉过你,这是唯一一家和我的目的契合的旅馆。你没有问这句话是什么意思。"

我把苹果放在桌子上。"那么,你有什么目的,露西?"

"我想从你这里套出点消息来。你看我做得怎么样?"

她咬着嘴唇,就像一个天真无邪的少女一样。她的头发挑染成金色,很随意地垂在脸颊两侧。她看起来很年轻。我记得在尼克·多特里家的路边那只流浪狗跳舞给她看时她笑的样子。在那不设防的时刻,她的活泼,她的明朗,的确有些引人心动。此刻的她就和那时候一样活泼,尽管刻意做了几分压制。现在,她换了一副一本正经的样子。

我问她:"你是哪儿人——加利福尼亚?"

"洛杉矶。"她答道,"你怎么知道?"

"瞎蒙的。你的腿是古铜色的,而且你并不介意展示你的双腿。即使对自己在做的事情并非真正了解,你也能散发出自信的气场。你当记者有多久了?"

"不是很久。"

"他们没有对你做很多训练。"

她笑了笑,"哪里看出来的?"

"通常来说,如果你想要从一个人嘴里套话,你不应该对这个人坦白说你要套话。为什么《全球时事》派你到密歇根来?"

"采访凯莉·斯宾塞。"

"他们已经不打算报道猫王和外星人的故事了?"

"《全球时事》是一家很严肃的报纸。"

"我喜欢你绷着脸说这句话的样子。"

她眨了眨眼。"我练过的。"

《全球时事》是打算破坏凯莉·斯宾塞的政治生涯吗?"

露西耸耸肩。"我猜如果能提高报纸销量,他们不介意这样做。但我只打算查清楚事情的来龙去脉,无论事情会如何发展。我只求能够还原事情真相,不偏不倚。"

她的嗓音里透出一种专业人士特有的骄傲。

"那你觉得事情会如何发展?"我问她。

"现在——我们把话题再绕回特里·多特里身上。他的祖母几年前去世了,你知道吧?但当时,金罗斯监狱的典狱官并没有让他外出参加葬礼。可这一次却让他出来了。"

"也许典狱官懂得人情世故了?"我如是猜测。

"也许是这一次有人想让多特里出来,"露西说,"对于当年的大湖银行劫案,你了解多少?"

"大概的要点我都知道。"

她开始掰手指一一列举银行劫案的劫匪。"劫案的主谋——弗洛伊德·兰姆比——已经死了。司机跑了。有三个人被抓,多特里被判的刑期最长,高摩伦的刑期是六年,贝尔只有三年。"

"这很合理，不是吗？"我说，"毕竟是多特里射伤了哈伦·斯宾塞。"

"那是事实没错，但其他人的刑也判得太轻了点吧。这么多年来，多特里一直在监狱里服刑，他父亲死后，他们让他从监狱里出来去参加葬礼，他好不容易有能喘口气的机会，却这样死了。这让我不得不去想，事情的真相到底是不是表面上的这样？特里·多特里的死到底是怎么一回事？他的假释是不是有人精心策划的？是不是有人想杀他？这些都是我想问华士奇探长的问题，但我不觉得她会回答我的问题。"

我朝她摊开空空如也的两手。"我也不打算回答这些问题。"

"别呀，卢根，"她说，"好歹告诉我点什么。今天你们在白叶公墓的山上做了什么？"

我静静听着电视的声音，没有回答她的问题。

"还有德拉科特治安官呢？"她问我，"今天早上你和华士奇探长跟他见过面了。他都告诉你什么了？"

我伸出的一根手指指甲掐住了塑料杯的一侧。

"他是否欢迎华士奇探长的到来和询问？他有没有警告她，让她不要插手这个案子？"

这是一个新想法。我听了之后，下意识地皱眉。"没有任何人警告她，让她不要插手这件案子。"我说。

她的头侧向一边，很好奇的样子。"你说的是真的？"

"为什么我要撒谎？"

电视机的声音变小了，我看到露西·纳瓦罗把手伸进她的衬衫口袋里，掏出一张叠好的纸巾。

"他们把我们的房间都安排在同一个楼层,"她说,"我的房间是305。我要搭电梯,就得从你们房间门口经过。今晚早些时候,我在我房间门口的走廊上发现了一样东西。要不要猜猜是什么?"

我拿起苹果,咬了一口,静待下文。

"是一颗子弹,"她说,"我想直径大约是九毫米。"

她把纸巾放在桌子上,然后摊开来。两颗子弹静静地躺在里面。

"我在你们房间门口也看到了一颗,"她说,"你现在还能确定没人在警告你们不要插手这件案子吗?"

第 14 章

候诊室里的杂志封皮上都有邮寄标签,每张标签上都印着同一个名字:马修·肯尼利医生。

安东尼·拉克放了一本《美国新闻》在膝盖上。左手不动的时候感觉还好,但只要一活动手指,剧痛就会袭来,就像有一根钢丝刺进了肌肉里。

他换了干净的绷带、白纱布和胶带。他还冲了个澡,刮了胡子,换了一件干净的蓝色按钮式衬衫,搭配一条休闲裤。

他扫了接待员一眼,看到她在可滑动玻璃嵌板后面打电话。他没有预约,但接待员答应会尽量让肯尼利医生帮他看病。医生开会的时候她没法打断他,但他这个会应该再过几分钟就结束了。

于是,拉克在镶了深褐色墙板的房间里等着。房间里有七张椅子,除了拉克之外,只有一个病人在等候:一个恨不得整个人都埋在一本《娱乐周刊》后面的像老鼠一样安静的女人。

房间里的空气温暖而黏稠。拉克心想自己一定是发烧了,因为手上的伤口感染了。他需要抗生素。肯尼利医生可以给他开处方,之前他头痛时吃的药就是医生开的。警察知道拉克的手受了伤,还把这一情况通过新闻报道了出来,所以他没法到其他医生那里去。于是这变成了一个与信任相关的问题,拉克来这里,他相信肯尼利医生不会把他交给警察。

拉克还在等。接待员继续在讲电话。他的左手被放在膝盖上的杂志挡住了。他低头,看向白色的标签,看那上面写着的肯尼利医生的英文名字。这些字母对他而言是一种折磨。

"马修"的英文字母是一种冷酷的棕黄色,和一棵健康的树被剥掉树皮时露出的木纹的颜色一样,"肯尼利"的英文字母则是比黑色稍浅一些的深褐色。"肯尼利"的英文字母分成了许多个小点,它们互相重叠,就像群集的昆虫。"肯尼利"的英文字母是 kenneally,最后两个字母是"ly",这不是副词,但看起来像是副词。副词让拉克觉得很不舒服,因为它们总是成群出现。

他把杂志翻过来,让自己看不到邮寄标签。假如他预估错误会怎样?也许待员已经看见了他的手,或者她已经注意到他想要把手藏起来,这已经足够引起她的怀疑。或许她已经征求过肯尼利医生的意见,而医生让她报警。她的这个电话已经讲了很长时间。现在,她注意到拉克的目光,她回过头,直视着他。

他把杂志微微弯折过来,偷偷看一下封面上的邮寄标签。"肯尼利"的英文字母现在舒展开来,变成了数百万个小碎片,锯齿状的黑色碎片不停地跳跃抖动。拉克一下蹦了起来,杂志掉到地上。他快速走过挂号处,来到走廊门口的门把手前。他下意识地用左手转动门把手,然后感觉有铁丝刺穿了他的手。

他听到接待员在叫他的名字,但他没有回头。他强忍着手上传来的剧痛,飞快地跑了起来——跑过走廊,跑下楼梯,跑到诊所外之后，他才放慢速度。现在，他呼吸急促，胸口发疼。他大步走过停车场，向自己那辆雪佛兰走去，头上冒出豆大的汗珠。

拉克在密歇根大学北校区附近的一个马拉松加油站停下来给车子加油。他伸出右手去拿油枪，左手一直垂在身侧，衬衫的长袖子遮住了大部分绷带。

之前，他从肯尼利医生的办公室开车到附近的一家购物中心，停在那里打开车载空调。他闭上眼睛，本来只是想稍微休息一会儿，没想到再睁眼的时候发现差不多已经过了两个小时。

他把油箱加满，然后向南开，开到一个斜坡附近。这里种有柳树、橡树，还有一大片绿草坪，斜坡上方有许多豪华的白房子。斯宾塞一家的房子在最高处。U形车道上铺着鹅卵石，围着低低的树篱。拉克看到车道上有一辆白色的厢式货车。他知道这意味着什么。厢式货车上有轮椅升降机。哈伦·斯宾塞外出旅行时会用到，就像以往他和女儿一起周游全国竞选时一样。

厢式货车停在车道上，意味着斯宾塞在家。凯莉·斯宾塞可能也在家。主屋后面有一间专门用来招待宾客的房屋，她经常住在那里——这些都是拉克从杂志上读到的。

他绕着街区转了一圈，再开回去的时候，他看到一辆汽车停在车道上，就停在厢式货车后面。一个女人站在驾驶室一侧的车门旁。在阳光的照耀下，她的头发像一匹闪闪发光的缎子，有那么一瞬间，他以为她是凯莉·斯宾塞。但凯莉留的是短发，长度仅仅到脖子上方。这个女人的头发是别起来的，所以看起来很短。她的个子更高一些，皮肤也不是古铜色。

他放慢车速，认出了这个女人。他看着她向房子的前门走去，然后想起自己是什么时候见过这个女人：就在他跟踪萨顿·贝尔的那一晚，她是医院里走出来的警察之一。

第 15 章

伊丽莎白敲了敲门,门开了。开门的是一个女人,一头白发,脸上都是皱纹,但面庞很美。她说她叫露丝·斯宾塞,是哈伦的妻子,凯莉的母亲,随后她领着伊丽莎白上楼去她丈夫的工作室。

尽管室外温度仍然维持在九十华氏度,这幢房子里却很凉快。伊丽莎白错过了苏圣玛丽较为凉快的时候。她和大卫开车向南的那天早上,下了几滴雨。整段路开了七个小时,他们只在中途停下来吃了个午饭,就在这几个小时里,气温飙升。

北上之行非但没有解惑,反而让更多的问题涌了出来,欧文·麦凯莱布明确告诉她这里需要她。"我们不能再分心去管多特里一家了,"他说,"我们得把精力放在高摩伦和贝尔身上。"

她采取的第一个行动就是给哈伦·斯宾塞打电话,而哈伦同意了她的见面邀约。她把大卫送回家,让他好好洗个澡,换身衣服。现在,她跟着露丝·斯宾塞上楼,进了一个宽敞的房间,房间里的窗户朝西开得很高。

工作室的东面摆着一排油画,每一幅都靠着墙,有风景画,也有花卉静物画。有橘色的落日挂在深蓝色的天幕上,还有栩栩如生的黄色水仙花。有的很逼真,就像拍出来的照片一样;有的则很粗犷,应该是抽象画法。

房间中间放着一张桌子,桌子上乱七八糟地放着画笔和油彩。桌子旁边有一个画架,夹着一幅未完成的油画。哈伦·斯宾塞把画笔插进一个瓷杯里,手在膝盖上的一条围裙上擦了擦,然后转着轮椅过来迎接伊丽莎白。

"你得原谅我,"他说,"我出去了一个星期。出去没几天,我就很想画画。你想到楼下谈还是到外面的花园里?"

"没关系的,"伊丽莎白说,"在这里就可以了。"

露丝·斯宾塞从另外一个房间里拿了一把直背椅过来,随后又走了出去。哈伦·斯宾塞转动轮椅到桌子旁,桌上那堆画笔和油彩中间有个托盘,托盘上放着冰茶。在他往两个玻璃杯里倒茶的时候,她看到一幅之前没有注意到的画。其他的画都放在地上,只有这一幅裱了木框挂在北面的墙上。那幅画她很熟悉,是凯莉·斯宾塞二十岁时的肖像画。

"那是我的早期作品之一。"哈伦·斯宾塞说。

伊丽莎白坐下来,接过他递过来的玻璃杯。"你开始画画是在那之后……"她没有把话说完。

"是的,"他说,"在那件事之后。我年轻的时候对画画一点兴趣都没有,如果当时有人跟我说我会成为一名画家,我一定会一笑而过。但如果脊柱里有颗子弹,你就不得不重新考虑很多事。"

他的声音深沉而洪亮,这是治安官的声音,不是画家该有的声音。他坐轮椅的姿势很笔挺,宽阔的双肩绷得很紧。从他敞着的领子,可以看到他的脖子很结实,而且右臂的肌肉也很发达。他的另外一只手臂放在轮椅扶手上，有支架撑着，以便他转动操作。他短裤下的两条腿很长，可惜太瘦了。他的前额有很深的皱纹，灰白的头发剃成了板寸。

"一开始我就被明确告知，我的腿再也没办法走路了。"他告诉伊丽莎白，"我的右臂和右手没什么力气，但理疗师认为有很大希望可以治愈，而且他们也认为我左手的一些功能有望恢复。我的妻子坐在我的病床边，为一个独臂男人列了份选项清单。清单上的内容不是很多，但'画家'在选项清单里。"

他喝了一口冰茶，然后把玻璃杯放在轮椅的扶手上。

"从那之后，我开始了解到，世界上有许多坚毅的人，他们拥有的比我少得多，也一样能画画。如果手指没法用，他们就用牙齿咬住画笔。但在当时，当我盯着那张清单看时，我脑子里突然跳出这么一个想法：一只手，用来举枪对准太阳穴绰绰有余了。如果不是我妻子和我女儿陪在我身边，我真的会这么做。"

伊丽莎白抬头看那幅肖像画。画中人的表情十分坚忍：双眼坚定地直视前方，下颌收紧，双唇紧抿。

"我知道当时为了协助你康复，你女儿辍学回家。"她说。

"凯莉回了苏圣玛丽，和我们住在一起。我告诉她不用回来，但她不听。我们在凯莉母亲的缝纫室里弄了个工作室，每天下午，凯莉会坐在那里一动不动地待上好几个小时，让我画她。一开始，我对调色和绘图一无所知，只能不断地摸索学习。我们约定好，如果我能画出一幅让她满意的肖像画，她就回法律大学上学。"

他转向那幅肖像画。"几个月之后，我失败了无数次，但终于成功了。于是，她回了学校，有了今天的成就。最后她母亲和我也跟了过来，和她待在一起。"

伊丽莎白看到桌上的一堆杂物中有一份报纸，这份报纸的头版头条就是亨利·高摩伦被杀的报道。

"原来你已经研究过我的那个案子了。"她对斯宾塞说。

"多年养成的习惯使然罢了。"他回答。

"报纸没有报道出来的一点是，高摩伦的公寓里也有一幅凯莉的肖像画。"

"听起来有点意思。"

"他会是在哪儿拿到那幅肖像画的呢？"

"几年前，我办过一次画展，"斯宾塞说，"这幅肖像画也是参展品之一，后来画廊还弄了复制品出售。今年，在凯莉宣布她要竞选参议员之后，那家复印的公司又弄了一批复制品。现在，在卡片商店里都能买得到。"

"高摩伦为什么会有凯莉的肖像画，你觉得是什么理由让他这么做？"

斯宾塞抬头凝视着那幅肖像画，斟酌着他的答案。"虽然是一种很奇怪的方式，但我认为他应该是觉得这样就能和我女儿有所关联。以前，他给我写过一封信，在信里向我忏悔，说他对参与抢劫大湖银行感到十分后悔和抱歉。这封信是他出狱之后写的。高摩伦其实也是个可怜人。他出生的家庭并不差，他犯案之后，家人都以他为耻。他们帮他请了个律师，律师给他弄了认罪协议，他进监狱之后，他们就和他断绝了关系。我想，他一定已经认识到参与那次抢劫是他这一生做过的最错误的事。他的生活毁了，众叛亲离。他把凯莉看成自己不幸人生的最后一线希望。这使他还能安慰自己说，至少还有一样东西没有被他当年的作为给毁了。有时候，我们紧紧抓着不放的东西，真的很可悲。"

他的目光转回到伊丽莎白身上。

"你为他惋惜。"她说。

"我为他们所有人感到惋惜。高摩伦、贝尔,甚至多特里也是一样。他们当时都还是孩子,却被卷入一场其他人策划的阴谋里。"

"当时他们已经二十岁了。你不认为他们自己也应该明白事理了吗?"

斯宾塞把他的冰茶放在身旁的桌子上。

"他们是被一个骗子给骗了,"他说,"弗洛伊德·兰姆比骗了很多人,而被骗的人当中,二十岁也并无法意味着什么。这个男人能说会道。他在全国各地演讲,讲美国原住民历史。我知道密歇根大学曾向他抛过橄榄枝,要给他一份终身教职,但他拒绝了。他的简历上说,他曾在普林斯顿大学和加州大学伯克利分校得过学位,事实上呢——在大湖银行劫案中被我击毙之后——人们开始调查他,发现他根本没有在这两所学校得过学位,而且,他根本没上过大学。"

阳光从窗户透进来,照在他的头上,他的眉毛笼在阴影中。"银行劫案发生的那一年,兰姆比四十八岁。他这一生都在骗人,大学生是他的首选目标,因为他们都是聪明而又喜欢空想的孩子。他们来听他的演讲,结束之后,他们留下来和他交谈。他把他们召集起来,然后让他们加入一个小型讨论组,也就是所谓的沙龙。他们大多数是白人,而且家境富裕,他利用他们的负罪感。在弗洛伊德·兰姆比所讲的历史中,恶贯满盈的都是欧洲人,受害的一方,他可以随心所欲地更改。有时候是印第安人被剥削,兰姆比称之为齐佩瓦人。有的时候则是濒临灭绝的动植物,或者是自然环境。"

"当然,兰姆比有时也会号召学生们为某项事业进行奋斗,或者赞助某项运动或慈善活动。沙龙里的学生们都觉得非常合理,他们捐赠的钱都会以支票的形式开给社团或是基金会。但其实,钱最后都进了兰姆比的口袋里。"

斯宾塞停下来,大拇指反复地擦着轮椅扶手上一块干掉的颜料。然后,他接着往下说。

"在我看来,他本可以一直这样下去,整日花天酒地也不会有人怀疑他什么。然而,顶着虚假的慈善机构的名义,他能骗到的钱终究是有限的,而他自己也想得到更多的回报。钱是其中之一。兰姆比无法自制地在这条路上越走越远。这一定是因为他非常享受,享受操纵这些大学生的感觉。他想看看他能让他们做到哪个地步。

"当招收高摩伦、贝尔和多特里作为大湖银行劫案的成员时,他用所谓的正义感来吸引他们。他说他需要钱来完成一项崇高的事业。当时的报纸报道了一个案件——一对姓罗斯比尔的齐佩瓦兄弟因为谋杀被逮捕。他们被控强奸并杀害了俄亥俄州代顿的一名白人女子。有一名证人声称,命案发生的那天晚上,他看到兄弟俩慌慌张张地从被害人家中离开,而且房子里到处都有他们的指纹,在被害人的床单上还发现了其中一个人的DNA。

"这案子看来证据确凿,除了一点,那就是罗斯比尔兄弟有合理的理由待在被害人家中。被害人是他们的雇主,他们帮她修整地下室。至于DNA,罗斯比尔兄弟的其中一人说他和被害人有私情,但这完全是你情我愿的事。至于那个证人,他在被害人丈夫的手下做事,被害人的丈夫恰好是一位有政治背景的商界名人。有的人怀疑是被害人的丈夫发现了妻子的私情,盛怒之下杀了她,然后给了一名手下一笔钱，让他把罪推到罗斯比尔兄弟身上。

"那个部分人怀疑的版本极有可能是真的，而高摩伦、贝尔和多特里从弗洛伊德·兰姆比那里听到的也是这个版本。罗斯比尔兄弟很有可能被判死刑。他们没法替自己进行正当的法律辩护。所要花费的金钱数额远比兰姆比通过捐赠所能得的多得多，所以他想要孤注一掷。兰姆比承诺抢劫大湖银行所得的每一分钱都会用来帮助罗斯比尔兄弟。这自然又是他的另一个谎言，因为他从来没打算把钱送给别人，但高摩伦和其他人都相信他。

"兰姆比向他们灌输自己的伟大理想。他们认为自己所做的一切是为了拯救无辜的受害者。但在抢劫过程中出了差错之后，他的咒语似乎失效了。亨利·高摩伦是最早清醒的人，他扔了枪，转身就跑。他们在几英里之外的地方找到了他，当时他正在拦顺风车。特里·多特里紧紧握着他的枪。他来自一个工人阶级家庭，比其他人顽强，我想这也是兰姆比选择他的原因之一。

"我朝兰姆比开了枪，跟着多特里出来了，银行经理被他胁持着，成了他的人质。萨顿·贝尔得做一个选择。他意识到，太迟了，整件事太疯狂了。他做出了正确的决定，开枪射中了多特里的腿。如果他没有开那一枪，事态会更加无法控制。"

"贝尔似乎已经改过自新了，"伊丽莎白说，"他成了家，有了妻子，还有一个女儿。他有一份体面的工作。我和他谈过，他是一个很可爱的男人。"

斯宾塞点头。"我也和他谈过。我觉得如果不是遇上了弗洛伊德·兰姆比，他早就能过上现在这样的生活。如果事情能朝另一个方向发展，其他人也可以这样，包括多特里。"

"你的心胸很宽广。"伊丽莎白说。

斯宾塞抬起满是皱纹的脸,看向伊丽莎白,"我恨了特里·多特里很长一段时间。一开始,这种心态确实对我有所帮助。那么多个无望的日子里,憎恨成了我坚持下去的动力。但最终,你还是得释怀。"

他沉默下来,别开目光,看向桌上那堆颜料管和画笔。

"我和沃尔特·德拉科特也谈过,"伊丽莎白说,"他告诉我说,金罗斯监狱的典狱官在让特里·多特里出狱参加他父亲的葬礼之前曾经就此事和你商量过。"

"确实是这样。我觉得拒绝会显得自己肚量很小。"他的目光转回她身上。"我猜你和沃尔特起了点争执。"

"我不认为那是争执。"

"那就是专业上的分歧。你认为杀死高摩伦的男人在苏圣玛丽待过一段时间,是他杀了多特里的父亲,而且还试图要杀死多特里。"

"我有理由这样认为。"

"多特里朝我开枪之后,沃尔特·德拉科特是第一个赶到现场的人,"斯宾塞说,"如果不是他,我不可能活到今天。我可以向你保证的是,他是一个心地善良的人。但他很顽固,如果他下定决心,你很难让他改变主意。但我不愿意介入你和他之间的分歧。"

"我能理解。"

"也就是说,我会尽我所能帮你。高摩伦被杀和贝尔被袭击这两个案子,你觉得都和大湖银行劫案有关?"

"是的,"伊丽莎白说,"凶手一定和当年发生的事有关联。"她从包里拿出两幅画:一幅是莎拉画的铅笔素描,另外一幅是电脑合成的画像。她把这两幅画放在桌上。

"萨顿·贝尔不认识这个人，"她说，"但我希望你认识。"

斯宾塞把那幅合成的画像推到一边，拿起了铅笔素描仔细研究。"是幅好作品。警界素描专家寥寥无几，我以为安娜堡市不会有这样的素描专家。"

"确实没有。这是我女儿画的。"

"她很有天分。但恐怕我只能说我不认识这个人。"

"想象他年轻些的样子。他会不会是弗洛伊德·兰姆比召集的那些大学生之一？"

他把素描放回桌子上，说道："我想有这个可能。"

"他会不会是第五个劫犯——那个逃跑的司机？"

斯宾塞的眉头皱得都快打起了结。"如果你不提起，我都不会想起还有这茬。"

"贝尔也说过同样的话。"

"当天，我只是匆匆瞥到一眼司机的脸，在发生了那么多事之后，我都想不起来他的脸长什么样子了。"

伊丽莎白的手指划过画像的边沿。

"你认为他身上发生了什么事？"她问。

"谁知道呢？"

"你认为他会不会和其他人一样——都是被弗洛伊德·兰姆比诱骗而误入歧途的好孩子？"

"有这个可能。"

"所以，他也可能像贝尔一样重新做人，有一份好工作，有自己的家。"

斯宾塞抬起一只手搓搓下巴。"我表示怀疑。对于那个司机来说，应该没那么简单。我猜你也知道为什么我这样说。"

伊丽莎白当然知道。那个司机是大湖银行劫案中唯一一个脱身逃跑的人，但他并没有因此逃脱惩罚。那天早上，他驾着那辆黑色的SUV在苏圣玛丽的街道上向西南方飞驰，想开上75号州际公路。但斯宾塞用巡逻车上的无线电发了一个追缉令，要求追捕他。当快要开到州际公路入口时，他发现路被封锁了。苏圣玛丽警察局的一名年轻警官把他的巡逻车停在了入口匝道的尽头。

SUV的司机没有停下来。

他驾车撞上了巡逻车的后挡泥板，并快速冲了过去，开到匝道上，扬长而去。巡逻警车被巨大的冲力撞得在路堤上打转翻滚。那名警官的脖子被撞断，没等到救援赶来就死了。他叫斯科特·怀特，刚刚加入警队不久。

"第二天，他们发现了那辆黑色的SUV，"斯宾塞说，"它被遗弃在一个叫达夫特的小镇附近的荒道上，位于苏圣玛丽往南不到十英里处。车子从里到外都被擦过了，还用吸尘器打扫得很干净。一定有人接应了那个司机。这以后，再也没有人见过他。有的时候，我会想他是否还记得斯科特·怀特。我想他一定记得。他不会被人以抢劫银行的罪名起诉——诉讼时效在十年前就过期了。但杀死怀特的罪名会一辈子跟着他，这个罪名没有时效限制。"

斯宾塞把一只手放在轮椅的扶手上。"也许他已经洗心革面，并且有了自己的新生活。如果真是这样，他就没有理由在过了这么久之后还跑出来杀掉高摩伦和其他人。"

"我想你是对的，"伊丽莎白说，然后她指向那幅素描，"也许这个人不是他。"

"那会是谁呢？他的动机何在？"

"那个男人在攻击萨顿·贝尔之前，和他说了几句话。他问贝尔有没有想起过你或者凯莉。他问贝尔是否在电视上看凯莉，是不是有凯莉的肖像画。"

"你说亨利·高摩伦的公寓里有凯莉的肖像画。"

"是的。我相信杀死高摩伦的凶手在那里看到了。有趣的是，他会对贝尔说起肖像画的事。我觉得这里暗藏着这样一个信息：你连看凯莉的照片的资格都没有。我们正在追查的这个男人，有可能把自己想象成了凯莉的守护者。"

"但高摩伦对凯利没有造成任何威胁，"斯宾塞说，"贝尔也没有。你不觉得这个男人有妄想症吗？"

"如果他是这样的人，那我们就能有一些线索可以追查下去。"伊丽莎白说，"如果他觉得自己跟凯莉有联系，在某一时刻，他可能会试着和她接触。"

斯宾塞的眼中闪过了然的光。"你想和凯莉谈谈？"

"是的。"

"今晚她人在兰辛，她和杰伊在那里有一套公寓。"他说的杰伊就是杰伊·卡斯特布里奇，凯莉·斯宾塞的丈夫。"明天她会来安娜堡。我们预备在这里弄个聚会。"

"我已经给她留了言，"伊丽莎白说，"但她还没给我回电话。"

"她很忙，但我想她一定会尽量配合你的工作。"

伊丽莎白定定地看着斯宾塞，未置一词。

"听起来不太让人信服？"他问她。

"有点。"

他咧嘴笑了。"我也不太相信——政客的父亲都会这样说。你我都知道,凯莉的第一直觉会让她选择远离你,她不希望自己的名字和'谋杀案调查'挂在一起。"

"告诉她这些我都明白。"伊丽莎白说,"但我需要和她谈一谈。"

"我会尽力的。"

哈伦·斯宾塞说要送伊丽莎白出去,有一部他专用的电梯可通向工作室外面的一个房间。她道了谢,然后说她自己可以出去,离开的时候,她听到他的电动轮椅响了起来,他又回到他的帆布和画作前。

她走到楼梯的转角处停了下来,透过高高的窗户,她看到露丝·斯宾塞正在花园里劳作。伊丽莎白继续走完剩下的台阶,然后穿过大厅。她走出去,伸手关上了背后的前门。

她一下子就看到了那个篮子:铁丝网编的圆篮子,满满一篮子装的都是熟透的西红柿。它就放在她车子的引擎盖上。她走过去,把篮子拎了起来,打算带着它绕到房子后面去找露丝·斯宾塞,感谢她准备的礼物。

跟着,她看到了那张纸条:一张对折的纸条,塞在一个雨刮叶片下。她刚把纸条拿起来,露丝·斯宾塞就出现了,她站在房子的转角处,正在脱手上的园艺手套。伊丽莎白把篮子举起来,大声感谢她,露丝摆摆手,对她说:"你太客气了。这真的不算什么。"

伊丽莎白把篮子重又放回引擎盖上,然后展开那张纸条,以为纸上会写着一些客套话。没想到映入眼帘的是几个黑墨水写的字,歪歪扭扭、参差不齐,就像是用刀片在纸上划的一样。

让我杀了贝尔我就收手。

第 16 章

霓虹灯招牌闪着红光，但在拉克眼里，招牌上 24 小时营业几个字是柔和的淡蓝色。

这几个字在夜色中闪烁着微光。拉克在停车场对面盯着这几个字看。夜风把一阵热意从敞着的车窗送了进来，汗水从拉克头上流经太阳穴往下淌。

他的笔记本在旁边的座位上，敞在他刚撕了一页纸下来的那一面。他给那名女警留纸条完全是一时冲动。但他确实想让他们清楚一点，他并不是那种想不停杀戮的疯子。多特里死了，高摩伦也死了，贝尔是最后一个。拉克希望他们明白他的想法。

我们都希望能被他人了解。

留了纸条之后，他睡了整整一个下午。他住的公寓是一个很安静的地方，墙壁都很厚。

从制定这个计划开始，他就租了这间公寓。他知道他可能得在安娜堡市停留一段时间，因为他不能确定解决高摩伦和贝尔要花多长时间。往好处想，往坏里打算，他的父亲经常这样说。

公寓要比旅馆安全得多，他心想。他选的公寓在州街附近，离

94号州际公路不远。这幢公寓的租户大多都是研究生,因为是七月份,他讨了个巧,房租很便宜。

卧室的地板上放着一张床垫,他就在这床垫上睡了一个下午,直到晚上才醒过来。他醒来时已经十点钟,就着水龙头流出来的自来水,他吃了几片阿司匹林。他想阿司匹林应该可以控制发热,对缓解手上的疼痛应该也有点用。

换绷带时,他看到了纱布上的黄斑。他知道伤口又恶化了,已经开始流脓。

不能再拖下去了,他告诉自己,如果你任其发展,就会失去自己的机会。如果体温继续升高,你就什么事也干不了。你知道应该要怎么做。

所以他开车到了这里,隔着一段距离看着那块标牌。那些淡蓝色的字在呼唤他。

24小时营业。

在白叶公墓时用过的来复枪被他放在了后备厢里。他拿起旁边座位上的棒球帽戴好,然后关掉引擎,把钥匙拔了下来。

伊丽莎白把车子停在卡特·单的车子旁边,然后打开车门,走进温暖的夜色中。单开了乘客座的车门锁,伊丽莎白打开车门,在他旁边的座位上坐下来。

"为什么你总是这么有精神?"他说。

透过挡风玻璃,萨顿·贝尔工作的急救诊所门口一览无遗。诊所的窗户上挂着一块发光的霓虹灯标牌。

24小时营业。

"贝尔在里面?"她问。

单点头。"罗恩和他一起在里面。"罗恩·温特格林是调查组那边派过来的一名同事,也是警探。"看看这张纸条。"

伊丽莎白从口袋里掏出一份影印件,递给单。

让我杀了贝尔我就收手。

"他似乎觉得很合理,"单说,"感觉想和我们讨价还价。我希望我们能和他达成这么个协议,尽管我知道有这种想法是不对的。但我实在是受够了,我想回家。"

单的前妻和他离婚之后住在底特律附近,他们有个儿子,单只有周末的时候才能和儿子见面。伊丽莎白知道,单痛恨一切剥夺他和儿子的共处时间的东西。

单把影印件递回去,伊丽莎白把它放回口袋里。今天下午发现这张纸条之后,她挨个拜访了斯宾塞家的左邻右舍。其中一个四十岁出头的女老师说,她之前看到人行道上有一个男人,但当时没太在意。露丝·斯宾塞说,她把那一篮西红柿放下的时候,那张纸条就已经躺在那里了。

从斯宾塞家出来之后,伊丽莎白先到市政厅去向欧文·麦凯莱布做了汇报。那张纸条被送到了郡里的实验室,但伊丽莎白觉得这样也查不出什么。到目前为止,穿格子衬衫的男人没有留下过一枚指纹。

离开市政厅时,市区的街道交通已经开始恢复常态。艺术博览会落幕了,许多小摊贩都已经收摊回家。她开车到家时已经晚了,她和莎拉、大卫一起吃了晚饭,然后过来和单碰头,现在,他们一起坐在车子里盯着贝尔工作的诊所门口。

盯梢的时候,诊所的门开了,一对老头老太太先后走了出来,老太太拄着拐杖步履蹒跚地跟在后面。

"整个晚上都这样？"伊丽莎白问单。

"都这样，比现在的人还要少。"

"他不会到这里来的，至少今晚不会。不可能会这么简单，这整个行动也许都毫无意义……"

"也许不是毫无意义，"单说，"看我们后面，后面一排，左边数过去第三辆车。"

伊丽莎白把乘客座一侧的遮阳板放下来。遮阳板上有一面小镜子，她转动着镜子，直到在镜子里看到单说的那辆车。她看到驾驶座上有个人影——戴着一顶棒球帽，脸部没在阴影里。

"他在那儿多久了？"她问。

"几分钟吧。我本以为他是要去买东西，但他只是坐在那里一动不动。"这个停车场同时对诊所和一间杂货店开放。

镜子里的人影动了，那个人推开了车门。驾驶室的顶灯亮了起来，但帽檐挡住了这个男人的脸。

"看看他想干什么。"伊丽莎白说。

单还没反应过来，她就下了车，假装往杂货店走去。戴着棒球帽的男人绕到自己车子后面，打开了后备厢。伊丽莎白迅速闪到右方，然后以车子为掩护接近他。

"警察。"她说，"把你的双手放在我能看到的地方。"她把枪从枪套里拔出来，拿着枪的手垂在身侧。

"我做了什么？"戴棒球帽的男人问，他依然保持着弯腰俯向后备厢的动作。

"把双手放在我能看到的地方。"她重复了一遍。

他打算逃跑——可能是想开车逃跑，也可能是弃车逃跑，她能察觉到。他关上后备厢，向驾驶室一侧的车门走去，不过单已经挡在了那里。戴棒球帽的男人转了个身，向停车场西面逃去。

他顺着车流沿直线方向跑了近二十码，然后在一辆厢式货车后转逃向南方。伊丽莎白在他身后紧追不舍，穿过厢式货车和一辆有凹痕的本田中间狭窄的缝隙，然后折向西，很快就跑到了工业路上。此时的工业路上车来车往，交通繁忙。

戴棒球帽的男人没命地向前跑，他的脚步声被淹没在周遭的喧闹声中。马上就要追上他时，伊丽莎白听到身侧有一阵均匀的呼吸声，是单赶了上来。停车场和街道之间有一片绿化带，戴棒球帽的男人跳了上去，继续向前跑。一辆皮卡差一点就撞上了他。车打了一个急转弯，刹车的声音尖厉刺耳，千钧一发的时刻，他回转身子，然后失去了平衡。就在这一瞬间，他被伊丽莎白和单抓到了。他们抓住他，一把把他拽了回来，他脸朝下地摔在了草地上。

伊丽莎白把枪塞进枪套里，膝盖抵在他的腰骶部，单用手铐先铐在男人一边的手腕上，然后把被他压在身下的另一只手拽了出来。

"轻点。"戴棒球帽的男人说。

单给他的另一只手也铐上了手铐。"是他吗？"

伊丽莎白撬开男人蜷曲的手指。两只手都没有绷带，也没有伤口。她抓住他的帽子一拉，往旁边一扔。

"不是他。"

单从男子的裤子后袋拿出一个皮夹。"那他是谁？"

她发出一句低声的咒骂，然后站了起来。

"他是苏圣玛丽的一名警员，"她说，"他叫保罗·莱茵。"

六英里之外，在一个叫伊斯兰提的城市里，安东尼·拉克推着一辆购物手推车穿过一个几近弃用的停车场。他把来复枪放在购物车的篮子里，枪口放低并朝着前方，枪托离他的右手很近。

自动门向两侧打开，欢迎他的到来。

他推着车子向商店后方走去，棒球帽遮住了他的脸。他走到一个柜台前，柜台上方有一块标牌，上面写着"取药处"，是让人愉悦的浅绿色。

柜台后面，一个穿着白色外套的胖女人在数塑料盘里的药丸。

"谢天谢地，还在营业。"拉克说。

胖女人盯着盘子里的药丸，懒洋洋地回了他一句。

"这里二十四小时都营业。你要买点什么？"

"我需要头孢氨苄，"他说，"我感染了。"

胖女人抬起头。"能给我看看你的处方吗？"

他单手拿起篮子里的来复枪。

"我没有处方。"

第 17 章

单开车带保罗·莱茵来到市政厅,让他在调查组休息室的一张桌子后坐下。伊丽莎白先检查了莱茵的车,几分钟之后,她也进了休息室。

她在莱茵身边坐下,闻到一股啤酒的味道。

"我以前不明白。"他说。

"不明白什么?"她问。

"你们都知道搜捕一个人是怎么个情况,可能有人打电话举报他,也可能是本来这个人就被批了逮捕令。当你找到他时,他却在看到你的第一眼就开始逃跑。所以你一直追着他不放,当你追上他并把他一把摁在地上之后,他总是会说同一句话,'我什么都没干。'然后你就会问,'那你为什么要跑?'然后你得到的总会是同一个回答,'我跑是因为你追我。'"

单把莱茵的手铐解开,用马克杯给他倒了一杯咖啡。莱茵坐在那里,双手握着马克杯。

"我以前经常嘲笑那些家伙。"他说,"但现在看来是真的。我什么都没做,我一直跑是因为你在追我。"

"你喝了多少，保罗？"伊丽莎白问他。

莱茵揉着太阳穴。"我觉得你知道答案。"

"为什么不直接告诉我？"

"如果你搜过我的车子，你就会知道。"

她在车子的乘客座椅上发现一品脱占边威士忌，三分之一已经被喝掉。后排座位下方摆着五个空空如也的啤酒罐，后备厢有一个车载冰箱，里面有七罐啤酒还没有被打开。

"保罗，你这个样子有多久了？我昨天在北部的白叶公墓见过你，当时你就已经喝醉了吗？"

"我不认为我喝醉了。"

"你去公墓是不是有话要说？那你为什么又先离开了？"

"那个记者在那里，"莱茵说，"她不停地东问西问，我很恼火。"

"昨天晚上，有人在她住的旅馆房间门口放了一颗子弹。"

"你认为是我干的？"

伊丽莎白把手伸进手提包里，掏出一把九毫米口径手枪。在莱茵的车子里，她发现了这把枪，枪里有子弹，就放在乘客座位上，占边威士忌的旁边。

"这把枪的子弹口径正好是九毫米，"她说，"有人也放了一颗在我的房门外。"

枪里的子弹被卸了下来，她把枪放在桌子上。

"我没在你门外放子弹，"莱茵说，"这样做有什么用？"

伊丽莎白的身子向后靠，"可以把这个当成一种警告，警告我不要再继续调查特里·多特里的案子。"

"有用吗？你打算收手不查了？"

她双臂交叉，一言不发。

"当然不可能。"莱茵说，"这就是三流电影里不入流的小把戏。有点常识的人都知道，这种程度的威胁一点用都没有。"

"但如果是喝醉的人就另当别论了。"

"我没喝醉。"

莱茵的双眼紧紧盯着伊丽莎白。她感觉得到他没有撒谎。

"你去诊所打算做什么，保罗？"她问。

"这个问题的答案你肯定也已经知道了，在我的枪下面。"

她又把手伸进手提包里，这次掏出的是几张叠在一起的纸，是那个穿格子衬衫的男人写的手稿的复印件。她把这几张纸扔在桌子上。

"两天前，我把它传真给沃尔特·德拉科特，"她说，"这复印件是他给你的？"

莱茵的表情很怪，似乎伊丽莎白的话让他觉得可笑。他摇了摇头。

"那你从哪儿得来的？"她追问他。

"虽然我被停职了，但我在警局里有朋友。"

莱茵的目光转向面前装着咖啡的马克杯。他两手拿起杯子，然后又把它放了下来。

"真的有这个人吗？这个说查理·多特里是被他殴打致死的疯子。"莱茵问。

"确有其人。"单说。

"他还到葬礼上杀了特里·多特里？他潜伏在山顶上，带着一把来复枪？"

"他开了一枪。"伊丽莎白说，"你听到了吗？"

莱茵盯着咖啡看了一会儿。再开口说话时,能听得出,他低沉的声音里透着抑郁感。

"这是我努力想要查清的事情之一。我的耳朵只听到了自己开的那一声枪响。我把一颗子弹送进了特里·多特里的身体里——这是我第一次向别人开枪,在不得已的情况下。"

"所以你来到这里,是为了找到那个在葬礼上出现的男人?"

他毫不犹豫地点了点头。"我想他应该会跟着贝尔到诊所里。我猜你和我的想法一致。"

"如果他在诊所里出现,你打算做什么?"伊丽莎白问,"你要一枪打死他?"

"不。"

她扫了桌子上的枪一眼。"你知道眼下是什么状况,不是吗?你被停职了,你不应该携带枪支。"

"这不是我的执勤用枪——我开枪打死多特里之后,那把枪就被没收了,但这把枪是合法的。"

"我没兴趣管它是否合法,"她说,"我只想知道为什么你带着一把枪守在诊所外面。"

莱茵用手背把装着咖啡的马克杯从自己面前推开。

"我想喝一杯。"他说。

"你只有这个能喝。"

莱茵长长地呼了一口气。休息室里的灯光在他脸上投下了阴影。他张开纤长的五指放在伤痕累累的桌面上。

他缓缓开口说道:"我从没想过要杀特里·多特里,我本来是想往他腿上开一枪。枪法真是烂透了。"他的声音很空洞,就像从远处传来一样。"我跑到他身边时,他还活着。我把他翻转过来,让他背朝草地躺下,然后把手放在他的胸口。他的心脏还在跳动。我开的那一枪射穿了他的脖子。他睁大着双眼,喉咙发出吸气的声音。我知道,他没法呼吸了。"

莱茵的手往下按压桌面,似乎想要控制自己的手不要颤抖。"我做了一切你认为能做的措施,"他说,"我把他的头微微后仰,捏他的鼻子,往他嘴里送气。但子弹射穿了他的气管,我送进去的气又漏了出来。我用手捂住伤口,医务人员赶到前都在继续给他送气,但这些都没用。"

他抬起一只手,覆在头发稀疏的头上。"从那天起到现在,我的体重掉了足足十磅,"他说,"每天晚上,我睡着的时间都不到三个小时。我总是会看见他的脸。他的眼睛就一直那么睁着。"

莱茵看向伊丽莎白和单,然后伸出一根细长的手指,用力戳着格子衬衫男人写的稿子。

"沃尔特·德拉科特告诉我这些都是虚构的,"他说,"但你相信这是真的,是吗?"

"是的。"伊丽莎白说。

"那个写了这份稿子的男人,他是真实存在的。我得找到他。"

"杀了他,你什么也得不到。"

莱茵咽了咽口水,他闭上双眼。"我不想杀他。我根本没想再杀人。我会受不了的。我要找他问个清楚。我带的枪,只是为了让他开口的威慑物。他是一切的罪魁祸首。他必须说出个所以然来,我要知道前因后果。"他的太阳穴颤动了一下,皮肤下面的血管有一下明显的跳动。"到目前为止,我什么头绪也没有。"

欧文·麦凯莱布局长的办公室就在休息室的楼上。麦凯莱布五十五岁，身形瘦长结实。他穿着灰色的运动服，坐在桌子的一隅。伊丽莎白和单向他汇报保罗·莱茵的事时，他的鞋后跟敲着桌子的前方。

"我们有拘留他的理由吗？"他们汇报完后，他如是问道。

"这不是显而易见的么，"单答道，"他带着一把装有子弹的枪，守在贝尔的诊所外面。"

麦凯莱布转向伊丽莎白。"你觉得他会对贝尔造成威胁？"

她抱着双臂站在窗前。"我觉得他说的是真话。杀死多特里这件事给了他很大的冲击。他觉得找到那个穿格子衬衫的男人可以让他弄清楚整件事，他的目标不是贝尔。"

"那你入住的苏圣玛丽旅馆房间门口的那颗子弹怎么解释？"麦凯莱布问，"你认为这件事和莱茵有关吗？"

她摇头。"我不这么认为。"

"好的。那今天就让他在这里睡一晚上，明天一早把他送回去。我会给德拉科特治安官打个电话，让他派人盯着莱茵。"

单指了指莱茵的枪，它还躺在桌面上。

"那这个怎么办？"他问。

"他有许可证吗？"麦凯莱布问。

"有，"伊丽莎白答道，"我查过了。"

麦凯莱布走到桌子后面，打开中间的抽屉，把枪放到抽屉里。

"告诉他枪被我们搞丢了。如果我们找到了会寄给他的。"

"以他的名字登记的枪不只有这一把，"伊丽莎白说，"他完全可以在几天之后重新拿着一把枪再折回来。"

"确保让他意识到今天是我们在给他机会，而且我们不希望再看到他出现在这里。"麦凯莱布关上抽屉，上了锁。"现在我们有别的事要做了，"他说，"伊斯兰提的警察局局长刚才给我打了个电话。貌似你说的那个穿格子衬衫的男人开始行动了。不久以前，有一个符合这个描述的男人带着一把来复枪抢劫了一家药房。"

第 18 章

哈伦·斯宾塞工作室里的窗户实在是太多了，我不喜欢。

这个房间的长度和整幢房子的进深一样，西面的墙上几乎都是玻璃：六扇高大的落地窗一字排开，上面挂着的深红色亚麻窗帘此刻已经挽起来，暮光透过玻璃照了进来。东面的墙上也有六扇窗户，但明显比西面的要小得多。

这是星期天的晚上。我穿了一套最体面的衣服——一套灰色西服，搭配一件白色礼服衬衫，没扎领带——天实在是太热了。西装的翻领上别着一枚竞选徽章，上面写着，凯莉·斯宾塞，一个新的开始。

前天，我从伊丽莎白那里得知她和哈伦·斯宾塞见面的经过。她跟我提过的那幅凯莉·斯宾塞的肖像画仍然放在房间北面的尽头，东面放着其他油画，靠在窗户下方的墙上。斯宾塞的画架和那张放满颜料和画笔的桌子被搬了出去，取而代之的是一堆三个或四个一组分开排放的椅子。沿着靠南面的墙有一个新设的酒吧。

房间里大概有三十个人——来这场鸡尾酒会的几乎都是安娜堡市有头有脸的人。市长和市长夫人来了，我至少还看到了三个法律大学的教授。缅因街上一家海鲜餐馆的老板想要和一个女人搭话，这个女人在自由街上经营一家画廊,她完全无视这个男人,注意力全部在斯宾塞的油画上。

哈伦·斯宾塞在房间的正中央,坐在他那辆电动轮椅上,他的妻子坐在他左边的一张皮质俱乐部椅上。他的右手边是一个满头银发的男人,高高的鼻梁,深陷的眼睛,是约翰·卡斯特布里奇参议员。

参议员已经年逾七十。他出生在一个富裕的家庭:卡斯特布里奇房地产公司拥有几乎整个州的可出租住宅。年轻的时候,他入过伍,在越南服了两个役期,是第1骑兵师的救援直升机驾驶员。

他为政府工作了四十年,大多数时间都在参议院,被视为退伍军人的代言人。他是情报和军事委员会的成员,总统的心腹。人们都说他知悉很多华盛顿的机密,但他对此一直是三缄其口。他从未出过回忆录,也没有接受过采访。

我以前没有见过他,但在我看来,他不过是一个形销骨立的老人。他的面色苍白,西服松垮垮地套在身上。他的双手交叠放在腹部,我能清楚地看到他手背上暴露的青筋。他的双腿向前伸展,双脚交叉。

年轻版的参议员在酒吧附近转悠,拿着一杯苏格兰威士忌。杰伊·卡斯特布里奇继承了他父亲的部分容貌特点。卡斯特布里奇家族的高鼻子、一头浓密的黑发,依稀可以想象得到他上了年纪之后满头白发的样子。他的脸庞比较圆润,体重也比他父亲重,但没有人会说他胖。

我看到他一边喝着苏格兰威士忌,一边和一个女人说话,那个女人穿着一条红裙子,好像是某大学学院的院长,再不然就是学校里的其他领导。我觉得他有点心不在焉,给人一种他情愿到一个清静的地方独自享用美酒的感觉。

我以前在一本杂志上读到过介绍杰伊·卡斯特布里奇的文章,我知道他曾经想走父亲的老路步入政坛。每隔几年,都有谣传说他打算竞选国会议会,但谣传终究只是谣传。他是兰辛一家律师事务所的股东之一,但他的主职是经营卡斯特布里奇房地产公司。他的所作所为里最符合他有政治野心这一描述的,大概就是他和凯莉·斯宾塞结婚这一条。

凯莉·斯宾塞就是我关注窗户的原因。此刻,她站在一扇高大的落地窗前。屋内灯火通明,屋外漆黑一片,我能看到她的轮廓映在像棋盘格子一样的玻璃窗格上。如果有人从街对面抬头往上看,便可以清楚地看到她。穿格子衬衫的男人完全有可能带着来复枪站在那里。如果他开枪,唯一的警示就是被打碎的玻璃发出的丁零声。

我身体里有一个声音在拼命叫嚣,让我在悲剧发生之前走过去一把拉住凯莉·斯宾塞,让她趴在地上。

但我只是站在原地看着她。她穿了一条无袖白色短裙,腰间系了一条白色的腰带,双臂和大部分的腿都裸着。我看到她在宾客之间穿梭,和他们攀谈。她想拉近和他们的关系,有的时候,她会抬起手,在对方的肩上稍作停顿,这是一个表示熟稔的小动作。

现在和她说话的是阿米莉娅·科普兰,一个灰色头发的女人,她经营一个基金会,专为公共剧院和公共广播提供资金。她们两个人站的地方和其他客人之间有一些距离。

那个女人挽着凯莉的胳膊。我走近她们,想听听她在说什么。

"我亲爱的,这事儿希望很渺茫。你应该放弃。"

"我想我可以再坚持久一点,阿米莉娅,至少坚持到秋天。"

"但这几乎是不可能的事。你太年轻了。"

凯莉礼貌地笑笑。她的左手举着一杯红酒,但没有喝。

"让我们把决定权交给选民们吧。"她说。

"难道你不明白吗,决定权并不在他们,"阿米莉娅·科普兰说,"这是法律规定的。我很惊讶居然没有人告诉你。我唯一能想到的理由是他们不想让你伤心。"

"好吧,这说明他们人好。"

"但宪法有明确规定。你的年纪不够竞选参议员,最起码得三十五岁。"

凯莉笑了起来。"你确定吗?"

"当然,亲爱的。"

"如果真有这么一条规定,早就该有人告诉我了。"

阿米莉娅·科普兰点头道:"这正是我想说的。你大可以去查证,你会发现我说的是对的。"

凯莉又做了那个小动作,她把手放在对方肩膀上,脸上笑意嫣然。

"我从未怀疑过你,阿米莉娅。"她说。

年长的女人满意地回应了凯莉的微笑,转身向酒吧走去。凯莉·斯宾塞站在原地,把酒杯举到唇边。

我等着她喝了一口,然后走近她,开口说道:"你一直这么擅长审时度势吗?"

她回过来,面对着我,"大概是吧。"

"如果我没记错,到三十五岁才有竞选资格的职位是总统。要竞选参议员,年满三十周岁就够了。"

"如果我没记错,我已经三十九岁了。但我不忍心告诉她,阿米莉娅酒一多就会习惯性地忧郁。"

我朝她伸出一只手。"我是大卫·卢根。"

她轻轻地回握一下。"久仰。"

"我想请你帮个忙。"

她挑起双眉。"什么忙？"

"离那个窗户远一点，这样目标太明显，让我很紧张。"

她的姿势变了。她似乎放松了下来，就像解开了一个一直困扰她的疑团。

"我想知道你到底意欲如何，"她说，"你从刚才就一直盯着我看。"她转头看向窗外，"你看到窗外有人吗？"

"如果他在窗外，就不可能会让你看到他。"我说，"他可能在对街，藏在其中一棵树的树冠下。"

"哪一棵？那边的枫树，还是榆树？"

"我不是在说笑。"

她褐色的眸子盯着我，带着审视的意味。"我不是这个意思，只是感觉你有点杞人忧天。这是我父母的房子，我在这里很安全。"

"谁都可以进来这里。就算我带着一把枪走进来，也没人会发现。"

"我很高兴你没这么做，"她说，"藏着一把枪会破坏西服线条的美感。"

"那就随你吧。"我对她说，"但如果我们非得站在这里，你不如让我站在窗前吧。"

她站在那里，沉默了几秒，转动着指间的酒杯杯柄，而我第一次意识到她真人没有电视荧幕上的那么高大。我目测她的身高应该是五尺六寸，鞋跟两英寸。

她说:"我觉得我对你有误解,卢根先生。"

"为什么这么说?"

"我得到的建议是和你保持距离,因为和你有交集对我没有任何好处。但现在你却自愿为我挡子弹。我可以失陪一下吗?"

"当然。"

她走向房间的北端,和一个在门口徘徊的男人说话。我之前根本没有注意到这个人。他长着一张大众脸,头发的颜色跟稻草一样,头发中间秃了一块。他看上去最起码有五十岁,宽臀窄肩,身上穿的西服至少是十年前的款式。

他听她说完之后,朝我所在的方向瞥了一眼,然后向门外走去。凯莉·斯宾塞走回我面前,鞋跟在硬木地板上发出嗒嗒的声音。

"那是艾伦·贝克特,"她解释给我听,"他以前是参议员的顾问,现在是我的顾问。他负责审查类似今天这种聚会的邀请函,并确保没有想杀我的人混进来。我已经吩咐他派人去确定到底有没有人在对街徘徊。"

"是什么让你改变了主意?"

"其实真的没什么。我能肯定没有人在那里,但现在你可以不用担心我的生命安全,我们也可以畅所欲言了。我们聊些什么?"

"我不知道,"我说,"政治?"

"我不觉得你是一个认真看待政治的人。"

"为什么你会这么说?"

"因为你是在场唯一一个戴着这个的人。"她轻轻叩了叩我翻领上的徽章,那上面写着,凯莉·斯宾塞,一个新的开始。

我说:"也许不认真对待政治的是在场的其他人。"

她绽出一抹得体而又自然的微笑。"我们把这些徽章发给忠实的支持者，"她说，"给那些想要彰显自己有远大抱负的大学生，让他们用别针别在背包上。我希望能在竞选集会上看到它们，而不是在鸡尾酒会上。"

"也许是因为我喜欢这句话。"

"也许你会觉得这是一张空头支票，"她说，"你不是唯一一个有这种想法的人。"

"不，我觉得这是一个高招。"我说，"它解决了一个棘手的问题。约翰·卡斯特布里奇任参议员有几届了——四届？"

"五届。"

"五届，而你是作为他的继任者参加竞选。你想让人们觉得参加竞选的还是他，他们把票投给你就相当于让他再连任一届。但你不能站出来说'凯莉·斯宾塞，一如既往'，这样没法鼓舞其他人。如果你当选了，不管你想做什么改革，你不能也不愿被看成是在批判参议员。正所谓新官上任三把火，你想做改革是因为多年来汽车工业一直在走下坡路，而密歇根州可以说是全国失业问题最严重的地方。'一个新的开始'虽然说得很模糊，但要的就是这种模糊。它暗示未来会变好，却没有正面承认过去的错误。"

"你忘了说这个还很适合当汽车的车尾贴。"她不冷不热地说，"你说的这些我都想到了。'一个新的开始'只是冰山一角，改天抽空看看我的个人网页吧。你会发现我同时也关注更公平的免税代码、合理的精简开支、人性化的枪支管制、负责任的医疗改革和可持续发展的环境政策。有时，我都担心自己在演讲过程中会迷失在这些崇高的泛泛之谈里。"

"这么做有什么意义？"我问她，"为什么你想参加竞选？"

她环顾四周，似乎是在确定周围没有人能听到我们的谈话。

"总有一个人要这么做。"她温和地说。

"这能当成一个严肃的回答？"

"总有一个来自密歇根州的人会当选参议员，"她说，"我觉得我还算差强人意。当然，也有其他人能够当选——但他们不会做得比我好，有的甚至还不如我。如果能阻止那些不如我的人当选，我相当于已经赢了一半。你可以问问约翰·卡斯特布里奇。如果你能撬开他的嘴，他会告诉你他最引以为豪的是他所反对的那些事。从那些看似百利无一害实则百害无一利的大想法，到那些被他悄无声息地扼杀在起始阶段的小型愚蠢行为。我不会夸口许下伟大的承诺，但如果我当选，我会努力为善而不是为害。那些期望得到更多的选民们其实是在自欺欺人。"

说这些话的时候，她的褐眸一直定定地看着我，等待我的反应。

"听起来不错，"我说，"你可以把这些话也放进演讲稿里。"

她缓缓绽开一抹微笑，就像从水面冉冉升起的太阳。

"我可不敢，"她说，"如果你把这些话传出去，我就只能否认自己说过这些话。"随后，她的态度发生了变化。之前，她在我面前展现了真实的一面，但现在，她把这一面藏起来，再次封闭了自己。

她说："我很高兴今天晚上你能来，我也很想再和你多聊一会儿，但我还得去招呼其他客人。"她回过身，轻轻拍了拍我的肩膀，我还没来得及开口说什么她就走了。

她离开之后，我在会场里四下环顾，看到伊丽莎白正在和哈伦·斯宾塞说话。她坐在几分钟之前约翰·卡斯特布里奇坐着的那张椅子上。现在在会场里，到处都看不到参议员的身影。

我在酒吧里拿了两杯苏打水。一杯自己端着，另外一杯我放在了伊丽莎白座位旁边的矮桌上。我在那里逗留了一会儿，听哈伦·斯宾塞讲自己年轻时在苏圣玛丽经历的事，然后俯身凑在伊丽莎白耳边，对她说我想出去透透气。

走到一楼，会场里的觥筹交错和笑语欢声已经恍如隔世。门口有一个服务生，看到我要出门，她立即把门打开，并且全程扶着门，直到我走出门外。

外面很暖和，根本不用穿夹克。我把身上的夹克脱下来，随意往手臂上一搭，沿着U形车道的转弯处漫步。此时，街道上很安静。我绕到房子后面，经过一座围着篱笆的花园。一条宽阔的石板路向前蜿蜒，路的尽头是一个斜坡，斜坡上面是一个白色的露台。就着房子里照出来的光，我看到有人倚在露台的栏杆上——是约翰·卡斯特布里奇。

他一直没有出声，直到我走到斜坡上才开口说话，他的声音不大，但很威严。

"你是他们派来监视我的吗？"

"没有人派我来。"我回道。

"如果是我儿子想要查我的岗，他完全可以自己下楼来。"

我穿过一道绕着葡萄藤的拱门，走进露台里。

"我只是出来散个步。"我说。

"看来你是个聪明人。"参议员如是说。他看了看我手里拿着的玻璃杯。"你杯子里是什么？"

"苏打水。"

他嫌弃地撇了撇嘴。"倒掉它。我从一个服务生那里拿到了这个。"他侧开身子,露出了竖在栏杆上的一瓶尊美醇威士忌。"在被人拿走之前,我们最好先喝点。来支烟吗?"

"我从不抽烟。"

"幸好。"他一边说,一边拿出一根他之前小心翼翼握在身侧的雪茄。"我也只有一根。我戒烟已经有三十年了,但还是对好烟爱不释手。"

我把夹克搭在栏杆上,把杯子里的苏打水倒在外面的草坪上。参议员给我斟了一杯,然后从自己夹克的口袋里拿出一个烈酒杯,也倒满了酒。

"钱还是关系?"他问。

"什么?"

"一般来说,如果你受邀参加这种聚会,要么就是有钱,要么就是有关系。你是哪一种?"

"我没钱,"我说,"我想应该是关系吧——靠安娜堡市警察局的关系。"

"你和那个女警察一起来的吧。那个叫威利的。"

"是叫华士奇。"

"想要和凯莉谈那个到处杀人的疯子。她很高明吧?"

"我不太懂你的意思。"

"我的儿媳妇非常圆滑,"约翰·卡斯特布里奇说,"她不想和一桩在调查的谋杀案扯上关系,但又明白有时候不得不和警察打交道。所以,她会现在处理掉,在这个周末,在人们还没有把注意力放在这件事上的时候。她会在这里处理掉,而不是在可能会有无数镁光灯等候的市政厅。她会把这件事妥善解决掉,这样到了明天,它就不会是新闻了。这就是高明,你不觉得吗?"

"当然。"

"可能是贝克特出的主意,但操作的人是凯莉,她一点就通。她自己一个人完全可以应付自如,媒体很喜欢她。"

他啜了一口烈酒杯里的酒。"你喜欢她,"他复又开口说,"我之前看到你和她在说话。"

"我们聊了一会儿政治,她是一个让人印象深刻的女人。"

"小子,那你可得当心着点,她有主了。"

他说这句话的时候语气非常温和,堪称亲切,没有任何愤怒的迹象。我不知道他为什么会说出这样的话。我盯着他的眼睛看,但里面什么都没有。

"我想你可能误会了。"我说。

"如果她把头发散下来会更好看,显得更有活力。上帝知道,我们都应该更有活力,但你千万得当心。"

"我想……"

他举起杯子,示意我不要说话。我听到石板路上有脚步声响起。

"纠察队来了。"他说。

我认出了沿着石板路走过来的男人的身影,窄肩、宽臀,是艾伦·贝克特。

卡斯特布里奇把雪茄放在我和他中间的栏杆上。我动了动身子,挡住那瓶威士忌。贝克特走上斜坡,走进露台,面露疲色地摇了摇头,"参议员先生,我想我们已经说过很多次了。"

卡斯特布里奇一言不发,只是喝了一口威士忌。

贝克特平静地伸手去拿烈酒杯，参议员任由他把酒杯拿走。

"这是谁给你的？"贝克特问道。

"别这么烦人，艾尔。"

"是谁？"

"我可以自己去拿。"

贝克特瞥了我一眼。我晃了晃杯子里的威士忌，他没有想要收走我酒杯的意思。

相反，他朝我彬彬有礼地点了点头。"卢根先生，告诉你一个好消息，我们已经把整个街区都搜了一遍。灌木丛里、树木后面没有藏着人。没有人带着来复枪，或者是其他的武器。我们看到一名保险推销员在遛一只雪纳瑞，但他没有犯罪记录，甚至连停车罚单都没有收到过。简单地说，非常平静，根本没有什么异常情况。"

我静静地听着，不置一词。他似乎对我的反应很失望，又转向约翰·卡斯特布里奇。

"参议员先生，我想现在已经算是晚上了，我马上把你的车子准备好。"

"我准备好了就会过去。"

我本以为贝克特会恭敬地鞠躬，但他只是点了点头。

"好的。"

他把参议员的烈酒杯里剩下的酒一把倒掉，然后伸手想拿走栏杆上的雪茄。我抢在他前面，早一步拿了起来。

"这是我的。"我说。

他来回摩挲着头顶，顺便瞥了我一眼。最后，他决定到此为止，但这个决定显然让他很不爽。我看着他转身，在夜色中沿着来路往

第18章 | 153

回走。

我把雪茄递给参议员,他重新把它叼起。他把手伸进口袋掏出一盒火柴,把雪茄点着,连着吸了几口,然后缓缓地吐出一串烟气,任由它在夜色中缭绕。

"这是怎么回事?"我问他。

他又抽了一口雪茄,然后才开口回答。"马儿们都跑了,然后艾尔负责看着马厩的门。"

"我听不懂。"

"有的人希望我可以长长久久地活下去。"他耸了耸肩,"在灌木丛中搜查又是什么意思?"

"我就你儿媳妇的人身安全发表了一点看法,我想这让艾尔反感了。"

参议员举了举他的雪茄,表示赞赏。我本以为他会进一步解释让我当心的意思,但他似乎完全忘了自己说过那句话。

他弹了弹雪茄,烟灰飘落到露台的地面。

"凯莉不会出事的,"他说,"她的父亲会保护她。别小看哈伦·斯宾塞。虽然这个男人没法走路了,但他的枪法还在。直到现在他也可以用格洛克枪一招毙敌。他的轮椅上就有一把枪,藏在你看不到的地方。所以,在她父亲的房子里,凯莉·斯宾塞不会有任何危险。"

他吸了最后一口雪茄,然后用鞋底把它踩熄。他不知道从哪儿又变出一个烈酒杯,然后把它小心翼翼地放在了栏杆上。跟着,他朝我眨眨眼,然后伸手去拿威士忌,旋开了酒瓶盖子。

"干得好,就这样抓着瓶子喝吧。"他说。

第 19 章

看到参议员坐进汽车里时，点点繁星已经缀在天幕上，室外的气温降了好几度。他的司机是个年轻的小伙子，动作像军人一样利落；他扶着车门，参议员缓缓地坐进去，整个动作行云流水一般优雅，就像演练过千百遍一样。我看着汽车沿着车道向外驶去，然后消失在夜色中。

其他的宾客已经离开，露丝·斯宾塞正有条不紊地指挥服务生打扫会场。我沿着楼梯上到二楼，走到斯宾塞的工作室，然后看到伊丽莎白正在和凯莉·斯宾塞说话。杰伊·卡斯特布里奇坐在他妻子旁边，哈伦·斯宾塞坐在轮椅上看着他们。艾伦·贝克特斜倚在旁边的一张俱乐部椅子上。我在门口停了下来，倚在门框上。

今天伊丽莎白把长发编成辫子，用发夹别了起来。她的脖子上戴了一条黑色的玻璃珠项链，像珍珠一样光滑，这也是莎拉的作品之一。她穿了一条黑裙，前面的剪裁很端庄，后背则开得很深，露出了肩胛骨。

她带了穿格子衬衫的男人的素描，还有一份他写的手稿的复印件。凯莉·斯宾塞认真端详了素描一阵，然后递给她的丈夫。

"我不认识他，"她对伊丽莎白说，"我看过新闻报道，我父亲也跟我说过你的推理，你认为这个男人觉得自己和我有一些关联。"

"是的。"伊丽莎白说，"他很可能和你联系过。你最近有没有收到什么异常的信件？有没有看起来不太对劲的信函，或者是电子邮件？"

"人们经常给我寄稀奇古怪的信，"凯莉答道，"确实非常怪异的信都被归到一个特殊文档里，和那些表达愤怒或者威胁的信放在一起。如果你需要，艾尔会拿给你。"她看向贝克特，后者点头表示同意。

"是的，我想看看那些信。"伊丽莎白说，"但如果这个男人真的给你写过信，我不认为信里会有威胁的话，最起码不会是威胁你的话。可能会表达愤慨，对数年前发生在你父亲身上的事，直指特里·多特里、亨利·高摩伦或者萨顿·贝尔的愤怒。"

"我真的想不起来有这样的信。"

"如果这个男人给你写信，他的信里不会有威胁的话，反而有可能会显得很平常。他已经杀了两个人，而他还想再杀两个，但在袭击萨顿·贝尔之前，他和贝尔说了几句话，贝尔觉得他是一个理性的人。所以，如果你收到他的信，那这封信看起来绝对跟其他选民的信没有什么不同。他可能会在信里写一些对你比较重要的话题。"

凯莉皱着双眉。"我在州议会连任了两届。我从选民那里收到了上千封，甚至是上万封的信，我不知道这些对你们能有什么用。"

"但你把它们都保存了下来，归档了，对吗？"

"是的，但我不能让你看这些文件。就算我肯，又有什么用？你刚才说过，他的信看起来很可能平常无奇。"

伊丽莎白拿起放在膝盖上的手稿。"也不尽然。"

"什么意思?"

"听着,现在我要告诉你的是绝对的机密,"伊丽莎白说,"没有被媒体报道过,你必须保证不会外传。"

"当然。"凯莉答道。

伊丽莎白看向杰伊·卡斯特布里奇和其他人,他们纷纷点头回应。

"这是我们从杀人凶手那里收到的信息,"她说,一边扬了扬手里的手稿,"这是他的犯罪自述。他没有签名,非常小心,尽量不留下任何可能暴露自己的……"

凯莉打断了她的话。"但你认为在这份手稿里有能锁定他的线索。"

"不是这份手稿里有的,"伊丽莎白说,"而是里面没有的。"

"什么意思?什么没有?"

"副词。"

穿格子衬衫的男人的自白已经被我通读了五六遍,但发现副词问题的却是莎拉。我和伊丽莎白听到这个消息,是在那天早上。

星期天的早上对于华士奇一家来说,意味着可以睡懒觉,意味着可以享用一顿格外丰盛的早餐。大多数时候都是莎拉负责下厨,但我偶尔也会做一些简单的菜式,比如煎蛋,或者法式土司,有时候是和那天早上一样的煎饼。

我往一个平底锅里倒了一些黄油,让它熔化,然后把香肠串放在另外一个锅子里。莎拉坐在桌子旁,把苹果切成薄片,然后混进煎饼面糊里。伊丽莎白正告诉我们穿格子衬衫的男人的最新动态,说前一天晚上他带着来复枪抢了一间药店。

"这听起来不太正常。"莎拉说。

"但事情就这样发生了。"伊丽莎白说。

"这有悖于基本原则。"

"什么基本原则?"

"抢劫一间商店的基本原则,"莎拉说,"我们以前讨论过这个问题。不应该用来复枪,应该用手枪,这样用不上的时候可以随身藏着。你得出其不意,准备好之后,一把拔出枪指着收银员的脸。"

"我不记得有过这种对话。"伊丽莎白说。

"你要威慑住他,而且不给他思考的时间。你要用最简单的指令:打开收银柜,把现金给我。你的声音要犀利,因为如果你的声音很平淡,他不会把你当回事。"

伊丽莎白歪着头,"我们什么时候讨论过这个?"

"中学的时候。"莎拉说,"当时你在帮我写一篇随笔,题目是《如何做馅饼》,但我们聊着聊着就跑题了。"她切完苹果,把装了面糊的碗递给我。"他把钱递给你,你得空出一只手过去接,这则是用手枪而不用来复枪的另外一个原因。"

"中学?"

"七年级的英语课。我得了B,我本来可以得A的,如果你知道怎么做馅饼的话。所以为什么这哥们要用来复枪?难道他疯了?"

我倒了一些面糊到平底锅里。伊丽莎白站在我旁边,倚着流理台。

"我不知道应不应该说他是疯子,"她说,"他的所作所为都有自己的逻辑。他在白叶公墓用来复枪，因为如果他想远距离射杀特里·多特里，这是唯一一种能用的武器。当抢劫药店时，他又用了来复枪，因为他手头现成的枪就只有这把。也许用手枪的效果会更好，但用来复枪也不差。"

香肠在平底锅里发出嘶嘶的声音，我关了火。伊丽莎白接着说道："抢劫药店和抢劫便利店不太一样。你不可能做到火速进出。朝药剂师大吼大叫，用枪指着她的脸，根本没有用。你要做的应该是尽可能不要弄出太大的动静。"

"穿格子衬衫的男人把他的来复枪放在购物推车里，然后推着它穿过了商店，其间没有引起任何人注意。他开口要了两样东西：一种叫作头孢氨苄的抗生素，还有一种治头痛的止痛药舒马曲坦。药剂师把药给了他，然后他把来复枪放回推车里，又把它推了出去。没有人看到他的车。商店里有监控，但都是从上往下照，他戴的棒球帽挡住了他的脸。"

"如果他是疯子，这对他也是百利无一害，对我抓住他就没有帮助了。我不知道接下来会怎样。"

"你会抓到他，"莎拉说，"他会暴露自己的。不，他已经暴露自己了，在他的手稿里。"

"你什么时候读了他的手稿？"伊丽莎白皱着眉问。

莎拉耸耸肩。"前天，肯定是你落了一份在家里。"

"不，不是我。"伊丽莎白边说边看向我。我正专注于手里的活，让煎饼在平底锅里翻身。

"有问题吗？"莎拉问。

"从规定上来讲，有。"伊丽莎白说，"但先不管这个。我没在他的手稿里发现任何能够锁定他的线索,你看到了什么使他暴露了自己?"

"不是我看到的,而是我没看到的。"

"副词,"伊丽莎白对凯莉·斯宾塞说,"他没有用副词。在他的整份手稿里,一个副词都没有。"

凯莉皱着眉,"你是认真的吗?你想看我文档里收录的选民来信,然后从里面找出没有副词的信?"

"我知道这很不寻常。"

"这简直是荒谬。就算我可以撇开隐私问题不论——事实上我根本不可能这样做——很多人给众议员写的信都非常简短。如果他们只写了寥寥数语,也很有可能不用副词。"

"我们正在追查的这个男人不用副词的方式很特别,"伊丽莎白说,"他会写'粗鲁的动作',而不是'粗鲁地';他会写'不是很吵',而不是'安静地'。如果你收到了他的信,一眼就能看出不同。"

我站在门口,看到凯莉·斯宾塞的表情发生了变化——她似乎动摇了,哈伦·斯宾塞一定也发现了。

"你可得谨言慎行。"他对伊丽莎白说。

"这是自然。"她说。

"也许你可以考虑一下。"斯宾塞对他女儿说。

凯莉看向杰伊·卡斯特布里奇,他正有一下没一下地叩着膝盖上的空酒杯。

"如果觉得对,就去做。"他说。

她转头看向艾伦·贝克特,他斜倚在俱乐部椅子上,下巴压着一只手的指关节。

"本该这么做的，"他说，"但如果公开书信，我们的处境会非常不利。"

凯莉回过头，重新看向伊丽莎白。她的背挺得笔直，下巴微仰。这是一种转变，我之前看到过。现在，她选择搁置她的疑惑，把它们深藏在心底。

"是的，"她说，"暂且不论信的内容如何。人们给我写信是因为信任我，相信我不会无缘无故就把信交给警察。我不能让你仅仅因为他们写了措辞古怪的信就敲开他们的门，质问他们。"

她站起身。伊丽莎白也站起身，把穿格子衬衫的男人的画像和手稿收拢在一起。

"我很抱歉，"凯莉·斯宾塞说，"我很想帮上更多的忙。我可以让你看一下我们收到的威胁信件。但我最多只能做到这样，毕竟凡事都是有底线的。"

第 20 章

在某些夜晚，我会做梦。那种让你瞬间惊醒，坐起身子在黑暗中四下张望，想确定自己究竟身在何处的梦。你想知道自己看到的那扇窗户是否还在原处，你睡觉的时候，它是开着还是关着，想要确认那个模糊的黑影是不是门框，门外的走廊里有没有人。

这些梦，严格地讲，不能称之为噩梦。当然，我也会做噩梦。每隔几个月，我就会做一个在一间满是楼梯和回廊的老房子里不停狂奔的梦。有带着枪的男人在追我——然而现实生活中，我从没有过被带枪的男人追赶的经历。有时，在梦里拿枪的是我，但当我扣下扳机之后，什么都没发生。有的时候，枪响了，子弹也射中了目标，但那些男人还是在身后穷追不舍。

但我想说的不是噩梦。我把我经常做的那个梦称为空地之梦：在梦里，我站在森林里的一块空地上，空地的四面都是树；当时是夜晚，繁星朗月悬在光秃秃的树枝上。在梦里，我一直和一个朋友在一起，我们在挖坟墓。

我在现实中也干过这事。

我的朋友头发黝黑，皮肤苍白。他和我轮流使用铲子。他挖的时候我坐在一旁的墓地上看他，晃着脚。轮到我挖的时候，他就背靠着附近山毛榉的光滑树皮休息。我想看到他，但因为越挖越深，坟墓周边的土堆挡住了我的视线。坟墓越挖越深，我看到下面有白色的东西若隐若现，于是，我把铁铲往边上一扔。我蹲下身子，用指尖拨开上面的泥土，看到了我朋友的脸：面容祥和，双目紧闭，双唇安详地抿着。

我爬出坟墓，看向山毛榉，树旁已经没有了朋友的身影。

从斯宾塞家参加聚会回来的那天晚上，我又做了这个空地之梦。我在黑暗中醒来，伊丽莎白卧室的门是长方形，看起来就像一个四四方方的坟墓那黑漆漆的入口。我坐了起来，等着心跳缓缓回落，然后那扇门又恢复成了门的原样。

我复又躺下来，想接着睡。二十分钟过去了，我毫无睡意，只得爬起来穿上马球衫和牛仔裤，拿上我的皮夹、手机和钥匙。我跪在一侧床沿，把手放在伊丽莎白的背上，感受到规律的起伏。她被我的动作惊醒了。

"你要去哪儿？"

"办公室。"我说，"我睡不着。"

"又做梦了？"

"嗯。"

"记得回来。"

好像我不会回来似的。"好的。"

我们简短的对话到此为止，因为她又闭上眼睡着了。

下楼的时候我经过莎拉的房间，房间的门半敞着，就着窗外的街灯，我看到黑暗中床单的轮廓，还有披散在上面的黑发。我下了楼，轻手轻脚地关上前门。

我走到屋外,坐进车子里,发动车子向东往市区开。我一直向东开到一个信号灯闪着红光的路口,然后转向北开往缅因街。这个时候的缅因街几乎没什么车子,但还有学生在人行道上闲逛,应该是从附近的酒吧里刚刚散场出来。他们正从街道中央横穿缅因街,边走边闹,漫不经心的样子,看着就像一群纨绔少年。其中一个男孩绊了一跤,其他人都笑了起来。我放慢车速,让他们先过去。

菲利克斯咖啡馆已经打烊,店里一片漆黑。我开车绕到《灰街》办公大楼的后面,停在一扇不锈钢防盗门附近。这是大楼的便门,门上悬着一个黄色的灯泡,外罩一个笼式金属灯罩。通常情况下,这扇便门的门缝里会顶着一块砖,现在也是这样。

我搭电梯上六楼。叮的一声,六楼到了,电梯门隆隆响着向两侧分开。走廊上亮着灯,我经过一个财务办公室,一个纪录片制作公司,然后来到《灰街》的办公室。我把钥匙插进锁孔里,然后发现不对劲的地方。

门上的毛玻璃被人切了一个正方形的口子,切口非常整齐。

电光火石之间,我的脑子里思绪万千。这个正方形的口子足够一只手伸进去,打开防盗锁。弄开这个切口的人很可能还在里面,电梯的声音一定已经给了他警告。

我在走廊上徘徊,仔细回想从家里的梳妆台上拿皮夹、手机和钥匙时,上面还有什么。我的瑞士军刀也在那上面,但我忘了拿,我轻轻拍了拍裤袋,没有摸到它。

我任由门半开着,直接把钥匙拔了下来,随后在那里站了一会儿,思考应该怎样理智应对。我得谨慎行事。我觉得我应该转身离开,下楼回到我的车上,然后打电话求助,没必要去冒险。

我又想了一会儿，然后慢慢推开门，走进外面的办公室。谨慎行事从来都不是我擅长的。我把钥匙放进口袋里，摁下照明灯的开关。日光灯闪了几下，亮了。万幸没有人朝我扑过来。

前台似乎没有被翻动过。通往里间办公室的门仍然锁着，储藏室的门也是。我静静地在原地站了几秒，竖起耳朵。

什么动静也没有。

里间办公室的门上有锁，但我很少上锁。我转动门把手，走了进去，飞快地开了灯。右边是一个衣帽架，只挂着一顶落了灰的黑色软毡帽。文件柜。书架。暗灰色的办公桌。桌子上的纸张摆放得很整齐，或许比我之前放得还整齐了一些。

我走到桌子后面，打开左手边的抽屉。抽屉有一个活底和隔层，穿格子衬衫的男人的另一份手稿复印件被我放在了里面。我把笔和订书机挪走，抽出活底，发现下面的隔层空空如也。

我脱下鞋子，蹑手蹑脚地走到外面的办公室，耳朵靠在储藏室的门上听了一会儿。什么动静也没有。于是我折了回去，穿上鞋，穿过前台，走到影印机前。电源是关着的。我慢慢抬起进纸器，把手放在玻璃板上，是温热的。

我拿起前台上的电话，拨了911，然后等待电话接通。

"我的名字是大卫·卢根，"我说，"有人闯进了我的办公室。"我报了一遍办公室的地址，然后听了一会儿，双眼紧盯着储藏室。

"谢谢。"我说，"我会下楼到大厅里带警察上来。"

我把听筒放好，然后拿起影印机旁边的一令纸。我把纸夹在腋下，走到走廊里，伸手把门关上。我穿过大厅，走到电梯前。摁下上下键，门隆隆响着开了。几秒钟之后，门又隆隆响着合上。几秒钟之后,我又重新站在《灰街》办公室的门外,背部紧贴在办公室门左侧的墙上,把那令纸向右举高过肩。

不一会儿,我听到里面有动静:储藏室的门开了又关,有轻微的脚步声响起,是有人在地毯上走动的声音。过了一会儿,那个脚步声好像绕到里间办公室去了。最后,脚步声越来越清晰,越来越近。我看到门把手被转动,门从里面被打开。我把重心移动到左脚,用力把那令纸挥了过去。

开门的是露西·纳瓦罗。她的反射神经很好,比我的好得多。

她低下头,抬起右臂挡住迎头砸来的纸。我想收住挥动的动作,但没全收住,纸的硬角砸在了门板的毛玻璃上,一些碎片散在地毯上,门被这巨大的冲力撞到了墙上。

露西往后退了一步,举起双手,挡着她的脸。

"天哪,卢根!"

我把纸扔在地上。门从墙上被弹回来,一块锯齿状的长条形玻璃从门框上掉落下来,就像从屋檐往下掉落的冰柱。

"天哪。"她又说了一遍。

我抓住她的前臂,把她的手从脸上拉开。她紧闭着双眼,挣扎着想摆脱我。

"别动。"我说。

我从她的头发上拿下一块碎玻璃碴,还有左眼下眼睑下方的另一块。我轻柔地把她的脸从一侧转到另一侧,看看还有没有其他的玻璃碴。

最后,我说:"睁开你的眼睛。"

她依言睁开了,然后下意识地眨了好几下。她回望我,大大的瞳孔,绿色的虹膜,里面没有玻璃。

"你没事了。"我对她说。

我松开她的手臂,穿过前台,往里间办公室走。走到门口时,我回身,看到她还站在原地眨着眼睛。她穿了一条淡黄色的夏裙,脚上踩着一双凉鞋,左肩上斜挎着一个手提包。

"过来。"我说。

我坐在办公桌后面,打开左侧的抽屉,抽出活底。那份穿格子衬衫的男人的手稿复印件又回来了。我关上抽屉的时候,露西已经在我对面的会客椅上坐了下来,她把手提包放在地上。

"拿出来。"我说。

"拿什么?"

"你知道我在说什么,那份手稿。"

她指着我的桌子。"我放回去了。"

"你复印了一份。"

"我根本没时间。"

"我检查过影印机,玻璃是温的。"

"玻璃是温的!你在梦游吧,卢根。这么晚了你在这里做什么?"

"我睡不着的时候,有时会来这里。"

"为什么你睡不着?"

"我在想这个世界上的所有烦心事。你打算自己把复印件交给我,还是打算让我叫警察来?"

"我以为你已经报过警了。"

我朝她翻了个白眼。

"所以刚才的一切都是在演戏?"她说,"你知道藏在储藏室的是我？"

"如果我知道是你，就不可能会用五百张可回收铜版纸来砸你。把手稿交出来，露西。"

"我说过了，我没有复印件。我是打开了机器，但还在热机的时候，我就听到你从电梯里出来的声音。我只来得及关上电源，然后躲进储藏室里。"

我差一点就这么作罢了。我觉得是那条黄裙子的缘故，它让我愿意去相信她是无辜的。你能对一个大半夜穿着一条黄裙子闯进你办公室的女人说什么？她的动机能有多不良？

当然，我完全能肯定她刚才撒了谎，这没有困扰我。真的没有。我看着她，她坐在那里，身子微微向前倾，右手掌心朝下放在膝盖上，左手揉着肩膀。唇角一弯，浮现一个笑容。那双眼睛无辜地回视着我。这种感觉，就像是被篮子里的小猫给耍了一样。

我摇头。"你复印了一份，那份东西要么在你包里，要么就藏在你裙子下的某处。我完全可以亲自搜你的身，不过我觉得我应该保持绅士风度，就让警察来代劳吧。"

我状似漫不经心地把手伸向电话，拿起听筒，放在桌子上，这样我们都可以听到拨号的声音。我摁下了9。她瞪着我，似乎想以此让我打退堂鼓，我不理她，又摁了一个1，然后她飞快地拿起她的包，拿出了几张被卷成圆柱形的纸。

她把那卷纸扔在桌上。我把它们摊平，把有字的那面朝下扣在我们之间的桌上。她把听筒放了回去。

"好。"我说，"现在可以说说了。"

"说什么？"

"知道这份手稿的人屈指可数，你是怎么知道的？"

"我不能泄露我的消息来源，卢根，这是记者的职业道德。"

"是啊，你的确具备了记者的职业道德。可悲的是，你没有正常人应有的品德。"我又伸手去拿电话。

她把手死死按在听筒上。"是亚瑟·萨瑟兰，"她说，"苏圣玛丽的凯尔·斯库德的律师。我去拜访过他，他的桌子上有一份手稿的复印件。我只看到了第一句话他就把稿子收起来了。但只是'我杀了亨利·高摩伦'这一句话就足以勾起我的好奇心了，我知道我一定要看到剩下的稿子。"

她漫不经心地转动着肩膀。"高摩伦就在这个镇上被杀，所以我猜凶手会直接向安娜堡市警方承认自己对这一案子负责。我知道华士奇警探不会对我透露半个字，所以我花了一点时间，专门在市政厅的巡警执勤桌附近转悠，专门听八卦。你知道那些警察围在执勤桌前议论谁吗，卢根？"

"谁？"

"你和华士奇警探。他们说，在发现高摩伦尸体的那天晚上，你去市政厅找过她，当时你还带了一个信封。"

我把一只手放在桌上的纸堆上。"你看了多少？"

"不多，但足以让我明白为什么你们要去苏圣玛丽，还有你和华士奇警探在白叶公墓的山上做了些什么。你觉得这是真的吗？他真的带了一把来复枪埋伏在那里，还朝特里·多特里开了一枪？"

我面无表情地看着她，一言不发。

"别像防贼一样防着我，卢根，我们可以互相帮助。现在绝对是有什么事情要发生，比一个疯子拿着来复枪埋伏在山上还要大的事。

你对凯莉·斯宾塞有什么看法?"

"我能对她有什么看法?"

"你今晚明明都去她家参加聚会了。"露西说。

"你又是怎么知道的?"

"当然是小道消息啊,卢根。所以你有什么看法?你和她说话了吗?"

"简单聊了几分钟。"

"你对她印象如何?"

"她是一名政客,想要当选。"

"因为她想要当选,就派了那么一个疯子带着来复枪去杀特里·多特里?她想要当选,就派那个疯子去追杀亨利·高摩伦和萨顿·贝尔?"

我认真地看着她的脸。她那双淡绿色的眼睛毫不怯弱地回视我。"你在说笑吧。"我说。

"为什么我说的不能是真的?"

"这不合理。为什么她要他们死?"

"让他们别碍她的事。"

"他们从来都不是她的阻碍,"我说,"多特里在监狱里,高摩伦和贝尔像其他的普通人一样生活着。他们是凯莉·斯宾塞的传奇的注脚:就是这几个人,抢了大湖银行,害得她父亲下半辈子只能坐在轮椅上。"

"那如果他们成了对她不利的威胁呢?"露西问。

我又盯着她的脸看了好一会儿,然后靠回椅背上,把脚搁在桌面上。

"你了解到了什么内情?"我问。

"现在我感觉好多了,卢根。你开始正眼看我了。告诉我,如果你试着和凯利·斯宾塞联系,她会接你的电话吗?"

"为什么这么问?"

"因为她不接我的电话,我完全束手无策。如果我告诉你关于特里·多特里的事,你会帮忙安排我和她见上一面吗?"

我给了她一个最严厉的眼神。"关于多特里,你都知道些什么?"

"那你会给她打电话吗?"

"我不敢保证一定能打通。"

"但你确定会打?"

"对。告诉我关于多特里的事。"

她别开脸不看我,然后声音弱了下来。"我觉得是我害死了他。"

第 21 章

　　一开始,她支支吾吾的,视线不停地游移,一会儿看文件柜,一会儿看书架,一会儿又看向窗外。但她很快又恢复到平常的样子,从椅子上站起来,在办公室里不停地踱步。

　　"今年春天,我和多特里谈过一次话,"她告诉我,"之后过了几个礼拜,他就死了。凯莉·斯宾塞差不多就是在那个时候赢得了她所在党派的党内初选。《全球时事》想写一篇关于大湖银行劫案的报道,因为这是凯莉·斯宾塞的生平故事里最为轰动的部分,是小报报道最喜欢的题材。在我之前,他们派了好几个记者去采访多特里,但都一无所获。他不想说,至少监狱那边的人是这样回答的。"

　　但她没有因此放弃。她谎称她是多特里的堂妹,于是,他们让她进去探视。金罗斯监狱的探视室让人感觉很阴郁,她说,地方又窄又嘈杂。她看到多特里坐在一个角落里。她首先注意到的是他左眼周围的擦伤,还有眉毛上面的一道伤口。

　　"你怎么了?"她问他。

　　他抬起一只手碰脸的动作到一半停了下来,又把手放回桌子上。

　　"没什么。"他说。

"你可以告诉我，"她说，"我是一名记者。"

他的双眼迸射出光芒，差一点就笑了出来。"别开玩笑了，"他说，"我以为你是我堂妹。"

"如果你被人打了，我可以帮你。"她说。

这一次，他真的笑了出来。"你打算怎么做，妹妹？在报纸上曝光？监狱里的犯人被殴打——这不是什么新闻。"

她还没来得及开口回答，他就转移了话题。"你的目的是什么？想听我的丰功伟绩？"

"你的丰功伟绩？"

"大湖银行，这是我做过的唯一一件大事。你到这里不就是为了它吗？"

她告诉他的确如此。

"你有什么目的？"

她没有回话，因为不知道该怎么回答他。

"凯莉·斯宾塞？"他很快反应过来，"你是为她来的？"

"是的，她在竞选参议员。"露西觉得很不自在，虽然她说的是一个显而易见的事实，但多特里让她觉得很紧张。

"这事我听说了，妹妹。"他说，"你想和射伤了她父亲的坏人交谈，然后以此把她的形象包装得更加光辉无人可及？"

"只要是你说的，随便什么我都愿意听。"她说。

多特里沉默了一会儿，不说话的时候他一直摩挲着脖子根部。最后，他开口了，"抢劫的那天早上，我们在弗洛伊德·兰姆比住的旅馆房间集合。他的房间里有一个小型冰柜，上那辆 SUV 之前，我喝了酒。我喝了一杯威士忌，想让自己冷静下来，不那么紧张。"

"你打算告诉我的就是这个——你想说当时你喝酒了?"露西问,"你觉得这对解释当天发生的事有益吗?"

"没有。只是当时有的报道上说我喝醉了。那么一点威士忌,我还不至于就这么醉了,我只是想澄清这一点。"

露西觉得自己看到他的眼中闪过顽皮的目光,但她还是开口问道:"好吧。还有呢?"

"弗洛伊德是一个蹩脚的银行劫匪,"多特里说,"他应该多做一些意外状况的设想,还有计划好逃跑路线。你不会想到银行的出口不止一个,但事实就是这样。事后,我发现大湖银行后方还有一个出口,直接通到一条小巷子里。当时,我们根本没人想着要去找其他的出口。弗洛伊德直接从前门走了出去,而治安官就在那里候着。我也和他一样,这是我后悔的事情之一。"

"你后悔对哈伦·斯宾塞开枪吗?"她问他。

他的目光环视了探视室一圈。"它让我进了这里。"

"所以如果一切可以重来,你会做另一个截然不同的选择?"

"这就是你的目的?"他说,声音变得有些尖锐,"你想让我说自己觉得非常遗憾?"

"我不是这个意思……"

"随你怎么说。说我觉得万分遗憾。我很遗憾 SUV 丢下我们逃走了。我很遗憾弗洛伊德横尸街头。我很遗憾萨顿·贝尔朝我的腿开了一枪。你可以说,我很遗憾在自己血流如注而且还被斯宾塞用枪指着我的脸时,没有做另外一个截然不同的选择。你可以说我希望自己能有更多的时间来反省当时做的决定。"

多特里的声音陡然拔高,一个警卫闻声走过来,让多特里安静一点。警卫粗厚的五指放在多特里的胳膊上，多特里似乎瑟缩了一下。他低下头，直到警卫走远又抬起来。

露西压低声音。"是那些警卫吗？"她问他，"打你的人就是他们？"

多特里挺起胸膛，脸上又浮现一抹微笑，他朝她摇了摇头。

"你真可爱，妹妹。"他说，"你是哪家报社的？"

"《全球时事》。"她告诉他。

"你怎么不早点说？"他边笑边说，"如果你早点告诉我，我可能就会告诉你一些劲爆的消息，告诉你我是怎么和凯莉·斯宾塞睡的。你想找一个好的题材，只要开口问就好了。"

"我只想找出真相。"她说。

"你怎么确定这不是真相？"多特里说，"你知道凯莉·斯宾塞都和谁睡过？"

"好吧。那你是什么时候和她睡的？"

"细节随你怎么写。我只负责给你思路。"

"我不能这么写，"露西说，"你还有什么题材？我要真事。"

他飞快地扫了一下四周，然后前倾靠近她。"我知道一些秘密，但我想你也不会写。"

"说来听听。"

"弗洛伊德·兰姆比。"他说。

露西挑高双眉。"兰姆比和凯利·斯宾塞睡过？"

"你真是一根筋，妹妹。"多特里说着说着，又笑了起来。"对兰姆比来说，她年纪太小了。不过，弗洛伊德和我以前确实见过她，就在苏圣玛丽。"

露西一下来了兴致。"什么时候?"她问。

"抢劫案发生的前一个月。当时,我们去银行踩点。"

"还有呢?"

"弗洛伊德指着她,告诉我她是谁。那是齐佩瓦郡治安官的女儿,他说,至少,治安官是这么觉得的。"

多特里向后耸动肩膀,等着露西接话。

"所以……什么?"露西对他说,"你是说,哈伦·斯宾塞不是凯莉的生父?"

"比这个还要劲爆,妹妹。"他的笑容很狡黠,"你再好好想想。"

于是她又想了想,然后觉得豁然开朗。"是兰姆比?"她说。

多特里朝她眨了眨眼。"对凯莉·斯宾塞而言,这完全就是大反转,不是吗?如果她是击毙银行劫匪的警察的女儿,事态会是一个样子。如果她是银行劫匪的女儿,事态又会是另一个样子。这样的话,她不可能会进入参议院,对吧?"

露西缓缓地摇头。"我没法报道。"

"我就说你不可能会报道。"

"我需要证据,不然这就只会被当作谣言。"

"那就去找一些证据来。"

"看来只有做 DNA 检验了,"她说,"我怎么才能拿到 DNA 呢?"

多特里露出一个失望的表情。"你真让我伤心,妹妹。我把我知道的最好的故事告诉你,你却只回给我满腹牢骚。"

"直接让凯莉·斯宾塞给我血液样本看来是不可能的了。我甚至都不知道你跟我说的这些是不是实话。"露西盯着探视室的天花板,脑子里思绪万千。蓦地,她看着多特里。"等下,你刚才说什么?这是你知道的最好的故事?"

他又笑得一脸狡黠。"你听到了,嗯?"

"我听到了,"她说,"如果这是最好的,那你还能有什么比这个更好的?"

他用舌头顶着上颚,发出嗒嗒的声音。"现在还没到时候,妹妹。"

恰在此时,警卫宣布探视时间到了。多特里从椅子上起身。

露西也站了起来。"该死的你到底还知道些什么?"

"我喜欢你,妹妹。"多特里说,"等你下次来,我们接着聊。"

"告诉我吧。"

"一次只能做一件事。"他说,"你把我告诉你的报道出来,然后……"

"然后会怎样?"

"到时候我们会再见面。也许到时候我会告诉你关于那个司机的事。"

说完这些之后,露西没有再继续踱步。穿着淡黄色的裙子的身影站在窗前,一脸期盼地看着我。

"那个司机?"我说,"他说的是那个逃跑的人,第五个劫匪?你不觉得他是故意吊你胃口?"

"我不知道。"

"我觉得这不合理。"我说,"如果他知道第五个劫匪是谁,为什么这么多年来他一直闭口不提?"

"这个我也不知道,"露西说,"因为我后来没有和他说话的机会了。"

"那多特里所说的关于凯莉·斯宾塞的身世呢?你没有报道出来。"

她耸了耸肩,肩膀上的两条肩带也动了动。"即使是《全球时事》,也是有道德底线的。"

"可能是真的吗?"我问她,"弗洛伊德·兰姆比可能是她父亲吗?"

"多特里不是唯一有这种猜想的人,"她说,"我在一个名不见经传的网站上也看到过这样的帖子,还附了图片,做了家庭成员相像度的分析。"

"他们相像吗?"

"如果你希望他们相像,他们就相像。据我所知,那个网站建立的时间差不多就是在凯莉第一次竞选密歇根州众议院期间。但这个猜想没有被大范围报道,没有一家知名的新闻媒体愿意报道这个故事。"

"但你却在调查它。"

她摊开双手,以一种意味不明的态度。"这有可能是真的。弗洛伊德·兰姆比和露丝·斯宾塞年龄相仿。众所周知,他曾在苏圣玛丽做过讲座。你可以对照一下他在苏圣玛丽的时间,和凯莉·斯宾塞被怀上的时间对照一下。"

"这说明不了什么。"

"没错。"她说,"所以兰姆比可能是,也可能不是凯莉·斯宾塞的生父。但我能肯定的是,多特里告诉我说他是——而那之后过了几个礼拜,多特里就死了。"

我摇头。"我很难相信凯莉·斯宾塞和这一切有关系。她怎么会知道你曾经和多特里交谈过?"

"房间里还有其他人。探视者、犯人,还有警卫。"

"所以你认为是其他人偷听到了?然后呢?"

"然后这些话就被传到了哈伦·斯宾塞那里。你不会认为他跟金罗斯监狱没有联系吧?"

我向她投以一个万分怀疑的眼神。"所以他就告诉了他女儿,然后她就安排一个疯子带着来复枪到白叶公墓去杀特里·多特里?"

"可能斯宾塞没有告诉她,是他自己安排的。"

"你忘了一点,"我说,"那个带着来复枪的疯子没有杀死多特里。杀死多特里的是押送人员中的一名——保罗·莱茵。难道斯宾塞连这个也能安排?那他能安排特里·多特里逃跑吗?"

"还有一些细节我得弄明白。"

"除了这些细节,你什么都不明白。"

露西从窗边走过来,又在我对面坐了下来。

"先说要紧的,"她说,"我得和凯莉·斯宾塞谈一谈。你会帮我给她打电话吧?"

"我会给她打电话,但你别期望太高。"

她指了指桌子上的手稿。"那这个呢?我能带着这份复印件离开这里吗?"

"我不会让你这么做的。"

"《全球时事》会付钱给你。"

"没兴趣。"

"噢,是的。你有人伦道德,但完全没有记者的道德。那么,你应该可以回答我两个问题。"

"反正不管怎么样你都不会放弃,不是吗?"

"就两个问题,卢根。第一,写了这份稿子的男人——为什么他要把稿子寄给你?直接寄给警察或者报社不是更正常吗?为什么他要寄给一个推理杂志的编辑?"

其实,我本可以告诉她我的猜想——穿格子衬衫的男人之所以会注意到《灰街》,完全是因为我写过的一个故事,一个以大湖银行劫案为背景的故事。但现在,我完全不想对她做任何解释。

"也许他是一个推理小说迷。"我对她说,顺便耸了耸肩,"你的第二个问题是什么?"

她把额前的一绺头发抚平。"会有谁想闯进你的办公室?"

"你的意思是,除了你之外的人?"

"撇开我不算。"

"我不知道。为什么这么说?"

"因为有人这么做了。我今晚来这里确实是抱着硬闯进来的想法,但我没有这样做,因为有人先于我在你的门玻璃上开了一个正方形的洞。"

第 22 章

周一中午,有人叩响了安东尼·拉克的门。

他坐在厨房流理台旁边的一张凳子上听到敲门声——这是这间公寓自带的为数不多的家具之。敲门声很轻,不是警察用拳头砸门时发出的那种巨响。

他喝了一大口橘子汁,然后重新倒满玻璃杯。敲门的人不敲了,似乎走了。

周六晚上,拉克吃了一片头孢氨苄。周日早上和周一早上,他又分别吃了一片。他的烧已经退了,左手的伤口似乎消了些肿,但还是一碰就疼。

橘子汁很好喝,很长一段时间里,拉克认为它是所有饮料中最好喝的。他想出去弄点东西吃。不能去餐馆点餐,那样太冒险,他也就是随意这么一想。他想来份牛排,再来点啤酒佐餐。

他可以吃中式外卖,他知道附近有一个这样的店。在他四处找钥匙的时候,敲门声又轻柔而持续地响了起来。

他慢吞吞地走到门口。透过猫眼,他看到一张女人的脸,棕色的皮肤,看着像印度人或者巴基斯坦人。年纪很轻,高高的颧骨,及肩的黑色长发，颇有些异国情调。

他看到她再次抬起手，叩击门板。她黑色的眼睛看向他的方向，就好像能透过猫眼看到他。他等着她离开。

当她再次抬手想要敲门时，他开了门。

她后退一步，似乎被他吓着了。"原来你在啊。"她说。

他听出了她的口音，不是印度人，是英国人。

"我刚在穿衣服。"他对她说。

"抱歉打扰你了。我们之前没见过。我住在走廊对面。"

她向他伸出一只手。手指非常纤长，没有涂指甲油。他伸手回握，礼貌地停了一会儿，然后松了手。

"我想问，"她说，"你有没有看到一只猫？"

"一只猫？"

"一只公猫，毛是灰橙两色，还有浅色的斑点。"女人拿出夹在腋下的一摞传单，抽了一张出来给拉克。

"它的名字叫罗斯科，"她说，"周末的时候有个朋友来家里看我。"她的重音放在了周末的末字，"她没关阳台门，然后罗斯科就跑了出去。它不习惯待在外面。"

拉克假装在认真看传单上的图片。"你在垃圾桶那边找过了吗？我之前看到那里有很多猫。"

"我去找过了。"女人答道。

他把传单递还给她。"抱歉，我帮不上忙。"

"可以的话，不如你拿着吧？"她说，"上面有我的号码，如果你看到它的话，请打电话给我。"

"没问题。"他说。

她在门口徘徊。"你是新住户,对吧?刚刚搬进来?""对。"拉克答道。

"你是哪里人?"

"俄亥俄州人。"一个安全的回答,没有人会在意俄亥俄州。

"托莱多人吗?"她问,"那是俄亥俄州我唯一去过的地方。"

拉克忽然感觉被她弄得有点糊涂。这些问题都很友好,她看起来似乎是单纯地对他这个人有兴趣。她一直和他四目相对,但她的视线也会偷偷越过他,向屋子里看。

"不是托莱多。"他说,"是辛辛那提。"

她的目光又一次越过了他,他突然明白过来她想干什么。她想看他是不是把她的猫藏在了家里。

"我的礼节都到哪儿去了?"他说,"要不要进来看看?"没等她回答,他就直接转身,从门口走进厨房,然后随手把传单放在了流理台上。

"要喝什么?"他问,"我有橘子汁。"

她在门口犹豫了片刻,然后拿定了主意。"橘子汁就很好。"

他的橱柜里有一套杯子,是他在救世军商店里买的,他拿出一个,往里倒橘子汁。她走了进来,站在起居室那张台子的另一侧,四下里打量着他这里少得可怜的东西:一台小电视机和一个装满了书和杂志的牛奶箱。

"我的家具还没有送来。"他说,然后伸手把杯子放在流理台上,推了过去。

她转过脸,把传单放了下来。"你在大学里工作?"

"不是。"

"那你是干什么的?"

"索赔处理,"他说,"在一家保险公司。"这是他的上一份工作。

"听起来蛮有趣。你喜欢这份工作吗?"她一边漫不经心地问着,一边向通往浴室和卧室的那条狭窄走廊偷瞄。他敢说,她一定想要走过去来自确认他有没有把她的猫藏在那里。他看得出,她正在想办法。

"我很喜欢,"他说,"因为能赚钱。"

她皱眉。"什么?"

"索赔处理。"

"噢,"她说,"对。"她的目光转向橘子汁。他知道,她已经想到办法了。

她拿起杯子,喝了一口。橘子汁滴在她衬衫的胸口处,看起来就像无意中洒出来的。

"看看我都干了些什么,"她边说边用手背擦了擦下巴,"我能用一下你家的浴室吗?"

"沿着走廊走到头就到了。"他关切地说。显然,她早就准备好要往那里走。

她的身影消失在走廊的尽头,然后,他听到浴室门被关上的声音,还有放水的声音。他在厨房里等着,决定让她慢慢看个够。让她去卧室看看,反正那里除了一张床垫、几件衣服,其他什么都没有。这间公寓的主人是一个邋遢的男人,但不是一个危险分子,也不是偷猫贼。

没有什么会让她起疑心的东西,他心想,来复枪在汽车后备厢里。尽管手头没有镜子,但他觉得自己现在的样子还过得去。他洗过澡，梳过头，换了一身干净的衣服。报纸上可能登了他的画像，但她也许没有看到。她很可能是个学生，有多少学生会看报纸？

况且，画像上的他非常模糊，很可能就是一个戴着帽子、胡子拉碴的形象，而现在他没戴帽子，胡子也刮得很干净。他不觉得会被她认出来，如果她怀疑他是杀人凶手，那她刚才根本不可能会进来。

所以结论是，她根本没往他会是杀人凶手那方面想，她只是怀疑他有可能偷藏了她的猫。当她发现他没有偷藏她的猫，她就会回到自己的房间，然后他再也不会和她有瓜葛。

他听到脚步声，于是抬起头，看到她从走廊那头走过来，一边走一边用一条毛巾擦衬衫上的果汁。

"没事吧？"他问。

她羞赧地笑了，然后点点头。"我刚才不该进来的，给你添麻烦了。"

"没关系的。"

她把毛巾叠好，放在台子上。拉克本以为她要走了，但她没有。

"也许你应该去上班。"她说。

拉克尽量让自己的表情显得友好。为什么她还在这儿？

"今天天气这么好，不适合上班。"他说，"我已经打电话请了病假。"

"你是……？"

他的脑子里突然闪过一个念头：他应该杀死她。那把本想用来杀死萨顿·贝尔的厨师刀还在，就在附近的抽屉里。

"我是什么？"他问。

"你是病了吗？"她说，"我看到你的手了。是出什么事了吗？"

他把双手轻轻地放在流理台上。他低头看向左手，上面绕着纱布。大概她最终还是认出了他，报纸上应该也报道了他手上有伤。

放了厨师刀的抽屉近在咫尺。他的眼前浮现出刀的黑色木质刀柄。他眼角的余光瞥到之前她递给他的传单。"寻猫启事"，这几个字就像火热的煤块一样发出红光。

"其实没有看上去这么严重，"他说，"只是个小意外。切苹果的时候不小心切到了手掌。"

"疼吗？"

他看向站在台子对面的她。她站在那里，就像他的镜像，棕色的双手放在叠得很整齐的那块毛巾上。在其中一只手的手背上，他看到两道细细的，有点弯的小疤。是猫爪的抓痕，已经是好几天之前被抓出来的了。

"我不觉得疼，"他说，"开始的时候一点都没感觉。"

她还是疑心未去，他心想，她想看看他纱布下的伤口。

他举起左手，盯着手掌看。"有时候这手的结构真有意思，不是吗？你甚至都没感觉。"

他用右手把纱布上的胶带撕下来，很随意的样子，就好像是一时兴起，在做一件再自然不过的事。他把绷带一圈圈拆开，就这样堆在台面上。

他确定她看到了他的手背——很光滑，没有伤痕——然后，他把手翻转过来，把手掌露给她看。伤口又短又直，根本不像是猫爪的抓伤。

看到这道伤口时，她满脸同情。"看起来很痛。"

"好多了。"他说。

她的脸上又浮现了一抹羞赧的微笑,最后,她终于确定他没有嫌疑。他想了一会儿,觉得她大概会再留下来聊一会儿天。

但没有,她拿起了那一摞传单,除了之前她递给他的那张。

"很高兴认识你。"她说。

他点头。"我也是。"

"你有我的号码,"她说,"如果你看到罗斯科,给我打电话。"

这也许是他自己的幻觉,她的语调给他一种即使他没看到罗斯科,她也不介意他打电话的感觉。

"我会的。"他说。

她向门口走去,他尾随其后,看着她穿过走廊走向自己的房间。

送走她之后,他走回厨房,重新把纱布绕在手上。他打开抽屉,手指从刀柄上滑过。

现在,他完全可以穿过那条走廊,叩开她的房门。毫无疑问她会开门。很轻易就能完成一切。

传单上的字——"寻猫启事"——已经变成了安静的蓝绿色,轻轻地摆动着,就像被绑在码头的小船。拉克突然想起自己还饿着肚子,便想去吃中式外卖。他关上抽屉,找到钥匙,然后走了出去。

第 23 章

周一晚上,我又和露西·纳瓦罗通了一次电话,在和她通话之前,我接到了尼克·多特里打来的电话,还收到了参议员出事的消息。

之前,我给了尼克一张我的名片,我告诉他,在他萌生出要骑自行车绕着齐佩瓦郡治安官办公室转圈这种冲动时,可以给我打电话。我对他说了穿格子衬衫的男人的事,但我知道,他还是觉得他父亲的死和警察脱不了干系,而且警察还蓄意杀死了他同父异母的哥哥特里。我对他说,他得有耐心,要耐心等待,因为伊丽莎白一定会查清所有的真相。

他给我打电话的时候,我在《灰街》办公室里。他的声音和我记得的一样,比他十五岁的年龄成熟得多。

"我一直在留意治安官的动向,老兄。"他说。

"你好,尼克。"

"沃尔特·德拉科特——他今天去购物了,买了绘画颜料和油墨棍。你觉得这意味着什么?"

"也许没什么特别意义。"

我等他说出他理解的特殊含义，但他转移了话题。

"我听说保罗·莱茵去了你们那里，想要用枪杀什么人。"

"他没想用枪杀人。"我答道。

"我听说安娜堡市的警察拘留了他，但又把他放了。"

"伊丽莎白和他聊过了，"我说，"她觉得对开枪打死特里这件事，他万分悔痛。她认为这件事已经变成了压在他身上的一个沉重的负担。他对她说，他只想打伤你哥哥，没想杀他。"

"所以她相信他了？我对你说过什么，老兄？你的妻子是警察，她和其他的警察是一路的。"

"并不是这样的，尼克……"

"莱茵现在又回到了这里，昨天他回家之后就一直没有出来。他一个人住，不过有人给他送了几袋子吃的，还有几瓶酒，就放在他家的门口。我不知道是谁。"

"你不应该监视莱茵或者德拉科特。这不是在做游戏……"

"别担心我，老兄。没人发现我。"

"你得到此为止。"

我听到电话那头他的呼吸。"只要你能告诉我我父亲和特里的死到底是怎么一回事，我就会立马停下来。你现在查到什么没有？"他说"什么"这两个字的音调很怪。

我站在办公室的窗前，回忆我和露西·纳瓦罗之前的对话，关于她和特里·多特里见面的情形，以及特里告诉她的那些有关凯莉·斯宾塞的事。我可以把这些都告诉尼克，但这些只会加重他的疑虑。

他等着我的回答，却只等来一阵沉默，便开口说道："我早就想到了。"

"很多事情需要时间。"我说。

他笑了起来，笑声有些尖锐。"别开玩笑了。也许你该对凯尔·斯库德这么说。他们仍然认为他是杀死我父亲的凶手。我母亲，她今天去了苏圣玛丽，去找了凯尔的律师。律师和检察官谈过话，但检察官说他不会撤销控诉。凯尔的律师提出了动议要求驳回，但他说这需要时间。所有的事情都需要时间。"

"确实如此。"

"我母亲整个下午都在打电话，给每一个她想得到的人打。我不知道她想干什么，也许是想来个抗议游行什么的。"

"也许这样有用。"

"你别让我笑死了，老兄。"

"听着，"我说，"你得让你母亲和律师来处理这些事。还有，离苏圣玛丽的警察远一点。"

"如果我不再监视这些警察，谁继续追查真相？你真觉得你妻子会查出真相吗？"

"是的。"

他在电话那头沉默了下来，几秒钟之后，我听到他的声音再次响起。

"让她快点。"

和尼克通完电话之后的一个小时里，我一直在更新《灰街》的认购名单。本来这种事情是由秘书来做的，不过前一任秘书在春天的时候离职了，我现在还没找到替代她的人。

大约五点半的时候，杂志社的两个实习生来了。杂志社的实习生一度是大学里英语专业的学生，但最近我也开始招其他专业的学生。其中一个是计算机科学专业，另外一个学的是历史，但梦想成为一名剧作家。我给每个人都发了满满的一摞自荐小说。也许其中一个能在里面挑出一篇杰作，当然，也可能毫无收获。

实习生离开的时候，装玻璃的工人也完事了，我雇他来给走廊上的门换新玻璃。我给他填了一张支票，支票的数额让我顿生一种自己入错行的感觉，他把工具收拾好，拿上发票走了。

离开《灰街》办公室之后，我去了全食超市，选了烤小虾、红椒和绿皮西葫芦。伊丽莎白回家的时候，我正把食材放在烤箱里加热。今天，她和我单独吃晚饭，莎拉去一个朋友家。

我们把食物端到后院，躺在阿迪朗达克椅子上，边吃边欣赏西边天空被镀上一层金辉的云团。吃完饭之后，我们拿出剪刀修剪院子里的紫藤，它的卷须已经爬过篱笆蔓延到了邻居家的院子里。我们从后院开始，分别沿着房子两侧的树篱开始修剪，很快，地上就落满了枝丫，稍后，还要把它们用袋子装好，扔到路边。

我去车库找袋子，折回来的时候，看到伊丽莎白正戴着耳机讲电话。我没来得及听全她说了些什么，就听到一句"我现在就赶过来"。

我看着她挂了电话，然后问道："公事？"

"交通事故。"

"需要你到现场去？有多严重？"

"和严不严重无关，问题在于出事的人。"

约翰·卡斯特布里奇参议员坐在一棵橡树下的草皮上，双腿交叉，两只前臂放在膝盖上。他的座驾是一辆水星大侯爵，正歪斜地停在附近的街道上。出事地点是在第三大街,靠近杰弗逊大街那个十字路口的地方。

伊丽莎白把车子停在一个街区之外。她关闭引擎,摇下车窗,然后头也不回地对我说:"按照规矩,你应该留在这里。"

她下了车,我尾随其后。十字路口中间停着一辆巡逻警车,警示灯在旋转发光,但没有发出警报声。她走过去的时候,一个穿着制服的警察走了过来。是一个年轻的小伙子,名叫菲尔德。

他们聊了几分钟,都是关于事故过程。参议员在第三大街上向南开。另外一名司机———一个开着切诺基的年轻人,只有二十岁——在杰弗逊大街上向东开。这个十字路口有四向停车标志。参议员先开了过去,不一会儿,那辆切诺基也穿了过去,撞在参议员那辆水星大侯爵车尾的挡泥板上,把车撞得转了一百零八度。

"我们找到了目击证人。"菲尔德指了指附近站着的一对年轻夫妇,对伊丽莎白说。女方正来回推着一辆手推车,逗弄着车子上红色卷发的小婴儿。

"是外出散步的一家人,"菲尔德说,"丈夫没注意,但妻子说她看到参议员的车子在进入十字路口前先停了一下,而切诺基是加速冲过去的。"

"有人受伤吗?"伊丽莎白问。

"切诺基的司机被气囊擦伤了。急诊医生已经带他去了医院。参议员拒绝接受诊疗,他说他没事。他看起来是没事——至少身体上是这样。"

伊丽莎白挑眉,等着菲尔德做进一步解释。

"他想要离开,"菲尔德说,"他说他有要事在身,事关重大。我想追问清楚,但他说这是高级机密,我没必要知道。"

"你觉得他喝酒了吗?"伊丽莎白问。

菲尔德摇头。"我没在他身上闻到酒味,但事态有些不妙,我已经派人联系了他儿子。"

伊丽莎白调转视线,看向坐在草地上的参议员。他上方的橡树树叶在迎风拂动。

"好的,"她说,"我会和他谈一谈。"

伊丽莎白穿过街道,向橡树下的参议员走去,我和菲尔德一起留在巡逻车旁。她走过去的时候,他站了起来,动作看着很稳当。

天色开始暗下来,蓝色的天幕染上了一些黑。巡逻车上不停旋转的警示灯给四周蒙上了一层梦幻的色彩。有人站在门口张望。推着婴儿推车的那对夫妇渐渐没了耐心,菲尔德走过去安抚他们。

过了一会儿,伊丽莎白回来了,在寂静的夜里,她的脚步声显得格外清脆,参议员又在草地上坐了下来。

"他怎么说?"我问。

她叹了一口气。"他对我说的话,跟之前告诉菲尔德的一模一样。他说有要事在身。我想进一步问清楚时,他就说他得去见他妻子。"

这句话在我们中间萦绕不散。我们都知道是哪里不对。参议员没有妻子,他的妻子很多年前就去世了。

"他需要帮助。"伊丽莎白说,"我得去看看有没有人和他儿子联系上了。"

她朝菲尔德挥挥手,然后走过去。我从巡逻车前绕过去,双手插兜,一边看沿路的风景,一边信步穿过街道,向那棵橡树走去。

我走到参议员身边,挨着他坐在草地上。他穿了一件米色的礼服衬衫，袖子卷到肘部。裤腿的长度恰好遮住脚踝，光脚穿着一双便士乐福鞋。

"现在轮到你了？"他说，"他们派你来找我问话？"

我抬头，看向头顶茂密的树叶和枝丫。"我只是出来散步，"我说，"不然就得待在家里整理庭院。"

"你是个聪明的男人。今晚上很适合散步。"

"凉快一点就更好了。"

他头枕着双臂，背靠向橡树。在街灯的照射下，我看到他手腕上的血管纹路。

"我从不怕热，"他说，"你没做什么不规矩的事吧？"

我拔了一根草。"应该没有吧。"

"我知道你给我儿媳妇打过电话。"

这是事实。当天我确实给凯莉·斯宾塞打过电话，因为我答应过露西要给她打电话。出乎我意料的是，凯莉居然同意接受露西的采访。

参议员严厉地看着我，他说："你得当心，她有主了。"

"我知道。"

"诱惑。"他说，"我们都难逃诱惑。"

我静静听着树叶发出沙沙声。参议员不再说话，尽管他看起来很想多说说关于诱惑的话题。有什么转移了他的注意力。他的额前垂着几绺银发，我看到他的目光越过我的肩膀看向某处，目光变得敏锐起来。

我转过头，看到一辆雷克萨斯停在第三大街另一侧的路边。驾驶室的门开了，艾伦·贝克特从驾驶座上跨了出来。他穿了一套西服，和前天晚上那身西服一样老旧的款式,他一边扯着衣领,一边从对街走过来。他的步伐沉重,就好像被空气拖住了脚步一样。

他踩在马路牙子上,拿出一块手帕擦头上的汗。

"参议员先生,"他说,"这样可不好。"

"艾尔是个胖子,"约翰·卡斯特布里奇对我说,旁若无人,"这是家族遗传,这个真不能怪他。"

"参议员先生……"

"所以他走起路来才会像一头海象一样,就像不该在陆地上行走的动物。"

贝克特无视这些挖苦的话。"我们已经说过很多次了,参议员先生。你有司机,如果你想去别的地方,他会带你去。"

"艾尔觉得我应该像货物一样被装在车上,然后被四处运送。"

"他会带你去,"贝克特说,"这样就不会发生看到停车标志不停车,然后导致受伤的事。"

我插了一句,"看到停车标志不停车的不是参议员先生,是另外一个司机。"

这句话从贝克特的左耳飘进,右耳飘出,他自顾自接着往下说,就像没听到我说话一样。"我们应该避免出现在这种场景里,这种有警察、四处都是围观者的场景,这会对你的家人造成困扰。"

卡斯特布里奇抬头看向贝克特。因为愤怒,他的肩膀绷得很紧。

"我不喜欢听你扯到我的家人,艾尔。"

"更别提你的选民了,"贝克特说,"你觉得他们会怎样看待这种……这种闹剧?"

参议员丝毫不为所动地笑了。"别担心我的选民。那些可爱的人,他们会挺过去的。这可能会挫伤他们脆弱的情感,但他们能承受。愿上帝保佑他们那些又黑又脆弱的小心肝。"

"够了。"贝克特一边嫌恶地摇头,一边说,"我现在要去和警察聊聊,看看你现在能不能走。你最好待在这里等着。"

参议员挥挥手示意他走。"随你想怎样,艾尔。"

贝克特离开之前怒瞪了我一眼。我看着他朝十字路口大步走过去,伊丽莎白和菲尔德正站在那里。

他一走,似乎把紧张的氛围也带走了。约翰·卡斯特布里奇向后仰着头,吸气,再慢慢地吐气。

"我不该那么说艾尔,"他对我说,"他走起路来根本不像海象。海象是多么优雅的动物,是造物主创造的奇迹。"

他的手掌从草地上拂过。"他不像外表看起来这么坏。他出身很好,在巴特克里市长大。他的父亲是商人,是社会的栋梁。"

发表完对艾伦·贝克特的评价之后,他把手伸进一个裤袋里,掏出一截雪茄,还有一盒火柴。不一会儿,他点着了雪茄。他甩手熄灭火柴的动作让我想到一样东西。我把手伸进自己的裤兜里,掏出一个小小的金属圆柱筒。

参议员看了过来,他叼着雪茄,空出双手。我把东西递给他,看他拧开末端的盖子。他倒出装在里面的雪茄,看绑带上的标签。

"还不赖,"他说,"从哪儿来的?"

是印刷《灰街》的老板送的礼物。我发行上个刊号时,他正在给孙子庆生。

"从一个朋友那儿得的,"我说,"我想送给你。"

他把雪茄塞了回去,点头表示感谢,然后把圆柱筒揣进裤兜里。

"留着以后抽。"他说。

之后,我们就相对无言地坐着。我看到附近的人在他们的家门口窃窃私语,贝克特和伊丽莎白正站在闪着蓝光和红光的巡逻车旁说着什么。约翰·卡斯特布里奇抽完雪茄,然后用鞋底把它踩熄。雪茄的香味在空气里散开。

贝克特折回我们这里时,雪茄的味道已经散得差不多了。看起来,和伊丽莎白的对话让他的心情有所好转。

"来吧,参议员先生。"他用一种称得上温和的声音说,"我们可以走了。"

我站起身子,伸手想拉卡斯特布里奇起来,但他自己站了起来。

"他们打算怎么处理我的车子?"他问贝克特。

"别担心,我会安排拖车过来。"

卡斯特布里奇双臂交叉。"我需要那辆车,艾尔。我有事。"

贝克特迈了一步,从马路牙子上踩到街面上。"我会开车送你回家,参议员先生。无论你想做什么,等到明天早上再说。"

"我的事不能等,十万火急。"

我本以为贝克特会发火,但他只是疲倦地摸了摸头,然后说:"我没时间耗在这里,已经晚了。我们可以边开边说。"

卡斯特布里奇被说动了,他松开双臂,任其垂在身体两侧。然后,我看到他向街道的方向迈了一步。

"我也有车,参议员先生。"我说,"我很乐意送你去你想去的地方。"

他回过头,看了看我,又看了看贝克特,后者静静地站在街道上候着。参议员的眼里蒙上了一层阴影。他在犹豫,从他的小动作就能看得出来：抓抓胳膊肘，拽拽袖子。

最后，他终于拿定了主意。他轻声回答我，带着我见过的最悲伤的微笑。

"你回家吧，孩子。没用的。我要去的地方很远。"

参议员离开之后不到两分钟，一个记者和一个摄影师就出现在第三大街和杰弗逊大街的十字路口。伊丽莎白没有发表任何评论，他们也没来纠缠我。

我们回到家时，莎拉正躺在沙发上看十点钟的整点新闻，屏幕上出现的正是之前去现场的那个记者。她想知道事情的经过，伊丽莎白便对她一一细说，我自己先上楼。

我看到卧室梳妆台上放了一张纸条，是莎拉写的。露西·纳瓦罗打过电话。我把你的手机号码告诉她了。她和E.L.纳瓦罗有什么关系吗？

我插上充电器，还没来得及想E.L.纳瓦罗是谁，手机就开始震动了。我打开手机盖。她没等我说你好，就连珠炮似的说开了。

"卢根，你真是个魔术师。"

"事情进展如何，露西？"

"我接到凯莉·斯宾塞的电话了。事情就是这样，她同意和我见面。她说你给她打过电话，是你说服了她。"

"我劝人很有一套。"

"你对她说了什么？"

"我实话实说，告诉她你异想天开地觉得弗洛伊德·兰姆比是她的生父。"

"就这样？"

"就这样。如果她同意和你见面，可能是因为有自信能够说服你。"

"那我们拭目以待。不管怎样，我预约成功了，这才是最重要的。约了明天两点，在斯宾塞家。如果有万一，我会告诉你的。"

"你这是什么意思？"

电话那头先是一阵让人不知说什么好的沉默。然后，她开口了："你知道我这话的意思，卢根。"

我当然知道，因为她的声音有些异样，突然变得严肃起来。我突然想起她对斯宾塞一家的猜测——他们很可能是穿格子衬衫的男人的雇主。而且，特里·多特里被杀极有可能是由他们一手操控的。

"听我说，"我说，"你觉得你打算去问的问题都是禁忌话题——然后怎样？你觉得斯宾塞一家打算让你消失？"

"我没法不这样想。"她说。

"事实上，我觉得你可以不这么想。"

"让我们拭目以待吧。见过面后我会给你打电话，让你知道事情的进展。如果你没接到我的电话，那么，你觉得怎么做是对的，你就怎么做。如果我失踪了，也许你能找到我。"

随后，她又恢复为平日那种漫不经心而又轻快的声音，但我觉得我还是能听得出掩藏其下的严肃。

"如果你找不到我，"她说，"我不介意你帮我报仇。"

第 24 章

求知是人类的本性。亚里士多德的《形而上学》里有这样一句话。二十年前，我在大学的哲学课上学会了这句话。也是在哲学课上，我弄懂了奥卡姆剃刀理论，还学会了其他哲学知识的皮毛。

求知是人类的本性。这就能解释为什么父母会想偷看孩子的日记，为什么人们会在高速路上的事故现场停下来，目不转睛地看着，以及，为什么我会跟露西·纳瓦罗一起去赴凯莉·斯宾塞的约。

尽管我并不认为露西是在向危险靠近，但这确实也是一个原因。我想起在苏圣玛丽时放在我们旅馆房间门口的子弹。

一点四十五分，我去接露西，然后我们在约定好的时间抵达斯宾塞家。我们到的时候，凯莉正在 U 形车道附近的草地上散步，她的父母下午出门了，她的丈夫有事回了兰辛。

她带我们参观房子，从她父亲的工作室到她母亲的花园。随后，我们一起走在屋后的草坪上，向客舍走去。一路上，她说起密歇根众议院正在投票表决的一项提议，是一项扩大贫困儿童医疗保险覆盖面的法律。这是在提醒我们她以前在州议会时是在做有益的实事，也是在暗示将来她竞选参议员成功之后依然会这样做。

客舍棕色的砖墙上爬满了葡萄藤，一辆中型的福特停在旁边的砾石车道上，通向前门的小路两旁种着观赏草。门的那头，是一幢宽敞的高顶房子。右边是一个厨房，里面都是不锈钢电器，左边的休息区放着一组方方正正的皮沙发。

凯莉·斯宾塞领着我们走过沙发，来到窗前一张镜面玻璃桌旁，这扇窗户正对着主屋。她招呼我们在两张布面椅上坐下。我们的参观到此为止。

她盯着露西·纳瓦罗，单刀直入地说："你想说弗洛伊德·兰姆比的事。"

露西摘下太阳镜，放在桌边，然后从包里拿出一个笔记本。

"是的。"

"我可以帮你节省时间。"凯莉说，"你想知道兰姆比是不是我的生父。我告诉你，他不是。这是陈谷子烂芝麻的事了，是很多年前一个无耻的政敌往我身上泼脏水的，不是什么稀奇事。"

"我不是从你的某位政敌那里听到的，"露西说，"我是从特里·多特里那里听说的，他说这是兰姆比亲口告诉他的。"

凯莉坐在桌子后面的一张转椅上。"又来一个新花样，"她说，"但并没什么不同。这个故事是假的，这就是没有一家报纸把它报道出来的原因。"

她说："弗洛伊德·兰姆比的血型是 AB 型。你可以去查他的尸检报告，这是公开的记录。我的血型是 O 型，这也是公开的。我以前为红十字会做过一项活动，就是鼓励 O 型血的人多多献血。兰姆比不是我的生父，因为 AB 型血的人不可能生得出 O 型血的孩子。这是不可能的。O 型血的孩子是从父母双方那里遗传到了 O 型的基因，AB 型的人没有 O 型基因可以传给孩子。"

露西把这些都记在本子上。我坐在她旁边，可以清楚地看到她在本子上写的每一句话。看到她笔记本上写的内容之后，她在我心目中的形象瞬间高大了不少。

"我很高兴你愿意和我对话，"她对凯莉说，"幸亏我没把这个故事报上去，否则一定会被别人当成傻子。"

她是不是以为我没有看过兰姆比的尸检报告？笔记本上这样写道。她是不是以为我永远不会去调查她的血型？

"也许你也会愿意再帮我澄清一些事情。"她对凯莉·斯宾塞说。

抱歉，我没有对你全说实话，卢根。她在笔记本上这样写道。原谅我。

凯莉点头应允，然后露西接着往下说。"今年春天，我在监狱里和特里·多特里聊过一次。他声称他知道第五名劫匪的身份——就是大湖银行劫案的那个司机，你听了觉得惊讶吗？"

凯莉一脸怀疑。"他说是谁？"

"他没来得及告诉我，但给了我一些线索。我正在顺着这些线索追查。"

"感觉他像是在骗你。"

"所以你不知道他说过这样的话？"

凯莉耸了耸肩。"我怎么知道？"

"所以就是不知道？"露西问。

"不知道。"

"你父亲至今未能查出第五个劫匪，你觉得奇怪吗？"

凯莉微微皱眉。"我不太明白你的意思。"

"你父亲在银行外面看到了司机,"露西说,"但他却从来没有描述过这个男人长什么样子。"

我觉得我能从凯莉的回答里听出,她的耐心几乎告罄了。

"那天我父亲的脊椎中弹,"她说,"他在手术台上躺了好几个小时。我觉得就算因此而记忆力衰退,这也是能被原谅的。"

"我并不想苛责他什么,"露西把这个话题放到一边,"你以前见过弗洛伊德·兰姆比吗?"

凯莉把椅子转向一边,一只手手掌朝下放在桌子的玻璃板上。"他曾在密歇根大学办过讲座,当时我在法学院上课,去听过他的讲座。"她抬起手,"这个我以前也讲过,没什么其他可讲的。"

"你从来没有在其他场合见过兰姆比?"露西问。

"从没有。"

"所以,如果有人告诉我说看到过你们俩,那是假的?"

"是特里·多特里告诉你的吗?"

露西摇头。"是亨利·高摩伦告诉我的。"

这个答案让我感觉很意外,我觉得对凯莉来说也是如此,但她随后这样回答:"那就是亨利·高摩伦在撒谎,也可能是他弄错了。"

露西合上笔记本,然后把它放在太阳镜旁边。

"你不想知道高摩伦说是在哪里,在什么时候见过你和兰姆比在一起的吗?"

"显然,你非常乐意告诉我。"凯莉说。

"这个时间非常有意思,就在大湖银行劫案发生前的几个礼拜。这个地方更赞,你要不要猜一下?"

"不要。"

露西转向我。"那么你呢，卢根？"

我想到了一个颇为可能的地点。"在大湖银行？"

"猜得好。"露西说，"高摩伦告诉我，他开车带兰姆比去苏圣玛丽踩点。我想你大概会称之为'侦察地形'。他们把车子停在对街的一家面包店前，盯着银行的入口看了几分钟。然后兰姆比打发高摩伦去面包店里给他买咖啡。他出来的时候，发现兰姆比不在了。"

"高摩伦坐在车里等着。几分钟之后，他看到兰姆比从银行里走出来，和一个年轻的女人一起。他们在人行道上站着说了一会儿话，然后分开。她面对着兰姆比后退几步，向他微笑，然后转身离开。兰姆比回到车上之后，高摩伦问他这个女人是谁。"

"兰姆比没有告诉他。'你不该对她有太多好奇心。'他对高摩伦这样说，但高摩伦从没有忘记这个女人。多年以后，在电视上第一眼看到你时，他马上就想起了记忆里的那个女人。你就是从银行里走出来的那个女人。他对我说他非常肯定，因为他记得那个女人的微笑非常明媚。"

凯莉·斯宾塞把手从桌面上撤回。就着阳光，我能看到她的指印留在了玻璃板上。

"这是个不错的故事。"她说话的语调非常轻松，"比兰姆比是我生父这个故事好得多。一个人并不能选择自己的生父，但如果是我帮助兰姆比抢劫大湖银行的话，自然而然就能上头条了。"

"所以你否认？"露西问。

凯莉站起来，目光转向窗外，盯着主屋。她的脸庞被阳光照得发白。

"是的。"她回过头看着露西，如是回道，"但你千万别因此停止报道。如果我是你，我会把那明媚的笑容也写进去。这是个很不错的细节，但事实胜于雄辩。你可以把我的否认写在最后，然后看看你能否找到当时我的照片，就是那时我微笑的照片。"

她绕过桌子走过来，鞋跟在硬木地板上发出咔嗒声，尽管她并没有对我们说请吧，但我立即明白过来这是要送客的意思。露西显然也心领神会。她拿起她的包，还有她的笔记本，然后我们跟着凯莉走了出去。我们迈下一级很矮的台阶，走到两侧都种着观赏草的小路上，然后，露西转过身子。

"抱歉，"她说，"我忘了我的太阳镜。"

她折回去拿太阳镜，我和凯莉两个人站在小路上等着。凯莉低头看着我们脚下的石头，我不知道此刻她心里在想什么。我脑海里浮现的，是她父亲画的那幅肖像画，那幅挂在他工作室墙上的肖像画。二十岁的凯莉·斯宾塞，神情庄严而坚定，双唇紧紧抵成一条直线。

我开口说道："我想，她应该不是想回去看有没有当时你微笑的照片。"

凯莉的目光从地上的石头上抬了起来。"也许她不会找到吧。那个时候我不太笑，因为牙是歪的。我父母的保险里没有包含矫正器。直到二十七岁——也就是大湖银行劫案发生之后过了四年——我才戴上了矫正器。"

"所以如果亨利·高摩伦当时真的看到你笑了……"

"他也不可能会觉得这个笑容很明媚。"

我看向客舍的门。露西进去之后，把门半开着。

"你应该告诉她的。"我说。

凯莉·斯宾塞的脸很阴郁，就像乌云下的阴影。

"我已经跟她解释过血型的问题。难道我还要把我的牙齿矫正医师介绍给她？她想怎么写就怎么写。这故事很荒谬，我想人们一定能够识破这种谎言。"

我觉得现在最好转个话题。

"参议员先生怎么样了？"我问，"昨天晚上我见到他了。"

问错问题了。乌云变得更黑了。

"他很好。"她回答得很敷衍，"为什么你的朋友去了这么长时间？"

她往上跨了一步，推开了门。"纳瓦罗小姐？"她叫道。我站在她身后，看到露西在桌子那边转过头，然后匆忙跑了过来，手上拿着太阳镜。

"抱歉。"她说。

凯莉一言不发地领着她往外走，从客舍走回主屋的这段路上，我们都沉默着。她站在U形车道上，目送我和露西坐到车子里后开车离开。

开到绿树掩映的街道上后，我转头问露西："你刚才干了什么？"

"我不知道你在说什么，卢根。"

"你根本没落下你的太阳镜。"

她转动着太阳镜。"我真的忘了。"

"回去拿太阳镜根本不需要这么长时间。你到底在里面搞了什么名堂？"

突然，她露出一副很自得的表情。"你觉得我肯定在里面做了什么动作？"

"如果非要让我猜，我敢说要么就是你在里面找东西——当然我不知道你想找什么——要么,就是你在里面放了窃听器。是哪一个?"

"哪个都不是。"

"那你在里面干什么了?"

"真的什么也没干。"

我不甚赞同地看了她一眼,未置一词。

"我向你发誓,"露西说,"我走了进去,拿起我的太阳镜,然后站在桌子旁边,等着有人进来叫我。"

"为什么?"

"这样凯莉·斯宾塞就会觉得我肯定做了什么啊。"

第 25 章

"她根本不知道自己在做什么。"那天晚上,我对伊丽莎白如是说道。

我们在看新闻,但把音量调到了最小。我坐在沙发的一头,她躺着,把脚搁在我的膝盖上。当天她几乎都在萨顿·贝尔上班的诊所外守着,但没有发现穿格子衬衫的男人的踪迹。

"露西很聪明,但没有她自认为的那么聪明。"我说,"她对于当记者的那一套看法都是从电影里或者是书上学来的。她觉得模仿小说里的人物就能成事。"

伊丽莎白闭上眼睛,微微笑了。"她有没有让你想起某人?"

斯宾塞家位于阿灵顿大道和贝德福德路交会的转角地段。那天下午,露西和我从斯宾塞家开出去之后,我便慢慢地朝南往山下开。我打算把她送到她住的旅馆,然后去《灰街》的办公室忙一会儿,但她有别的打算。

"右拐,卢根。"

"为什么?"

"你急着去哪儿吗?"

于是,我右转,然后又连着右转两次,我们又绕回贝德福德路,然后把车子停在了路边的一处树荫下。从这里,我们能看到斯宾塞家倾斜的草坪,还有后面的客舍。我们还能看到凯莉·斯宾塞那辆闪着光的银色福特。

我把窗户放下来,关了引擎,听露西向我解释为什么她希望凯莉觉得她在房子里动了手脚。

"我想知道她都和谁说话,但我没办法窃听她的客舍。不管你是怎么想的,但《全球时事》没有给旗下的记者提供任何一种窃听工具。所以我只能来个即兴表演。如果她觉得我放了一个窃听器……"

"……那她就不会在客舍里打电话,"我接过她的话,"但你怎么阻止她走到主屋去用那里的电话?"

露西握着太阳镜,轻轻敲着她的大腿。"如果我成功地让她以为我放了窃听器,她就不会冒这个险。因为我也去过主屋。"

我忍不住开始和她唱反调:"她肯定有手机……"

"也有可能,"露西说,"但只要她起了疑心就够了。如果她觉得她的电话被窃听了,她可能就会怀疑自己的手机是不是安全的。我个人是希望她会开车到某个地方去,和某人面对面谈话。如果她真的这样做的话,我就可以跟踪她。"

"那如果她不想和任何人交谈呢?"

"不会的。我说的那些话留够了让她想象的空间。她会想要和……某人聊聊。"

说出某人这两个字之前她有个停顿,我不由得怀疑她已经有了一个人选。

"你觉得她知道第五个劫匪是谁,"我说,"你觉得她会带着你找到他。"

她没有回答。我看着她把眼镜折起来,然后把其中一条镜腿塞在衬衫的领子里。

我说:"你告诉她说,特里·多特里给了你关于第五个劫匪是谁的线索——而你正在顺着这些线索追查。"

"那只是吓唬她而已,我想要让她伤脑筋。"

"那关于亨利·高摩伦在大湖银行看到她和弗洛伊德·兰姆比在一起的事——那也是在吓唬她?"

"那个不是。那个的确是高摩伦告诉我的。"

"我听到的说法是,你从未有和高摩伦交谈的机会。在你和他见面之前,他就已经死了。"

她转头看向窗外,回避我的视线。

"可能之前我是对华士奇警探这样说过。"她说。

我们看到一只松鼠站在马路牙子上,踌躇了一会儿之后,蹦蹦跳跳地往街对面去了。

"你和高摩伦聊过几次?"我问。

"就一次,"她回道,"就在春天的时候。"

"你是不是认为他被杀是因为他把凯莉·斯宾塞的事告诉了你?"

"我认为很有可能。"

"那其他人怎么会知道高摩伦和你的谈话内容?"

"我去监狱探望多特里的时候对他说了。顺带一提,他没法确定真假。他是和兰姆比在苏圣玛丽看见了凯莉,但在多特里看来,她和大湖银行劫案没有任何关系。"

松鼠跳上一棵松树的树干,消失在绿荫里。

"让我看看能不能总结一下你这个精彩纷呈的故事。"我说,"特里·多特里告诉你,说他知道第五个劫匪是谁,然后你告诉他,说亨利·高摩伦告诉你凯莉·斯宾塞帮助兰姆比抢劫大湖银行。金罗斯监狱探视室里的某人听到了你们俩的谈话,然后汇报给了斯宾塞一家。然后他们安排人去杀了多特里和高摩伦。我说的对不对?"

"对。"

我转头,看向客舍和那辆银色的汽车。"现在,你已经让凯莉相信你在她的房子里放了窃听器,然后你想坐在这里,看她会不会去某个神秘的地方和大湖银行劫案里那个行踪成谜的第五名劫匪见面。"

露西脱了鞋,把脚架在仪表板上。

"你这个推测有点牵强。"她说。

"我们在那里等了一个小时,"我告诉伊丽莎白,"凯莉哪儿都没去,也没有谁去找她。后来,我没耐心再继续等下去,就把露西送回了她的酒店。她没有回客房,而是爬上了她那辆黄色的甲壳虫,径直往斯宾塞家开。"

伊丽莎白把遥控拿过来,按掉了电视。她静静地躺了几分钟,摆弄着脖子上的玻璃珠项链,这是她在思考的信号。

"都是空话。"过了一会儿,她开口说话了,"多特里说的是空话,高摩伦说的也是。他们都有可能对露西撒了谎,她也可能是在对你撒谎。我想要实物证据,哪怕只有一样也好。如果凯莉·斯宾塞和弗洛伊德·兰姆比一起参与了大湖银行劫案,那么一定会有监控摄像机里的录像带留下来。如果我能有那带子,那还有地方下手。"

第25章 | 211

"我问过露西,"我说,"但是没有任何关于兰姆比抢劫银行的录像带,无论是他单独一个人的,或者是其他人的,都没有。她认为一定是被毁掉了——是为了掩盖真相。"

"她当然会这么想了。但也可能从没有人去搜集过相关的录像。就算有,可能也因为没有理由一直保留下来而丢失。毕竟兰姆比已经死了,他甚至没接受过审讯。"伊丽莎白站起来,双手成梳插进有些凌乱的头发里。"全是空话,"她说,"全是推测。"

随后,在我们上床就寝之后,我躺在那里听着夜晚的声音,毫无睡意。我听到一只蛾子在拍打窗玻璃,还有伊丽莎白有节奏的呼吸声。我以为她睡着了,但她醒了过来,然后伸手去拿她放在床头柜上的本子。这是和我学来的习惯,作家的习惯——一闪而过的灵感必须立马写在本子上。

我听到她用笔写字的声音,很轻,就像风吹动沙子的声音。

我等她写完,然后开口问道:"写了什么?"

"可能没什么。"她说,"但如果高摩伦相信自己在大湖银行看到的那个和兰姆比在一起的女人是凯莉·斯宾塞的话,这就能解释为什么他的公寓里会有她的肖像画了。他可能是想通过那幅画像来回想当时凯莉的样子。"

第二天一早,我带着百吉饼和橘子汁,又开到贝德福德路。我看到露西·纳瓦罗的那辆黄色甲壳虫就停在前一天我们停车的地方。露西坐在附近的树荫下,某个前院的矮石墙上。

她朝我挥手,我走过去,在她身边坐下,递给她一瓶橘子汁,然后把那袋百吉饼放在我们中间。她换了一身衣服,和上次见面时不一样。

"我想知道，你是不是在这里待了一整晚。"我说。

"我中途休息了，"她说，"我回酒店睡了一会儿，然后从七点半开始，我一直待在这里。"

现在已经差不多十点。我看向远处斯宾塞家的客舍，凯莉·斯宾塞的那辆银色福特还停在车道上。

"有什么动静吗？"我问。

"什么也没有。"露西说，"凯莉昨天晚上去主屋吃晚饭，然后九点左右又回了客舍。之后，就我所知，她就一直待在客舍里。不过，我很高兴没有一直追着她跑，我在这里是要处理自己的事。"

我问她这话是什么意思，她指向离我们脚边不远的围墙和人行道之间的草地的某处。那里有个椭圆的物体，我之前一直以为是块石头，其实是一只乌龟的棕色的壳。我仔细盯着看，看到了它的头，还有黑色的眼珠。我看到它的嘴在动，它在嚼三叶草的一片叶子。

"它已经在那里待了一个早上。"露西说，"它一直在街面上爬来爬去，我很担心它会被车子撞到。"

就像要印证露西的话似的，那只乌龟不再嚼草叶，而是开始往路边爬。它的个头不大——从头到尾大概有六英寸长——但它移动的速度很快。它爬过人行道，停在另一侧绿化草带的中间。

露西很紧张地看着它，随时准备上去追它。

"我已经把它从街上拉回来不下七八次，"她说，"我不知道如果就这样不管它，它会怎样。"

我看着它爬过草带，跑到了马路牙子上。露西一跃而起，把它抓了回来。

"或者你可以把它带到那一头去，"我说，"如果它是想到对面去的话。"

"我试过了，"她双手抓着那只乌龟，回答我，"如果你把它带到对面，它就会往这边爬。这里没什么可让它玩的。"

一辆车从街道上碾了过去。露西把乌龟放回石墙附近的草地上，然后又坐了下来。

"在你提问之前，我也已经试过把它放到墙的那一头去，"她说，"但它还是不愿意待在那里。"她伸出一根手指越过我指向墙那头的一处开口，一条车道从那里穿过去，开口的两侧各立着一根小石柱。"它爬到外面去兜一圈，然后又回来。它很坚决。我真的很担心它。"

找不到回复的话，所以我选择旋开橘子汁的盖子然后喝了一口。天越来越热，但坐在树荫下感觉还不算太热。那只乌龟待在草地上，缩回了壳里。

在另一侧街道，有个男孩骑着自行车经过。露西打开放在我们中间的袋子，拿起一块百吉饼。过了一会儿，她开口说道："你觉得我很怪。"

"没有。"我回道。

"你有。因为那只乌龟。我不是怪人，卢根。我不是那种觉得自己不应该拍苍蝇的人，也不是那种因为踩死一只虫子内疚半天的人。如果是青蛙遭遇了不幸，我连眉毛都不会眨一下，但我会比较关心乌龟。"

我重新把橘子汁的瓶盖旋了回去。"我承认。"我说。

"你认为我是怪人。"

我把瓶子放在我们之间的矮墙上。"那让我来问问你。你会对蜘蛛采取个什么态度？你在房子里发现一只蜘蛛，你会怎么做？"

"我讨厌蜘蛛，"她说，回答得有点太快了，"如果我看到一只蜘蛛，我会用卷起来的报纸打它。"

我凝视着她淡绿色的双眸，静静等着。她没有眨眼。

"我不相信你。"随后，我说道。

她别开视线，塞了一小块百吉饼进自己嘴里，慢慢地嚼着。随后，她又撕了一小块，在指间捻着。"好吧，"她说，"真话是得看情况而定。如果它看起来让我感觉不爽，我就会打它。但如果它看起来很可爱，我可能就会试着把它弄到一张小纸片上，然后把它放到屋子外面，让它在花园里尽情享受自由。"

她咧嘴笑开来，然后我也不由自主地笑起来。我一句话也没说，她伸出手拍打我的手臂。

不一会儿，乌龟重新把头从壳里探了出来，然后突然有了动作。它想穿过人行道，但被露西拦截在路边。她想把它放回原处时，我站了起来。"让我试试。"我说。

于是，她把乌龟递给我，我一手抓着它，跨过围墙，穿过一片被精心照料的草坪。一幢维多利亚式的房屋周围种着灌木丛，竖着树篱，看起来一点都不吸引人。我往后走了一段，发现一个人工造的小池塘，池塘周围铺着卵石和平坦的板岩，睡莲的叶子漂浮在水面上，一只青蛙躲在风信子下。

我看到池塘的石板边沿有一棵三叶草，于是，我把乌龟在这里放了下来。大约过了一分钟，它的头又从壳里伸了出来，黑色的眼睛看着我。

"待在这里。"我对它说。

我往后走了十步左右，然后停下来，看它是否有跟上来。经过那幢维多利亚式的房子时，我看到一名庭院设计师在修剪一棵观赏梨树。他停下手头的动作，盯着我，我朝他礼貌地点点头。我回头看时，那只乌龟已经爬到其中一块板岩上，我觉得这表示我胜利了。

我往回走，穿过草坪，又和露西一起坐在墙边。我告诉她我把乌龟放在了池塘边，她很高兴，但还是有点怀疑。

"它还是有可能再跑回来。"她说。

"我觉得不会了。"我说，"我们已经达成共识。"

我让她一个人留在那里，然后开车回市区，到办公室时已经差不多十一点。电梯把我带到六楼的门厅，我向《灰街》办公室走去，快走到门口时，我看到一个包裹，就躺在门框旁边的地上。这次不是信封，是一个细长的纸袋，末端被系得很牢。

我的脑海里跳出很多怪诞的想法，第一个想法是我猜这里面可能是个土制炸弹。因为这纸袋的尺寸就跟土制炸弹差不多，但袋子的样式和酒品商店里的袋子一样，打结的那头很小，就像瓶子的瓶颈一样。我冒了个险，把袋子打开，发现里面有一瓶单一麦芽的麦卡伦苏格兰威士忌。

我拿着它进了办公室，然后放在桌子的一角。上面没有纸条，所以我无从得知它的主人是谁。我坐在那里，仔细想了一会儿，然后翻出手机，拨了布丽奇特·希尔克洛斯的电话。

她接了电话，声音听起来像没睡醒。"你好，大卫。"

"你好，布丽奇特。你有没有在我门口放了一瓶苏格兰威士忌？"

我听到电话那头有低语声，然后是一阵似空气一般轻柔的咯咯笑声——很像是那个弹琉特琴的优雅女子发出的声音。

布丽奇特嘘了一声,然后说道:"上帝知道,我倒是有过这样的想法,大卫。但我觉得一次给你买一杯更实惠。你在办公室吗?"

"是的。我进来的时候看到了那瓶酒。"

"好吧,只要不是被人从窗户扔进来的,那就说明是你掌握了主动权。"

我用指尖推了推酒瓶。"很抱歉打扰你了。"

"不打扰。我是不是应该表示一下担忧?"

"我不知道为什么你要担忧。"

"也许是你的爱慕者。"

"也许吧。"

我挂了电话。这酒可能是参议员送的,我心想,或者是凯莉·斯宾塞,尽管我怀疑她对我的感觉不可能是爱慕。

我拿出一份之前没有编辑完的稿子,是一个不太有职业道德的侦探寻找女继承人的故事。我看了七页,在页边空白处做了略记,然后我的手机在桌子上震动了起来。

我看了一下屏幕,然后把它翻了起来。"你好,尼克。"

"你好,老兄。还记得你告诫过我,让我不要再继续监视苏圣玛丽的警察吗?"他说告诫的音有点怪。

"我记得。"

"我没有停止监视,"他说,"想不想听最新的发现?"

我把两脚架在桌子上。"当然。"

"你知道保罗·莱茵是怎么躲在家里的?我知道是谁一直给他送食物和酒了,是德拉科特治安官。你觉得这能说明什么?"

他根本不需要我回答。很明显，沃尔特·德拉科特希望莱茵一直待在家里，而且不介意他是不是醉倒在家里。

"还有吗？"我问。

"另外一名警察，是叫萨姆·蒂尔曼吧？他和他老婆吵架了。前两个晚上他都睡在长沙发上。"

"尼克，听我说。你不该在蒂尔曼家的窗外偷窥一整夜，你会被他用枪打死的。"

他弹了一下舌头，毫不在意我的关心。"我还没有告诉你最精彩的，"他说，"莱茵一直待在家里，对吧？但今天早上情况有所不同。今天早上，他出来了，出来扔垃圾。他把一大袋垃圾扔到路边，是一大堆空酒瓶。一个半小时之前，我又看到了他。他把屋子锁起来，上了车。他还用报纸包了什么东西。不知道是什么。现在他走了。这个怎么样？"

他还是没有给我回答的时间。"我觉得治安官应该也走了。"他说，"在他家里没看到他的车，办公室那里也没有。"

我把手机换到另一只耳朵旁。"好吧，尼克，我很高兴你告诉我这些情况。但你现在真的得停下来了……"

"你总是这么说，老兄。你只会说这句话吗？"他不耐烦的声音在电话那头炸开，"你的妻子怎么样？是她把凯尔·斯库德从监狱里放出来的吗？"

我把脚从桌子上放下来。"你在说什么？"

"你什么都不知道，对吗？"尼克说，"他们放凯尔走了。大概他们弄清了他没有杀死我父亲。昨天晚上，他们把他放了，所有的控诉都撤销了。我想也许这事和你妻子有点关系。"

伊丽莎白和此事一点关系都没有。

"也许是你母亲组织的抗议起的作用。"我说。

"不,没有什么抗议。"

"不管怎样,事情结束了。你可以消停了,随便那些警察怎么样。"

"别忘了我父亲死了,老兄,特里也是。而且看起来没有人关心这些,你和我,我们所理解的'结束'是不同的。"

我开始劝他,对他说他必须停下来,但电话被挂断了。我给他拨了回去,听到的是语音留言提示:请给我留言,我稍后回电话。我本想和他辩驳一番,但转念一想,和一个十五岁的孩子理论就和对牛弹琴差不多。最后,我告诉他万事要小心。

我又接着看稿子,不一会儿,我又接了个电话,这一次是办公室的电话响了。

"这里是《灰街》。"

"我可以和卢根先生说话吗?"是一个女人的声音。

"我就是。"我说。

"噢,卢根先生。我之前读过你的杂志,不得不说,它让人入迷。"

"让人入迷?"

"我尤其喜欢其中的一个故事,叫……叫什么来着?噢对,是《阳光下的杀手》。非常棒,简直就是顶级水平。"

她的声音听起来有点狂热,她在的地方还有风吹的声音。我似乎能看到她正坐在一辆敞篷车里,一手把着方向盘,一手拿着手机。

"抱歉。你说'顶级水平'?"

她自顾自往下说，就好像没听到我说的话。"我不得不说，我已经迷上了《灰街》，所以我必须要找到一个支持它的方式。"

"我很高兴你能购买一个订购服务，女士。"

她笑了，尖细的笑声，就像水晶碰撞的声音一样。"一个订购服务？哎，卢根先生，我觉得我能做的不只是这个。"

"你得原谅我，"我说，"我还不知道你怎么称呼。"

"我想是我没有告诉你，我叫阿米莉娅·卡普兰。"

阿米莉娅·卡普兰，是星期天晚上那个聚会上的女人。那个对凯莉·斯宾塞说她年纪太轻，不能竞选参议员的女人。那个经营着一家基金会，专门支持艺术的女人。

她喝多了就会忧郁，凯莉这样说过。我只能认为她现在是酒醒状态，转变实在太显著了。

"现在，卢根先生，"她说，"我们要做的是碰个头，讨论一下。现在我很忙，但你可以给我的助理打电话，下个星期约个时间一起吃午餐。"她飞快地报出一个号码，"你会打电话的，对吗？"

"我会的。"

"很好。那回见。"

在我问她是不是真的说了回见之前，她挂了电话。我把话筒放了回去，然后试着继续编稿子，但很难集中精神。我猜是凯莉在阿米莉娅·卡普兰面前提到了《灰街》。我想知道，她这样做是在露西和我一同去拜访她之前，还是之后。我想知道她这样做有什么目的，但不知道是否应该给她打电话问清楚。后来，我决定不想了，让自己休息一下。我锁上办公室的门，穿过马路，去菲利克斯咖啡馆吃了一份三明治。

半个小时后，我回到办公室。我静下心来，看了八页多：侦探在洛杉矶的一家旅馆里找到了女继承人，他说自己的职责是把她带回她在芝加哥的生父身边——但同时，他并不是那么守职业道德，所以也许他们可以一起商量个办法出来。办公室的电话再次响起时，我正好看到他们正在进行情色交易。

"这里是《灰街》。"

"卢根先生，我是艾伦·贝克特。"

我几乎不敢相信会是他。电话里，他的声音很轻，音调欢快，而我之前听到的几乎都是他尖酸刻薄或者恼怒的声音。

"有什么需要我帮你的吗？"我问。

"我想和你谈些事。"

"你想谈什么？"

"如果能当面谈更好，我五分钟后会到你的办公室。"

"好的，没问题。"

我挂上电话，重新拿起我的铅笔。我划掉几个多余的形容词，然后拿起手机，给露西·纳瓦罗打了个电话。

手机响到第二下她就接了电话。"你好，卢根。"

"你还在贝德福德路吗？"我问。

"还在这里。"

"那只乌龟后来有没有再到处乱爬？"

"我没再看到它了。出什么事了吗？"

"说不准。你知道艾伦·贝克特吗？他是凯莉·斯宾塞的顾问。"

她的笑声听着有点怪异且尖锐。"我和他很熟。"她说。

"他正在来拜访我的路上。我感觉他很愉快，显得和我很亲密的样子,让我不由得去想他是来忽悠我,给我下套的。"

我听到她在电话那头长长地呼了一口气。"我就知道会这样,"她说,"早些时候,就在你离开这里不久,我和他聊过。我觉得我让他失望了,现在他想攻克你。"

"他想干吗?"

"你马上就会知道了。如果你能,最好坚持住,别忘了坚定你的意志。"

第 26 章

我在走廊门口迎接艾伦·贝克特,他迈着轻快的步伐,故意做出一副活力十足的样子。今天他没有和平时一样穿着那套过时了起码十年的西服。他换了蓝色的牛仔裤,花哨的夏威夷衬衫,外面套了一件松松垮垮的运动上衣,脚上踩着网球鞋。他经过外面办公室的前台时,令人意外地迈着优雅的步伐转了一圈,四处看了看。

"真怀念啊,"他说,"很多年前,我也有这么一间办公室,卢根先生,我想知道你能否猜到当时我是做什么的。"

"我不想猜。"

"不想猜?好吧。我当时是政治候选人,你觉得意外吗?"

"今天遇上什么事我都不会觉得奇怪。"我指了指里面的办公室,"进去坐坐吧。"

我站在门边,让他先进去。他腋下夹着一本书,在会客椅上坐下,把那本书随意地放在桌子边上。是一本硬壳书,书皮没了,我看不到书名。

"当时我是市政厅的候选人,"他说,"别问是哪个地方的市政厅。我筹备竞选的办公室就跟现在这间差不多。"

"你赢了吗?"

他大度地笑了起来。"往往人们想知道的都是我的输赢,而不是我希望能够实现的目标,或者是我想处理的问题。"他耸了耸肩,"不,我没有赢,卢根先生。"

我坐了下来。"那你想解决的问题是什么?"

"有一个问题,我想要修改分区法。"他歪着头,"这听起来似乎不是什么远大目标,是吧?但我可以告诉你,这会造成的影响很大。正确地分区,就能招商引资。可以吸引有技术有才华的人进来,可以扩宽税基,可以支持警察、消防员、学校、公园——那些有才华的人生活所需的一切。如果分区不当,就会是另外一种情况,那些有才华的人就会流失到别的地方去。"

"你觉得为什么你会失败呢?"

"我的对手是一个很顾家的男人。他有一头浓密的头发。他出现在电视广告上时,卷着袖子,和一群普通人在一起说话,态度诚挚。当然了,你听不到他在说什么,你听到的只有音乐声,还有播音员的声音。"

贝克特呼了一口气,然后补了一句,"他还是市议员。我已经为一名美国参议员当过顾问,现在我希望还可以再辅佐一位。"他朝我桌上的那一瓶麦卡伦威士忌努了努嘴,"你收到了我的礼物,我看到了。"

"我收到了,"我谨慎地答道,"不过我无功不受禄。"

"就把它当成和平的礼物好了,你和我刚认识的时候有点剑拔弩张。"

他摩挲着下颌。"是我的错。"他说,"我觉得我对参议员有一种义务。我必须时刻当心那些接近他的人,并且弄清楚他们有什么企图。"

"我和他聊过两次,"我说,"我喜欢他,我没有任何企图。"

"他也喜欢你。这可能也是我对你不太友善的原因,我不介意承认这一点。我花了很多年才得到他的信任,而你第一眼就让他生出了好感,我觉得有点嫉妒。"

他今天给人感觉很温和,甚至可以说有点谦恭,让人一下子就消除了敌意。

"参议员先生还好吗?"我问他。

"他很好。至于那天晚上你看到的——嗯,他也有不如意的时候。"贝克特挥了挥手,跳过了这个话题。"我来这里不是为了和你讨论参议员先生。"

"那是为了什么呢?"

"我想你应该会很乐意帮我这个忙。"

我忍不住想笑。"是吗?"

"我希望你能和露西·纳瓦罗谈一谈。"他说,"让她不要再说那些关于特里·多特里和亨利·高摩伦的谬论,还有关于凯莉帮助弗洛伊德·兰姆比抢劫大湖银行的无稽之谈。"

"为什么我要这样做?"

"你觉得她说的是真的吗,卢根先生?"

"不。"

"你觉得新闻媒体对政客进行毫无根据的指控是想达到什么目的?"

"如果是毫无根据的,那就会不攻自破,不是吗?就像你说的,这些都是无稽之谈。那即使《全球时事》报道了出来,有脑子的人也不会相信。"

"如果说我有什么心得,"贝克特说,"那就是世界上总是没脑子的人多。如果《全球时事》把它报道出来,那绝对会引起一部分人的共鸣。"

"这就是你的问题了,我不认为让露西放弃报道是解决问题的方法。"我从桌上拿起一支铅笔,用笔指着他,"你意识到这正是她所期望的,不是吗?她觉得斯宾塞一家和多特里以及高摩伦的死有关,如果你现在想要收买她让她保持沉默,这只会让你在她眼里显得更为心虚。"

贝克特把嘴唇抿在一起,做出一个痛苦的表情。"我觉得不用说也知道,凯莉·斯宾塞跟特里·多特里以及亨利·高摩伦的死没有任何关系,而且我也不知道你从何得出我想要收买露西·纳瓦罗,让她保持沉默的想法。"

"你不是打算和她做交易,让她放弃报道?"

"当然不是。那是不正当的做法。"

"那你也没有送我东西,然后让我去说服她的打算?"

"我觉得这是请你帮忙。"

我靠坐回椅背上,仔细观察他。他的双颊有红晕,像孩子一样,衬衫鲜艳的颜色让他看起来像个小丑,但他的眼睛显得很睿智。

"我觉得你很好,"我说,"我不明白怎么会有人能击败你,即便他有一头秀发。"

"我觉得自己真看不懂你。"他说。

"今天我接到了阿米莉娅·卡普兰的电话。我能否相信这不是你唆使她的？"

他笑了。"阿米莉娅是一个很可爱的女人，是斯宾塞一家和卡斯特布里奇一家的好朋友。她同时也是我的好朋友，对此我感到很高兴。但没有人会唆使她去做任何事。"

"所以，她打电话给我，对我说她对《灰街》入了迷，并且想提供支持，这都只是巧合？"

"她打电话给你我并不觉得奇怪。她是推理小说迷，她家的图书馆里有好几个书架都是阿加莎·克里斯蒂和帕特里夏·海史密斯的作品。如果她想，她完全可以扶你一把，她运营的基金会比上帝还有钱。"

"她想下个礼拜见个面。为什么我的直觉告诉我，事情能否谈成其实完全取决于我是否愿意帮你说服露西·纳瓦罗？"

"我觉得你太多疑了。阿米莉娅想给谁钱就给谁，根本不是我能控制的事。"

"那么，你对这件事也完全不感兴趣？如果我拒绝了她的帮助，你也不介意？"

贝克特把运动上衣上的一根线头拔了出来。"不论结果如何都和我没关系。不过我以为处在你这种处境的男人，应该会欣然接受阿米莉娅的慷慨。"

我双手的指尖相对，撑在下巴做了一个尖塔手形。"我这种处境是什么处境？"

"你的职业是出版短篇小说，这是一个几乎没什么读者的领域。你的发行量如何，和一年前比？"

"我想应该提高了一点点。"

"我认为应该是减少了,而且不止一点点。你现在是靠布丽奇特·希尔克洛斯在维持。据我所知,她是一名作家,在写一个艺术商人和她的猫一起破案的故事。"

"你搞错了。"

"是吗?"

"是她的狗。"

"我觉得没什么影响。你和希尔克洛斯女士的关系好吗?"

"我们相处很和睦。"

"你觉得她还能给杂志投多久钱?"

"我们没有讨论过。"

他略略放低了声音。"你贵庚啊,卢根先生?"

"这有点偏向私人问题了,不是吗,艾尔?"

"你三十九岁。你的年薪低得离谱。"他说了一个数字,就像嘉年华的工作人员在猜我的体重,他猜的数字八九不离十。"正因如此,"他说,"你希望能够自己经营杂志。"

"听你这么一说,"我说,"的确很离谱。"

我维持着尖塔手形,指尖对着他。"让我来问你一些事。露西·纳瓦罗没有需要资金支持的杂志,那你给了她什么?"

"我什么都没给。"他说,"就像我什么都没给你一样。"

"当然了。一切都是阿米莉亚·科普兰做的。她挥动魔棒,然后我的南瓜变成了马车,我的老鼠变成了大马。"我盯着他,"你觉得你还能把和凯莉·斯宾塞相关的这一丑闻掩盖多久?"

"根本没有和凯莉·斯宾塞相关的丑闻。"贝克特说。

"她决议要竞选参议员,然后大湖银行的劫匪——包括当年射伤她父亲的那个人——开始逐一死去。虽说这不是丑闻，但也八九不离十了。"

"这些都和凯莉无关。"

"不，怎么可能无关？"我说，"凯莉闪闪发光，人人都喜欢她，媒体喜欢她，他们都不想过问太多。但现在凶手还在逍遥法外，他的目标是萨顿·贝尔。他出过一次手，但失败了。如果下一次他成功了会怎样？是否所有人还会坚持说'咳，这和凯莉·斯宾塞无关'？"我等着看他的反应，但贝克特看起来完全镇定自若。"还有那第五个劫匪，那个司机。他是一个不可预测的变数，不是吗？我很想知道什么时候他会冒出来。你呢？"

他回了我一个疑惑的表情。"那个司机已经藏匿了十七年，"贝克特说，"为什么现在他要自己暴露自己？我觉得完全不用担心这个。"

"我认为你很担心他。不然，你不会闯进我的办公室。"

贝克特脸上的疑惑消退了，只有眨眼的工夫，他又回复到强势而从容的样子。他粉红色的额头皱了起来。"是你邀请我进来的。"他说。

"我说的是上次你来的时候。"

"在今天之前，我没有来过。"

"上周末，你来过这里。"我说，"有人把我门上的玻璃切了一块。"我等了一会儿，接着往下说，"那天晚上，参议员先生和我提到了你的两件事。他说你来自巴特克里市，你父亲是一名商人。我的确是个多疑的男人，所以我在谷歌上输入巴特克里市和你的姓。其中一条搜索结果是贝克特玻璃公司，你父亲经营的是玻璃店。"

"没错。"他耸了耸肩，满不在乎地说，"我能理解为什么这会引

第 26 章 | 229

起你的怀疑，但我为什么要闯进你的办公室？"

"因为人生来都有求知欲。"

"什么？"

"这是亚里士多德的一句名言。你闯进来是因为你想查证一些事情，一切都得从上个礼拜三说起。"

"我不明白。"他说。

"上个礼拜三，有人想杀萨顿·贝尔，"我说，"但在他动手之前，他放了一份稿子在我门外。这是他的犯罪自述——他把查理·多特里打死的过程，他想要开枪打死特里·多特里，还有他是怎么掐死亨利·高摩伦的。"

"是周日晚上华士奇警探带去的那份稿子吗？"

"是的。"

"但周日晚上是我第一次听说有这么一份稿子存在。"

"我不这样认为。"我说，"伊丽莎白上周四给苏圣玛丽的沃尔特·德拉科特传了一份复印件。德拉科特把它传给了哈伦·斯宾塞，他十七年前的上司。斯宾塞告诉了凯莉，凯莉再告诉了你。"

"你这都是假设。"

"我只做了一个假设——你们在互相传递信息。伊丽莎白希望德拉科特能够重视这份稿子，所以她不得不告诉他这份稿子的来源，然后他很可能就把这个消息传了出去。所以你会知道稿子是有人放在我办公室的门口的。但你不知道为什么会这样。如果凶手想要交给警察，他完全可以直接寄给他们。如果他想出名，完全可以交给《安娜堡新闻报》，或者是随便一个底特律的电视台。"

"所以，你认为我闯进来是为了找出凶手把稿子寄给《灰街》的"

原因。"

"不全是这样。我认为你不用闯进我的办公室也已经知道这个答案。要找到这个答案并不难,因为《灰街》有吸引凶手的地方。我们都知道他关注大湖银行劫案。今年早些时候,《灰街》出了一个关于银行劫案的故事——彼得·弗莱彻写的《纸上谈兵》。它以大湖银行劫案为背景,加以自由发挥,是以司机的口吻讲述他对其他劫匪复仇的故事。细节并不重要,重要的是它刊登在我们的网站上。任何想要查找《灰街》和大湖银行劫案之间关联的人都会发现这一点,你也发现了。"

"你接着说。"

"我继续。你看到了那篇小说,并且对作者彼得·弗莱彻非常好奇。故事上附的作者简介说他来自密歇根州的地狱。你很有可能已经查到密歇根州有一个叫地狱的小镇,但镇上没有叫彼得·弗莱彻的人。所以,这是个笔名,这就是你闯进这里的原因——找出作者的真名。"

"为什么我要这么关注那个作者,并费这么多功夫?"

"我不能确定,"我说,"我有两个猜测,但你一定会觉得这些想法很怪。其一,你认为这个故事是大湖银行劫案的司机写的,于是你想留意一下他是否会变成一种麻烦,并且妨碍凯莉·斯宾塞竞选参议员。"

"你说对了,"贝克特说,"这的确是怪论。你的另外一个想法是什么?"

"我不知道该不该说。"

"咳,但说无妨。"

"好吧，但你得先回答我一个问题。你多大了？"

我回敬了他之前问我的问题，他有点惊讶，但还是回答了。

"四十三。"

我毫不掩饰我的惊讶。"我一直以为你应该有五十岁了，"我说，"但如果你只有四十三岁，那就完全有可能了。"

"有什么可能？"

"你极有可能就是大湖银行劫案的那名司机。当时你应该是二十六岁，比贝尔和其他人年纪稍大一些，但相差不大。"

他大笑一声。"你真是一个有趣的人，卢根先生。"

"你这样想我很高兴。"我说，"如果你是那名司机，就很有可能被这个故事中的某些情节所困扰，有的细节写得太过露骨。你可能想知道自己是不是暴露了，这也可能会促使你闯进办公室调查作者的真实身份。"

"很有趣，但就像我说的，我不是大湖银行劫案的司机。"

"那么当时你在做什么，十七年前的那个时候？"

"劫案好像就发生在我失去市政厅席位之后不久。"

"你当时一定很失落。"

"是的。"

"那就更容易被弗洛伊德·兰姆比吸收过去。"

"我从未见过那个人，"贝克特说，"那个秋天，也是我为参议员先生工作的第一个年头，我没有时间去抢劫银行。"

"好吧，这只是想象罢了。"我说，"总之，我不知道你这个周末为什么要闯进我的办公室，但我知道关于彼得·弗莱彻，你没有任何收获。"

"没有?"

"没有。我们没有他的档案,这个人并不存在。"

"那么,是谁写了那个据说我非常感兴趣的故事?"

"是我写的,但我没用自己的名字发表在《灰街》上。我毕竟是总编辑,这样做不合适,所以我经常用彼得·弗莱彻这个笔名。"

贝克特抬手,摸了摸头。"真是了不得。但我要声明,我对彼得·弗莱彻从来就没有感兴趣过,也不是闯进你办公室的那个人。"

"如果你真这么想,那我欣然乐见,"我说,"因为我们已经达成了共识。我可不想因为自己用了'彼得·弗莱彻'作笔名,就在不久后得知一个同名的可怜虫在某个深夜的街头被车撞死了。"

"你的想象力真丰富,卢根先生。"

"是的,我的确想象力丰富。至于露西·纳瓦罗,我知道她就是你的眼中钉,但我承认我有点喜欢她。是否继续追查完全取决于她自己——我并不打算横加干涉。但若是她出了什么意外,恐怕我的想象力便会更为出彩。我会忍不住去想这是一个精心策划的阴谋,而你就是阴谋的操控者。"

"我觉得你应该是小说看多了,卢根先生。"

"我只是在告诉你就是这么一回事。你之前说的关于参议员先生的话是什么意思——你觉得你对他有一份责任?貌似我和露西·纳瓦罗也是这么个情况。按你的说法,她是我在罩着。"

贝克特双手滑过膝盖,使力站了起来。"这是一种高尚的情操,"他说,"但我能向你保证的是,纳瓦罗女士并不需要提防我什么。我很希望能说服你,但我不会继续占用你的时间。"

他点头道别,然后转身离开。我起身目送他离开。他没走几步,我就发现他把书落下了。

"你落了东西。"我说。

他迈出去的步子停了下来,转头看我。"不,那是我特意带来给你的。本想把它当成说服你帮助我的最后一个理由。"

我从办公桌后面走出来,看他穿过外面的办公室。他的身影消失在合上的走廊门后,我拿起了那本书。封皮摸上去干巴巴的,还有点粗糙。我扫了一眼书脊,看到了书名——《赌注》——还有作者的名字:E.L.纳瓦罗。

第 27 章

"埃琳娜·露西亚·纳瓦罗。"我说。

"你终于知道了，卢根，你发现了我隐藏的秘密。"

我们坐在她那辆黄色的甲壳虫里，对着凯莉·斯宾塞的福特——停在客舍旁边的那辆银白色福特，那本书就在我的膝盖上。

"写得真的很好。"我说。

"噢，接着说。"露西说。

"我只看了开头几章，通常情况下，我不会看都市奇幻小说……"

"别说这些有的没的，卢根。"她说，"你刚才说了'写得真的很好'。"

我不是唯一一个这样评价的人。我在网上搜了一番，然后在《洛杉矶时报》和《芝加哥论坛报》上都看到了评价颇高的作者简介。《芝加哥论坛报》上有一张露西的照片：更年轻，皮肤更白，头发染成深黑色，隐约透着哥特风，要的就是这种效果。《赌注》是一本写吸血鬼的小说。

我已经理出了故事的梗概：某天晚上，故事的主人公梦到他的妻子在卧室里被神秘的入侵者掳走。在梦里，他发现自己被麻痹了，动弹不得，只能眼睁睁看着妻子奋力和试图掳走她的入侵者搏斗。搏斗非常激烈——床单被扔到地上，梳妆台上的镜子四分五裂。第二天早晨，他醒了过来，然后发现梦里的那场搏斗真的发生过，他的妻子也不见了，关于掳走他妻子的神秘人，他唯一的印象就是他在镜子里没有倒影。

丈夫从警察那里没有得到任何帮助。警察认为他一派胡言，他们还怀疑是他杀死了自己的妻子，但他们没法证实这一点。于是，他只能自己寻找妻子的下落。

一些批评者认为情节落于俗套，过于离奇。但即便是批评者也都认为她的作品文藻华丽，而E.L.纳瓦罗是惹人瞩目的新秀。

"简介上说你打算写第二本书。"我对她说。

"确实如此，我本打算写个三部曲。"

"所以中途发生了什么事？"

"第一本书卖得不好，"露西说，"书本身有可读性，我想——可能是吸血鬼小说卖不出去。依我看来，他们的市场定位是十二岁大的孩子，但这根本不是我的目标读者。"

"我知道一个十六岁的孩子喜欢这本书。"我说。不久之前，我和莎拉聊过一次天，我知道《赌注》是她喜欢的书之一，这也是她问我露西和E.L.纳瓦罗有什么关系的原因。"她一直在等第二本书。"

"她得等很长时间了。"露西说。

指腹下的封面略显粗糙。"这就是贝克特给你的，是吗？"

"贝克特从不给任何人任何东西。我敢肯定他是这么对你说的。"

"但有其他人负责给。"

她点头。"今天早上，以前的编辑给我打了电话，她想和我签另外两本书的合同。预付金很高。人们认为我会什么都不顾，只管埋头写书。"

我拍了拍那本书。"这就是贝克特留的最后一手，他觉得这可以动摇我。他觉得，我看过之后，会说服你放弃你的调查。他想的有一点不错，你给《全球时报》打工是一种浪费，你应该写另外一部小说。"

"我已经警告过你要当心他了，卢根，你被他动摇了。"

"不，这是我自己的判断。我知道一个人能不能成为作家。凯莉·斯宾塞和你没有关系。不管她做过什么——不管她是不是大湖银行劫案里那个驾车逃跑的司机，不管她有没有徒手杀死亨利·高摩伦——你都没有责任去揭发她。随它去吧。"

"别怂恿我，卢根。"

"我是认真的，让《全球时事》的其他人来接手吧。"

"你以为我没想过吗？"她说，"你认为那个出版合同是真的，其实不是。那是贝克特的把戏，如果我不按照他说的做，就不会有合同，他想要所有人停止调查。"

露西低下头，盯着放在方向盘上的手背看。我知道她在想什么——一个可能本该如此的不同于以往的未来。

"不。"最后，她开口说道，"我写了一本书，销量不太好，但我无怨无悔。我下定决心继续前行，要努力成为一名记者，我不会放弃的。"

我本该留下来继续说服她，但她已经打定主意，而我也有我自己的事要忙，我还有很多稿子要编，我得开车回《灰街》办公室。

我打开我这一侧的车门时，她从包里拿出一支笔，然后伸手拿那本书。她翻到扉页，然后签上了她的名字。

"你看，"她黯淡一笑，"现在你有了一本内附 E. L. 纳瓦罗亲笔签名的书，这是她唯一的一本小说，好好留着。当我发表凯莉·斯宾塞的独家报道时，它就会值钱了。"

第28章

伊丽莎白背靠沙发，盘腿坐在地上。她面前的矮茶几上散着凯莉·斯宾塞归档的非常规文件，都是被筛选出来的选民来信，有的信里包含威胁用语，有的信则是精神有点不正常的人写的。

星期天晚上，凯莉·斯宾塞答应给伊丽莎白这个文件夹，她的办公室周三下午就寄了出来。现在，也就是周三的晚上，伊丽莎白在仔细整理这些信件，她的手边放着一杯红酒，音响里放着马勒的交响曲，她想找出不用副词的信，可能出自那个穿格子衬衫的男人之手的信。

早些时候，莎拉准备好了两个人的晚饭：香煎牛排，用橄榄油稍微拌一下后放进烤箱里烤出的花椰菜。屋外，暮色渐沉，她和伊丽莎白一起坐在起居室的地上。

"你在干吗？"

"警务活儿。"伊丽莎白回答。

莎拉从矮茶几上随手抽了一封信出来。

"如果我看了，会不会心理受创？"

"我想不会。"

很长一段时间里，伊丽莎白都在努力把家庭生活和工作分开。一切都很顺利，直到莎拉长到十几岁时对母亲的工作开始萌生了极大的兴趣。最后，伊丽莎白只得放弃将她彻底隔离在自己的警务工作之外这种念头。但她还是留了底线，"心理受创"就是底线之一：任何使人不快的都不允许接触，包括验尸报告、犯罪现场照片等。伊丽莎白认为，在她的所见所闻里，凯莉·斯宾塞那个文档里的信件相对来讲是比较安全的。

莎拉从她抽出来的那封信里抬头，说道："这是在为鸽子哀悼的。"

伊丽莎白从电话本上撕了一张纸下来，随便写了"胡言乱语"上去，然后放在一边。

"这些呢？"她问。

"这家伙希望凯莉竞选胜出后能够解除猎杀鸽子的禁令。"

"愚蠢的想法，但算不上疯狂，也许被归错档了。"

"他想要射杀它们，因为他觉得它们都是异空间生物，"莎拉说，"他的脑子里一直有它们咕咕叫的声音，挥之不去，他觉得它们想控制他的思想。"

"真有意思。但如果它们能控制他的思想，还可能会让他写这封信吗？"

"嗯，它们到目前为止都只是在尝试，还没有成功。"

伊丽莎白伸手去拿她的酒杯。"他用副词了没？"

"没发现。"莎拉说，"不，等一下，有一个：鸽子们无情地嘲笑着。那么，这个不是我们要找的人。"

他不在这里面，伊丽莎白如是想。穿格子衬衫的男人的信很有可能被分到了正常信件里。如果他的信出现在凯莉·斯宾塞的文档里，他就会和其他的普通人一样关心日常琐事，比如失业率、税率、绿色科技和学校优化问题,但凯莉拒绝让她看那些文件。

伊丽莎白喝了一口酒,然后把玻璃杯放回茶几上。莎拉大声念一封信,写信的人要求议会拨款研究悬浮和心灵传动。这封信念完之后,她又看了一封要求在密歇根州南部边界筑防以抵挡来自俄亥俄州入侵的信。

"他还画了图,"莎拉说,"是城墙,还有一整条战壕。"她站起身,一边踱步,一边飞快地翻着那几页纸。"我想把这个拿出来给大卫看。你知道他什么时候回家吗?"

伊丽莎白重新拿起一封信。"他没说。"

"我觉得他一定会喜欢这种精神。你知道他那个人的,他总是会检查门和窗户的锁。"莎拉在一扇窗前停了下来,从这里,可以看到门廊和街道。百叶窗的白色条板和屋外的夜色交相辉映。

伊丽莎白听到百叶窗被关上时发出的啪嗒声。过了一会儿,她听到前门被打开,又被关上。她没有从信堆里抬头看,她猜是莎拉到门廊里去看夜景。

大概过了一两分钟,她听到门被打开的声音。莎拉走进起居室,摁了音响上的一个按钮。交响乐戛然而止。她按了落地灯的开关,房间里顿时暗了下来。

"你在干吗?"伊丽莎白问。

莎拉在她旁边跪坐下来。"街上停着一辆车,没熄火。车里有两个人——一男一女,他们有点不对劲。我走过去的时候,那个男的突然就把头低了下去,就像不想被人看到脸一样。"

伊丽莎白皱起眉头。"你出去之前,起码应该先跟我打声招呼。"

"我好奇嘛。"

对吗？我的意思是，没必要让其他人知道你是怎么找到他的。"

"我需要的只是一个名字，"伊丽莎白说，"一旦找到了，我可以调查他的背景，判定他是不是嫌疑人。"

"不能再扯回凯莉身上，这一点很重要。"

"本来就没有再扯到她身上的理由。你的意思是说她可能愿意让我看她的那些文档？"

卡斯特布里奇面露苦色。"天啊，当然不是。她不同意。"

伊丽莎白的手轻抚着项链上的玻璃珠子。"你能不惊动她，让我看一眼那些文档吗？"

他扫了一眼朱莉娅·特伦特，后者正直直地盯着他。

"过去的三天里，凯莉一直待在这里，"他谨慎地说，"我一直在兰辛。她的主办公室在这里，所有的文档都在主办公室里。"

"看来你已经有所发现了。"伊丽莎白说。

他点头。"是一封典型的选民来信。他在信里提到了一个问题——针对妇女受到暴力伤害的问题。这就说得通了，不是吗？如果他认为自己的所作所为是在保护凯莉免受伤害，如果他盯上大湖银行劫案的劫匪的原因是，在他的认知里，他们对她构成了威胁……"

"是的，这的确说得通。"

"现在，凯莉收到许多关于妇女受到暴力伤害的问题的来信，"杰伊·卡斯特布里奇说，"但我只能给你这封信，因为只有它符合你说的那些特征。这封信写了三页纸，一个单独的副词都没有。写这封信的家伙，他说他的一个朋友被丈夫殴打。他一遍又一遍地打她——'他打她，就像一个野蛮人一样。'就是这句话让我留意到这封信。写信的人不写'野蛮地'，他不会用副词。在下一段里他写道，'威胁很严重,要当心',这句话换成其他人那都会说成'要认真地对待威胁'。至少有五处类似的句子,这些听起来很像你在找的那个男人写的,不是吗?"

之前,伊丽莎白一直站在另一侧,和其他两人隔开距离。听了这些话之后,她向他们靠近。"是的,"她说,"我得看看那封信。"

朱莉娅·特伦特向前跨了一步,站在卡斯特布里奇身边。"我们很愿意让你看,"她用律师惯有的清脆声音说道,"不过我们有条件。你只能看一眼,你不能保留这封信,也不能复印,不能向任何人透露是我们给你看的。"

"这不行。这信是证据……"

"它不是证据。"朱莉娅·特伦特说,"给州众议员写信不是一种罪。你可以看一眼,仅此而已。信里有署名,你说过你只想要一个名字。"她耸了耸肩,就像事情已经敲定了一样,明显是一个很喜欢自作主张的女人。

伊丽莎白轻叹一声。"好吧,让我看吧。"

她原本确信拿着信的是朱莉娅·特伦特,但事实却是杰伊·卡斯特布里奇把手伸进夹克里,掏出一封信,递了过来。

伊丽莎白接过那封信,三张信纸被夹在一起。她先看了日期:今年的五月份。称呼是"亲爱的斯宾塞女士"。信里的文字段落很整洁,字母A和字母L的棱角让她想起了穿格子衬衫的男人留的那张便条:让我杀了贝尔我就收手。信上的个别字不太容易分辨,但名字是被打印在下方的。她觉得指尖突然变得很热,手臂上冒出了鸡皮疙瘩。她知道,就是他。

安东尼·拉克。

第 29 章

拉克的手在一天天好转。手已经消了肿，伤口也结了痂。他可以用手戳伤口，神情平定，眼睛都不眨一下。现在，他不再绕着绑带，就算在人前弯曲手指，也没有人会注意到他的伤。他还在坚持吃头孢氨苄，早晚各一次。要吃十天，萨顿·贝尔是这样告诉他的。

这几天他都是冒着风险出门侦察情况，在想怎么才能接近贝尔。慢一点，稳一点，他的父亲如是说过。拉克开车从贝尔家附近以及他上班的诊所经过。他在每天的不同时段经过这两个地方。在他的家门口和诊所门口，他看到了警车，但警车不是全天都停在那里。警方在节省警力。贝尔在家的时候，他们就在家附近监视，他上班的时候，他们就从他家附近撤回来。

这很有可能意味着贝尔的妻子和女儿不在家，对拉克来说是好事。时机来临时，他可不希望他的妻子和女儿在家碍事。

周三晚上，拉克驱车开进他住的公寓大楼，旁边的座位上放着一份在熟食店里买来的三明治，还有六罐罐装啤酒。他的头又开始隐隐绞痛，他想，回到家，吃一片药，再敷点冰块在额头上，这样头就不会痛了。

他沿着通往所住楼层的车道转弯开，车灯照在垃圾箱上。突然，他瞥见有什么动静，橙色和灰色，像闪电一样快。垃圾箱的三面围着木围栏，有一只动物从其中一个围栏的口子里掠过，跳进了另一侧的灌木丛里。

是一只猫，他想。

他停下雪佛兰，让车子怠速。没顾上想这样是不是明智之举，他就下了车。他蹲下身子，从围栏的口子里看过去，看到两只眼睛在回望他。

他重新回到车上，拆开三明治的包装，撕了一片火鸡肉下来。他拿着火鸡肉，走到围栏的开口边上，撕了一小点，扔在地上。

每隔一小段距离，他就扔下一点火鸡肉，打算引那只猫出来。拉克跪在垃圾箱前光秃秃的水泥地上，最后一点火鸡肉在他的指间晃悠。那双眼睛在看着他。

他耐心等着。那只猫试着从开口里出来，先是鼻头伸了出来，嗅了嗅，然后伸出一只脚掌。它走到第一块火鸡肉前，一点一点地咬着。然后，它抬头盯着拉克看了一会儿，又开始吃其他的火鸡肉。

它向前走，尾巴警觉地竖着。拉克看到了它身上的毛色：浅色的斑点，脚掌上有白点。

它来到拉克的面前时，对火鸡肉已经没了兴趣。它侧着脑袋，用脖子去蹭拉克的手腕。拉克把手上的最后一点火鸡肉放在地上，那只猫低下头，礼貌地闻了一闻，然后四条腿伸展开，凹下背。它侧过身体，在拉克的膝盖上蹭来蹭去，拉克伸出手，指尖轻柔地在它背上抚着。

他想，只要他想要把它抱起来，它的爪子就会毫不留情地伸出来——他想起邻居手上的抓痕——于是他伸出一只手,放在它的腹部,它似乎很配合,没有挣扎,只是用那双冷静的绿眼睛审视着他。

他用两只手臂把猫抱在胸口。他让雪佛兰一直停在那里空转,稳步朝公寓楼的入口走去。走到一半,他察觉猫开始动个不停,但他知道这个时候最好不要尝试停下来安抚它。他穿过玻璃门,走进一楼的大厅。小东西开始发怒了,不停地用腿蹬他。拉克来到邻居的门前,敲了敲门那扇灰色的铁门——不重,但没有间断。

过了很长时间她才来应门,门打开的时候,拉克把猫放下来。它一个闪身,跳进了房里。

"罗斯科!"她惊叫,跟在它后面追了过去。拉克看着它跑过厨房,然后钻进起居室的一张躺椅下面。

因为不确定自己到底该不该进去,他想最好还是关上门。她替他做了决定。"进来呀。"她说。

他走到厨房和起居室之间的门口,然后看着她在躺椅前蹲伏下去,把耳朵贴在了地毯上。

她先和她的猫说话——"罗斯科,宝贝,你还好吗?我很担心你。你去哪儿了?"随后,她站起身子和拉克说话。

"谢谢你。"她说,"你不知道……"她没说完,突然伸出双臂拥抱了他一下。

他轻拍她的肩膀,努力让自己不要过多留意她身上的味道——薰衣草的香味,还有——应该是蜜桃洗发水的味道,他想。

过了一会儿,她往后退开。"你在哪儿找到它的?"

"垃圾箱附近。"拉克答道。

"我每天都去那里找它。"

"围栏那里有个洞，它就在洞后面的灌木丛里。"

他把事情的经过告诉她，她很佩服他用火鸡肉把它引出来的招数。猫咪的胡子露在外面，身体的其他部分藏在沙发后面。

对话很快进入了尾声。"我得走了。"拉克说。

她跟在他后面穿过厨房，一路上都在感谢他。当他走到门边时，事情有了转变。他感觉到，她把手放在了他光裸的手臂上。这是一种很亲密的触碰，他以为她是想开口让他留下来。

"听我说，"她问他，声音小得近乎耳语，"你是不是惹了什么麻烦？"

他转过身，看到她站得离自己很近，表情很严肃。

"我觉得没有。"他答道。

"有人来这里找过你。"

他第一反应就是那名女警——那个他在医院和斯宾塞家见过的女警。"她说了什么？"

邻居的回答让他大感意外。"不是她，是他。他对我说了一个故事——说你抛弃了妻子，现在你妻子独自一人在抚养孩子。她让他找到你，然后让你不要一错再错。'我不能保证他会乐意见到我，'他说，'但希望你能同情同情他妻子，帮我盯着他，如果看到他，就请给我打电话。'他给了我一张名片，但没有名字，只有一个号码。"

"什么时候的事？"

"大概一个小时以前。他说的都是真的吗？"

拉克摇头。"我没有妻子，也没有孩子。"

"我也是这么想的。他是私家侦探吗？他的言谈举止看起来不像中规中矩的警察。"

"我不知道他是谁。"

"但是,他看起来像警察,就是给人的那种感觉。像是习惯下命令,让别人服从的那种人……我告诉你他让我想起了谁——那个和罗德尼·波蒂埃一起出演电影的演员。叫什么名字来着?罗德·斯泰格尔。"

这个描述让拉克有点不安,但他说不上来为什么会有这种感觉。

"你觉得他现在走了吗?"他问。

"我不知道。"她说,"但我没有看到他——因为我一直朝走廊上张望,想看你回来没有。我跟你说,那个人离开之后,我看到你门口又站了一个人。一个瘦不拉几的男人,穿着防风夹克,还戴着鸭舌帽。我想和他说话的时候,他一溜烟就跑了,我当时还想报警来着。"

"我很高兴你没有这么做。"

"也许我们应该报警才对,我总觉得那些男人很危险。"

拉克站在那里,背对着门口,思绪在飞快地运转。

"不用。"他说,"我觉得一切都是误会。也许他们弄错了地址,如果他们回来看到我就会知道找错人了。"

"你确定吗?"

不确定,但没关系。他本就没打算长时间在这里逗留。

"当然了。"他说,"别为我担心。我真得走了。也许明天我会过来,看看罗斯科在做什么。这样可以吗?"

"当然。"

"那么,晚安。"

他打开门,在她说出挽留的话之前走了出去。铁门合上发出一声脆响,他站在那里,看着空无一人的走廊,从这头看向另外一头。

不能站在这里磨蹭。她很可能正从猫眼里看着他。他三大步穿过走廊，插钥匙开门，进屋，然后打开玄关处的灯。门上没有任何受损的痕迹，他不认为公寓里有其他人闯了进来，但他得确认。他打开厨房的顶灯，然后从抽屉里拿出主厨刀。

他放慢步子，慢慢沿着短短的走廊走，接着，他面临一个选择：是右边的浴室，还是左边的卧室。从走廊里看，里面似乎都没有人。但浴帘很厚，又是不透明的那种白色——人也可以藏在那后面。至于卧室，大部分地方都看不到。如果一个人想要藏起来，那么卧室显然是上选。如果你背部紧贴着门边的墙壁，从外面看是不会被发现的。

其次，聪明的人不会选择大家都想得到的地方作为藏身之处。

拉克走进浴室，手握着刀垂在身体一侧。他摁下灯的开关，镜子里照出的是他自己的影像。他心跳加快，立即回头看向漆黑的卧室。什么动静都没有。他又转回浴室，往莲蓬头的方向走近几步，用没有握刀的手一把拉开浴帘。

莲蓬头下空无一人。

"猜错了。"他身后有个声音响起。

他倏地转身，看到门口站着一个身材结实的高个子男人——他一身黑，和二流电影里执行秘密任务的人一样。黑色的高帮绑带靴子，黑色的裤子，黑色的T恤盖着鼓起的肚子。他双肩宽阔，黑发里夹着银丝。拉克立马认出了他，在苏圣玛丽的时候，他在电视上看到过这个人，是沃尔特·德拉科特，齐佩瓦郡的治安官。

拉克下意识地举起刀。德拉科特粗大的手指握着一把手枪，枪口对准了拉克。

"别做傻事。"他说。

拉克的胸腔里有笑意翻滚。他笑得弯下了腰。他听到父亲在对他说另外一个人生哲理：千万别用刀和枪干。

他直起身子，拿着刀朝德拉科特刺了过去，至少能给他来个攻其不备。但德拉科特显然比他外表看起来的要灵敏，他往旁边一闪，左手顺势抓住拉克的手腕，猛地一撞，把刀撞在了灯开关旁边的墙上。

刀应声落地。德拉科特松开拉克的手腕，转而揪住他的衣领往洗脸池上方的镜子撞去。拉克的肩膀撞了上去，把镜子撞出了裂痕。德拉科特一手把拉克扭转方向，推着他往走廊里走。他一路推推搡搡，把拉克推进了卧室，然后用力把他摔到了地上。面朝下撞在地毯上时，拉克觉得肺里的空气都被挤了出来。他还没来得及爬起来，德拉科特的靴子就往肩胛骨上踩了过来，冰凉的枪口抵住了他的后颈。

"现在还想反抗吗？"治安官平静地问。

第30章

拉克没有回答,德拉科特命令他把双手放在头上,他照做了,当治安官把他的两个手腕别到背后铐上手铐时,他也没有反抗。

他感觉到德拉科特在翻他的口袋,用力拉出他的钱包和笔记本。他听到开灯的声音,下一秒,顶灯亮了,一颗微弱的灯泡散发着黄色的光。

"你真是一个奇怪的家伙。"他听到德拉科特如是说道,然后有纸张翻动的声音响起来。他的脸靠着地毯,觉得粗糙的地毯很是硌人。

"能让我坐起来吗?"他说。

德拉科特轻笑两声,然后用慵懒的声调咕哝着答道:"唔,我不介意,拉克先生,请便吧。"

拉克翻了个身,一侧手肘使力把自己推坐起来。他一腿伸着,一腿弯着,背后两步开外的地方是一面墙。他坐在地毯上挪动,然后把背靠在墙上。

房间的另一头,德拉科特把一个塑料筐里的东西都倒了出来,然后把筐倒扣过来当凳子坐。德拉科特坐在那里,收起手枪,把拉克的钱包扔在脚边,翻看他的笔记本。

"这是什么,"德拉科特问,"你的日记?"

拉克的视线在房间里环顾,扫过散在地板上的衣服和书、那张床垫,还有皱巴巴的床单。在床垫的另一头,他看到一块九十度弯曲的黑色金属,是一根撬胎棒。

"回答我的问题。"德拉科特说。

拉克闭上他的眼睛,不去看黄色的灯光。"能给我一些冰块吗?"他问。

他听到德拉科特的声音瞬间拔高。"什么?"

"我头痛。"

又是一阵轻笑声。"你回答我的问题,也许我会给你一些冰块。这是你的日记?"

拉克的双手被铐着,但他还是耸了耸肩。"我喜欢做记录。"

他深吸一口气。脑袋里的疼痛就像铁棒被弯折形成的角一般尖锐。深呼吸,这是肯尼利医生之前经常对他说的,好像深呼吸可以解决所有的问题。觉得紧张吗?那就深呼吸。觉得头痛?深呼吸。那么,被一个一身黑衣的治安官逮住的时候呢?

拉克做了几次深呼吸。现在,他总算明白德拉科特是怎么进自己的房间了。卧室白色的垂直百叶窗帘后面,是可滑动的玻璃窗。窗户的底部几乎和地面一样高。如果你有撬胎棒,就可以撬开一扇窗户然后爬进来。

拉克听到德拉科特站起身子走了过来。他睁开眼睛,眯眼看着黄色的灯光。治安官把笔记本的某一页纸摊在他面前。上面写着三个名字——亨利·高摩伦、萨顿·贝尔、特里·多特里——第一个和第三个被划了线。鲜红的字泛着涟漪,轻轻地呼吸着。

深呼吸。

"这些名字是你写的？"德拉科特问。

"是的。"

"是其他人给你的吗？是有人雇你这么做的？"

"不是。"

"那为什么？为什么你要杀这三个人？"

"你不知道他们是谁？曾经做过什么？"

"他们抢过银行。"

"他们打中了哈伦·斯宾塞的脊椎。"

"打伤他的是特里·多特里，和另外两个人无关。"

"他们三个人都想抢那家银行，他们都得对发生的一切负责，他们都是坏种。"

德拉科特轻蔑地哼了一声。"我见过更坏的。"

"要阻止这样的人，不然他们会继续作恶。"

"天哪，萨顿·贝尔现在都是护师了，你觉得他还能作什么恶？"

"他和其他人一样，都得负责，"拉克说，"如果你不阻止这些人，那么他们犯下的事就都是你的责任，因为你没有阻止他们。"

"所以你杀了特里·多特里和亨利·高摩伦，然后把他们的名字从你的名单上划去。"

"是的。"

"但杀死特里·多特里的不是你，是我的一名手下。"

"我想要他死，然后他死了，跟我杀的也没什么两样。"

拉克看到德拉科特又翻了一页，上面写着另一个鲜红的名字：查理·多特里。

"那他也是坏种吗？"德拉科特问。

"他是关键人物。"

"他没有抢银行，也没有射伤任何人。"

"他对我有用，我得靠他来接近他儿子。"拉克说，"我想不到别的办法。"

"你用撬胎棒把他打死了。"

拉克瞥了床垫一眼，还有床单上的皱褶，德拉科特的铁棒就放在那里。就算他能走到那里，但双手被铐在身后，他也没法去拿铁棒。他又看了看窗户。被百叶窗帘挡着，没有人能看到屋子里有什么事在发生，没有人会来帮他。

德拉科特退后几步。他合上笔记本，把它夹在腋下。

"一开始，我不相信会是你。"德拉科特说，"即使他们把你写的那个故事拿来给我看。"

"你是怎么找到我的？"

德拉科特从他的口袋里掏出一个小塑料袋。他把塑料袋举高，拉克看到里面装着一颗子弹、一个弹壳，还有一个完整的弹药筒。

"你落了一些东西在白叶公墓后面，"德拉科特说，"我没法看清弹壳和弹药筒上的印记，但起码它们向我证明你是真实存在的。所以，我开始找你，在旅馆张贴你的画像。我找到了一家你曾经住过的旅馆，不过那是一家用现金结算的旅馆，他们的记忆很模糊。我不得不从别的地方入手。我有什么关于你的线索？我知道你是一个带着来复枪埋伏在山上的人。于是，我开始拿着你的画像挨个去体育用品商店查问。一开始，我一无所获，但我没有放弃。在特拉弗斯城，有一名店员认出了你，他说他卖了一把雷明顿狙击步枪给你。当时，你用信用卡付的钱。"

"只要知道你的名字，要找到你就是轻而易举的事。你租下这间公寓时，他们查了你的信用记录，这些信息都在里面。"德拉科特把塑料袋重新塞回自己口袋里，还有拉克的笔记本。"现在，我逮到你了。你不太像一个杀人凶手，不是吗？"他一边说，一边张开双手，像要把整个房间都纳入自己的怀抱，"像波西米亚人一样生活，和邻居交朋友。走廊对面的那个姑娘喜欢你。你真该看看我问她问题时她的表情——我觉得她是在为你担心。"

拉克只觉得脑袋一抽一抽的痛。

"她和这些事无关。"他说。

"这个我觉得没问题。你乖乖地跟我走，她就不会被牵扯进来。"德拉科特往后走，把拉克的钱包从地上捡起来，又把铁棒从床垫上拿了起来。他把钱包塞进自己的口袋，然后把铁棒插在腰带环里。"我可不想拖着你爬窗出去，"他说，"我们要从正门走出去，我的车停得不远。"

拉克深吸了一口气。"你要带我去哪里？"

"一个很远的地方。"

"所以，我现在是被逮捕了？"

德拉科特走到他身后，掏出了枪。

"你被捕了，走吧。"

话刚说完，拉克只觉得脑袋里的疼痛又找到了新的翻搅花样。他觉得全身都跟散了架一样。德拉科特抓住他的胳膊，一把把他拽了起来。他觉得脚底的地板在倾斜。厨房里明亮的灯光照了过来，他的眼睑不停地颤动，然后觉得那光穿透了他的双眼，在他的脑袋里绕了一圈，直击太阳穴，那种感觉就像被老虎钳夹一样。

走到厨房的绿胶地板和玄关地毯的交合处时，他停了下来，德拉科特把枪口抵在他的背部。

"我需要冰块。"拉克说。

"你需要继续往前走，"德拉科特说，"到达目的地之后，我会给你冰块。"

"我等不了。"

拉克感觉到治安官伸手一把按住了他的脖子，然后往前一推，把他往玄关旁边的墙上撞去。他踉跄着想要站稳，但两脚虚软。他只能侧过脸，把脸颊贴在冰凉的墙上。

德拉科特在他耳边低语。"别挑战我的耐心，小子。"

他感到脖子上的手松开了，然后听到开门声。德拉科特引着他往外面的走廊上走去，枪抵在他的后背心。他走在昏暗的灯光下，就像在执行缓刑。邻居女孩家那扇灰色的铁门紧闭着。现在，她可能就站在门后，从猫眼里张望着门外的情景。

或者，她可能在逗弄她的猫。

拉克把头转向左侧，脑袋里的绞痛拖延了他的动作。他感觉到德拉科特的枪依然抵在他的后背，但同时，他不敢置信地看到另一把枪的枪口从正面靠了过来。一把黑色的枪，枪身光滑，线条圆润流畅，因为是从正面靠近，拉克觉得它看起来很短。扳机上勾着一根手指，指甲的白如同新月的颜色。拉克低头查看对准自己的枪管的长度。一个瘦不拉几的男人站在那里，他穿着松垮垮的防风夹克，脸隐没在鸭舌帽帽檐的阴影下。

拉克听到德拉科特在他身后轻声说："天哪，保罗，你他妈这是在干吗?"

"我也想问你同样的问题,沃尔特。"穿防风夹克的男人说道。

拉克站在空荡荡的起居室中央,眼睛被厨房里铮亮的光刺得半闭着。白色的强光给保罗·莱茵的影子镀上了一层白边。他的右臂一动不动地举着手枪,枪口差一点顶在了拉克的鼻梁上。

保罗·莱茵是负责白叶公墓押送行动的警察之一,就是当特里·多特里企图逃跑时,那个不得不开枪射他的警察。

拉克深吸了几口气,努力想要遏止翻搅个不停的头疼。他隐约感觉到沃尔特·德拉科特的枪抵在他后背。他感觉到脚下的地板很硬实,而且不再倾斜。有好转。他随后试着把注意力放在轻微的不适上:被手铐铐住的手腕传来的疼痛,还有双臂的僵硬感。

德拉科特把他向后拉,退回门内,再退到厨房,然后是起居室——一场缓慢的逆向行进,就像时间倒流一样。莱茵慢慢地跟了上来,他关上身后的门,手上握着的枪半点动摇都没有。

现在,他们继续进行先前在走廊上被打断的对话。

"你不该来这里,保罗。"德拉科特说,"我不知道你是怎么找到这儿来的。难道你跟了我一路?"

"跟踪你并不难,沃尔特。"莱茵说。

"好吧,那么现在你该做的只有一件事,就是离开这里,"德拉科特说,"回家去,然后待在家里,那才是你应该待的地方。"

"我想待在这里。"莱茵说,"就是他,是吗?那个公墓里带着来复枪的男人。他不是虚构的,是真实存在的。"

"走开,保罗。"

"你知道我不能走,我得和他谈谈。他杀了老查理·多特里,这就是所有事情的开端。我得知道这一切发生的原因。"莱茵的视线转向拉克。"你杀了多特里,所以他们不得不让他的儿子出狱。是这样吗?"

拉克点头。

"而且,你本来还打算杀死特里·多特里,这是你的计划之一。"

"是的。"拉克说。

"为什么?"

"因为他该死。"

"这不是理由。一定还有别的原因,我得知道。"

德拉科特说:"没有理由,保罗。他这么做,只是因为他是个该死的疯子。"

"不,我得搞清楚。"

"没有什么可搞清楚的。"

莱茵的眼中现出不达目的不罢休的绝望。"我必须搞清楚,沃尔特。他必须和我谈一谈。之后,你可以拘留他,但他必须先和我谈一谈。"

拉克向前弯着身子,就像被风吹弯了腰,他压低声音。

"你真觉得他会拘留我吗?"

"什么?"莱茵说。

"他从未向我出示过证件,"拉克说,"到目前为止,他没有宣读过我的任何权利。"

莱茵的枪口微微降了些,他的双眼充满疑惑。

"这是怎么了,沃尔特?"

德拉科特用冷冷的声音回道:"我来告诉你应该怎么样:把你的枪收起来,开车回家,忘了这一切。"

"你大可以问他有没有给本地警方打电话,"拉克说,"难道发现我的踪迹之后,他不是应该立马报告警察吗?"

莱茵的枪管在空中画了一个小圆。"我不喜欢这样,沃尔特,下一步要怎么做?"

"我告诉你怎么做。你离开这里,我会解决他。别让我再重复。"

"如果你让我和他独处,我就会死,"拉克说,"你知道的,不是吗?"

突然,拉克感觉德拉科特的手探上了他的脖子。他感到自己被推到一边,然后被人用脚猛地扫了一下。地板朝着他的下巴迎了上来,他扭了一下身子,肩膀着了地。他呻吟着翻了个身。现在,他能看到莱茵和德拉科特面对面站着,就像两个要决斗的人一样。

"快点,"德拉科特对莱茵说,"把枪收起来。"

莱茵站在那里,一动不动。"你打算把他怎么样?"

"我是在保护你,莱茵,你不该到这里来。"

"你打算开枪打死他?"

"你问的这是什么问题?今晚没有人会被枪打死。"

德拉科特先把他的枪举向了天花板方向,接着朝后插进了裤子的束腰带里,他朝莱茵摊开空空如也的两手。

"你看,莱茵,"德拉科特说,"我们认识多久了?"

拉克看着莱茵的侧脸,看到了他做决定的那一刻。莱茵低下头,下巴几乎点到胸口,双眼往下看,脸上露出一个羞赧的表情。德拉科特做那些动作时,莱茵也把枪口上举,慢慢地收回他的身后。

第 30 章 | 261

德拉科特分开双手,垂向身子两侧。拉克看到了他收起枪支的整个弧形动作。但他的右手垂到身侧时没有停下来,而是伸到了另一侧,在找什么东西。

铁棒,拉克立马意识到,治安官把它插在了腰带环里。

德拉科特把它拔出来,就像拔剑一样。莱茵瞪大双眼。德拉科特往前一挥,非常快速。莱茵把枪从身后往前举,但太迟了。铁棒重重地砸在了枪管上,尖锐的撞击声就像鞭子抽打发出的噼啪声。莱茵猛然把手挪开,就像被蜇了一样,他手里的枪掉到了地毯上。

铁棒再次朝他挥了过来,莱茵沉着地低下身子,躲了过去,随后把肩膀朝德拉科特的胸口撞去,力道很大,足以把比他个子小的人撞到房间的另一头。德拉科特被撞得退后两步,同时铁棒轻轻地擦过莱茵的肩胛骨。

安东尼·拉克一只手肘使力,让自己坐了起来。他曲着腿,用脚推动着自己在地毯上滑行,直到让背靠到了墙。莱茵正和德拉科特扭打在一起,铁棒在两人中间被高高举起,顶端碰到了天花板。莱茵屈膝顶向德拉科特的腹股沟,德拉科特往旁边一闪,躲了过去,并一把抓住了他的腿。德拉科特用力把铁棒拽离莱茵,用铁棒的折角处使劲砸莱茵的上腹部。

拉克看到了这完整的一幕,看到莱茵弯下身子。他后退,想要抓住铁棒。德拉科特朝他撞了过去。莱茵没站稳,绊了一跤,往后摔在隔开起居室和厨房的台子上,德拉科特整个人压在了他身上。

随后,响起了一声尖叫,就像屠宰场里杀猪的声音一样。拉克别开脸,似乎这样声音就会变轻一点。尖叫声过后,他又把脸转了回来,看到保罗·莱茵瘫在台子上,防风夹克的胸口处有一块红色的印子。他看到沃尔特·德拉科特宽阔的后背，他笔直地站着，然后踮起脚往后退。他看到德拉科特的腰弯了下去，双手抬起，掌心对着身体，手指蜷曲。他低下了头，双眼一眨不眨地盯着插在胸口的铁棒。

第31章

　　莱茵挣扎着站起来时，德拉科特双膝已软。摔倒时，治安官转了一下身子，侧面着地摔在地板上，然后在地上翻滚，变成了背部着地。之前，撬胎棒插进了他胸口下方，而且是由下往上刺进去的。现在，它刺穿了他，一条黑色的斜线从他膨起的肚子上穿出，尽头处是九十度的弯折。

　　拉克看到血从治安官体内飙了出来，血渍很快在他黑色的衬衫上浸染开来。莱茵跪坐在德拉科特身旁，把一只手放在治安官的胸口，似乎这样就能止血。

　　德拉科特的头垂向一侧，双眼一动不动地盯着拉克。他的嘴张了又合，但最终却只能发出呼吸声。

　　拉克侧身，左肩往墙上一撞，双膝着地，摇摇晃晃地站了起来。

　　莱茵用指头指着他，对他说："待在那里，别动。"

　　拉克点头，然后莱茵的注意力又回到了德拉科特身上，他的右腿已经开始抽搐。莱茵把手掌从治安官的胸口抬起来，似乎想要放到他的腿上，让它不要抽搐。不一会儿，他摇了摇头。他把手伸进一个口袋，掏出了一部手机，打开翻盖。

拉克用被铐住的双手扶墙，使自己站了起来。莱茵的目光从手机上移开，他抬起头，慌慌张张地朝四处看，想看他的枪在哪里。

"不，"他说，"你别动。"

拉克继续向他走去。莱茵横卧在地板上，到处摸他的枪。拉克跨过德拉科特的腿，脚尖踢向莱茵的肋骨。莱茵一把夺过了枪，拉克往旁边一跳，站稳之后，使劲用脚踹莱茵的太阳穴。

莱茵发出痛苦的呻吟，向一旁侧过身子，但右手仍然紧紧抓着枪。厨房明亮的白色灯光照在枪管上。拉克单脚站立，跳了两下之后，用双脚脚跟踩在了莱茵的手上。

莱茵尖声嚷叫起来。枪被拉克的一记踢脚踢了出去，它在地上打了几个转，滑到了玄关处。拉克又飞起一脚，把莱茵的手机朝另一个方向踢出去。莱茵蜷成一团。拉克看不到他的脸，只能听到他急促的喘息声。

拉克重重地踢他，踢他脊椎的末端。然后，只听到剧烈的喘气声。

拉克嘴角一扬，不觉露出一抹浅笑。

"试着深呼吸看看。"他说。

跟着，他朝沃尔特·德拉科特走去。他看到德拉科特的眼睛直勾勾朝上，正盯着他看。拉克抬起右脚，鞋底往撬胎棒上踩，把它往里踩了一些。德拉科特开始翻白眼，腿抽搐得比之前更剧烈。

拉克跨过治安官的身体，跪坐在地上。他慢慢地把被铐住的双手伸向德拉科特的口袋，找他的钥匙圈。他听到金属的丁零声，然后伸出一指，勾住钥匙圈，把它拉了出来。

他摸索着找到手铐的钥匙，把钥匙插进锁眼里，先左手，再右手。手臂上的压力瞬间消失了,这种感觉棒极了。

拉克把手铐和钥匙往地上一扔,跪坐在德拉科特身旁,把他轻轻地翻了个身,这样就可以摸他的口袋。他找到了自己的钱包和笔记本,一个塞满了钱的鼓鼓的皮夹,还看到治安官的枪插在腰带上。

他把所有东西都拿走,塞进自己的口袋里,仅剩一把枪抓在手里。他站在那里,看着莱茵,他正朝玄关爬去,想去拿他的枪。莱茵的头上现在空无一物,和德拉科特扭打时他的棒球帽掉了下来。他的头发很少,只有几簇。

拉克大步追了过去,追上之后,他用脚后跟踢向莱茵身体的一侧,把他踢得翻了身。他弯下身子,把德拉科特那把枪的枪口抵在莱茵的太阳穴上。

莱茵紧紧闭上双眼,低叫一声:"不。"

拉克平静地对他说:"在朝特里·多特里开枪之前,你应该再等一会儿。如果你能等一会儿,我就能替你开那一枪,你现在就不会在这里。"

"求求你。"莱茵低声哀求。

拉克握着枪,沿着莱茵的下颌往下滑。"你应该让自己休息一会儿,"他说,"你现在处于麻烦时期,会有其他人做你在做的事。如果要说什么安慰的话,我想说你是个好人。这世上有很多好心人,这是我父亲以前经常挂在嘴边的话。"

莱茵伸出手,朝着近在咫尺的枪,想要拿到它。拉克把德拉科特的枪从右手换到左手,五指收紧,揪着莱茵的头发猛力往下撞击,让他的脸撞在地板上。他撞了一次,又撞了一次,以确定莱茵的鼻子被撞断。莱茵的哭喊声淹没在地毯里。

拉克把他扔在地毯上。他捡起地毯上的枪,塞进自己的口袋里,然后拉出衬衫的下摆遮住。他穿过起居室的时候,瞥了沃尔特·德拉科特一眼,治安官的腿已经不再抽搐了。

拉克最后环视了房间一眼。他从抽屉里拿出那瓶头孢氨苄,然后直接向门口走去。门外的走廊上静悄悄的,一个人都没有。拉克翻转着手里的药瓶,思索了一会儿。下一秒,他拿定了主意,把药瓶放进口袋里,然后轻轻地敲了敲邻居家的防盗门。

她没有立刻出来应门,他忍不住想到了最坏的可能。也许她听到了整个打斗的声音。也许她正在门里瑟瑟发抖,用手机拨打911。就在他胡思乱想的时候,他听到门闩被打开的声音,然后门朝里开了。电光火石之间,拉克低头看了一下,发现自己的左手还握着沃尔特·德拉科特的那把枪。

门被开得很大,他迅速把枪藏在身后。她站在那里,抬脸看向他。她的手里拿着一个白色的长方形物体,是一个ipod。一边耳机塞在她的耳朵里,另一边耳机被捻在两指之间。

她朝他微微一笑,她的牙齿很白。她后退一步,示意他进屋,脸上笑靥如花。多么奇妙的笑容,就像凯莉·斯宾塞的笑容一样。

他没有进去,只在门口逗留着。他说:"你在听什么?"这话不是他预先想好要说的,他没有做好任何事前准备。

作为回答,她举起另一边耳机,轻轻塞进他的耳朵里。她的手指划过他的脸颊,然后缩了回去。是非常强劲并动感十足的音乐:密集的鼓声,混着狂躁的吉他声。他听了一会儿,然后把耳机还给她。她把耳朵里的另一边耳机也拿了出来,然后摁了一个按键关了ipod。

"你之前说明天才过来的。"她说。

他抬手捋了捋他的头发。"这正是我要对你说的,我明天不能来了。我想,我得离开一段时间。"

她脸上的笑容消失了。"你还好吗?是不是那些男人回来了?"

"我很好。你不要为我担心。"

她的声音有些急切。"发生了什么事?告诉我吧。"

她不知道,拉克想,她什么都没听到。

"没什么大事。"他说,"他们确实又折回来了,但我已经妥妥地解决了。"

"你确定?"

"我看起来很好,不是吗?"

她仔细看了看他的脸。"事实是,你的脸有点红。"

"唉,你应该去看看另外那两个是什么样子。"

听到他这句话,她又笑了,他又在她脸上看到了如花的笑颜。

"我没事,"他又说了一遍,"我得离开一段时间,但我不想不道别就离开。"他低头看自己脚上的鞋子。"我都还不知道你叫什么名字。"他说。

他再次抬头时,看到她伸出一手到他面前。

"我叫米拉。"

他握住她的手,说:"我叫安东尼。"

温暖的夜晚,不时有清风拂过。拉克在垃圾箱附近找到了他的车——引擎还开着,驾驶室的门也没锁。还没被人偷走,看来,这世上还是好人多。

他驱车向南,莱茵的枪被他藏在工具箱里,德拉科特的枪则放在了旁边的乘客座上。开出去没到半英里,他听到了警笛声,一定是莱茵能动弹之后打了911。

拉克继续往前开,开过94号州际公路的入口匝道。他看到一家深夜时分仍在营业的速食店,然后在免下车服务餐厅点了一份可乐。"多点冰。"他说。

他继续向东开,一直开到一家停车场上有很多车的电影院。他把可乐倒掉,让引擎怠速空转,然后往座椅上一靠,把那杯冰块放在额头上。

他开始回想自己忘了拿什么东西。衣服、书,那盒舒马曲坦——头痛时吃的药。他立马想到它就在卧室那张床垫旁边的地板上。他需要这些药,但现在他没法回去拿了。

但他有其他的——从药房那里拿来的一瓶药,就是他偷了头孢氨苄的那间药房,他记得当时把药瓶扔在了后座上。

他把杯子放下,解开安全带,回转身子。在后座的地板上找到了那个药瓶后,他用冰块融成的水吞了一片药丸,然后又用冰敷了额头好一会儿,脑袋里尖锐的痛楚才缓和了一些。他这才感觉到自己饿了,然后想起之前买的三明治和啤酒。

十一点半时,伊丽莎白拿到了拉克的地址——州街附近的一间公寓,她让卡特·单在那里和她碰头。

开到艾森豪威尔大道时,一辆巡逻警车呼啸着从她左边的车道驶过,她很清楚这辆警车要往哪里开。她料定出事了,但又不愿相信事情真的这么巧。

距离午夜十二点还有二十分钟，拉克从电影院开出之后，分别往北和往西开了一阵，然后停在一条安静的街道上。一阵风吹过，有张报纸被吹进水沟里，在里面上下起伏。他下了车，走到后备厢前，折回来时手里拿着一根细细的金属管子——是来复枪上的瞄准镜。

他重新坐在方向盘后，然后把瞄准镜放在乘客座。他把空空如也的三明治包装纸揉成一团，往后座一扔，然后把一罐啤酒放在硬纸杯里，在渐渐融化的冰块中冰镇。他把啤酒拿了出来，一滴水滴落在沃尔特·德拉科特那把枪的枪托上。

他拧开瓶盖，倾着瓶子咕噜咕噜往下灌。啤酒虽然一点也不冰，但冰块把它的热度吸走了。他放下酒瓶，拿起瞄准镜。他调了一下焦距，能看清东西之后，第一个跃入视野的是一个街道的标志：阿灵顿大街。蓝色的字，就像仲夏的池塘水面一样平静无波。

他抬起瞄准镜，看向右方，重新调整焦距，然后看到了斯宾塞家屋顶的轮廓线。二楼的所有窗户都一片漆黑。一楼的大部分在瞄准镜里都只是一个模糊的影像。他转动瞄准镜上的刻度表，模糊的线条开始变得清晰：客舍的东面，凯莉·斯宾塞的福特车停在外面。

车窗敞着，拉克感到身旁有阵微风拂过。他又喝了一口啤酒，头痛已经自行消失了。当他离开公寓，离开米拉时，他备觉失落，茫然若失。现在，他心里又变得踏实了。

凯莉·斯宾塞在客舍里，他很确定。他把瞄准镜的十字准线对准其中一扇亮着灯光的窗户，然后看到两侧的窗帘之间有几英寸的距离。他端着瞄准镜一动不动，期盼凯莉能够露面。

几分钟之后，他瞥到了她的侧颜。她手里拿着一个空的玻璃杯，一绺头发顽皮地垂在额前。这一眼就够了。他放下瞄准镜。

他得找个地方过夜,做个计划。如果能留在这里当然最好不过。就算凯莉·斯宾塞不在身旁,他也能安然入睡。但睡在车里是鲁莽的做法,他得想想别的地方。

他的左侧突然有了动静。有人在人行道上慢慢地走着,就在几码之外,凯莉·斯宾塞的客舍所在的那条街对面。是一个女人。她径直走到客舍的对面的马路牙子上,似乎想要穿过去。

她沐浴在街灯下。拉克熄了引擎,关了车灯。他重新举起瞄准镜,转动刻度,让那个女人的影像变得清楚。他认识她。他看到她棕色头发上的金色高光,是他跟踪萨顿·贝尔那天晚上看到的那个女人——那个八球酒吧里的女人。

他放下瞄准镜,拿起旁边座椅上的那把德拉科特的枪。他现在还不知道她有什么目的,所以他不打算贸然出去。如果她穿过对街,他就会下车;如果她要靠近客舍的门口,他就送她一颗子弹。

她站在马路牙子上,一脚悬停在街面上。拉克听到树叶的低语声、街灯通电发出的嗡嗡声。他的拇指下意识地摸到了德拉科特那把枪的保险上。

她收回那只脚,然后伸手往身后掏东西。她掏了一部手机出来。

第 32 章

离午夜十二点还差几分钟时,我办公桌上的电话响了。当时,办公室的窗户开着,我面前放着一叠稿子,是我早先编辑的那个不守职业道德的侦探和女继承人的故事。

我拿起话筒,"这里是《灰街》。"

"我纯粹是在浪费时间。"露西·纳瓦罗说。

"你在哪儿?"

"你觉得我会在哪儿?听着,我现在一无所获,我需要一个新计划。你想见一面吗?"

"你知道现在几点吗,露西?"

"我请你喝一杯,"她说,"酒吧现在还开门,不是吗?"

我握着铅笔,敲打桌边。"现在就算还有酒吧在营业,也不会是你想坐下来思考筹划的地方。"

"那就在我住的酒店见面。"她说,"我的房间里有一个小酒吧,还有《全球时事》开的报销单。"

我的脑海里自动浮现出她坐在酒店床上的画面:裸着腿,手里拿着一杯酒。我的想象力实在是太丰富了。"我觉得这不是个好主意。"

我说。

"我说的是真的,他们会买单。"

"这个不是问题。"

"那是什么问题……"她瞬间明白过来,"你怕进我的房间。"

"我不是怕。"我说。

"你就是。你真贴心,也很清教徒。那在酒店大厅见面如何?"

我迅速翻阅面前的那叠稿子,除了我之前看完的,还有六页多。

"我想我去不了了,"我说,"我这里有点事得先处理完。"

"清教徒。"她又说了一遍,"那好吧,卢根,明天我会找你聊的。"

我们各自说了再见,然后我继续看侦探和女继承人的故事。他们想出了一个骗局,从她父亲那里骗了五十万美元。我又看了两页,在每行铅字之间的空白处写下修改要点。他们一边大笑,一边点着骗到手的钱。我之前看过了一遍,我知道在下一段,她会拿出一把22口径的袖珍镀铬手枪,朝他的肚子开一枪。

我把铅笔扔到桌上。我想,他们两个的故事可以等到明天再看,我现在对凯莉·斯宾塞和露西·纳瓦罗的事比较感兴趣。

我关上窗户,锁上办公室,沿着走廊尽头的楼梯往下,穿过便门拐到大楼后面的小巷子里。我上了车,直接往露西住的酒店开。

拉克看到那个女人合上手机,沿着来路往回走。她的脚步声渐行渐远,从敞着的车窗传进他耳朵里。

他把德拉科特的枪又放回乘客座上,重新扣好安全带。然后,客舍里的灯灭了。

啤酒现在更冰了，他分三口把啤酒喝光，看到那个女人坐回了自己的车上。不一会儿，拉克听到引擎发动的声音，然后看到车灯一闪一闪地亮了起来。车子从马路牙子上开下来，从他身边经过，然后往右转到阿灵顿大街上。

他转动插在点火装置上的钥匙，关上窗户，然后从客舍旁开过去。除了转弯，其他时候他都关着车灯。

跟踪她的车并不难，黄色的甲壳虫外观很独特。

她先是向西开，跟着向南开，最后往州街开。对拉克而言，这是一个熟悉的地盘，离他的公寓不远。

在她开进温斯顿酒店的停车场时，他和她之间隔着三辆车。有一会儿她从他的视线中消失了，等他重新看到那辆甲壳虫时，它已经停在了离酒店很远的停车场最西面。

附近的草坪上有几张野餐桌，还有一排常青树，似乎是为了减弱从附近州际公路经过的半挂卡车发出的噪声而种的。

拉克把车子开到距离酒店较近的地方，因为在这里他可以看到她。他决定好好想想下一步要怎么做，因为他还不确定应该怎么对付她。她之前一直在凯莉·斯宾塞家附近转悠，他还是在考虑送她一颗子弹是不是最好的解决办法。

一辆面包车从停在他前面的那排车前开了过去——车速很慢，就像在找停车位一样。这辆车挡住了他看向那个女人的视线，车子开过去之后，他看到那个女人已经下了车。她手里拿着塑料水瓶，还有快餐袋。她拎着这些东西走到野餐桌旁边的垃圾桶前，然后把它们扔了进去。

她随后往里扔了更多的水瓶和纸杯。看得出来,这是一个大部分时间都待在车上的女人。其中一个瓶子从她手上掉了下来,在地面上滚动。

拉克拿出他的笔记本,还有他父亲的华特曼钢笔。他不知道她的名字,所以他翻到一张空白的纸,写下八球酒吧里的女人。这几个字是橘色的,淡橘色,不像红色那么刺眼,也不像绿色那么温和。它们泛着涟漪,不停地晃动,就像隔着热沥青冒的气团看到的一样。

他不知道这意味着什么。

他抬起头,又看到了那辆蓝色的面包车,看到它在黄色的甲壳虫旁边停了下来。

有点意思。

他又低头看本子上那几个字,还是橘色的,没有任何指示。拉克合上笔记本,把它放在座椅上。然后,他拿起沃尔特·德拉科特的枪。

打开车门时,一阵嘈杂的柴油发动机声在他耳畔隆隆响起。一辆半挂卡车从州际公路上驶下来,开进了停车场。他下意识地扭头去看,拖车的车身上印着几个大大的粗体字:科尔曼货运。

半挂卡车开到一个离他只有十码距离的停车位上踩了刹车,刺耳的尖啸声在停车场里响了起来。然后,他被挡住了,看不到黄色的甲壳虫,也看不到那辆蓝色的面包车。

拉克从车子里下来,把德拉科特的枪塞进口袋里。夜色里,他朝半挂卡车一路慢跑过去。卡车的窗户开了一条缝,他看到司机的耳朵上贴着一部手机。拉克朝他喊话,挥手示意他别停在这里。司机瞥了他一眼,又继续听电话。

拉克从两辆车中间慢跑过去，然后向左绕了一大个圈，绕到半挂卡车的前面。他的鞋底感觉到半挂卡车发动机空转的震动。他看到了黄色的甲壳虫。车里没人，车附近也没人。

蓝色的面包车也没了踪影。

半挂卡车的车身挡住了拉克的视线，他没法看到停车场的全貌。他冲到半挂卡车的后面，然后看到远处有刹车灯在闪动：蓝色的面包车在停车场的出口处减速，拐弯开上了州街。

我对停车场总怀有一种莫名的恐惧，尤其是在晚上的时候。

假设有人来敲你家的门，若来人看起来有点不正常，或者衣冠不整，你可以拒绝让他进门。如果他在你家附近转悠，你可以报警。但如果你在停车场看到这样的人，就只能怪自己时运不济，在这里你什么也做不了。

人们在停车场里走动是很正常的。那家伙朝你走过来，那个怪里怪气的家伙，可能他是要去取自己的车子。也许他不会伤害你。但究竟如何，只有等他靠近你才有定论。等他掏出枪，抵在你的肋骨上，让你交出钱包，你才会知道他对你意图不轨。

我可以接着说，但首先得分享一个小小的试验方法，让你一试就知真假。看看报纸上的警情通报，看看被枪杀、被刺伤、被抢劫和被殴打的案件都发生在哪里，数数案件数量。去掉那些发生在室内或者是门前草坪上的案件，然后看看余下的案件有多少是发生在停车场里。

我开进温斯顿酒店的停车场时，已经过了十二点。停车场里看起来很平静。弧光灯微弱的灯光下，一辆辆轿车和SUV整齐地停在那里。

停车场里很安静,只有柴油发动机震动的声音。是一辆半挂卡车,拖车后面印着"科尔曼货运"几个粗体大字。左边没有任何可以穿过去的空隙。我只得转到右边,然后,我看到了露西·纳瓦罗那辆黄色的甲壳虫。

车子的前灯还亮着,驾驶室的门敞着。我没在附近看到露西的身影,但车子里有人。我差一点点就忽视了他,因为我唯一能看到的部位就是他的脚。他的鞋子露在敞着的车门下方。

我听到柴油发动机的声音变了,然后卡车开始向前开。

在距离甲壳虫还有二十英尺的地方,我踩了刹车,把车子停好,然后下了车。我记得当时自己手里握着那把瑞士军刀,立马就冲了出去。

我一路跑向露西的车,边跑边打开折叠的刀刃。卡车发动机的轰鸣声盖住了我渐渐靠近的脚步声。

他靠在驾驶座上,正伸手够向仪表板上开着的储物箱。他穿着灰色的西服衬衫,没有塞进裤子里,松松垮垮的。他没有朝我看,直到我抓住他的手臂,把他从车里拽出来。

他胡乱蹬着腿,把他半拖出来后,我的大腿被他踢了一下。并不是很痛,但他的这个举动激怒了我,我后退一步,猛地关上驾驶室的门,门狠狠地撞上了他的胫骨。我再次抓住他的手臂,把他拽了出来。我把他往车身的一侧一甩,然后一屁股顶住他,左前臂压着他的喉咙,右手拿着瑞士军刀,刀刃就抵在他的脸颊上。

我听到柴油引擎的声音渐行渐远。半挂卡车的司机掉了个头,现在正往出口开去。附近没有任何人。

"露西在哪儿?"我问。

他向后仰以减轻喉咙上的压力。"我不知道。"

"你刚才在她车上干什么?"

他抬起左手,露出手里拿着的一张皱巴巴的正方形纸:露西的登记证。

"我想知道她是谁,"他说,"我在凯莉·斯宾塞家附近看到了她。"

我听到这句话时,有点猝不及防。之前我一直没有认出他是谁,他的眼睛让我感到陌生。但现在,仔细盯着他的脸看了之后,我认出了他下颌的轮廓,还有他的嘴型。

"你是穿格子衬衫的男人。"

他面无表情地看了我一眼。

"你叫什么名字?"我问他。

"安东尼·拉克。"

就这么简单。

我问:"露西在哪儿,安东尼?"

我感到他往上耸了耸肩。

"我告诉过你了,我不知道。"他说,"你有没有看到一辆面包车?"

"什么面包车?"

"一辆蓝色的小面包车,这就是我能告诉你的所有线索。"

我一把抓住他的衣领。"你对她做了什么?"

"你不该对我发火,"他用平板的声音对我如是说道,"有什么事情正在发生,超出你我想象的大事。"

我用力一推,又把他撞到车身上。"你得告诉我她在哪儿。"

"你在伤害我,"他说,"这和我一点关系都没有。到目前为止,我都是占理的一方。"

我把刀举到他看得到的地方。"占理?"

"我回答了你的问题,"他说,"我觉得你应该考虑一下。"

"你回答了,有吗?"

"是的。我觉得你应该让我走。"

我调整了一下抓他衣领的姿势。"为什么我要这样做?"

"因为我没有对你造成任何伤害。"

"你就只能做到这样?"

他极不耐烦地哼了一声。

"不,"他说,"还有另外一个原因。"

"什么原因?"

"因为你只有一把刀。"

一个模糊的暗示。我慢了半拍才反应过来他说这句话的意思。他的动作比我快。

如果是在电影里,可能会有更多的警示。我可能会听到一个细微的机械声响,可能会听到他打开保险的声音。但在现实中,那个不耐烦的哼气声就是我听到的唯一警示。随后,枪口抵在我身侧,他扣下了扳机。

第 33 章

我以前曾看过一篇文章,上面说子弹的冲击力通常并不足以将你击倒。如果子弹没有射中你的心脏,没有打穿你的膝盖或者类似的部位,你就没有倒地的理由。但不管被打中哪里,人们都会倒地,因为他们认为自己会倒地。他们看了太多的西部片和警匪片。戴牛仔帽或软呢帽的家伙被枪打中之后,总是会砰然倒地。

所以他们也砰然倒地。

安东尼·拉克朝我开枪之后,我也倒了下来。但我得辩解一下,这是因为他推了我。

往下倒的时候,瑞士军刀从我手上滑落,掉在了离某张野餐桌不远的草地上。我记得当时我向上看,然后看到了松树高高的轮廓。

我记得拉克站在那里看了我好一会儿,然后扔了什么东西下来,那东西慢慢地飘落在草地上。是露西·纳瓦罗的登记证。

"别跟着我,"我记得他这样说,"带走她的人不是我。"

之后的细节我就记不清了,感觉就像一堆模糊的照片。我不记得自己是怎么坐起来的,但我记得自己站了起来。我朝下看,然后看到我的瑞士军刀掉在草地上,然后当时我对自己说弯腰去捡不是个好主意。

　　棉布被烧坏的味道——我的衬衫因为枪口爆震产生的热量而烧了起来。

　　拉克走出去已经有一段距离，离他的车子仅有几步之遥。他打开车门，左脚支在地上看了我一会儿。

　　人们纷纷从酒店里涌出来。有两个女孩穿着运动上衣，应该是酒店的前台接待。她们的年纪太轻，看到停车场里有一个男人躺在血泊中根本不知道应该怎么应对。和这两个女孩一起过来的还有一对年长的夫妇。我记得丈夫穿了吊带裤，妻子有一头柔软的灰白色头发，声音很柔和。当我告诉她拉克正在往外跑时，她一脸同情。

　　然后，他的车子就失去了影踪。

　　急诊医生赶到现场时，我正坐在一张野餐桌旁的长凳上，手里拿着一条酒店毛巾摁在受伤的身体一侧。露西·纳瓦罗的黄色甲壳虫在几码之外的地方空转。

　　急诊医生想把我放到轮床上。我对他们说我不需要这个，并解释了我那番被枪打中时摔倒在地的理论。

　　于是，他们让我坐在救护车上去医院。

　　那天晚上晚些时候，回到家里，莎拉问我被枪打中感觉如何。我对她说，有点痛，但不算太糟，不是那种持续不断的痛。

　　事实上，也不全然如此。

　　如果你用拇指和食指捏起身侧的一撮肉，弯下腰，或者用力捏，你大概就会知道那是一种什么感觉。而如果你把像铁道钉一样尖锐的东西放在火上烤，然后戳进那撮肉里，就可以有更切身的体会。

我坐在救护车里，一路上，我清晰地感受到每一次颠簸和推撞，每一次都像一颗崭新的铁道钉刺进我的身体里。在急诊室里，医生让我躺下。他告诉我这样更便于他处理我的伤口，我接受了他的建议。

他是一个年轻的矮个子男人，来自某个用抑扬顿挫的动人语调讲英语的国家。他告诉我，我的枪伤是他所见过的枪伤中最好的。"是贯穿伤，"他说，"如果你一定要被射一枪，这绝对是最好的方式。"

他告诉我说，子弹本该很容易打穿一根肋骨，但他认为我的肋骨没有被打穿。

"一定有人在冲你微笑，我的朋友。"

"他根本没有笑。"我说。

几个小时之后，他们让我离开。离开的时候，我身上被子弹射穿的伤口已经做了清洗和清创。他们给我开了抗生素，还拍了个 X 光片，意在排除肋骨骨折的情况。（"凡事谨慎为妙，我的朋友。"）差不多就在那时候，伊丽莎白来了。我不太确定具体是几点，因为医生给我开了止痛药，然后我忘了一些事。我记得他把我的情况跟她说了。（"运气很好。要害器官和组织都没有受伤。"）我记得他问过她话，X 光片上有一块白色，看起来就像一颗扁平的子弹嵌在我的肺后方。

"他以前受过枪伤？"

"只有一次。"她说。

"他和警察在打交道？"

"不是。"

"那他以前当过兵？"

"没有。"

"哎,那他的生活可真是丰富多彩。"

"也可以这样说。"

她开车带我回家。莎拉迎出来,帮着把我扶进屋,然后上了楼。然后,她问了那个被枪打中感觉如何的问题,于是,我对她撒了谎。

她让我们独处,伊丽莎白帮我脱了衣服。我记得她把衣物都堆在地板上:鞋子、袜子、裤子,还有因为衬衫被弄脏医院给我换上的病号服。她让我在她平时睡的那侧躺下,然后她爬到我睡的那一侧,这样她就睡在了我右面,离我的伤口远一些。

我记得之后我清醒了一会儿,感觉到她的身子靠着我,右腿架在我的腿上,一只手放在我的胸口。我让双眼适应黑暗,然后盯着她臀部的曲线看。

听她呼吸的方式,我知道她醒着。

"是穿格子衬衫的男人,"我说,"开枪打我的就是他。"

"我知道。"她说,"你在医院里告诉我了。"

"他的名字是安东尼·拉克。"

"我知道。睡觉,大卫。"

过了一会儿,我又醒了。我发现伊丽莎白撑着手肘,正盯着我看。

"他有一把手枪。"我说。

"睡觉。"

"他以前没有手枪。他上哪儿弄到的手枪?"

她叹了一口气,然后把拉克公寓发生的事告诉了我。她告诉我沃尔特·德拉科特死了，保罗·莱茵受了重伤，但不致命。

"他被打成了脑震荡，鼻子被打断，还有几根肋骨也断了，"她说，"他的右手肿得就像卡通片里的那个样子。"

在医院里，她和莱茵谈过。他告诉她说，他的手枪被拉克拿走了，还有德拉科特的枪也是。这整件事情，他告诉她的就只有这些。

"拉克是怎么从他们两个人手上逃脱的？"我问。

"不能再问了，大卫。"

"他们开始又是怎么发现他的？"

"别再问了。快睡觉。"

黑夜悄悄地向黎明靠近。我记得我做了一个梦，梦到了露西·纳瓦罗，看到她和那只乌龟，看到在尼克·多特里家的屋子外，她给那只流浪狗喂水。我记得我想要坐起来，又庆幸自己没能坐起来。伊丽莎白又一次让我冷静下来。

"露西失踪了。"我说。

"我知道。"

"拉克说他没把她带走。他说是一辆蓝色的面包车干的。"

"你已经告诉过我了。"

我静静地躺着，想回复到那个呼吸不会扯痛伤口的姿势。伊丽莎白的指尖抚过我的眉毛。

我说："我不记得你有没有问我我在露西的酒店里干什么。"

"我没问，"她说，"但这个问题一直在我的脑海里打转。"

"她想和我谈谈，她需要有人给她建议。仅此而已。"

"好吧。"

"前两天，露西一直在斯宾塞家盯梢。她那辆甲壳虫一直停在街上，然后人就坐在车子里，他们不可能没有注意到。"

"也许他们是发现了，但这并不意味着就是他们把她带走了。"

"他们逃不开干系——斯宾塞一家或者艾伦·贝克特。我不相信贝克特。"

伊丽莎白低下头，在我嘴上落下一吻。"我不想你再操心了，大卫。这不是你该处理的问题。"

第34章

星期四早上八点钟,伊丽莎白和卡特·单在市政厅调查处的大房间里碰了面。他正在把数码相机里的照片传到电脑里——是在安东尼·拉克的公寓拍的犯罪现场照片。

她递给他一杯外卖咖啡,加了奶的深色烘焙咖啡,没加糖。然后,她拿起另外一杯自己喝。她站在他的椅子后方,盯着显示屏上闪过的照片。

"你昨晚上睡觉了吗?"她问。

"睡够了。"

他应该最多只睡了两到三个小时,她心想,但他看起来精神抖擞。他穿了一套干净的西服,夹克搭在椅背上。

"大卫……怎么样了?"他问。中间有片刻的迟疑,差一点脱口而出的就是卢根怎么样了,但他忍住了。

"不是持久性的伤害,"伊丽莎白说,"他会有一个非常有趣的伤疤。"

显示屏上闪过一组照片:从不同角度拍的沃尔特·德拉科特的尸体的照片、撬胎棒的特写,还有地上的一副手铐和一把主厨刀。

"今天早上，我顺路去了一趟医院，"单说，"保罗·莱茵还是什么都没说。我让他交代是不是拉克把撬胎棒插进了德拉科特体内。他没有回话。"

她看他拉开塑料杯盖，然后一把扔进垃圾桶里。

"你觉得刺死德拉科特的可能是莱茵？"她问。

"这就可以解释为何他什么也不愿意说，"单说，"也许还能解释其他的事。比如，拉克是如何以一己之力对抗两个拿枪的男人，还占了上风。如果莱茵和德拉科特两个人间发生了争斗，他们就已经为他出了一半的力。"

他喝了一口杯子里的咖啡，然后坐了下来。"这里还有其他线索显示他们并不在一条船上。"他说，"他们是分别驾车去的拉克的公寓——我们找到了他们各自的车子。拉克的一个邻居看到了他们俩，但不是同时看到的。"

"哪个邻居？"

"走廊对面的女孩，"他说，"米拉·塔尔瓦。在读大学生，工程系。她和拉克说过话，但不知道他是谁。昨天晚上，他敲了她家的门。她的猫走丢了，他帮她找到了它。"

"好心的撒玛利亚人。"

单点点头。"更好的是，她后来又看到了他——这一次应该是在他和德拉科特以及莱茵发生争斗之后，但他当时看起来非常正常。他告诉她说他打算离开，但他不想一声不吭地走。"

"风平浪静。"

"面对压力，他很冷静。太冷静了，冷静得让我不由得怀疑他是不是不正常。"单转动椅子面对她。"那间公寓很怪，即使你忽略地上

第 34 章 | 287

的尸体不计。里面一样家具都没有,橱柜也全都空空如也。如果墙上挂着凯莉·斯宾塞的照片也许会好一些,这样大概可以给这个地方添点个性。"

"他离开应该是临时起意。他应该落下了一些私人物品。"

"只有书,还有一些衣物。"单又转过去面对显示屏,"还有这个。"照片已经全部上传完毕,显示屏上有一排排的缩略图像。他伸手去拿鼠标,点开了其中一张图片。

伊丽莎白仔细看这张图片。是一个看着像用来装薄荷糖的小铁盒,盖子上贴了一个白色的标签。

"你在哪儿找到这个的?"她问。

"在卧室。"

标签上写有字。她一眼就认出这是拉克的字。

"舒马曲坦。"单说,"是治头痛的药。"

"就在偷头孢氨苄的那天晚上,他从药房里也拿了一瓶舒马曲坦。"

"他之所以这么干,一定是因为他原本的药快吃完了。铁盒里只有五片了。"

"我觉得随身携带这些药怪怪的,"伊丽莎白说,"你觉得他是在街上买的药?有卖舒马曲坦的黑市吗?"

"我不这样认为,但我们可以等找到他之后亲自向他求证。"单站起来,"你感觉如何?"

她神色不明地看向他。"这话是什么意思?"

"你懂的。在那之后……大卫被枪打伤之后。"

"我很好,卡特。"

"因为头儿有所担忧。现在他回家去了,但之前我和他聊过。他征求了我的意见。"

"关于哪方面的?"

单微微耸了耸肩。"关于他是否应该让你继续跟进这个案子。拉克射伤了你的……"他停了一下,她看得出他在思索合适的用词:男朋友、伴侣、情人。最后,他重新起了个头。"拉克射伤了大卫,所以这里就有一个该如何看待这件事的问题,以及你能否客观地……"

伊丽莎白笑了。"是这样吗?"

"我对他说,他根本无须有这些担忧——你会像以往一样,非常专业地约束自己。其他的想法我一个字都没说。"

"其他的什么想法?"

他又耸了耸肩。"他没机会知道你是否想要报复安东尼·拉克。"

她伸手把他的领带拉直。"卡特,这可能是你告诉过我的最好的事。那现在,我们应该怎么找他?"

"应该不会太难。"单一边说,一边把椅背上的夹克拿起来。"我想我们可以从他的母亲那里着手。"

海伦·拉克住在迪尔本,房子走廊上的黄漆已经开始剥落。屋前的行人道上有斑驳的裂痕,不太平坦,草坪被修剪过,围着石墙的花园里种着花。

当时是上午九点半,年轻的妈妈们在附近走动,推着躺有小婴儿的婴儿车,身后跟着蹒跚学步的孩子。很多女人为了把头发遮起来,头上都围了围巾。

"她们是黎巴嫩人,"海伦·拉克说,"年纪轻轻就结了婚,一结婚就开始一个接一个地生孩子。有的时候，我想问她们为什么这么急，但显然我没资格这么问，我只能祝福她们好运常在。"

走廊上有两张折叠椅，她在其中一张椅子上坐下，然后招呼伊丽莎白去坐另外那张椅子，卡特·单则倚在附近的栏杆上。

"你们一定认为我是一个糟糕的母亲，"海伦·拉克说，赶在伊丽莎白回答之前她抬起一只手，"你不需要否认这点。我今天早上看了新闻。你在安东尼的公寓里发现的那两个警察，一个被打成重伤，一个死了。在停车场的男人。还有另外一个叫科里根的。"

"是高摩伦。"伊丽莎白说。

"我一直在等你们来，在中间的时间里，我一直在想我能说些什么。我想说一定是你们搞错了，不可能是安东尼，我知道他没有能力……"她说着说着就说不下去了。

"但你知道是他。"伊丽莎白轻轻地说。

妇人别开脸。她的金发有的已经变成了白色，脸上开始有了细密的皱纹。她的衣着很朴素：打褶的宽松长裤，衬衫的一边衣领已经磨破了，一个袖子上打了补丁，戴了一副眼镜，玳瑁色的镜框。

"我不知道，"她说，"现在对我而言，他就像一个陌生人。自从……我想说自从他父亲死后他就变得不一样了，但事实上他的改变在这之前就已经出现了。"

"因为什么？"

"他对那个女孩的迷恋，那个有着迷人笑容的女孩。"

"凯莉·斯宾塞？"

海伦·拉克摇头。"不，不是她。至少一开始并不是她。"

伊丽莎白和单在对方脸上都看到了疑惑。

她对海伦·拉克说:"也许你可以详细说一下。"

妇人从椅子上站起来。"让你们看看或许会更明了。"

"这还差不多。"单低声说道。

拉克家的房子有一个地下室,看起来像建于二十世纪七十年代。地上铺着粗毛地毯,墙上镶了木墙板,顶上是一排排的荧光灯。

"小的时候,安东尼在楼上有一个卧室,"海伦·拉克说,"但他从大学回来之后就搬到这个地下室里来了。"

其中一面板墙上贴满了照片和新闻文章。右边是凯莉·斯宾塞的照片,大多数都是从杂志上剪下来的。文章都是从网上下载并打印出来的,是大湖银行劫案以及后续发展的记载。还有弗洛伊德·兰比的照片,长发,蓄着山羊胡,挂着痞里痞气的笑。还有特里·多特里、萨顿·贝尔以及亨利·高摩伦的脸部照片。

左边的照片则讲述了一个截然不同的故事。他们最先看到的是一个十几岁的女孩子的快照:她怀里抱着一摞教科书,羞涩地笑着。然后,是她渐渐长大的照片,她去参加派对、去看足球比赛。有的时候,她会挽着安东尼·拉克的臂弯。在那些从报纸上剪下来的短报道里,她获得了一个艺术奖,从高中毕了业,拿到了密歇根州立大学的奖学金。

在密歇根州立大学,她有了一个新的衣柜,剪了一个新的发型。她站在一个大教室的台阶上摆姿势照相。

有一次,她和拉克去西部旅行,他们肩并肩站在一片红杉森林前。

二十四岁的时候,她订了婚,但不是和安东尼·拉克。后来,她当了漂亮的新娘。一张报纸的照片留下了她当时笑逐颜开的样子，非常绚烂。

从这之后，照片的数量变少了。其中一张照片上，她的一只手打着石膏。另外一张照片上，她蹲在一个轮椅旁，上面坐着的男人看起来像是他父亲。她的笑容依然很美，但却变得黯淡，透着强颜欢笑的感觉。

二十八岁时，她死了。讣告说，她是在家猝死。她的名字是苏珊娜·马滕。

第 35 章

"她出了什么事?"伊丽莎白问海伦·拉克。

"正如你猜测的,"妇人说,"她的家人试图用委婉的说辞一带而过,但这并没能糊弄所有人,不是吗?'猝死'?是自杀。她吞了大量的安眠药。"

她默然地站着,双手背在背后,就像身处某间博物馆的客人。卡特·单瞥了订婚照上的男人一眼:金发、宽肩、体格健壮、一脸自大的笑容,他的名字是德里克·艾佛利。

"是她丈夫……"单说。

"是的,她是被丈夫逼死的。"海伦·拉克说,"安东尼、苏珊娜和德里克,他们是高中同学。苏珊娜是这世上最甜美的女孩。安东尼爱上了她。虽然他是男孩,但他实在是胸无大志,我曾一度认为让他上大学会是一件棘手的事。但当她上了密歇根州立大学之后,他也跟去了。"

"她主修美术,我想,但凡他在这方面有点天赋,都会选和她一样的专业。最后,他无奈地选了英语专业。"

"安东尼和苏珊娜,他们开始约会。上高中的时候就开始了,进了大学也还在持续。但后来他们分手了,提出分手的是她。我没法告诉你他们分手的原因,因为他对这件事从来都避而不谈。他们是上大学时分的手,当时已经读到大四。之后,她继续攻读硕士学位。安东尼则回了家,因为再也没有让他留在那里的理由。"

"他浑浑噩噩地过了好几年,一直都在打零工。空闲的时候,他几乎都待在这个房间里。一年夏天,她回来了,然后他又重新活了过来,但好景不长,因为她开始和德里克·艾佛利交往。"

"德里克没上大学,他家里开了一个园林公司。他狂热地追求苏珊娜,年底他们订了婚,来年春天,他们结了婚。我想刚结婚时,他应该还没开始打她。"

海伦·拉克疲惫地叹了口气。"你看那张照片,就是她的手打着石膏的那张。德里克用门夹她的手指。这是在他变聪明之前,学会怎么打她又不留下被人发现的痕迹之前。苏珊娜告诉了拉克,拉克又告诉了我,所以我知道。他还从苏珊娜那里听说了理由,应该说是借口,说是因为园林公司的生意不好。德里克想要孩子,但苏珊娜没能立即怀上孩子满足他的要求。德里克怀疑她和安东尼有私情,事实上根本没这回事,尽管我知道安东尼最大的愿望就是能和她在一起。"

"他恳求她离开德里克,但她始终认为这个男人会改过。德里克也承诺他会改,每次他打了她之后,他都对她说他很抱歉,下次再也不会了。然后有那么一会儿,他看起来是真心悔过。但真的只是一会儿。"

"最后安东尼再也没法忍受,他跑去找苏珊娜的父亲,就是那边那个坐在轮椅上的绅士。当时他还没有坐轮椅,身材魁梧,一直在做建筑工作。他去德里克园林公司的办公室找他,说他是为了自己的女儿跑这一趟。德里克对他说,他们之间没什么好谈的。'我并没打算和你谈。'他如是说道。然后,他把德里克狠揍了一顿。德里克被揍得鼻青脸肿,血流了一地。他对德里克说,只要他敢再犯,他绝对会杀了他。"

"接下来的事不用说你也猜得到。德里克开始表现得很规矩,好像真的吸取了教训。然后,天可怜见,苏珊娜还是留在了他身边。"

"一个月之后,她父亲开车去酒吧和一个朋友相聚。在停车场,四个男人围上来对他一顿暴打。他们都拿着棒球棍。他们打断了他的双腿、胳膊,还有肋骨。警察一直抓不到这几个人,而没有人认为这四个人和德里克·艾佛利有关。"

"但苏珊娜知道他是幕后元凶。最后,她离开了他,并且申请了针对他的限制令。她搬去和她父亲同住,以便照顾他。他看似有所好转,但仍然呼吸困难。让他生命走到尽头的原因是肺炎。他实在太虚弱了,根本没法挺过去,她亲眼看着父亲咽了气。"

"安东尼参加了葬礼,德里克也去了墓地。他静静等着,直到牧师做完最后的祷告,参加葬礼的人们各自离开去取车。然后,他朝苏珊娜走去。安东尼站在他和苏珊娜之间。'你不该来这里。'他说。德里克充耳不闻,径自对苏珊娜说:'难道你认为一道限制令就能挡住我吗?'"

"她在墓地待了整整一晚。第二天,她回了父亲家。她对安东尼说,她得去处理一些事,她不能让他跟去。'我没事的。'她这样对他说。'你不可能分分钟都陪着我。'她承诺天黑之前她会回来。但她没回来,他就去找她。在她父亲家的客卧里,他找到了她,她躺在床上,床边放着一个空药瓶。"

第 35 章 | 295

海伦·拉克从相片墙往回走。她环顾四周,好像不知道该去往何处,最后,她走到地下室的楼梯底部,停了下来。伊丽莎白也走了过去,站在她身旁。

"这些,"伊丽莎白指了指那面墙,问道,"是什么时候开始的?"

"她去世之后,没过几个礼拜。"海伦·拉克说,"当时,安东尼满心沮丧,根本没有心思工作。他把苏珊娜的照片都翻了出来。我试着和他谈过。他父亲——我不想这样说,但他父亲确实一点忙都帮不上。安东尼小的时候把他父亲的每一句话都当成圣旨,长大之后父子间反而生出了隔阂。"

她摘下眼镜,用衣襟的一侧擦镜片。"我丈夫是一个沉默寡言的人。他自己有一艘船。他喜欢去钓鱼。安东尼却对钓鱼没什么兴趣,所以他父亲不知道可以和他一起做点什么。"

她重又把眼镜戴上。"六个月后,我让安东尼去看心理医生。他去了几次,觉得不适合自己。安东尼认为苏珊娜的死和他有关,因为他没有做足够的努力阻止悲剧的发生。当医生质疑他看待事情的方式时,他就不再想听下去了。我想其实他真正需要的应该是有一个人告诉他说他是对的。"

"他发现心理医生不是这个人后就再也没去找过他,接着又重新开始上班。我想,他之所以上班只是因为这样我就能让他一个人待着。"她朝那面墙点了点头,"苏珊娜死后过了一年,我问他是否可以把这些东西拿下来。他只是目不转睛地盯着我。'我从未打算把它们拿下来。'他这样对我说。"

伊丽莎白指向相片墙的右面,这一面大多都是凯莉·斯宾塞的照片。"那这些呢?"她问,"你儿子是什么时候对大湖银行劫案产生兴趣的?"

"今年春天。"海伦·拉克说,"我记得当时我很生气,因为他卖掉了他父亲的船。"她站在原地,目光低垂。"三月份,我丈夫去世了。他把他的船留给了安东尼。我本以为这对他多少有点意义,但他想做的居然只是摆脱它。我觉得他这样做让我很受伤。"

"差不多就是那个时候,他开始把凯莉·斯宾塞的照片往墙上贴。我不喜欢他这样做。我知道他这样做的原因——她的笑容和苏珊娜一样。但这是不正常的,显而易见。我不想再管这件事儿,于是我对他说,他应该考虑从家里搬出去。"

"苏珊娜死了三年,而安东尼已经三十一岁。我不想他再浪费自己的生命。我经常对他说,你得珍惜你仍然拥有的时间。"她把手放在楼梯的扶手上,就像她需要支撑物一样,"我应该让他和我一起的。"

伊丽莎白伸出一只手,放在妇人的肩上。"我们得找到他,拉克夫人。你知不知道他可能会在什么地方?"

"我不知道。"

"他什么时候从家里搬出去的?"

"五月份的时候。"

"他在安娜堡市的公寓是几个星期之前才租的。那么中间这段时间他住在哪里?"

"他在镇上有住的地方,"海伦·拉克说,"我可以给你地址。"

"他有什么一直联系的朋友吗?"

"我可以给你一些名字,但不是很多。"

"你最后一次和他说话是什么时候?"

"我生日那天,他给我打了电话,是六月二十八号。"

"如果他再给你打电话或者回来这里,我们必须知道。"

海伦·拉克缓缓点头,好像这个动作让她感到痛苦。"好的。"

"那苏珊娜的家人呢?"伊丽莎白问,"其中有没有安东尼可能会联系的?"

"她没有兄弟姐妹,只有一些堂亲,但安东尼和他们都不熟。"

单插了一句话,"那么德里克·艾佛利——他后来怎样了?"

"他已经不在了,"海伦·拉克说,看着单时她带着一丝古怪的紧张,"他被暴力终结了。"

"暴力终结?她是这样告诉你的?"

辞别海伦·拉克之后,伊丽莎白和单驱车前往迪尔本警察局。警卫领他们去见一个叫希勒的人,他的房间里堆满了纸盒和案件卷宗。

"今年春天,德里克·艾佛利在艾佛利园林公司的一间仓库里被打死了。"希勒说,"他的后脑勺被人用耙柄打烂,而尸体被割草机的刀片肢解了。所以,没错,他是被暴力终结了。"

"那么可否推测安东尼·拉克是嫌疑人?"伊丽莎白问。

希勒把椅子微微后倾。"德里克·艾佛利特别招人恨,所以说想弄死他的人很多,但拉克是这些人中最想弄死他的。你知道那个叫马滕的女孩的事吧?"

"知道。"单说。

"所以作案动机是存在的,"希勒说,"但时间间隔有点久。拉克在女孩死后,足足等了三年才动手。"

"但今年春天……"伊丽莎白说,"拉克的父亲就是这个时候去世的。"

希勒用力点头以示赞同。"没错。你觉得很有可能在父亲死后,他就觉得自己可以这么做了。或者是他开始认真思考对自己而言什么才是最重要的。无论是哪一种可能,我所知道的是,拉克的父亲去世是在三月份,而艾佛利被杀是在四月份。"

"但拉克不是没被控告过吗?"伊丽莎白问,"他有不在场证明吗?"

"他说那天晚上他在家,和母亲在一起。"希勒耸耸肩,"她为他做了证。可能她是在包庇他,也可能他是偷偷溜出去的,她根本没有察觉。结果就是我们一直没能找到告他的证据。他没有留下指纹。第一下就把艾佛利放倒了,所以整个过程没有发生任何争斗,拉克的关节也没什么瘀伤。"

希勒缓缓转动着椅子。"我们到的时候,他母亲已经给他请了一个律师,律师不让他开口说话。如果当时他开口,我觉得他可能就会认罪。这样的案件其实没什么难度。你同情这个人,你就会在理解他这样做的基础上去办案。在拉克这里——好吧,我必须说,我始终无法忘记苏珊娜·马滕还有她的父亲。我本可以不这样做的。"

第 36 章

周四下午四点过几分,我沿着市政厅的台阶拾级而下。我和伊丽莎白的一个叫温特格林的同事一起待了两个小时,回顾前一天晚上发生的事。我把所有我能想起的有关安东尼·拉克的事通通告诉了他,包括拉克说的和露西·纳瓦罗有关的细节,以及把她带走的那辆蓝色面包车的事。

我还提到了酒店停车场的那辆半挂卡车,我觉得半挂卡车的司机很有可能看到了什么。

温特格林问我和露西是什么关系,我和盘托出。我把露西对我说过的,她从特里·多特里和亨利·高摩伦那里听来的每一句话都说了出来。温特格林没做详细注释,只用几句简短的话带过:多特里说了弗洛伊德·兰姆比的故事,认为他是凯莉·斯宾塞的生父;多特里声称他知道第五名银行劫匪的身份;高摩伦说他在大湖银行看到兰姆比和凯莉·斯宾塞在一起。

我告诉温特格林,我陪同露西和凯莉·斯宾塞见了面。露西认为凯莉知道第五名劫匪是谁,且极有可能会和对方联系。"这就是直到昨晚为止露西一直在做的事,"我说,"监视凯莉,等她采取下一个行动。"

最后,我还补充说了艾伦·贝克特,说他打算让露西停止调查。

我在回忆细节时,看得出温特格林一直在克制自己的怀疑。最后,他从记录中抬起头看我。"所以贝克特希望你能帮他说服纳瓦罗女士放弃她的调查,"他说,"而且,他还承诺作为回报会给你的杂志提供资金赞助。"

"是的。"我说。

"而他还对纳瓦罗女士做出了相似的承诺。她以前是写小说的,所以他打算给她送上一份图书合同。"

"没错。"

"然后,你想让我相信当游说不起作用,贝克特便决定采取更加强势的方法。"

我转头打量了会儿会见室的四面墙。这只是一个小动作,但牵动了我身侧的伤口。

"我没这么说。"

"不。你刚才一直在给我这样的暗示,"温特格林一边收他做的笔录,一边说,"你是不是希望我跑到我老大那里,告诉他说,是艾伦·贝克特,可能是他自己的主意,也可能是按照凯莉·斯宾塞的吩咐,因此才安排人闹了昨晚露西·纳瓦罗人间失踪这一出?"

我把椅子往后一推,身侧的伤口被扯得生疼,脸不由得抽了一下。

"不,"我对他说,"我真没这个意思。"

我沿着市政厅的台阶往下走时特意放慢了动作。这样似乎有点用。我沿着人行道慢慢走,疼痛似乎慢慢消了点,被我吃的布洛芬抑制住了。我还有更棘手的事情要处理,得保持警惕。

在一个十字路口等红灯时,我拿出手机,拨了露西的号码。我已经拨了三四次,也知道再拨一次会听到什么。你现在拨打的是《全球时事》露西·纳瓦罗的电话……

我摁下挂断键,然后打了布丽奇特·希尔克洛斯的电话。

"我这边完事了。"我说。

"之前没等到你的电话,我以为你改变主意了。"她说。

"我没有,只是做笔录的时间比我预期的长了些。我们还继续吗?"

"我们当然要继续了。"

"好的。我现在就在路上。"

交通信号灯跳转成绿灯,我合上手机,准备去找约翰·卡斯特布里奇。

追查美国某位参议员的下落并没有你想象的那么难。

只要你想搜索,你就会发现约翰·卡斯特布里奇在华盛顿附近的杜邦环岛租了一套公寓,在密歇根州的省会兰辛还有一套。他在格罗斯角有一幢房子,是他家族几代人都曾住过的老宅,另外他在休伦湖畔还有一套别墅。

你得花一番功夫深入调查,才能发现参议员在安娜堡市的自由街上有一套公寓。我之前对此一无所知,但周日晚上在斯宾塞家见到了他,然后周一他出车祸的时候我又见到了他,所以我猜他应该住在镇上。我问布丽奇特,有没有谁在安娜堡市住了二十年,并且对安娜堡市所有有头有脸的人物都了如指掌。

然后她对我说起了那套公寓。那是一幢钢筋混凝土建筑，被称为布里奇维尔大厦，七年前由卡斯特布里奇房地产公司建造。套房很快就一售而空，每套套房的售价达到了一百五十万美元，约翰·卡斯特布里奇给自己留了一套。一年里他大概会在这里住上几个礼拜，大多数时候在隔壁一家叫塞瓦的酒店用餐。

我走过那家酒店，向布里奇维尔大厦走去，就像我是那里的住户一样。玻璃门后面是一个大厅，大厅里摆着几张毛绒扶手椅，还有一个接待前台。电梯附近有一个喷泉，喷泉水在一堆雨花石上潺潺流动。

我一走进大厅，坐在前台后的年轻人立马直起了身子。他的西装看起来像是便宜货，但很合身。我本想直接朝电梯走去，看他是否会追上来拦住我。他看上去极有可能这样做。

被人追赶可不在我的计划中。

我在前台旁站定，对他说："我来这里见卡斯特布里奇参议员。"

年轻人严肃地对我说："我很抱歉，先生，参议员先生不希望被人打扰。"

"为什么你不给他打个电话，让他知道我来了这里。我的名字是大卫·卢根，他认识我。"

"恐怕我不能给他打电话，先生。"

"为什么不能？"

"如果我打了这个电话，可能就已经在打扰他了，他不希望被人打扰。"

我不得不微笑。"你真是一板一眼。"

第 36 章 | 303

"谢谢,先生。"

"这可不是恭维话。"

他理了理领带。"我知道,先生,但我希望能够耐心而礼貌地接待所有公众人士。"

"这样你总有力不从心的时候,"我说,"你有听说昨天晚上在温斯顿酒店停车场一名记者失踪的事吗?"

他点头。"我在新闻里看到了。"

"她叫露西·纳瓦罗,正在报道参议员的儿媳的事。"

"我知道。"

"我很好奇参议员先生会对此做出什么样的解释。我有个朋友是底特律第四频道的工作人员,他对此也很好奇,很快就会带着摄制组赶到这里。我们很可能会决定在这里扎营,因为我们非常希望能够和参议员先生谈一谈。"

"我理解。不过通常情况下,参议员先生是不会对新闻报道发表任何评论的。"

"那我们拭目以待。"

我转身穿过大厅,在其中一张扶手椅上坐下。我假装在看自由街上的红绿灯,实则偷偷用余光在关注台子后面的年轻人。只见他拿起一部黑色小手机,拨了一个号码,然后快速向某人说着什么。喷泉潺潺的水声淹没了他的说话声,我听不到他说了什么。

十五分钟过去了。玻璃门倏地打开,一个年轻人率先走了进来——是星期天晚上我看到的那个人,参议员的司机。艾伦·贝克特紧跟其后走了进来。

司机走到前台旁站定,贝克特则重重地坐在了我对面的一张扶手椅上。

"你在第四频道可没什么朋友。"他说。

"我可以交一个。"我答道。

"我不信。你弄这么一出,目的何在?"

他的坐姿看似放松,但我从他的声音里听出了紧张。

"我今天早上给你打过电话,"我说,"你没接。我觉得这是能够引起你注意的最简单有效的方法。"

他伸出一只手摩挲自己的头顶。"我不想和你多说,参议员先生也是这样想的。你跑到这里来简直就是冒昧至极。别以为你和他一起喝了一杯威士忌,就是他的朋友了。"

"如果他不想见我,那也没有关系,因为我是来找你谈事的。"

"什么事?"

"露西·纳瓦罗。我跟你说过离她远点。"

他皱眉。"我没对露西·纳瓦罗做过任何事。"

"事态的发展无外乎就是这样,"我说,"如果她还活着,那么一切都可以过往不究。你身不由己,我能够理解。很多事都处在利害攸关的紧要关头。你想让凯莉·斯宾塞成功竞选参议员,这样就可以出任她的参谋。我不关心这个。我不关心谁能当选,也不关心她背后有什么势力在支持她。我尤其不关心十七年前是谁抢了银行,只要露西还活着。"

贝克特偏着头。"那如果她死了呢?"

"那你就完了。"

他顿了一下,琢磨我说的这句话。"所以你认为你可以让凯莉落选参议员?"

"我不是在说参议员,艾尔,我是在说你。如果露西死了,你就完了。"

他纹丝不动地坐在那里。"你是在威胁我吗,卢根先生?"

我朝他挑起一边的眉毛。"对,我觉得显而易见。"

"你在用暴力威胁我?"

"我对你说过,她是我罩着的。你觉得我这样说是什么意思?"

他双臂交叉,放在肚子上。我们一起听着喷泉发出的潺潺水声。

"我不喜欢威胁,卢根先生。"

"我管你喜不喜欢,只要我能让露西回来。你还没杀了她,对吧?"

"我说过了,我没对纳瓦罗女士做任何事。"他松开双臂,费力地站了起来,"我不想再听下去了。现在我想让你离开这里。"他朝司机和前台后面的年轻人使了个眼色,"你可以选择自己走出去,也可以让那两位先生送你出去。"

我站起身,怒视他的双眼,是一个很长的怒视。然后,我自己走了出去。我穿过玻璃门,下了楼梯。穿过自由街后,我回身向后看,看到贝克特正从大厦离开。参议员的司机没走,可能是为了提防我杀个回马枪。

我一边看着贝克特的身影逐渐没入大厦和隔壁酒店之间的小巷,一边拿出手机。后面有一个停车场,他可能把车子停在那儿了。我拨了布丽奇特·希尔克洛斯的号码,然后听着电话那头等待接通的声音。

"嘿,大卫。"

"他现在回来了。"

"我看到他了。"她说。

我去华盛顿街的一个车库取了自己的车,然后往布丽奇特的联体别墅开去。我下了车,沿着她家的台阶往上走。天空中满是灰色的低云,似乎要下雨的样子。

几分钟之后,布丽奇特驾着她那辆尼桑小跑车出现了。后面还跟着一辆车,是一辆小型电动车。布丽奇特的女朋友下了车,那个弹琉特琴的,我不记得她是叫艾莉尔还是叫琥珀了。她们信步走了过来,我下了楼梯和她们会合。

"峰会街,"布丽奇特说,"315号。他直接开到那里的。"

"他没发现你?"我问。

"没有。是一次完美的跟踪。琥珀与生俱来的天赋。"

原来她是叫琥珀,不是叫艾莉尔。我看到她抓住布丽奇特的手。

"和他说说那围墙,布丽奇特。"她说。

"房子的一侧是一条车道,"布丽奇特说,"三面都围着高高的围墙,隐蔽性很高。你完全可以把一辆小面包车倒着开进去,然后神不知鬼不觉地把一个人弄进去。"

我点头。"那我们说好的另一件事呢?"

她松开琥珀的手,问她是否介意让我们单独说几句话。琥珀转了转眼睛,说了句:"大人的谈话时间。"说完,她眨眨眼,从我旁边走过,不一会儿,我听到联体别墅的门关上的声音。

布丽奇特问:"你确定真的要?"

我没有回答,她把手伸进手包里——这个手包比我们上次见面时她拿的那个手包大。她从里面拿出一个化妆包,是一个有拉链的布

第36章 | 307

包，样式很花哨。

她把化妆包递给我，接过来时，我觉得手里一沉。

"是一把左轮，"她说，"去年，我的一个追求者送我的。"

"登记了吗？"我问，"如果不得已要用它的话，我可不想因此给你惹麻烦。"

"送我枪的那位绅士不太相信许可或者登记……我猜就算我对你说万事小心你也不听。"

"你可以试一下。"

她没再说话，只是踮起脚尖，轻轻地在我脸颊上亲了一下。

第 37 章

我往峰会街开时,斑驳的雨点打在车子挡风玻璃上。我经过315号,看到艾伦·贝克特的雷克萨斯停在一堵高墙下的车道上。

我把车子停在半条街开外的地方。315号对面房子的草地上竖着一块"出租"的牌子,出租方是卡斯特布里奇房地产公司。

这让人自然而然就会想到315号房子的持有者极有可能是卡斯特布里奇房地产公司,而这就能够解释很多事。我知道贝克特住在兰辛,但如果他想离凯莉·斯宾塞近一些,那就应该在镇上有一处居所,一间卡斯特布里奇家族名下的房子就是一个绝佳的容身之处。

也是一个匿藏露西·纳瓦罗的绝佳之处。

我拉开布丽奇特化妆包的拉链,拿出那把左轮,银色,0.38英寸柯特尔,黑色枪柄。我转动弹膛,发现里面是空的。我从化妆包里拿出六发子弹装进去,剩了六发在里面。

我想等一等。如果贝克特打算离开,那事情就比较好办。我可以进到房子里,虽然这样也算强行闯入他人住宅,但起码我不需要用枪指着他,尽可能少犯事总是好的。

我坐在车子里,盯着前面的"315"这几个数字看。时间一秒一秒地过去。一分钟过去了,两分钟过去了,贝克特还没走。

我的手机突然响了。

我被铃声吓了一跳。我看了一下显示屏。"嘿,尼克。"

"嘿,老兄。我听说你中弹了。"

细密的雨点打在我身侧车窗的玻璃上。"你从哪儿听来的?"

"现在我们这里联网了。是真的吗?"

"是真的。但有点夸张了,我只是受了点小伤。"

"一点小伤?"

"几乎没受伤。你现在在干吗?"

"我正在监视萨姆·蒂尔曼的家。昨天晚上他睡在沙发上,我猜他老婆不高兴和他待在一起。"

我看向前方的315。"你不该偷窥人们的家,尼克。"

"现在只看一家了,"他说,"以前是三家,但我听说德拉科特治安官不会再回来了。"

"是的。"

"我不是很在意这个。我还听说保罗·莱茵被人打得很惨。"

"是的。"

"我觉得这是个好的开始。所以,现在就剩下蒂尔曼一个人了。监视别人的房子会给我带来什么麻烦?"

"这不是玩游戏,尼克。"

"你听起来很困,老兄。我吵醒你了吗?也许你应该回去接着睡。"

我突然觉得很恼火。"我醒着呢。你最好别去招惹蒂尔曼,也别再到处瞎逛。"

"我听不清你说什么,老兄。你快睡吧。等你睡醒了,我们再聊。"

在我开口回话前,他挂了电话。我合上手机,塞进兜里。我拿起之前被我搁在乘客座上的布丽奇特的左轮手枪,然后,我推开了驾驶室的门。

我站在下雨的街道,寻思着把枪藏在哪里。我想可以放在裤子右边的后袋里,这样可以用衬衫挡住。然后,我的手机又响了。我把手机从口袋里拿出来时,它已经响过了三声。是莎拉的电话。

"你是不是打算做什么鲁莽的事?"她问。

我只得压住自己的笑声。"你怎么会这么想?"我问。

"妈妈猜你今天会像无头苍蝇一样到处乱转,去找露西·纳瓦罗。我则认为你可能是太烦了,想转转散散心。你觉得我们谁猜对了?"

"我并没有到处乱转。"

"如果是这样的话,那你能不能来接我?"她说,"我在图书馆。我骑自行车来的,但现在下雨了。"

安娜堡市图书馆坐落在南第五大道和威廉街的拐角处。我开了五分钟就到了,莎拉站在入口的屋檐下等着。自行车的前轮有一个快速释放操纵杆,我到的时候,她已经把车子拆好。我打开后备厢,帮她把自行车放进去。

雨已经变小了,现在骑自行车完全没问题。但我知道莎拉打电话让我来接她,并不是因为这场雨。而我现在过来,也不是为了避免她被雨淋湿。我来,是因为她问的那句话,实在是一语中的。

你是不是打算做什么鲁莽的事?

第37章 | 311

没有任何准备，只带着一把上了子弹的枪冲进峰会街 315 号——这样的行为当然会被归为鲁莽行事。

莎拉把自行车放好，关上后备厢，有零星的雨点落在她的头发上。

"你没事吧，大卫？"她问，"你看起来很累。"

一点小雨对她而言不是问题。可能是她母亲叮嘱她要留意我，但这也不是她给我打电话的原因。不全是。她已经十六岁了，她想要做所有十六岁的孩子想要做的事。

"你应该让我开车。"她如是说。

三月份最后一场大雪消融之后，莎拉拿到了她的学车执照。从那之后，我们每个礼拜都会做一到两次的练习。只要她想，她明天就可以通过考试，但伊丽莎白更倾向于让她等到秋天再考。

我坐到乘客座上，来之前就把左轮藏在了仪表板上的储物箱里。我让她沿着第五大道往帕卡德大街开，然后往东开上州街。

"我有个主意。"她说。

我让她想往哪儿开就往哪儿开。求知是人类的本性，这句话同样适用于十几岁的女孩。她从车水马龙的州街上穿过去，然后转进温斯顿酒店的停车场。我们下了车，然后我把拉克开枪打伤我的地方指给她看。这里什么标志都没有，连半条犯罪现场警戒带都没有。露西·纳瓦罗的甲壳虫已经被拖走了。

前一天晚上，我把我的小折刀弄丢了，根本没想过还能再找到它，却发现它还静静地躺在野餐桌附近的草地上。我想弯下腰把它捡起来，但莎拉的动作比我快了一步。她把刀刃折起来，然后递给我。

从酒店出来之后，我让她在州际公路上开了一小段——时速七十英里，在超车道上的时速是七十五英里。在 23 号公路上，我们选了北出口，然后一直开到沃什特瑙大道。

跟着，我们从沃什特瑙大道转向西，往家开。从市中心经过后，我突然意识到我们离峰会街很近——离艾伦·贝克特很近。然后，就在那一瞬间，我觉得自己脑子一热。

"在这里右转弯。"

之前我教她开车的时候，都是我告诉她往哪儿开。最开始刚教她的时候，我都会说出她应该做的每个动作。检查后视镜，打转向灯，脚从油门上挪开，踩刹车。

她依言右转弯，我们转向北朝峰会街开去。

"这里左转。"我说。

此时，雨已经全部停了，但贝克特所在的街道上，雨滴仍然挂在叶尖上。我们驾车开过 315 号，我看到车道上有车子，围墙的影子笼罩着车顶，颇有几分守护的味道。我瞥到贝克特正在打开驾驶室的门。

我让莎拉在下个路口左转，然后绕着街道再开过来。我们第二次从 315 号门前经过时，贝克特和他的车都已经不在了。

"这是谁的房子？"她问我。

"无关紧要的人。"我答道。

"那我还要再绕一圈吗，沿着这个无关紧要的人的房子？"

我闭上双眼。"我累了。我们回家吧。"

五分钟后，我们到家了，伊丽莎白不在家。我帮莎拉把自行车从后备厢搬下来，基本上都是她在搬。我伸手向她拿了车钥匙，然后告诉她我过会儿就回来。"我得回《灰街》办公室去拿一些东西。"

她把自行车靠放在草地的榆树上,手里拿着拆下来的前轮。

"我以为你累了。"她说。

"我打算回来的时候好好睡个午觉。"

她把轮子放在草地上。"我跟你一起去。"

"我自己没问题的。"

"我和你一起回峰会街。那间房子……你觉得露西·纳瓦罗在里面?"

我摇头。"我不是要去那儿,你猜错了。"

"我可以帮忙的,大卫。如果那个男人又折回来怎么办?你需要一个人帮你望风。"

"我不是要去峰会街。就算我要去那儿,我也不能带上你。我没有那么鲁莽。"

第38章

后来,我去的当然是峰会街。

我回到315号的时候,贝克特的车子还没回来。我从门口开过去,然后在拐角转弯。我把车子停在泉街,然后走回315号。

我猫着腰,沿着围墙来到车道上,布丽奇特的左轮被我揣在裤子的右后袋里。

房子后面一出门廊的屋檐有雨滴落下。我走到门旁,发现门是锁着的。门上有窗户,正方形的窗户,窗户上有四个玻璃窗格。我在院子里找到一块石头,用手帕包住以掩盖声音,然后砸碎了其中一个玻璃窗格。

我把手伸进去,打开插销,还有门把手上的锁。门开了,通向一间看起来没被用过的厨房。我猜贝克特可能是出去吃晚饭了。如果他是去饭店吃,那回来还要好一会儿。如果他只是去买外卖,那随时可能回来。

走出厨房,我进了一个小房间,里面有一台洗衣机、一台烘干机,还有一排储藏室用的架子。在架子旁边,有一扇刷成白色的门,可能是个壁橱,但看着更像是通往地下室的门。我决定晚一点再来研究这扇门。

起居室在房子的前面,是横向的房间。里面有一个顶上铺着砖的壁炉,家具和廉租房里的一样,是平淡无奇的米黄色。撇开胡乱散在沙发垫子上的那堆报纸,还有边桌旁的杯子,整个房间还是井然有序的。

从起居室往前走,我走进一个空无一物的地方。地上铺着光滑的木地板,可能最初是打算用来作餐厅,右边有一个通往二楼的楼梯。

楼上有三间卧室,还有一个单独的浴室。贝克特在洗脸盆上放了一把电动剃须刀、一把横放在咖啡杯边沿上的牙刷。

在最大的那间卧室里,我看到了更多他的物品。一件上衣被随手扔在一张大床的床脚,屋子里的一张椅子上放着一个手提箱。橱柜里放着三套式样老旧的西装,还有很多衬衫。另外两间卧室是空的。没有任何人在这里被囚禁的证据。

我又下了楼,朝街道和车道上张望,还是没有看到贝克特的车。于是,我穿过厨房,来到洗衣房,去看那扇白色的门。铰链的声音就像骑兵的号角从远处传来。有木梯通向漆黑的下方。我摁下楼梯一边的开关,顶上的一个灯泡亮了起来。下楼梯时,我脚下的木头被压扁,发出嘎吱嘎吱的声音。

我留意到的第一样东西是一扇被钉了木板的地下室窗户。地板是水泥地,地上有裂缝。一个很重的拳击沙包,就是拳击手用来练习的那种,被用一条链子挂在工字梁上。

后墙,就是离街道最远的那面墙上,有扇门。

我看不到炉子,也看不到热水器。按理说,门的另一边会有这些东西。我不知道那里还会有什么。整幢房子看起来很坚固。后墙看起来就像地基一样结实,门是锁上的。

我用拳头重重敲门,然后叫露西的名字。没有回应。

没有理由认为她就在门后面。上锁的门说明不了什么问题,很可能是多年前就被锁上了,可能是父母不想让孩子在炉子附近玩耍。我四处找钥匙,把手举到门头沿着门框摸索,但除了灰尘,什么都没有。

我后退,重重地用右脚的鞋跟踹门。这是个坏主意。反作用力就像一根铁钉,刺进了我身侧的伤口。

我回过身,背靠着墙,静静等待疼痛慢慢减轻。把门打烂似乎没什么用。我有左轮手枪,但我不想把锁打烂。我得找到钥匙。

我又上了楼。我逐个检查储藏室的架子,还有烘干机墙上的一个橱柜。我在厨房的门边发现一个钥匙挂架,但四个金属挂钩上空空如也。

我踩在地板的碎玻璃上时,手机来电了。我之前已经把手机调成了静音,所以提示我来电的是手机在衬衫口袋里的震动。

我没接,转而开始逐个打开厨房的抽屉。第一个是空的。第二个抽屉里有一本笔记本,还有一堆笔帽和笔身不配套的笔。我把那些笔推到一旁,没有发现钥匙。第三个抽屉里有一把锤子、一些螺丝刀,还有一卷银灰色的管道胶带。

手机的震动停了下来,但过了一会儿又开始了。我把手机从口袋里掏出来,看到屏幕上显示是莎拉的来电。

屋外,有辆汽车停在了车道上。

我翻开手机盖,她没等我先说话。

"你刚才没接电话,"她说,"我想提醒你的。"

我走到窗前，这扇窗户正好可以俯瞰车道。我听到引擎关闭的声音。透过向两边挽起的窗帘看过去，我看到贝克特那辆雷克萨斯的车门被人从里往外推开。我往前倾了一点，这样可以看到车道的全貌。然后，我看到莎拉，她在人行道上骑着自行车，手机靠在一侧的耳朵上。

"你知道自己在干什么吗？"我压低声音问道。

"我在帮忙啊，"她说，"我会尽我所能拖住他。"

她啪嗒一声挂了电话，然后我也合上了手机。我看到贝克特正从车子里下来。他离我只有几步之遥，就在窗户下方。我能看到他的秃顶，还有那两侧淡黄色的头发。

他的左手拿着一个纸袋，上面印着一家名叫蒂奥斯的墨西哥餐厅的商标。他发现了莎拉，然后掉头朝她走过去。我的第一反应是想要跑出去，让他们俩不要对上。

我回头，看向我之前忘了关上的抽屉，里面有一卷管道胶带。露西·纳瓦罗的身影浮现在我的脑中，她就在地下室那扇门的另一侧，双手和双脚被绑着，昏倒在地上，嘴上贴着一块胶布，眼睛也被胶带蒙着。

屋外，莎拉正在滔滔不绝地说着她的自行车的悲惨遭遇。我能清楚地听到她说的话，因为窗户留了一条缝，足以让微风吹进来。

"……从一个坑上碾了过去，大概，一英尺深的坑，我想可能下面有钉子或者别的什么……"

最后一次找到钥匙的机会。我又折回去翻那些抽屉——那三个我没打开过的抽屉。其中一个是空的，另外一个里面散乱放着一些镀银餐具，第三个里面则有毛巾和隔热手套。

"……好在我没有摔个四脚朝天……"

我花了一点时间去翻那些毛巾,一无所获。我又花了一些时间慢慢在那些镀银餐具堆里翻找,还是一无所获。

"……前轮外胎全瘪了。我可以把它补好,但我没法给它打气。"

我开始在橱柜里翻找。苏打饼、一罐咖啡、大餐盘、有缺口的碗。

"……最要命的是我的手机也罢工了,没电了。我能不能借一下你的手机?我想给我爸爸打个电话,让他来接我……"

马克杯、玻璃器皿、一个刻着三叶草图案的烈酒杯,酒杯里立着一把黄铜钥匙。

我一把拿起钥匙,往洗衣房走去。屋外,莎拉正在假装和她父亲的秘书通电话。秘书让她稍等片刻。"现在已经六点过了,他还在开会,"她对贝克特说,"他是个超级工作狂。我敢发誓,就算你朝他开了一枪,第二天他还是会雷打不动地坐到办公桌前。"

我沿着地下室的楼梯一路往下跑,在水泥地板上刚站定,就一把把钥匙插进锁眼里。打不开。我转了转,把它拔出来一点,然后锁开了。我侧着身子,用肩膀顶门,门倏地一下就开了。

里面很暗,这里的窗户也被钉上了木板,但我能看到炉子的轮廓,还有热水器。除此之外,什么也没有。我花了几秒钟时间,找到了顶灯的拉索开关。六十瓦的灯泡亮了起来。地板上半条管道胶带的影子都没有,露西不在这里。

我关上灯,锁上门。沿着楼梯往上跑时,我用手帕擦掉了钥匙上留下的指纹。

屋外,莎拉正在感谢贝克特借了手机给她用。

我把钥匙扔到烈酒杯里，然后轻轻关上橱柜门。贝克特让莎拉进屋等她父亲过来。

"不了，太谢谢你了。"她说，"他说会在转角那里等我。"

我踩在碎玻璃上往外走，用手帕包住屋内的门把手，转开，然后故伎重演，用手帕擦掉外面的门把手上留下的指纹，让门半掩着。

我能听到贝克特的脚步声，他正从后面的门廊走过来。

我朝反方向走，两步跨到门廊的栏杆前，飞身跃了过去。完美地安全着陆，除了身侧的伤口隐隐作痛。我贴着墙一路狂奔，跑到围墙的一个出口前，脑子里突然有个狂乱的想法，唯恐门被锁上了。

我开了锁，走出去。等站定在房前的人行道上时，我往左看去，莎拉正推着自行车往拐角处走。我可以直接跟上去，但这样就得经过贝克特的车子所停的车道。我觉得，最好还是从远路绕过去。

我穿过一个隔壁的院子，从 315 号后面的围墙前经过，径直往泉街走去。莎拉已经站在我的车子旁边等我。

我们一起把她的自行车放进后备厢。这一次，是我开车。沿着泉街开到底，然后转向南。我呼吸急促，知道身侧的枪伤又被扯痛了。身体一直在给出信号，提醒自己刚才又跑又跳的行为是多么的愚蠢。

"很勇敢，但很愚蠢。"我说。

"我同意。"

"你确定？"

"我以为我们说的是你闯进那个人家里的事。"

我瞥了她一眼，她正回望着我，嘴角挂着一抹清冷的笑。一刹那，我想到了她的母亲。

"我说的是你，"我柔声说，"说的是你跟着我过来这件事。你不该这么做。如果他仔细看你的轮胎怎么办？"

"他会看到一个没气的轮胎，"她说，"我预先把气放完了。"

"你怎么有时间放气？"

"我一到那儿就开始放了，有的人行动之前是会做计划的。"

我们在灰色的天幕下一路开车前进，有雨滴从树上滴落下来。

"为什么你耽搁了这么长时间？"她问我。

于是，我对她说了地下室那扇上了锁的门。

"所以，没找到露西，"她说，"你觉得她会在哪儿？"

"我不知道。"

"但你还是坚持认为是他绑走了她——他叫什么名字？"

"艾伦·贝克特。"我说，一边减速往我们家在的街道转弯，"他是凯莉·斯宾塞的参谋。我想，就算不是他自己绑走露西，那他也是主谋。或者，最起码他对这件事是知情的。"

"然后他把她关在了什么地方，"莎拉说，"或者是有人把她关在了什么地方。"

她的语调很平稳，就像是在陈述一个事实。但实际上，她是在提出疑问，一个我一直在反复问自己的问题。如果贝克特和斯宾塞一家不打算让露西·纳瓦罗继续蹦跶，那她还有活着的理由吗？她对他们而言是一种威胁，因为她从特里·多特里和亨利·高摩伦那里掌握了一些内情。我自己也是半信半疑地认为他们会让她活着，至少活一段时间。他们可能想知道一些事情，比如：她到底知道了多少？她手里有没有确凿的证据？

但当我认真思考时，觉得这样的设想根本经不起推敲。他们的疑问肯定早就已经有了答案。我没有任何理由去假定他们会让她活着，但我希望这个假定是真的。我想要相信在某处有一扇门，而她就在门后等着，等着我找到她。

第39章

到周五早晨，露西·纳瓦罗仍然下落不明，安东尼·拉克依然逍遥法外。

凯莉·斯宾塞上了电视。

一个网络早间节目通过卫星通讯对她做了现场采访。我前天晚上很晚才睡，错过了直播，但下午在办公室里连网看了。

采访的焦点都集中在拉克身上，记者们把从他母亲和朋友那里打听来的消息东拼西凑成了一个故事。呈现出的是一个疯狂的男人在扭曲的正义感驱使下，变成暴徒的故事。故事的一大看点就是那个漂亮的女孩——有人挖出了拉克和苏珊娜·马滕高中毕业舞会的录像带，苏珊娜穿了一条蓝色的裙子，盘着头发，在镜头前笑着，舞着。

苏珊娜·马滕的故事很普遍，凯莉·斯宾塞对采访者如是说道。一个对生活充满了希望的人，却不幸成为家庭暴力的受害者。凯莉当过很长一段时间的检察官，她知道有很多女性和马滕一样。她非常了解家庭暴力可能会带来的伤害，对受害者、受害者的朋友和家人都会造成伤害。

她说她很同情拉克，同情他因为苏珊娜的遭遇而生出的挫败感——当然了，她还是谴责了他的暴力回应。对于拉克关注她家的悲剧，并将自己的愤怒发泄到了十七年前抢劫大湖银行的劫匪身上，她深觉悲伤。她说沃尔特·德拉科特是她父亲的密友，并理所当然地认为是拉克杀死了德拉科特。

在采访的尾声部分，采访者提到拉克在温斯顿酒店外面开枪打伤了我（"某本地杂志的编辑"），以及同一时间，露西·纳瓦罗不知所踪。凯莉希望露西能够毫发无损地被找到，看到这里，观众们都有一种是拉克绑架了她的感觉。

我看采访的时候，非常钦佩凯莉的表现。看过她采访的人都不会记住细节，但都会记住凯莉·斯宾塞是一个深思熟虑且意志坚定的人。他们可能会忘记安东尼·拉克的名字，但却会记得这个世界遍布危险，而凯莉有一腔想让世界变得更安全的热情。

印第安纳州，南本德一家潜水酒店里，拉克正在一台十三英寸的电视上看凯莉·斯宾塞的采访。

看到苏珊娜·马滕在毕业舞会上的录像片段时，有那么一瞬，他觉得自己的心跳停止了。他已经开始遗忘有关她的记忆，已经把这些回忆都留在母亲家地下室的墙上。但电视上的画面勾起了他所有的回忆。她曾经真实地存在着，活着，而他曾经和她在一起。

这不是他第一次有这样的感觉。第一次有这种感觉，是在三年前的那个夜晚，在她父亲家的客卧里。床上铺着白色的床单，苏珊娜躺在那里，光着腿，双脚交叉，双手交叠放在腹部。她张着嘴，眼睛了无生气，身边放着一个空药瓶。他跪在床边，不住地哭泣，想着几个小时之前，她还活着，他还和她在一起。

现在,他坐在酒店的椅子上,一边忍受着心口的疼痛,一边分神听凯莉·斯宾塞说的话。她不赞同他,她话里话外传达出了这么个意思。他觉得有点失望,但转而一想,这没什么大不了。她还不明白多特里、高摩伦和贝尔那些人的存在意味着多大的危险。苏珊娜当时也没察觉德里克·艾佛利很危险,即使证据印在她自己的身体上,那些遍布全身的由紫转黑的瘀伤。直到艾佛利害得她父亲坐了轮椅,她才正视这个事实,而那时已经太晚了。

拉克一直都看得到这个潜藏的危险,他的内心一直充盈着一种错综复杂的罪恶感。因为拖延,因为不确定,因为等了太长时间才采取了正确的措施,因为这些,内心的罪恶感一直挥之不散。

他不打算为凯莉·斯宾塞是否赞同他而烦恼。他站起来,穿过房间,尽量不让左腿使力——被卢根用黄色的甲壳虫车车门夹了一下的那条腿。腿已经开始消肿,走起路来也没有之前那么跛。

他走进浴室,吞了一片头孢氨苄,然后拿起一个塑料杯,喝了一口水。他打量着镜子里的自己。胡子已经两天没刮,下巴瘦削硬朗,前额有皱纹,和毕业舞会录像里那个稚嫩的男孩天差地别。

他得再等一天,让腿恢复得再好一些,但之后他就得立马离开。他已经等了很长时间。明天,他就要回安娜堡去解决萨顿·贝尔。

保罗·莱茵被打鼾声吵醒。

他们给他安排了一间半私人病房,另一张床上的病人刚做完一场手术。他们一定把这个男人体内的大多数器官都挖走了,莱茵如是想着,因为他打呼噜的声音低沉而又空洞,就像从地下的矿井吹上来的风。

每隔几个小时，就会有一个护士拿着注射器进来。她轻轻拍打注射器的一侧，气泡消失之后，她就给那个打呼噜的男人注射。

莱茵也有一个静脉注射器。他们给他注射止痛药，还有让他入睡的强效药。他不想睡，一闭上眼睛，眼前就会浮现那些画面。他看到特里·多特里躺在白叶公墓山坡的草地上。他呼吸困难，血直接从咽喉处的伤口冒出来，染红了他的白衬衫。

他看到沃尔特·德拉科特站在拉克的公寓套房里，撬胎棒穿透他的身体。他看到德拉科特大张着嘴，开始尖叫。

护士每次来都会让莱茵从1到10之间选出他的痛觉值。他没说实话，每次都往低值报。因为他不想让他们增加自己的药量，想要保持清醒。

一名医生站在他床边，说起他手的伤情。手指现在没法正常活动，但通过外科手术和理疗，有极大可能恢复如常。他同样得考虑是否需要做整形手术把被打断的鼻子弄直。

莱茵点头表示同意，随后医生离开了。医生出门的时候，莱茵看到走廊里有一个便衣警探。从意识清醒之后，他就记得门外一直站着一个便衣警探。

那位警探来探望过他两次，亚裔，名字叫单。他想知道在拉克的公寓里到底发生了什么事。莱茵所说的，其实跟承认是自己刺伤了沃尔特没什么两样。这是意外，他们不可能会起诉他，就算他们这样做，一个好律师也可以让他免于受罚。他可以让医生治愈他的手和鼻子，可以假装那一切都没发生过，但他没法闭上眼睛。

一个护士走进来，手里拿着为隔壁床的男人准备的注射器。她用手指轻弹注射器的一侧，因为气泡会致命，如果气泡跑进了你的血管，你就会一命呜呼。

莱茵看着她，即便是现在这样清醒的时候，他也能看到沃尔特的脸。他躺在地板上，因为失血过多慢慢死去，双眼发直，充满恐惧。

护士离开之后，莱茵看着点滴滴入自己的手臂，突然想知道如果他咬破塑料管，让空气进入血管，之后会发生什么。

不，他想，这太异想天开了。还是选一样觉得靠谱的东西吧。

他翻了个身，让肋骨没有骨折的那一侧靠着床。然后，他慢慢坐起来，疼痛袭来，头上冒出了豆大的汗珠。他打开床边的一个抽屉，不去管沿着脸颊冲刷下来的泪水。他们给他留下了他的衣服——不是全部的，只是一部分。没有衬衫，也没有防风夹克，只有鞋、裤子。

还有他的腰带。

星期五下午，伊丽莎白身在刑事调查组，站在她办公桌附近的窗前。室外的温度是九十华氏度，大楼里的空调和以往一样低，室内的温度大概有五十华氏度。

她低头，看向楼下车水马龙的第五大道——这个周末，人们很早就开始了忙碌的生活。一些学生外出散步，穿着短袖和短裤。一个年轻男人站在街对面的老消防站前。他穿着黑色牛仔裤，同色高领毛衣，黑色的长发一丝不苟地往后梳，露出苍白的高额头。

伊丽莎白听着卡特·单的手指在键盘上敲击的声音。他正在打报告，是前天他们一起和安东尼·拉克的母亲谈话的报告。

她头也不回地问道："如果我告诉你，楼下的人行道上有一个孩子，大概二十二岁，一身黑，你会怎么想？"

打字的声音没有停下来。"我会说，我们现在的所在地是大学城。"

"但这样也太热了,他会烧起来的。"

"也许他灵魂的空虚会让他清凉。"

她抬手触向沐浴在阳光下的玻璃。"如果我说他背着保龄球包呢?"

"我会说,他很可能放了一个人头在里面。"单打字的声音中断了,"他真的背着保龄球包?"

"不,他背着一个双肩背包。你也可以在双肩背包里放一个人头。"

他们整个早上都在海伦·拉克的家,翻看她儿子留下的私人物品,还把在他视为圣坛的照片墙上的苏珊娜·马滕和凯莉·斯宾塞的照片都拍了下来。为免中途遭到阻拦,他们预先征得了拉克夫人的允许和确认。

迪尔本警察局同意监视拉克家,但伊丽莎白觉得拉克不会出现在这里,他现在貌似在低调蛰伏。他本人和他汽车的画像已经送到了密歇根州及其邻近区域的执法机构。

一点钟,伊丽莎白和单,还有调查组的几个警员一起在麦凯莱布局长的办公室里碰了头。麦凯莱布宣布了保罗·莱茵自杀的消息。一名护士发现莱茵的病床上空无一人,随后她检查浴室的时候,发现他用皮带绕着脖子,在门后的一个挂钩上上吊了。

"我刚和齐佩瓦郡的郡长通过话,"麦凯莱布说,"他有点担心。就在三天里,他损失了一名郡治安官,还有一名治安官的副手。他更愿意相信沃尔特·德拉科特是在抓捕杀人凶手时殉职。如果刺死他的人是拉克,那这种想法就成立。那这种想法有没有成真的可能?"

伊丽莎白摇头。"实验室在撬胎棒上找到了两枚指纹，分别是德拉科特和莱茵的，没有拉克的指纹。这一证据表明德拉科特和莱茵之间发生了口角。"

"你认为他们是为了如何处置拉克发生口角？"麦凯莱布问。

"这真的是唯一合理的理由。"

"我们都知道，莱茵在白叶公墓开枪打死了特里·多特里，然后他心里的负罪感一直挥之不去，"麦凯莱布说，"他认为拉克是罪魁祸首。那他是否本来就做好了要杀他的打算？"

"如果真是这样事情就简单多了，"伊丽莎白说，"我敢说齐佩瓦郡的郡长听到了一定会很高兴，因为他仍然可以把德拉科特塑造成一个英雄人物。"

"但你不是这样认为的。"

"对。一个星期前，我和德拉科特谈话的时候，他声称他不相信拉克在公墓出现过。但事实是他在不辞辛劳地追踪拉克，而且是在没有告诉任何人的前提下。我不认为他想要逮捕他归案。"

"那德拉科特的动机是什么？为什么要跟踪拉克？"

"这可能也是我们暂时还没法知道的事情之一。"伊丽莎白答。

欧文·麦凯莱布双肘撑在桌面上，两手托腮。"好吧，"他说，"我们继续。我想听听那名记者的事。"

罗恩·温特格林警员和哈维·米彻姆警员负责查找露西·纳瓦罗的下落。他们二者截然不同：温特格林三十一岁，又高又瘦，为人严肃保守；米彻姆二十岁出头，体格魁梧，友善而又开朗。温特格林联系了露西的手机供应商，希望可以通过她的手机信号锁定她的位置，但手机很可能被关机了，或者是被弄坏了，也可能是没电了。总之，找不到她的手机信号。

米彻姆负责联系露西的父母，取得联系的过程比想象中的困难得多。他在局长的办公桌前立正，双手背在背后，汇报说露西的父母在地中海的一艘游轮上，正在希腊诸岛旅游。他们是一个礼拜前上的船，上船之前外出旅游已经有两个礼拜。从开始旅游到现在，他们没和女儿通过一次电话。

"当然了，他们非常担心。"米彻姆说，"他们打算一安排好就马上飞回来。"

露西在《全球时事》的编辑也一点忙都没帮上。他告诉米彻姆，说他已经一个礼拜没有她的消息了。"她的手机通话记录证实了这一点。"米彻姆补了一句。

露西的手机通话记录显示，春天的时候，她和金罗斯监狱有几次通话，可能是为了联系特里·多特里，除此之外还有和亨利·高摩伦、萨顿·贝尔的通话记录。大卫·卢根的号码最近几天出现了好几次，包括他的手机号码和《灰街》办公室的电话号码。星期三露西的最后一个电话，是打往卢根的办公室的。

"除此之外，还有几个打往加利福尼亚州的电话，"米彻姆说，"她和老家的朋友们保持联络。但周三晚上之后，再没有人接到过她的电话或短信。"

露西在温斯顿酒店的房间也被搜查了一番，但仍然一无所获。米彻姆和温特格林问过酒店的工作人员和客人，但没有一个人看到周三晚上露西到底遭遇了什么。温特格林联系了科尔曼货运的一名经理，经过一番争吵，他和卢根在酒店停车场看到的那辆半挂卡车的司机取得了联系。

"他的名字叫沙利文,"温特格林说,"当时,他从州际公路下来,一边还在和他的妻子通话。开进酒店停车场时,他妻子正在拿他不在家说事,不停地抱怨孩子和账单。我盘问他的时候,他说他记得有一辆黄色的汽车,还有一个家伙朝他招手,让他把车子挪开,那个朝他招手的家伙就是拉克。但他记得的就只有这些,他的注意力都在电话上。'如果你被我妻子骂过,你就会知道了。'他是这样告诉我的。"

温特格林耸耸肩。"我查过他,他没有任何犯罪记录。就目前掌握的信息,我可以说,他和露西·纳瓦罗没有任何关系。走到他这里,线索就断了。"

在麦凯莱布办公室的会议大约两点结束。现在,单打完了报告,伊丽莎白也从窗边走回了自己的办公桌前。她翻出拉克的母亲前天给她的那份名单,上面都是拉克的朋友和熟人。她和单跟名单上的一些人谈过话,下一步计划是折回迪尔本,逐一和名单上剩下的人谈一次话。

他们一起下楼,穿过大厅,走到炙热的阳光下,伊丽莎白看到那个穿着一身黑的孩子还在老消防站那里徘徊。他的双肩背包放在脚边的人行道上。

她告诉单,说她随后会去车上找他,然后朝对街走去。那个孩子把目光投向她,抬起一只手,放在向后梳的发顶上。她走过来时,他从双肩背包上跨了过去,似乎不想让她看到那个背包。

"你在等人吗?"她问他。

他张了张嘴,露出牙齿。"没有。"

"有什么我能帮上忙的?"

他的目光越过她,看向她身后的市政厅。"你是警察吗?"

她点头。

"我刚才一直在认真考虑,"他说,"想要下定决心。"

她静待下文。单站在几步开外的地方,他没有去取车,直接跟着伊丽莎白过来了。

"虽然我人来到了这里,但我还是不确定。"那孩子如是说道。

他用脚把双肩背包推到了消防站的墙边。

"你是不是想说些什么?"伊丽莎白问他。

"这要看情况。你负责 E.L. 纳瓦罗的案子吗?"

伊丽莎白盯着他额头上亮晶晶的汗水看。

"你是说露西·纳瓦罗?"

有一抹奇怪的亮光在孩子的眼中燃起。"你不该叫她露西,"他说,"这显得不尊重人。"

"你知道她的什么消息吗?"伊丽莎白问。

孩子的舌尖顶着门牙滑动了一下。

"我知道她的一切,"他说,"我杀了她。"

第40章

"他的名字叫杰里米·德尚,"那天晚上,伊丽莎白告诉我,"他来自俄亥俄州西尔瓦尼亚一个叫托莱多的郊区。"

当时是八点半,她刚刚回到家。莎拉和我已经吃过晚饭,我们吃了炸鸡,还有土豆黄瓜拌的沙拉。她回来的时候,我正把碗碟放进洗碗机。

"他读过露西的小说,"伊丽莎白说,"他声称,看过之后,他突然有一种自己生来就是吸血鬼的归属感。他心想,如果绑走她,吸了她的血,他就能变成吸血鬼。他说他从没打算杀死她。"

事实证明,他说的全是谎话。

"那辆蓝色的面包车根本不是他开的,"伊丽莎白说,"我甚至怀疑当天他在不在温斯顿酒店的停车场。他根本没法对那个地方做出任何描述。我们问他能否带我们去找露西的尸体,他居然回答说她死的时候化为了一阵烟雾。显然,你杀死一名吸血鬼时就是这么个状况。"

她站在流理台旁,手里端着一杯柠檬汽水。"我们和西尔瓦尼亚的警局取得了联系,"她说,"他们认识他。很多年前他就被诊断为精神分裂症患者。因为他在街上朝人们大吼大叫,他们抓过他几次。他对路上被轧死的动物尸体有种病态的痴迷。以前,他们曾经逮到他拖着一条死鹿在父母家附近的高速路上游走。"

她停下来,喝了一口饮料。"今天,他随身带了一个背包。背包里有两样东西——一本露西的小说,还有一个垃圾袋,里面裹着松鼠的尸体。他说,他特别想喝人血,但觉得最好还是选择松鼠的。"

"那可真是值得一赞。"我说,"你是怎么处理他的?"

"我们把他送回了俄亥俄州。他的父母打算对他的状况再做一次评估。西尔瓦尼亚警方说他们搜查过他父母的房产,就是附近的一片林地。他们认为他可能与露西的失踪有那么点关联,但我觉得他说的一切都是杜撰的。他在新闻上看到了有关她的报道,然后突发奇想。他唯一有罪的地方就是浪费了我半天的宝贵时间。"

伊丽莎白把她吃剩下的饭菜收拾好,与此同时,我也打扫完毕。随后,她转身走到餐厅的桌子旁,把安东尼·拉克的档案散在桌面上,陷入深思,偶尔会在拍纸本上做记录。她在整合查理·多特里、特里·多特里、亨利·高摩伦的死亡以及萨顿·贝尔被袭击的这几个案件,打算做个时间表。她处理事情时总喜欢这样做。把事情归序之后,有时候你就能发现之前看不到的关联。

杰里米·德尚上了当天十点的地方新闻。报道只是草草带过,并无太多细节,我觉得记者只是想借机说出"让人匪夷所思的自供"这几个字。他站在德尚父母门前的草坪上做报道。一名西尔瓦尼亚的警员像打了鸡血一样,谈论着正在进行的搜查。没有任何安娜堡市警察做的评论出现。

最后,我关了电视,告诉伊丽莎白说我打算去《灰街》的办公室一趟。莎拉坐在前面的门廊上和朋友煲电话粥，我对她说了同样的话。她看向我，满脸怀疑。"是真的。"我说。

我的确是去了办公室。我把车子停在大楼后面，搭电梯到了六楼。我开了窗，在办公桌后坐下，听到街道上有萨克斯的乐声飘了进来。这是安娜堡市的一个周五夜晚。

我在办公室待了二十分钟，继续看侦探和女继承人的故事。之后，我关上窗，锁好门，然后开车向北前往峰会街。315号的窗帘放了下来，关得严严实实，但我仍能看到有灯光漏出来。我沿着这条街兜圈子，顺便拨了艾伦·贝克特的电话。他不慌不忙地接了电话。

"卢根先生。"

"我之前就说过了，你有一套。"

他费力地喘了一口气，好像正从椅子上站起来。"希望你说明白一些。"

"有一套，或者运气好。"我说，"你看新闻了吗？"

我又绕回315号前，把车子停在马路牙子上。

"还是不够明白，"他说，"我看了很多新闻。"

"杰里米·德尚。"

"那个承认自己杀了纳瓦罗小姐的年轻人？"

"就是他。你是在哪儿找到他的？"

我想象他此刻在窗帘后踱步的样子。

"我不知道你这话什么意思。"他说。

"德尚的露面，"我说，"这对你非常有利。人们不想把露西的失踪和凯莉·斯宾塞联系在一起。现在，他们的确没必要这么想了。他们完全可以认为这一切都是一个读过露西小说的神经病策划的。他们

第40章 | 335

完全不在乎警察是否接受他的认罪。现在形势完全逆转了。"

"我和德尚先生的认罪没有任何关系。"

我听到电话那头传来汽车引擎发动的声音。

"也许没有吧,"我说,"也许只是我丰富的想象力在作祟。"

"极有可能,"贝克特说,"对了,昨天有人闯进我这里。你对此一无所知,对吗?"

"为什么我不该一无所知?"

"我总感觉这是一个有丰富想象力的人干的,然后很自然就联想到你。"

"可能是附近的孩子干的。"

"这当然是非常幼稚的行为,"他说,"而且闯进来的人还有一个共犯。一位年轻的女士,而且我不认为她是住这附近的人。"

"真的吗?"

"比珍珠还真。她用我的手机给她父亲打了电话。不过,我查过之后才发现,她父亲的号码其实是一个卖美术用品的商店的号码。"

"有些古怪。"

"当时我觉得她看着有点眼熟,但没认出来。过后,我才反应过来,她让我想到了华士奇探员。"

"这很……"

"是很古怪,没错。"他深吸了一口气,"我相信,你的造访打消了你的怀疑,而且你不会再次光顾了。"

"我不知道你这话是什么意思。"

"你不可能不知道。晚安吧,卢根先生。"

我们各自挂了电话。我在寂静的街道上等了一会儿,然后开到街区的尽头，转向南。

我从泉街开到米勒街，然后转向东。开了一小会儿，我在贝德福德街的某处停了下来，两天前，我和露西就坐在这里，在她那辆黄色甲壳虫里。

凯莉·斯宾塞客舍的窗户里灯火闪耀。一道光投射到车道上，照在了两辆车的引擎盖上：一辆是凯莉的福特，另外一辆我不认识。

我关了车灯，但没熄火。我全神贯注地盯着凯莉办公桌旁的那扇窗户看，希望能看到她的身影。

过了一会儿，我把注意力转向前门，一扇黑色的没有上过漆的原木门。我想走上前去敲门，绞尽脑汁想着，假如她让我进去，我该说点什么。

恰在此时，门开了，一个男人走了出来。从他走路的姿势还有其他的特点，我认出了来人，是凯莉的丈夫杰伊·卡斯特布里奇。他从银色的福特车旁走过，上了另外一辆车，那辆奥迪。他开到街道上，朝着我所在的方向开过来。开到贝德福德街和阿灵顿大道的十字路口时，他的车子朝左转去。

我打开车灯，跟了上去。

他开了不到两英里，在芬伍德街某街区中央的一幢房子前停了下来。房子笼在一棵大橡树的阴影下，挂着美国国旗，草坪上竖着一块出租的招牌，上面写着"卡斯特布里奇房地产公司"，还附有电话号码。

他沿着一条通向一个独立车库的车道往上开。我从房子前开了过去，然后在街道上停了下来。月亮的光辉洒下来，却没有照亮橡树下面的那片阴影。我小心翼翼地沿着不太平坦的人行道往前走，走近

第 40 章 | 337

车道的尽头时我放慢了脚步。卡斯特布里奇的车子停在那里，车里没人。我看到房子一侧的窗户里亮着灯。

我抬脚想踏上车道，说时迟那时快，有什么在人行道的不远处闪过。有个黑影在一棵树的树干后面晃动。

第41章

她站在那里等着我，一动不动，就像她生于草丛，扎根于草丛。

"你本打算躲起来？"我问。

"我还没想好。"

"你穿的什么衣服？"

"我想这两者似乎没什么关联。"

"李维斯牛仔裤和凉鞋，这不是很衬参议员的形象。"

"我还不是参议员。"

牛仔裤是褪了色的，搭配的T恤衣领上别了一颗珍珠，还有密歇根大学的徽标。我觉得这身打扮让凯莉·斯宾塞看上去就像二十岁出头的法律大学在读学生。

"你跟踪我。"我说。非常精彩的推论。我可以看到那辆银色的福特就停在她身后的街道上。我全神贯注地跟踪杰伊·卡斯特布里奇，却完全没注意到自己身后也跟了一条尾巴。

"你跟踪我丈夫到了这里，"她问，"为什么？"

"我在找露西·纳瓦罗。"

她说话的语气一直很严肃，以至于看到她的笑容时，我备觉惊诧。

"你认为是杰伊把她藏了起来?"她说。

"我之前没这样想过。带走露西的一定是觉得她造成了威胁的人,她一直在提大湖银行劫案的事。十七年前,杰伊在做什么?"

"读法律大学。"她答道,然后向我走来,近到可以端详我的脸的距离。"你认为杰伊是第五个银行劫匪?"

"有什么不可能呢?弗洛伊德·兰姆比招募的都是有理想主义激情的学生。他诱使他们堕落,并从中得到满足感。我想,他一定很高兴自己能让一名参议员的儿子成为肇事逃逸的司机。"我顿了顿,又接着说,"这也就能解释那些掩饰。"

"掩饰?"

"你父亲从没有对司机做出任何描述,这有可能是因为一名联邦参议员让他不要开口。"

她抬手,摸了摸领口的珍珠。"这理论相当有趣。我也身在其中吗,或者我置身事外?"

"我还没有全部整理完毕,"我说,"但你应该回家去。"

"为什么?"

我指了指那间房子。"我打算到那里面去。你不会想要留下来。"

我的话招来又一个笑容。"我不认为我可以置身事外。"

"我可不是在说笑。"

"我也没在开玩笑。我很想知道我丈夫是否真的把一名记者囚禁在了这里。"她脱了凉鞋,开始光脚沿着人行道往房子的方向走。我只得加快脚步追上她。

"我们是应该破门而入,"她说,"还是要先四处看看?"

我刚想回答，就看到她竖起手指抵在唇上示意我噤声。我在黑暗中跟着她，穿过房子的前部，在车道的边上稍稍停了一会儿。

房子的一侧仍旧只有一扇窗户里有亮光，在靠近房子后面的位置。窗帘微微拉开，如果你能走到窗前，那条缝隙便已足够窥视。即便你走到窗前，也还得有个能垫脚站上去的东西，因为窗户高过齐眼的高度。

凯莉显然也意识到了这一点。她碰了碰我的手臂，指向一个靠在车库一侧的塑料垃圾桶。

我拿着垃圾桶回来的时候，她正站在她丈夫的车旁等着。我走过去，把垃圾桶倒扣着放在窗下的草地上。我扫了她一眼，带着询问的意味，她回应了我一个眼神：您先请。

我又环顾了一次。街道上没人，隔壁的房子看起来像空了蛮久。

我慢慢地抬起左脚，踩在垃圾桶上，然后站上去，保持住平衡。

透过窗帘间的缝隙，我看到一个厨房流理台、一溜黑色的木质橱柜、不锈钢材质的洗碗机、花岗岩台板，其中一个橱柜下装了一台收音机。我能听到有微弱的声响从紧闭的窗户里透出来，是美国国家公共广电台正在播 BBC 世界新闻。

杰伊·卡斯特布里奇站在洗碗机旁。他穿着牛津衬衫、灰色休闲裤。他和一个女人待在一起——不是露西·纳瓦罗，是一个瘦瘦的高个子女人。我几乎可以数清她到底有几根肋骨，因为她的衬衫被卡斯特布里奇脱掉了，现在，他正在脱她的胸罩。他解开最后一个钩扣，把胸罩剥了下来，然后低头吻向她的胸——她的胸真不怎么样，白虽白，却很平坦。他的手沿着她的背往下移，缓缓探向她裙下的腰部。他把她轻轻提起来，让她脚离地，然后把她转身放在了流理台上。

我觉得看到这里已经够了。我悄无声息地踩到了草地上。我看向凯莉·斯宾塞时,她脸上挂着一副了然于心并泰然自若的表情,似乎是在告诉我她很清楚我看到了什么。我摇头,觉得这样似乎就可以阻止她,但她已经赤着脚踩在了垃圾桶上。

我帮她站了上去,然后一手扶着她的后腰,帮她保持平衡。她需要支撑,因为她不得不踮着脚。我静静地等着,听她的呼吸声。她在上面停留了几秒钟,这足以让她看到厨房里的画面,也足以让我意识到自己犯的错。我并不是她今晚要跟踪的人,这已经显而易见。我之前把车子停在她家所在的街道上,监视她的家,但她没理由会知道我在那里监视她,她一定是想跟踪她丈夫。

她一手扶着我的肩膀,从垃圾桶上下来,一言未发,只是赤着脚开始沿车道往外走。我没顾得上把垃圾桶从草地上放回原位,径直跟在她身后。她走回自己的车旁,把她的凉鞋重又穿上,然后转向我。光线太暗,我没法看清她的眼睛。她别开脸,走向驾驶座。"我要回家了。"她说。

这算不上邀请,但这和我接收到的讯息相去不远。

我还没走到车子旁,她的车尾灯就已经消失在街道上。但我没必要跟上她,因为我知道路怎么走。月亮在贝德福德街上露出脸,就像一个圆盘高高悬在房子的屋顶上。凯莉的福特歇在砾石车道上。

我向东开,从房子前开过去,然后把车停在街道上。就着街灯,我看到隔壁那片修剪得非常整齐的草坪,情不自禁地艳羡了一番。街灯也照在了攀着房子墙壁的葡萄藤上,在砖墙上投下了蜷曲的影子。凯莉把门留了个缝。

我走了进去,然后关上门,特意弄出足以让她听到的动静。她背对着我，低着头站在一张皮沙发旁。我向她走过去，她猛地回过身子，双唇紧紧地抿着。此刻，她是一个竭力想要遏制自己眼泪的女人。

我向她伸出手，她朝我走来，把脸埋进我的肩膀。她的头发像丝绸一样柔滑，散发出一股草莓的香味。我抬起手，放在她的后颈处，她皮肤的热度差点灼伤了我。她双臂抱着我，以一种让我意外的力量。

我不记得我们站了多久。我感觉到肩膀被大滴大滴的泪水濡湿。她的手臂正好压在我身侧的伤口，很疼。我摩挲着她隔了一层薄薄T恤的肩背。

最后，凯莉从我怀里离开，擦了擦脸。我看到了她的转变。她站得笔直，抬起下巴。此刻，她把之前在我面前流露出的脆弱都锁了起来，不留一分一毫。

"你不该到这里来，"她说话的声音干巴巴的，透着落寞，"我和你不熟。我没法让自己相信你。如果你认为我会和你上床，那请三思。我的判断力和自控力都比我丈夫强，我可不是那种需要人抚慰的脆弱女人。"

她交叉双臂，带着防备的意味。"你装得倒是有一套，"她说，"一副好人的样子。我不需要你的同情，我不喜欢你。现在你知道一些会对我造成伤害的事，我敢肯定这让你心底暗爽。我讨厌这样。但凡你算个正人君子……虽然我觉得自己是疯了才认为你是这种人……你应该离开这里，忘记之前发生的一切。"

说话时，开始她一直盯着我的眼睛看，但最后她别开了视线。我很想知道我应该忘记的是什么——是我们的拥抱，还是她丈夫的不忠。

我开口说道:"我恐怕什么都没听到。如果你觉得这些话和我有关,我猜你得再回想一遍。"

她的下巴低了一点点,我觉得我看到她的双肩放松了下来。"我不认为我会这样做,"她皱着眉头,露出一个苦涩的笑容,"你想喝点什么吗?我有现成的啤酒,也有白酒。或者,给你调其他的也行。"

"啤酒就行。"我说。

她在厨房里待的时间有点长,事实上我觉得她根本不需要在里面待这么长时间。她在冰箱里东翻西找,不断地打开橱柜门,又关上橱柜门。我由着她,径自在其中一张沙发上坐下来。她用玻璃杯给我倒了一杯啤酒,给自己也倒了一杯。她啜了一小口,然后坐到另外一张沙发上。我看到她换了一个舒适的坐姿,把右腿盘曲了起来。

"那个女人是谁?"我问,"你知道吗?"

她举着玻璃杯,我看到杯沿上方的两道眉毛紧紧皱了起来。"我不确定自己是否想告诉你。"

"随你便。"我说道,然后往后靠在坐垫上。

她又啜了一口啤酒,开口了。"朱莉娅·特伦特,他的律师事务所的合伙人。"

"你知道他们有一腿?"

"不知道。但对杰伊来说,这是家常便饭,这也是今晚我跟踪他的原因。他对我说,他打算出去兜个风醒醒神。"她弹了一下手里的玻璃杯,"朱莉娅·特伦特。我从没有怀疑到她身上。在我眼里,她就是一个干瘪的老货。前一个起码比我年轻,比我漂亮,这还让我稍微气得过。你在笑什么?"

"你不能指望我会听什么信什么,"我说,"比你年轻,比你漂亮。如果你非要这么说,那前一句我信,后一句不信。"

"你很讨人喜欢,但我说的是真的。杰伊对美女很感兴趣,而且他从不曾试过克制,这是他的坏毛病。"

我喝了一大口啤酒,然后把玻璃杯放在边桌上。

"你确定他没有其他的坏毛病?"

她微眯着褐色的眸子。"莫非你还认为他是那个漏网的银行劫匪?"

"我还没有排除他的嫌疑。你说过,当时他在上法学院。"

"是的。是哈佛法学院,离苏圣玛丽可是有很远的路。"

"当时你认识他吗?"

她摇了摇头。"我是之后认识他的。"

"所以你没法告诉我大湖银行劫案发生的当天他在哪儿。那你是什么时候遇到他的?"

"银行劫案的很多年之后,在一次参议员竞选活动上。当时,我父亲频繁出席政治集会。他在警察协会里很受欢迎,他的支持很有用。所以,参议员让我父亲在他的一些竞选活动中演讲,而我则是寸步不离我父亲的。我就是在那里遇到了杰伊。"

我偏着头。"那你和他是什么时候结的婚——你父亲对此有什么看法?"

"他认为我还太年轻,建议我再等等。"

"这很有意思。"

"如果你女儿打算和一名银行劫匪结婚,你也会这么说。"她挖苦道,"看,你误解杰伊了。我知道他有缺点,但不是你所想的那些缺点。他没有为弗洛伊德·兰姆比开车。而且,如果他真的这么做了,我父亲不会包庇他,更不会因为参议员而徇私枉法。"

"为什么你这么肯定?"

"我父亲很正直。"

我拿起杯子,又喝了一口。我认为和一个女儿争论她的父亲是否正直毫无意义。我们就这么盯着对方看了一会儿。她的目光坦率,唇线柔美。

我决定碰碰运气。"那我们聊聊弗洛伊德·兰姆比。"我说。

她的表情瞬间黯淡了下去,但也只是蒙上了一层阴影。"聊什么?"

"亨利·高摩伦说,他在大湖银行看到了你和兰姆比在一起。"

"我以为这件事我们已经……"

"我知道。高摩伦说他认出你是因为你迷人的笑,但当时你却戴着牙套。我认真想过这个问题。人的记忆真是非常有趣。如果他认为他分明记得见过你,他的脑海里可能就会充满当时的细节。如果他记得的细节是错的,那么,也不能说明当时你不在那里。"

凯莉看了我一眼,目光温和而坦率。"老实说,你是不是认为我帮弗洛伊德·兰姆比侦察了大湖银行?"

我四两拨千斤地把问题推了回去。"艾伦·贝克特也问过我同样的问题。他和你一样,想把我绕进去。"

"我怎么把你绕进去了?"

"高摩伦从没说过你去侦察银行,"我说,"他只说看到你和兰姆比在那里出现。也许这只是偶遇,也可能是兰姆比让你去见他。我想,他大概认为侦察银行的时候有治安官的女儿在场会对他比较有利。他应该早就明白了其中的道理。"

她没有否认,表情也没有变。我接着说道:"如果事实确实如此,那你就陷入了尴尬的境地。一方面来说,你没有做错任何事。但从另一方面来说,对于十七年前的真相你始终保持沉默,这让你看起来有罪。随后又来了个露西·纳瓦罗,她想把以前的一切都挖出来,这就让她成了你政治前途的威胁。"

"如果你认为我对露西·纳瓦罗做了什么……"

我抬起手,打断了她的话。"我没这么想,但我认为艾伦·贝克特极可能这么做。"

"那也不是我会允许的事……"

"他很可能没告诉你就做了这件事,把你蒙在了鼓里。"

我觉得我在她的眼睛里看到了一丝惊疑,但这是我之前就想到过的。"不,"她说,"他不会那样做的。"我等着她说些别的,可能是说贝克特正直之类的,但我什么都没听到。我看到她站了起来,然后我知道我们的谈话到此结束了。

她送我到门口,我感谢她的啤酒,然后向她道了晚安。她没有回答我。直到我走到一半,她才开口说道:"我很肯定,你弄错了。"

我回到家已经是半夜十二点,伊丽莎白坐在地上,记着时间轴的纸散在她四周。立体音响放着莫扎特的协奏曲,声音很轻。我在她身边坐下,抬手环住她的肩。她转过来,亲了我一下。我们缓缓地亲吻彼此。

"你嘴里有啤酒的味道,"吻完之后,她说,"你身上有草莓的香味。"

"我和凯莉·斯宾塞喝了一杯啤酒,"我说,"你闻到的香味可能是她洗发水的味道。"

她的嘴角微微一翘。"是这样吗?"

"我让她伏在我肩头哭了一会儿。"

"你确定你不是趁机献殷勤?什么事让她不得不哭?"

"她丈夫有外遇。"就着莫扎特协奏曲当背景音乐,我花了几分钟把今天晚上的所见所闻说了一遍。

我说完之后,伊丽莎白问道:"所以,现在你认为杰伊·卡斯特布里奇是第五个劫匪?而且是他绑架了露西?"

"不是他,就是贝克特带走了露西,"我答道,"我觉得两种情况都有可能。"

伊丽莎白若有所思地盯着房间的对面看。"我想,你误会贝克特了。"

"我不知道为什么你这么说。周三那天,他试图贿赂露西放弃调查,她拒绝了他的提议。然后当天晚上她就失踪了。"

伊丽莎白开始收拾她标有时间轴的文件。"正因如此,"她说,"事情发生得太快了。当她拒绝他的提议时,他是有其他选择的,他可以提出更有吸引力的建议。他不可能直接采取绑架这个措施,我觉得肯定是另有他人。"

"那我们来说说杰伊·卡斯特布里奇。"我说。

她看起来有点不确定。"杰伊·卡斯特布里奇周三晚上来了这里,因为他翻了他妻子的文件,然后发现了拉克的信。"

"不错。拉克一直追着大湖银行的劫匪不放,如果卡斯特布里奇是其中一名劫匪,他有理由想让拉克被抓住。"

"如果拉克知道他是劫匪之一的话……"

"也许卡斯特布里奇不确定拉克知道些什么,"我说,"周三晚上他大概什么时候走的?"

"十一点十七分左右。"

"所以他有去温斯顿酒店的时间。"

伊丽莎白捡起最后几张纸。"我还是不相信。杰伊·卡斯特布里奇几乎都不敢给我拉克的信。他很害怕他妻子发现他在背后搞小动作,我看不出他有绑架人的胆量。"

第42章

周六，安东尼·拉克睡了个懒觉。之后他开出南本德的时候，刚过中午。

他把来复枪和沃尔特·德拉科特的手枪放在雪佛兰的后备厢里，保罗·莱茵的手枪被藏在他旁边座位的一张报纸下。拉克穿着前天买的一套现成西装：炭灰色外套、白色礼服衬衫，还有一条黑色丝质领带。

德拉科特的钱夹还在他口袋里揣着。买完衣服，付完住宿费之后，还剩差不多三千美元。

拉克向东开，沿着20号公路穿过印第安纳州，临近米德尔伯里时，他转往北。一点左右，他进入密歇根州地界。在131号公路上距离三河城南几英里处，他发现了闪烁的灯光：有一辆车超速，被巡逻车拦了下来。拉克开进左侧的车道，从后视镜里看着灯光渐行渐远。

他在131号公路上又开了二十五英里，然后从体育场车道开进了卡拉马祖。他看到的第一家大型折扣商店是一家沃尔玛购物广场，他停了下来，花了德拉科特钱夹里的一张五十美元，买了一组六瓶装的瓶装水还有一套螺丝刀。

回到车上之后,他打开一瓶水,静静地感觉是否有头痛袭来。他倒了一粒舒马曲坦胶囊到手掌上,等了一会儿,又把胶囊塞回口袋里。然后,他插上钥匙,点火,在停着的车子之间穿行,直到看到一辆灰色的雪佛兰迈锐宝,和他的车非常像。

他把车子停在三个车位之外,然后用一把螺丝刀把自己车子后保险杠上的牌照卸下来,和另外那辆迈锐宝的牌照做了调换。

从沃尔玛出来之后,他向南开,想上94号州际公路,这可以让他开回安娜堡市去找萨顿·贝尔。他估算大概要花一个半小时。州警察很可能在密切关注他的动向,但这个新牌照应该足以摆脱他们。如果开车的另有他人就更好了。

他开到一个十字路口,踩了刹车。他一定是被红灯晃了神,以至于听到有人敲乘客座那侧的窗玻璃时瑟缩了一下。

他转过头,看到一个男人,胡子拉碴、头发斑白,穿着一件迷彩夹克。他举着一块纸板,上面写着"无家可归的兽医——用工作换食物"。

对拉克来说,这几个字和春天里绿草的颜色一样。

"看起来你在后面待得不太舒服。"

"我很好。"拉克回答。

他从后备厢里拿了一条毯子,把它卷起来当枕头,把西装外套挂在前面的乘客座上,然后侧着身子蜷在后座。透过窗户,他能看到蓝色的天空,还有从窗外掠过的树梢。

"是广播吵到你了?"他的同伴问,"我可以把声音关小。"

他们正沿着94号州际公路往东开,调幅电台里正在播一场棒球比赛。

"没事。"拉克说。

"如果你很累,我不想吵着你。"

拉克能看到司机的后脑勺,他的头发斑白且凌乱。他不相信这个男人无家可归,也不相信他是兽医。一个真正无家可归的人应该有一个铺盖或者帆布背包,或者其他的行李,反正不应该只有一件迷彩夹克和一张纸板。

"我很好,"拉克说,"不用担心我。"

因为根本不信任这个无家可归的兽医,他并不打算睡着。之前,他已经给了这个男人一张一百美元的纸币,当然用的是德拉科特的钱,并且他答应到了安娜堡市会再付给他一百美元。他特意留了个心眼,没让那个男人看到钱夹。但他还是在那个男人眼里看到了异样,一小簇火花,狡猾而又贪婪。无家可归的兽医想要的远不止两百美元。

拉克把保罗·莱茵的手枪藏在驾驶座的地垫下,很轻易就能取到。

"你刚才说你从事的是什么职业来着?"

拉克根本没提到过,但现在他认真想了一下,最后,他选定了一个行业。他开口答道:"广告。"

"不是说笑的吧,"无家可归的兽医说,"是那种电视上的商业广告吗?"

"是户外广告。"拉克答。

这让对方沉默了下来,户外广告有什么可说的?

广播里,有人打了一个长长的中外场高飞球,然后被接住了。拉克点了点放在乘客座后面地上的啤酒瓶。周三那天，他买了一板六瓶装的啤酒，还有两瓶没开。尽管他很想喝，但他知道现在喝太热了。

在这些瓶子中间，他看到了一个笔记本。不是他的，这是一本螺旋线圈便签本。他想了一会儿，才想起来这是从露西·纳瓦罗的黄色甲壳虫上拿来的。他在她车上的仪表贮物箱里发现了这个笔记本，然后把它塞进了口袋里，跟着就把笔记本扔在了这里。他拿起笔记本，翻开封面。

"那里有个广告牌，"无家可归的兽医说，"是不是你的广告牌之一？"

男人的声音有点沙哑，不过不算难听，但是拉克不想在整个旅途中都听到这个声音。

"我们能不说话吗？"拉克说，"我想看会儿书。"

无家可归的兽医调了调广播的音量。"听你的。"

他们在杰克逊市周边的一个加油站停下来，拉克自己下车加油。一直躺在后座他觉得很烦，脖子都开始疼了。他打发无家可归的兽医去付钱，给了他一张五十美元的纸币。拿钱时，他的眼睛里又燃起了同样的火花。

拉克本想把他扔在这里，自己开车跑掉，但随后转念一想，说不定可以借助他接近萨顿·贝尔。

他们又开回了州际公路上，仍然是无家可归的兽医开车。但这一次，拉克坐在了前面的乘客座上，套上了他的西装外套。这天气穿着外套有点热，不过他开了空调降温。

他已经把莱茵的手枪转移到了外套的内袋里。

在卡拉马祖时他就一直担心的头疼终于袭来,他就着水吞了一片舒马曲坦。

广播里的棒球比赛已经结束,无家可归的兽医转到了一个乡村电台。

拉克把露西·纳瓦罗的记事本摊在膝盖上,上面密密麻麻地写着她与亨利·高摩伦和特里·多特里展开的对话与注释。拉克对高摩伦所说的在大湖银行看到凯莉·斯宾塞和弗洛伊德·兰姆比在一起的事无感。但露西和多特里的对话让他很好奇。

有的地方非常荒谬,比如关于兰姆比是凯莉的生父的猜想,纯粹的异想天开。但在最后,多特里暗示了他知道第五个劫匪的名字。

你下次来,我们可以再聊。也许我会告诉你司机是谁。

关于第五个劫匪,拉克想了很多,他和其他人一样罪不可赦,他的名字也在拉克的名单里。但你只能尽己所能做到最好,你不可能解决所有的事情。

这是拉克的父亲说过的话。

也许我会告诉你司机是谁。露西·纳瓦罗用蓝色的墨水笔写了这句话,但在拉克眼里,字却是红色的,它们在纸页上呼吸。

好吧,他不知道司机的名字。可能多特里知道,但多特里已经死了。拉克要解决萨顿·贝尔,这就够了。

你得接受自己的极限。

这是肯尼利医生说的话,但拉克的父亲也一定会举双手赞同。

开到切尔西距离安娜堡市不到十五英里的地方,拉克想到了杀死萨顿·贝尔的办法。

他可以用来复枪在贝尔家里杀死他。他在露西·纳瓦罗的笔记本的一张纸上画了一张附近的地域草图。贝尔家所在街道的走向由西向东他的家,在一排房子的尽头。北面是一块空地。南面,街的另一面也有一排房子。东面是一个为小孩子建的游乐场,有很多秋千和塑料滑梯。紧挨着游乐场的,是一条由北向南走的街道。

从游乐场那里,可以看到贝尔家的前院。游乐场就是拉克要拿着来复枪去的地方。

房子里可能会有警察。得分散他们的注意力,得把贝尔引到院子里。

拉克关掉广播,然后转向无家可归的兽医。

"你觉得你能假装癫痫发作吗?"

无家可归的兽医从梅杰加油站走出来,抱着一沓报纸。拉克坐在雪佛兰的驾驶座上看着他。他们从安娜堡到萨利内的公路下到了州际公路,距离贝尔家不到三英里。

无家可归的兽医把报纸放在后座上,然后在拉克旁边坐了下来。

"好了,老板,"男人说,"你的报纸买回来了。现在你可以告诉我你的计划了。"

拉克把贝尔家周边的地图给他看。

"这是我们要去的地方,马拉德车道。我会让你在这里下车。"他伸出一指,点了点位于西面末端贝尔家所在的街道,"你带上报纸,沿着街道走,假装你是送报纸的。把报纸扔在门廊,不要扔在草坪上。"

"好的。"

"你不用每家都发,看起来像那么回事就行。确保能够留一份给最后一家,就是这里。"拉克点了点最末尾的那个盒子,贝尔的家。

"这就是目标?"无家可归的兽医问,"这就是我要演戏的地方?"

"对。你得走到门前,把报纸扔下来,弄出一些动静,随便喊几句。"

"你想让我怎么喊?"

"随便喊。没关系的。"

"那这样呢?我喊'阿提卡'怎么样?就像阿尔·帕西诺在那部电影里喊的那样。"

"棒极了,"拉克说,"就这么喊。住在那房子里的人会出来,然后你就倒在地上,发你的癫痫。"

"那你会在哪儿?"

会拿着来复枪在那个游乐场,拉克心想。

"别担心我,"他说,"我会在合适的时机出现。"

"这是欺诈。别想蒙我!这是什么欺诈,是保险欺诈?"

无家可归的兽医声音里压着愤怒。拉克平静地回答他:"是的,是保险欺诈。"

"那策略呢?那些保险公司都是铁公鸡。但凡有点办法可以逃避责任,他们都不会赔偿的。"

"我们不需要提出索赔,"拉克灵机一动,临时起意,"威胁对方就够了。"

"为什么?"

"因为住在那幢房子里的人不想和保险公司打交道。他不希望引起关注，也绝对不想进法庭。"

"你认识他？"

"我知道他的情况，"拉克故意用一种狡猾的语调说，"我调查过了，他一定会给钱的。"

无家可归的兽医突然咧着嘴笑了。"调查。啊哈。对你，我始终有种感觉。关于你说自己从事户外广告工作这一点，我就没信过。"

"不信？"

"当然不。你觉得从这家伙那里能弄到多少钱？"

"我想我们可以开口要一万美元。"

"不可能。"

"我不是说我们要这么多，只是说我们要开这个价。"

"怎么分账？五五分？"

"我觉得应该是七三，"拉克尽量装出一副被冒犯了的样子，"毕竟调查是我做的。"

"五五分。"无家可归的兽医说，"我有什么说什么。"

一个不情不愿的停顿。"好吧。那你准备好了吗？"

"别急啊。你得先给我点预付款。万一事情和你计划的不一样呢？"

之前一个人留在车上时，拉克已经从德拉科特的钱夹里抽了几张纸币出来。他递了两张给无家可归的兽医。

"这是我雇你开车送我到这里的一百美元，"拉克说，"另外一百美元就当作预付款。"

"如果是五百，我会更高兴。"

"我知道，但一百很公平。"

第42章 | 357

"大家各让一步吧,三百。"

拉克合上笔记本,把它扔在仪表板上。他从外套口袋里又掏了两张百元大钞,递给无家可归的兽医。

"你准备好了吗?"

他们往南开,经过一个漆成铁锈色的带谷仓的农舍。屋顶栖有三只乌鸦。安东尼·拉克不假思索地降下了雪佛兰的车窗,风把他的领带吹垂到肩膀上。

他闭上双眼,但只有一秒钟。再度睁开眼睛时,他专注地盯着远处的黄色标线看。如果他不转头,他的眼前就会浮现苏珊娜·马滕的身影,她就在车里,坐在他身边。他记得在大学里,有一天他开车带她去乡下。她去拍谷仓的照片,是她的艺术项目之一。

他们最终找到了一个谷仓,房顶塌陷,四周杂草丛生。她拿着相机在谷仓附近晃悠,从不同角度给谷仓拍照。之后,他们沿着一条小溪散步,四下里寻找在水边晒太阳的乌龟。那天,他开车送她回家时,也像这样把车窗摇下来,他的手臂揽着她,她的头轻轻靠在他的肩上。

拉克本以为回忆会让他悲伤不已,但却没有。大湖银行劫案的劫匪很快就要全部被他解决掉了,贝尔是最后一个。第五个劫匪还没有下落,但他不是拉克目前要解决的问题,因为你得接受自己的极限。

他的头已经不痛了,舒马曲坦的药效起作用了。他会解决贝尔,然后从此再也不会受头痛的侵扰,因为头痛只是一种征兆。

除非你解决根源问题,否则你会一直头痛。

现在他就在处理根源问题。这样,今晚他就不用躺在床上用冰块敷额头。近几天，他一直没用过冰块。他这样做一定是对的。

他来到马拉德车道的标牌旁，标牌上的字和多年前那个谷仓周围丛生的杂草一个颜色。他开到贝尔家所在的街道上，减速，这里距离贝尔的家不到三个街区。前面有一辆巡逻车，这意味着贝尔在家。

拉克把车停在路边，脚踩在刹车上。

"这就是那一家？"无家可归的兽医在他身边问，"最后的那一家？"

"就是它。"

"门前有一辆警车。"

"我知道，但这不会有什么影响。"

"天杀的当然会有。"

"带上报纸，按照我们之前说的去做。你走到那里之后，弄出一些动静，如果他不出来就没用。"

"如果那里有警察，我才不会去。你疯了吗？"

拉克听了之后，脸部抽搐了一下。"我没疯。"

"再说了，这附近都是什么社区？"无家可归的兽医说，"看起来可不像那种能一掷千金的。"

拉克松开刹车，车子又往前开近了一些。"你之前答应了的。"他说。

"前提是没警察。现在，门都没有。"

"那好吧。那就下车。"

无家可归的兽医笑了。"你不能把我扔在这里。把我带回州际公路那里，我可以在那里搭顺风车。"

拉克猛地踩了刹车，然后从外套的内袋里掏出手枪。

第 42 章 | 359

"下车。"他重复了一遍。

"天哪!把那家伙拿开。"

"下车。"拉克一边说一边拉开保险。现在距离那里已经不到两个街区了,他不敢再往前开。巡逻车的一扇门开了,有个警察跨了出来。

"天!"无家可归的兽医从车里下来,站在马路牙子上。他一手扶着雪佛兰的车门。"你他妈的就是个神经病!你知不知道?"

拉克稳稳地举着手枪。"住在那幢房子里的男人是一名护师,"他平静地说,"他可以帮你。"

无家可归的兽医关上车门,向后退,一脸困惑。

"他是一名护师。"拉克重复了一遍。然后他对准无家可归的兽医的肩膀,透过降下的车窗缝隙,朝他开了一枪。

第43章

拉克把手枪扔在旁边的座位上,然后让车子迅速掉头。开到街尾处,他猛打转向,轮胎向左,让车子转向南。无家可归的兽医单膝着地,一边按着肩膀,一边挣扎着想要站起来。

现在贝尔家的门口有两个警察出现,一个正对着对讲机说话,另一个则朝无家可归的兽医跑来。

拉克加速往南边的棉木街开去,那里在警察的监视范围之外。他开到山杨街和棉木街的十字路口,向东转。他已经听到在自己脑海里回响的声音:打开后备厢,拿出来复枪,瞄准萨顿·贝尔。

他把车窗升上,然后四处找希瑟车道的标牌。找到标牌之后,转向北。希瑟车道旁边就是那个游乐场。

游乐场左侧最后面是一幢有护墙板的两层楼房。他把车子停在这幢房子前面,然后从后备厢里拿出来复枪。

街道不远处,一个赤膊的男人开着一辆割草机,绕着一棵木兰树转圈。有个女人在往小鸟喂食器里倒种子。

游乐场里,一位穿着夏裙的年轻妈妈正在推一个男孩荡秋千。

安东尼·拉克穿着西装,打着领带,把来复枪垂在一侧,不疾不徐地从秋千架旁经过，朝一张空无一人的木头长凳走过去。

他能看到萨顿·贝尔的房子，门前停着警车。无家可归的兽医半坐在警车的引擎盖上，迷彩夹克上有一块椭圆形的黑色血渍，一名警察正在查看他肩膀的伤势。

无家可归的兽医左右摆动着头发斑白的脑袋，嘴里在叫着什么，拉克没法听到，一是距离太远，再就是割草机的声音太大。

另外一名警察迅速往贝尔家跑去。前门开了，萨顿·贝尔跑下台阶，手里拿着白色的东西——拉克本以为是纱布或者绷带，但看起来像是纯白色的毛巾。

往贝尔家跑的那名警察想拦住贝尔，把他推回门里。

贝尔从警察身边跑了过去。

拉克侧身坐在长凳上，一只手臂靠在长凳的靠背上，用来复枪瞄准。拉克眼角的余光看到那名年轻的妈妈停住秋千，然后又把秋千推了出去。

从瞄准器里，拉克看到一名警察把兽医的迷彩夹克脱掉，扔在了地上。他看到他里面穿了一件灰色的T恤，肩膀处有深红色的血渍。

萨顿·贝尔手里拿着白色的毛巾，把其中一块毛巾按在伤口上。

拉克让十字准线对准贝尔的脖子，又移到他的侧脸上。最后，他对准了贝尔耳后的某点。

十字准线在晃动。割草机的嗡嗡声很嘈杂，但拉克没有被干扰。他吸了一口气，手指放在扳机上。十字准线现在不晃了。

他的视线很清晰。他的眉毛处一片冰凉，眼睛后面没有那种熟悉的翻搅。

头痛只是一种征兆。

他没有头痛。他曾感觉头痛要来，然后他吃了一片药，头就不痛了。药起了作用。

割草机的响声突然在他耳边消失了。十字准线晃到了萨顿·贝尔的脸颊上。

头痛只是一种征兆。除非你解决根源问题，否则你会一直头痛。

拉克的头不痛。现在不痛。这几天以来一直没有头痛。

因为药起作用了。

十字准线晃到了空白的地方。

机不可失，拉克心想。

他又瞄准了贝尔的耳朵后面。

现在不开枪，你就没有机会了。

扣着扳机的手指慢慢收紧。

药……

"刚才我说药的时候，你听到了吗？"

周六下午，伊丽莎白和单在一条不太平坦的街上巡逻，附近一片都是砖房。他们驱车回到迪尔本，按照海伦·拉克给的名单去拜访拉克的朋友。

他们已经和不下六个人谈过话，年龄大都在三十岁上下，没有上进心，没有工作，住在破破烂烂的公寓里。这些人里，没有人和安东尼·拉克走得近。他们给伊丽莎白的印象不是那种会在你逃亡的时候收留你的人，她根本没指望能在其中一个人家里找到藏匿在那里的拉克。

但名单上还有很多人，她仍然希望其中一个能为她提供一些有用的线索。她坐在皇冠维多利亚的驾驶座上,看向窗外那些暗红色的砖房。单坐在旁边的乘客座上。他一直在和儿子发短信,他儿子今天在参加一场少年棒球比赛,当投手。

车载广播调到了古典音乐台,伊丽莎白一边听巴赫的奏鸣曲,一边神游太虚。单的手机响时,她听到了,但他讲电话的时候,她没注意听。

"莉齐,"他抬高声音,"我说药的时候,你听到了吗?"

她按了广播的开关。"什么药?"

"我在拉克的公寓里发现的药,"他说,"放在一个金属罐里,贴着一张手写的标签,上面写着'舒马曲坦'。但实验室说那些药不是舒马曲坦,是维生素 D。"

巴赫的音乐仍然在她脑海里萦绕。

"你觉得这说明了什么?拉克把他的药搞混了?"

"我不知道,"单说,"但如果他把维生素 D 当头痛药吃,很可能没多大缓解作用。"

四点过二十分,我听到一阵由远及近的警笛声。我在后视镜里看到一大片灯光,然后那些车子停在路边。我从后视镜里看到一辆救护车由远及近,然后超过我往南开。

那天早上,我回了芬伍德街的房子,就是前一天晚上凯莉·斯宾塞和我一起造访过的那幢房子。我不相信自己会在那里找到露西·纳瓦罗,但我没办法把她躺在某个地下室地上的画面从我脑海里剔除。在梦里,我总会看到一级一级往下通往无尽黑暗的楼梯。

我沿着芬伍德街房子的车道走,一边走一边低头在地上找石头。

我找到了一块石头，本想用来砸窗户，突然又想到了草坪上竖着的房屋出租的牌子。我掏出手机，打了卡斯特布里奇房地产公司的电话。

半个小时之后，一名租赁代理人出现了。一个很活泼的女人，有一头浓密的淡金色头发，穿着红色的上衣。她带我在房子的每个房间都走了一遍，还带我去了阁楼、地下室和车库。我没发现任何露西被藏在这里的线索。

午后不久，我坐在《灰街》的办公桌前，假装编辑侦探和女继承人的故事。但我根本没法让自己不去想露西。我完全无法预知她现在到底怎么样，也完全不知道应该去哪里找她。我所能确定的一点就是，她的失踪和大湖银行劫案有关。我知道有两个和这起案子有关的人可以重述过去，那就是萨顿·贝尔和哈伦·斯宾塞。

我扔的硬币正面朝上，于是在四点过二十分，当救护车呼啸着从我身旁经过时，我正在往南开往安娜堡到萨利内的路上，打算去萨顿·贝尔的家。

抵达贝尔家所在的社区时，我看到人们三五成群地聚在人行道上。我看到救护车停在街尾，开近救护车时，急诊医生正往车子的后部抬一辆轮车。他们关上门之后迅速离开，剩下两辆警车，还有四个穿着制服站在贝尔家草坪上的警察。

我把车子停在一个街区之外，然后走了过去。四个警察里有一个叫菲尔德的家伙——周一晚上，参议员出车祸的那个晚上，伊丽莎白和我见过他。菲尔德正在和一个穿夏裙的女人说话，那个女人一直指着远处的游乐场。

她紧紧抓住一个小男孩的手，小男孩似乎一直想把她拖走。"推我，"我听到他说，"我想让你推我荡秋千。"她努力安抚他，过了一会儿,他们离开了,却不是去往秋千的方向。

我走近时,菲尔德面无表情地看向我,随后他认出了我。

"这里出了什么事?"我问他,"是和拉克有关?"

他犹豫了一会儿,寻思着是否要回答我的问题。

"肯定是他,"最后,他开口了,"他射伤了一个流浪汉,那个流浪汉半路搭了他的顺风车。我们在安置流浪汉时,他开车绕到游乐场那边,拿出了他的来复枪。这计划真不错,而且贝尔还真就自投罗网了。"

菲尔德扫了房子一眼。"贝尔跑出来想帮忙。该死的弗洛伦斯·南丁格尔①,还带了毛巾出来。我让他回到房子里,他当然不会听我的。真他妈的蠢货!"

他的语调让我不由自主往坏处想。"贝尔死了吗?"

"他很好。"菲尔德粗声粗气地回答,"事实证明,他真他妈的运气好。"

"怎么了?拉克失手了?"

"他没开枪。"

---

① 弗洛伦斯·南丁格尔(1820—1910),英国护士和统计学家。她的名字是医学史上护士精神的代名词。

第 44 章

他们把他老公寓的门锁给换了。

拉克想找找看有没有别的东西,比如警察局的官方印章,或者围住犯罪现场的黄色带子。什么都没有,只是他的钥匙开不了门了。

他从雪佛兰里拿了撬胎棒,然后绕到卧室窗前。沃尔特·德拉科特就是从这里闯进去的。拉克撬玻璃窗时,一下就推开了,显然插销还没有修好。

他爬进卧室,在他的床垫前站了一会儿。橱柜里的衣服不见了,散落在地上的书和杂志也不见了。

他低头,看着手里的撬胎棒,然后想起森林里查理·多特里的小木屋,他就是用这根撬胎棒把老头打死的。他举起撬胎棒,盯着弯折的部位看,还能看到上面残留的干涸血印。

他扔掉撬胎棒,觉得想吐。他低下头,用力用鼻子呼吸,直到把想吐的感觉压下去。

他环顾四周。他以前的药应该是在床垫旁边的地上,但他没看到那个药罐,一定是被警察拿走了。

为了保险起见,他又检查了浴室和厨房,还是没有药。空气里有股怪味，有点像金属的味道。很可能是印在地毯上的血的味道，德拉科特的血在起居室，莱茵的在大厅。

血渍没让拉克反胃，不像撬胎棒上的血印。

他在厨房水槽里放了一些凉水，然后掬了一捧，就着掌心喝起来。

你没必要找那些药，他想，你知道那些药去哪儿了。

他把手甩干时，瞥到一张黄纸，是他邻居的传单：寻猫启事。蓝绿色的字，对于拉克来说，这个颜色代表冷静和平和。

他从门口离开，发现外面的走廊上空无一人。他觉得她周六不大可能在家，会让他进门的可能性就更小了。他摆弄着西装的袖口，把炭灰色西装外套的袖子往上卷了约半英寸，露出一截白色的衬衫。跟着，他整理了一下领带。

早知道就带几朵花了，他心想。

他敲了敲门，十秒钟之后，门被人向里拉开。她正在听 iPod，和上次一样。她穿了一件背心，还有短裤，似乎之前是在做运动。刚开始看到门口站着一个西装革履的人，她有点反应不过来，随后，她瞠目结舌。

很惊讶，他想，但没有害怕。她开始关门，但显然并不是出自本意。他本来可以阻止她关门，但他没有。他由着她关上门，然后静候插销落锁的声音。

他没有听到这个声音，于是他叫她的名字。

他听到防盗链滑动的声音，跟着门开了，只开了几英尺。

"米拉。"

"安东尼。"她手里抓着 iPod 的耳机。

"你在听什么？"他问。

听到他问的话,她忍不住皱起眉。"安东尼,警察一直在找你。"

"我知道。"

"他们说……"

"我知道他们说了什么。你有车吗?"

他看到她的眉头拧成一个"川"字,满满的担忧。

"我不能帮助你逃跑,"她说,"如果这是你开口要求我帮的忙。"

"没关系,"他说,"有架飞机就更好了。"

"飞机?"

"你看过红杉树吗?"

"安东尼,我觉得你……"

"疯了,我知道你想这么说。"他举起双手,做了一个投降的姿势,"我要和你说我的故事。如果你飞到加利福尼亚州的尤里卡,然后在那里租一辆车向北开往草原溪州立公园,就可以在那里看到红杉。你应该去看看。我以前和一个认识的女孩一起去过,那是我去过的离家最远的地方。"

他看得出,她想弄明白他说这些话的含义。她的眼睛是褐色的,比皮肤的褐色深些。他发誓他看到了那双眼睛里闪亮的金色光芒,就像微敞的门和门框之间的防盗链的金色。

"安东尼,我能帮你。"她说,"我们可以找个律师。"

他朝她走近些许。"我不知道是否有可能重新开始,"他说话的声音几近耳语,"我已经很久没有这种想法了。但如果有这个可能,那一定是在那里。草原溪州立公园。记住这个地方。我没法坐飞机,所以我去那里要花些时间。我会在那里等你。"

"安东尼……"

"你应该去看看，我说的是那片红杉。我们本想拍照，但实在是太大了，相机拍不下。"他长长地吁了一口气，"你看，我知道自己现在像什么样子，也知道你是怎样看我的。我杀了三个人。我希望能告诉你这不是真的。我杀了一个叫德里克·艾佛利的男人，因为他把我深爱的人从我身边带走了。对此，我并不后悔。至于其他人……我却不敢这么说。"

他看着她再度关上门，然后听到防盗链被打开的声音，跟着，门又开了。

"安东尼，"她轻声说，"你需要帮助。"

他闭上双眼。"我已经把该做的都做了。我想重新开始。草原溪州立公园。就算你不去我也能理解。"

"我不能……"

"现在先不要说能或者不能，"他睁开眼，缓步后退，"你该关上门，别让猫又跑出去。"

她回头往里看了看。"它现在躲在一张椅子下。"

"你得小心些。"拉克说，"好了，我不能留在这里。所以，现在什么也别说，什么也别做，关门吧。"

"我会告诉你我在等什么，"萨顿·贝尔说，"我在等可以再次拉开窗帘的那天到来。"

我们正坐在他家起居室的一张枫木桌旁。警察还蹲守在外面，保持警惕，以防拉克卷土重来。我告诉贝尔说我想聊聊露西·纳瓦罗的事，他同意和我见一面。

桌子的另一头放着一叠报纸，翻到一幅蜡笔画那里，画上有一片田地，地里有马。房间里唯一的亮光就是一盏吊灯的灯光。窗前的窗帘很厚重，拉得紧紧的，密不透风。

"你一定觉得我留在这里很傻。"贝尔说。他把椅子转过来，面对着我。他的左臂放在桌子上，手上还安着一个矫正架。

我还没回答，他就自顾自地往下说："可能我是傻吧。我说服我妻子请了一段时间的假，现在她带着女儿去了其他州的朋友家。"

"本来你也可以和她们一起离开的。"我说。

"我差点就那么做了，但随后我又想了想。如果有人要杀你，你是想要和你妻子女儿待在一起，还是尽可能远离她们？"

"我懂你的意思。"

他用没有受伤的那只手拨开眼前的长发。"除此之外，我在这里也有走不开的责任。我工作的诊所人手不够，他们没法让我无休止地休假。而且，他们也不介意让警察在附近监视。那里出入的病人本来就有点鱼龙混杂，特别是深更半夜的时候。"停顿了一会儿，他接着说道，"我就是这么看的，雇用我是诊所在冒险，我不想辜负他们。"

我点了点头，看到他转过头，盯着窗户对面的墙看，那里挂着很多照片。其中最大的一张是他女儿的照片，淡黄色的头发，蓝色的眼睛。

"警察建议我去旅馆住，"他说，"但这房子有警报系统，而且只要我在家，门口都会停着一辆警车。事实是，我觉得我有必要留在这里。否则，感觉就像我要放弃这个地方。这样合理吗？"

"我觉得合情合理。"

贝尔盯着照片看，似乎想要找一些其他的话题。我觉得他似乎对当下的一切感到很满意：中产阶级生活，平淡而体面，一个顾家、不想放弃自己房子的男人。然后我猛地想起他以前做过的事,一个疑问油然而生。我发现自己不由自主地把这个疑问大声说了出来。

"你是怎么卷入大湖银行劫案的?"

他转过来看我,在椅子上有点坐立不安。"当时我二十岁,很傻很天真的年纪。"

"大多数二十多岁的人都不会想着要去抢银行,"我说,"一定有什么其他原因。我知道是弗洛伊德·兰姆比找上了你。他是怎么说服你的?"

他的头摇了摇,"你不会明白的。"

"试试看呢。"

我看到他陷入沉思。过了一会儿,他开口说道:"关于弗洛伊德……他从没有游说我去做任何事。他只是倾听,他的目光很慈祥。"贝尔犹豫了一会儿,"我可能描述得不太准确。"

"接着说。"

他又想了一会儿,然后才接着往下说:"现在,人们都说弗洛伊德·兰姆比是个骗子。当然,刚认识他的时候,我是完全不知情的。当时我还在上大学,他是我选的印第安文化课的客座讲师。他在那里只待了三到四个礼拜,讲的都是保留地的生活情况。他们很多人都被高失业率和酗酒困扰。他们生活贫苦,就是那种你在第三世界国家经常能看到的贫困。那节课排在晚上,后来能坚持去上课的人越来越少,弗洛伊德就带我们去外面上课,有时候在咖啡馆,有时候在饭店。我第一次去上那节课,是为了能在我喜欢的一个女孩面前多露脸。但她没上多久就不上了,我却一直坚持去上课。我喜欢听弗洛伊德讲课。他说的那些都是我从没听过、从没见过的,他真的很有才华,能说会道,而且看起来很谦逊。"

贝尔用没受伤的那只手抓了抓侧脸。"有一天晚上,其他人都走了,只剩下我和弗洛伊德。我记得当时我坐在他对面,我们中间的桌子上摆着很多空杯子。我记得当时他盯着我看,就好像第一次见到我,很懊悔居然没有早点注意到我一样。我记得当时他问了我一个问题:'你的人生目标是什么,贝尔先生?'"

"于是我就开始认真想,我想追求什么?我是一个来自中西部的孩子,我父亲是一名会计。我母亲生了四个孩子,一直是全职主妇。他们含辛茹苦地攒钱供我上大学。我上的是我父亲以前上过的大学,进的是他以前进过的兄弟会。从没有人问过我我这一生到底所求为何,我能给的最好的回答就是我想像我父亲一样。我想拿到学位,找到工作。可能我会当一名会计,也可能是一名医生。我想像我父亲一样,在大学的时候谈一个女朋友,然后和她结婚生子。"

"我就是这样回答弗洛伊德的,他静静地听我说完,最后说:'这样的生活感觉很体面,贝尔先生。'我能感觉到,他说这话是由衷的。他不是在嘲笑我。他也没有质疑我所追求的生活的价值,但我自己却有了这样的想法。"

"'这听起来就是一种再平凡不过的生活。'我说。"

"他缓缓绽开一个温和的笑容,'平凡的生活没什么不好。'"

"然后,他就把我搞定了,但我当时并没有意识到。我说:'我觉得自己想要的更多。'"

"他轻声笑了。'贝尔先生,你得考虑周全。'他说,'想过不平凡的生活可不是一件容易的事。'"

"那天晚上,他没有再多说其他的。后来,他和我说了俄亥俄州的罗斯比尔兄弟的事,他们被诬陷谋杀了一名女性。之后我才明白他说的'不平凡的生活'是什么意思——他想我帮忙抢银行,这样我们就有钱为那对兄弟请一个好的律师,而不是让他们听凭法院指定的不能为他们专一辩护的律师摆布。我听完弗洛伊德说的话之后,心想他真是疯了,当然我也如实说了我的看法。"

"他当时回了我和之前一样的微笑。'我想你是对的,贝尔先生。我不该问你这种事情的,你不用再想了。'"

贝尔的左手放在枫木桌上,来回滑动。"弗洛伊德真的再也没提过这件事,"他说,"不久之后,他走了,去了另外一所大学。但他给我留了一个号码,让我们可以保持联系。别再想这件事了,他说,但我还是想了。一天晚上,我给他打电话,我们在电话里讨论了这个问题,但只是假设性的。我们讨论了这件事是不是不道德。最后我们认为人们存在银行里的钱是有保险的,所以没有人会真的因此损失钱,也没有人会受伤,这是我们达成的共识。我们会带枪去恐吓银行出纳,但最多就是朝空中放枪。我们不会真的伤害任何人。这件事直接关系着罗斯比尔兄弟的生死,弗洛伊德一直这样说。现在我能确定,他当时说的根本全部是谎言。他一直都打算把那笔钱据为己有,相信他说的话根本是我自己一厢情愿。本来只是弗洛伊德和我在讨论某事,结果不知道从什么时候开始,变成了我们打算去做这件事。"

贝尔耸耸肩,眼睛低垂了下去,我知道,他已经尽自己所能对他的行为做了解释。"当时我二十岁,"他又说道,"我觉得我想要的不只是平凡的生活,这也是我之前说当时我很傻很天真的意思。"

他睁开双眼,凝视着我。"这不是你来见我的原因。"

是的,的确不是。我觉得自己有点短路,因为不知道从何说起。

我坐在桌子的一角,盯着对面的他看,缓缓开口说道:"我想我们得谈谈露西·纳瓦罗。"

"我不知道我能告诉你些什么,"他说,"我真不认识她。"

"上个礼拜,她救了你一命。"我提醒他,"在八球酒吧外面。"

他盯着左手的矫正架看,好像在回想的样子,"是的,但那天晚上我并没有和她说话,我从没和她说过话。"

"我知道她曾想采访你,想了解当年在大湖银行发生的事。"

"她确实找过我,但我没有接受采访。"

"她和特里·多特里以及亨利·高摩伦都聊过,"我说,"她在做大湖银行劫案的报道。三天前的晚上,她失踪了。有人不想让她做这个报道。我想很可能是第五个劫匪干的,也就是本该在门口接应你们的司机。"

贝尔摇头。"这我帮不了你。"

"多特里声称他知道第五个劫匪是谁,但你不知道。"

"我不知道。"

"我想你帮我认一张照片。"

他开始抗议,"已经过了十七年了……"

我从口袋里掏出一张纸,一张从《新闻周刊》上撕下来的纸。我把它摊在桌子上。

"这是凯莉·斯宾塞,"贝尔说,"还有她丈夫——参议员的儿子。"

"杰伊·卡斯特布里奇,"我边说边点点头,"他是第五个劫匪吗?"

贝尔的脸上露出痛苦的表情,"我真帮不了你。"

"想象一下他年轻时的样子。"

他把那张纸推开。"我真不知道。你觉得我是在撒谎吗?"

第44章 | 375

我盯着他的眼睛看。在里面,我没看到答案。我又把那张纸折起来,放回口袋里。

我看向他放在桌子上的手,发现自己有一种冲动,想用掌根狠狠压他的断指,想朝他大吼。但我克制住了,尽量让自己说话的声音平稳。

"我想就算露西现在还没死,也可能很快就会死了。"我说,"她救过你的命,这是你欠她的。我觉得你应该知道大湖银行劫案的一些事,也许不是关于负责接应的司机的身份,但那些事应该能帮到我。"

"我不……"

我用同样的语调继续说下去,希望落空的语调。"这是你不愿意告诉我的事,因为你已经把这些事抛在脑后。你认为这些事已经过去了,但并没有。因为露西,这些旧事再度浮出水面。"

"很抱歉。你真的问错人了。"

"不,我不这样想。因为抢劫大湖银行,多特里被判了三十年,高摩伦被判了六年,而你只被判了两年半。"

"多特里当时射伤了哈伦·斯宾塞……"

"高摩伦也没有射伤任何人,但你的刑期却比他的短。"我倾身靠近他,"你真是走运。但我认为这不是运气问题。我认为是因为你知道一些事,然后你用你知道的事做了交换。"

贝尔低下头,双眼没入阴影里。"我真的希望你能让这件事顺其自然。"

"我不能。"

"我知道的那些帮不到你。"

"未必吧,"我说,"你还是告诉我吧。"

第45章

五点差几分的时候,伊丽莎白收到了拉克中止攻击萨顿·贝尔的消息。欧文·麦凯莱布在电话里和单说了详细情况,单再转述给伊丽莎白。她的第一反应是开车回安娜堡市,单同意了,但麦凯莱布让他们继续排查海伦·拉克列出的那份名单。

"这边我已经派了所有人去搜索拉克的行踪,"麦凯莱布说,"我需要你们留在那里,给我们找到突破口。"

他们的下一站是一幢双层公寓,前院里有两棵枯死的白蜡树。拉克离开母亲家后,在去安娜堡市租那间公寓之前就一直住在这里。伊丽莎白和单当天早些时候已经开车来过一次,但当时没人在家。现在,他们看到车道上停了一辆破旧的火鸟牌汽车。

火鸟的主人和拉克曾经是校友,他叫格伦·高夫。出来开门时,他穿了一件T恤,宽松运动长裤,嘴上叼着烟。伊丽莎白向他出示证件时,他的脸上现出一抹心虚,好像他抽的不只是香烟一般。听到他们来访是为了拉克的事,他松了一口气。

"我从新闻上听到的是真的吗?"高夫一边让他们进门,一边问道,"他真是连环杀手?"

伊丽莎白假装没听到他的问话。"他在学校里是什么样的人？"

高夫一屁股坐在破旧的沙发上。"要说实话吗？有点怪吧。总是独来独往。"

"所以你和他不是朋友？"

"我不知道他是否需要朋友。他一直都不合群。很长一段时间我都觉得他是个同性恋。"

"真是这样吗？"

高夫一边点头，一边伸手掸了掸落在身旁垫子上的烟灰。"不过，看到他对苏珊娜·马滕那股讨好的劲儿，我想他应该不是。你们知道她，对吧？"

"是的。"单回答。

"在高中时，他一直在她身边转悠。他甚至还因为她是摄影师之一就报名去办年刊。"

"那高中之后呢？"伊丽莎白问，"你还经常看到他吗？"

"有几次，我们一起做过同一份兼职。五月时，他卖掉了他父亲的船，他母亲很恼火，因此他们的关系恶化起来。于是我就让他住在这里，我需要有人帮我一起承担房租。"

"和他一起住感觉怎么样？"

高夫把香烟屁股扔进茶几上的一个杯子里。"说实话，他就是个懒鬼。"

伊丽莎白看了看房间里破旧的家具，还有那部巨大的平板电视。从高夫乱蓬蓬的头发，一直看到他没精打采的表情。"是这样吗？"

"当然，除了工作，他从不出门。"

"他和你说起过苏珊娜·马滕吗？"

高夫摇摇头。"以前我提过，因为我知道苏珊娜死前他们的关系一直很好。但他因此开始疏远我，就好像我没有资格提她。"

"那么凯莉·斯宾塞呢？"伊丽莎白问，"他提起过她吗？"

"那个竞选参议员的妞？没提过。但如果他看到她在新闻上出现，就会一直盯着看。如果他头疼，他就会不停地翻频道找她，就好像看到她头就不疼了一样。"

单插了进来。"他经常头疼吗？"

"他一直头疼。"

"他就没采取什么措施？"

"有时候他会用一块毛巾包上冰块，然后敷额头。"

"难道你没看到过他吃药吗？"

"当然看到过，他是有吃药，但我没法告诉你们他吃的是什么药，你们得问他的医生。"

这句话引起了伊丽莎白的注意。"他有看医生？"

"一个精神科医生。有时候安东尼会告诉他自己的心理呓语：自己究竟是什么样的人，希望被人以何种方式理解，诸如此类。"

"安东尼的母亲告诉我们说，她曾试图让他去看医生，"伊丽莎白说，"但他只去了几次。"

高夫耸了耸肩。"你会去看你母亲选的精神科医生吗？"

"他的医生叫什么名字？"

"我不太确定，可能开头字母是'K'。"

"我们需要更多信息，这很重要。"

"我真的想不起来了，"高夫说，"说说那艘船如何？"

伊丽莎白侧着头，有点好奇。"它后来怎样了？"

第45章 | 379

"安东尼把它卖了,一定会有交易记录。买下这艘船的就是他的医生。"

船歇在车道的一辆拖车上。阳光照下来,船身上映出白桦叶的影子,风吹过,吹得树影轻摇。安东尼·拉克经过时,伸出手抚过船身。他的那辆雪佛兰被停在远处的一条小巷子里。

一条缝隙里长了苔藓的石板路通向马修·肯尼利医生家后面的车库。石板路由窄至宽向前延伸,通往一个露台。露台中间放着一张桌子,桌面镶了玻璃,桌子周围放了四张金属椅。拉克看到一辆放着园艺工具的独轮手推车。草地上有一个足球,还有一双溜冰鞋,形单影只的样子。

露台的尽头,有向上的木梯,通往一个露天的平台。拉克拾级而上,然后看到自己的影子映在玻璃移门里。风把他的西装外套吹开,他能看到保罗·莱茵的枪就别在左侧的腰带里。

他走到玻璃门前,双手挡在眼睛上才看到内室。这是一间挑了高顶的房间,很宽敞。黑色的皮沙发上放着红色的靠枕。茶几的桌面很光滑,上面放了一大盘水果。没有任何动静。可能没人在家,拉克想。

他又从天台上下来,穿过石头露台往回走,走到一扇不怎么显眼的漆成白色的门前。门落了锁,但门框很松,他只要用一个杠杆轻轻一撬就能把门弄开。独轮车里的绿篱修剪机很适合用来撬门。

四下里很安静,除了木门破裂发出的声音。

另一头有一个装满书的房间,是肯尼利医生的书房。拉克以前去过那里。他的第一节课是在医生位于大学北校区附近的办公室里上的，之后的课都改在了这里。拉克总是从这扇白色的门走进去，然后他们坐在房间中间的矮凳上。拉克把脚放在一张搁脚凳上，医生则十指交叉垫在下巴下。他们会谈论苏珊娜·马滕。

有一次，肯尼利去外面接电话，让拉克一个人在这里等他。拉克就在书房里到处转转，看看书架上都有什么书。最后，他回到自己的椅子旁，然后发现搁脚凳上放着一本杂志，是一本《时代周刊》，正好翻到介绍凯莉·斯宾塞的那一页。报道里详细描写了她父亲在大湖银行劫案发生时受的重伤，还有她承担起了帮助父亲复健的重任，边栏里还登了特里·多特里、亨利·高摩伦和萨顿·贝尔的照片。

拉克看这篇报道看得入了神，根本没注意肯尼利什么时候折回了书房。看完之后，他抬起头，看到医生就坐在他对面，灰色的眼睛正亲切地看着他，目光幽静。

"你在看什么？"肯尼利问他。

拉克举了举手里的杂志作为回答。他指了指凯莉·斯宾塞的一张照片，照片上，她正和一群她的拥护者交谈，脸上挂着耀目的笑容。"她让我想起了苏珊娜。"他说。

"她？"肯尼利问，"为什么你会有这种想法？"

拉克从肯尼利的书房出来，走了一小段过道，来到他刚才在玻璃移门外窥到的起居室。他从果盘里拿起一个苹果，一边在房子里转悠，一边吃着。在二楼的走廊里，他看到了很多镶了框的黑白照片。其中一张是肯尼利搂着他妻子的合照，他的妻子有一头黑色的卷发，脸有点圆嘟嘟的。其他的照片是他们的孩子——两个男孩、一个女孩，和他们的母亲一样，都有一头卷发。

在最近的照片上，大一点的男孩看着像十二岁，小一点的男孩像十岁，最小的女孩看起来七八岁的样子。拉克沿着走廊往前走，从敞开的门往房间里看。一个是孩子们的房间，衣服散在地上，床上的被子没有叠。另外一个主套房应该是肯尼利和他妻子住的。清晨，阳光会从朝南的窗户跳进来叫醒他们。拉克站在窗边，吃掉了最后一口苹果，把苹果核扔进主浴室的废纸篓里，然后俯瞰院子。

他沿着走廊折回楼梯口，走到一半，他又转身上了楼梯。在其中一张照片里，有一样很熟悉的东西，他见过这个东西，虽然不是他亲眼所见。他很快就找到了那张照片，是排行老大的那个男孩的照片，他穿着制服，摆出腋下夹着一个足球的姿势。他站在车道上拍的照片背景是一辆小面包车。因为是黑白照片，拉克没法确定那车到底是什么颜色，但非要他猜的话，他会猜蓝色，和掳走露西·纳瓦罗那辆小面包车一样的蓝色。

肯尼利的车库里没有小面包车。

当然，车库里的空间足够停一辆小面包车。车库很大，椽上挂着荧光灯。车库一共有两扇门，一扇双开门，一扇单开门，足够停下三辆车。拉克打开灯的开关，看到车库里停了两辆车，一辆是道奇皮卡，一辆是宝马。以前他看到过这辆皮卡，去买拉克父亲的船时，肯尼利开的就是这辆皮卡。

还剩下一个车位应该就是小面包车的，肯尼利现在开的肯定是这辆车。如果你打算开车带全家出去，只能选这辆车。

拉克不知道露西·纳瓦罗是不是在这里。如果那天晚上把她从温斯顿酒店停车场掳走的人是肯尼利，他应该不太可能会把她带到这里来。他把她带到远处的某地再杀人抛尸的可能性比较大。

但警察没有发现尸体。

车库的空气似乎静止了一般，拉克站在那里，听着头顶的荧光灯发出嗡嗡声，这声音很有节奏感，很悦耳。有其他声音夹在这嗡嗡声里，比嗡嗡声更低沉，更刺耳。他四处找声音的来源。后墙有一个工具台，工具台上方的墙上钉着一块小钉板，钉板的挂钩上挂着很多螺丝刀和套筒扳手。

在工作台旁有一个白色的金属柜子，像棺材一样长，高度是棺材的两倍。是一个冷柜。拉克把手放在盖子上，冷柜在工作，发出嗡嗡声。以前他试过一次，打不开，得用钥匙。他逐一扫过小钉板上的挂钩，然后，身后突然有尖锐的声音响起，是车库门在向上升起。

下午晚些时候，伊丽莎白和单离开，格伦·高夫佝偻着身子坐回了沙发上。他们上了94号州际公路，往西开，伊丽莎白开车，单打电话。安东尼·拉克卖父亲的船是在四月底。海伦·拉克告诉过单，说她见过那个买船的男人，但记不住他的名字。单往局里打了电话，让一个调度员去查交通工具登记记录，然后查到一条二十四英尺长的轻便小汽艇，原来登记在迪尔本的托马斯·拉克名下，最近变更登记在安娜堡市的马修·肯尼利名下。

单记下肯尼利的地址，又让调度员去查马修·肯尼利的身份，证实他是一名有证的精神科医生。

伊丽莎白听到单啪的一下合上手机。她听到单如是问道："你认为肯尼利去过拉克那个地下室的房间吗，他有没有看到墙上苏珊娜·马滕的神龛？"

她想的和单想的一样。"我认为他去过,也看到了。"

维多利亚皇冠在州际公路上开时,伊丽莎白回想拉克的那面墙:左边是苏珊娜·马滕的照片,右边是凯莉·斯宾塞的照片。

"你记得拉克的母亲对我们说过的话吗?"单问。

伊丽莎白当然记得。你儿子是什么时候开始对大湖银行劫案有兴趣的?她这样问海伦·拉克。春天的时候,海伦·拉克这样回答。当时我很生他的气,因为他把他父亲的船给卖了。就在那个时候,他开始把凯莉·斯宾塞的照片往墙上贴。

肯尼利一家都很活泼。两个儿子在调侃刚刚参加的足球赛。女儿打开了电视机,在看卡通片。肯尼利夫人取笑她丈夫忘了关车库的灯,然后问他晚餐想吃什么,是否打算帮忙准备晚餐。

拉克在肯尼利医生紧闭的书房门后听着。车库门一发出响声,他就跑回了房子里。现在,他听到有人上楼的声音,可能是两个男孩。如果他等上几分钟,就可以再溜回车库里。钥匙很可能就在车库里,如果不在车库里,他也可以想到其他办法打开那个冷柜。

或者,他应该忘记那个冷柜。因为他来这里其实是为了肯尼利医生,不是吗?保罗·莱茵的枪就别在腰带里,这可不是偶然。医生现在很可能和他妻子一起在厨房里。拉克可以靠近他,没有任何阻碍。

拉克发现他自己从门口退了回来,手里握着莱茵的手枪,但他想不起来自己是什么时候把枪拔了出来的。太乱了,他想,又想做又怕做。

他坐在一张矮凳上,把枪又别回腰带里,然后用外套盖住。他可以等,等到把事情都想透彻。

他把笔记本和父亲的钢笔拿出来时,书房的门开了。

开门的是马修·肯尼利,三十五岁左右,不高不矮,中等身材。他戴着一副银框眼镜,头发是黑色的,两鬓已经开始掉发。

看到拉克在书房里时,他本想大步往前跨的动作明显顿了一顿,然后又恢复了正常。他走进来,一进房门就扔了几封信到桌子上。

这很典型,拉克心想。或许这是他们学校心理课上教的:不要回应。拉克经常觉得肯尼利的脸就像一张面具。他的眉毛很直,没有弧度,让人感觉他没办法做出惊讶的表情。

"你在这儿多久了?"肯尼利问。

"不久。"拉克回答。

"我知道我根本没有忘记关灯。你是怎么进去的?"

拉克看了一眼通往露台的白门。"我迫不得已,破门而入的。"他答道。

肯尼利皱了皱眉,这是他表现出的第一个真实反应。"这样做是不礼貌的。"

"这不是我做过的最坏的事。"

"未经许可擅自进入是对信任的背叛。我们之前谈过信任的重要性,安东尼。"肯尼利摘下眼镜,摩挲着他的鼻梁骨。"先不说这个了,"他说,"你能来这里,很好。我一直很担心你。你需要帮助。"

"你是今天对我说这句话的第二个人。"

"第一个是谁?"

"一个真心想帮我的人。"

肯尼利再次皱眉,然后又戴上眼镜。走廊里响起一句说话声。"你去哪儿了,马特,你是在和人说话吗?"一个女人的声音,是肯尼利

第 45 章 | 385

的妻子。

医生开门，走到走廊上。"我在和一个病人说话，亲爱的。"

"现在吗？我不记得你有约。"

"抱歉，我给忘了。不会太长时间的。"

随后她说她继续去准备晚餐，肯尼利折回书房，关上门。他在拉克对面坐下，跷起二郎腿。他一言未发，只是去弄休闲裤上的线头。这是他的伎俩之一：什么也别说。

拉克打破了沉默。"我已经把头痛控制住了。"

"是吗？"肯尼利说，"这很好。"

"你真这么想？"

肯尼利十指交叉，"你知道自己在做什么吗，安东尼？你之前已经说过我并不是真心要帮你，然后现在又声明其实我希望你一直头痛。为什么我要这样？"

"这也是我一直没想明白的。"拉克说，跟着把钢笔放进外套的口袋里，"我能让你看样东西吗？"

他不等肯尼利回答，就把笔记本掏了出来，翻到他第一次写下特里·多特里、萨顿·贝尔、亨利·高摩伦这几个名字的那一页。现在，他在那上面增加了一个名字。

肯尼利把本子接了过来。"这是什么？"

"那几个抢劫大湖银行的男人。"

医生盯着那张纸看。"我的名字也在这上面。"

"本来就该在那里，不是吗？"拉克一边坐回自己的椅子上，一边说，"你能看到那几个名字在纸上动，在纸上呼吸吗？"

"这个问题我们已经谈过了，安东尼。"

"你能看到它们有多红吗?"

肯尼利难过地摇了摇头。"安东尼,你这是联觉的症状。文字不是红色的,也不会动。"

"你能看到你的名字有什么不同吗?其他人的名字都是红的,但你的是黑漆漆的。你的名字是一块一块的碎片,碎片彼此覆盖,密密麻麻的一片。"

肯尼利叹了一口气。"你觉得这代表什么意思?"

"意思是你比那三个人还要坏,"拉克说,"你没看出来吗?"

"安东尼,我没看出来。这里什么都没有,除了你写在纸上的那几个名字,其他的都是你自己的想法。"

"是吗,你车库里那个冰柜的钥匙在哪儿?"

这个问题似乎让肯尼利有瞬间的踌躇。他合上笔记本,用它轻轻叩着下巴。

"为什么这么问?"他问。

"我想看看里面有什么。"

"你觉得里面会有什么?"

"尸体,"拉克说,"露西·纳瓦罗的。"

他看到肯尼利的眉毛拧成一个"川"字。

"那个失踪的记者?为什么她的尸体会在我的冰柜里?"

"那天晚上我在场,"拉克说,"我看到了。她被开一辆蓝色小面包车的人抓走了,就和你那辆小面包车一样。"

肯尼利的身子前倾。"安东尼,现在我们就可以过去。我会让你看。冰柜里没有什么尸体。如果我给你看了,你会承认你自己是脑子不清楚,需要帮助吗?"

他的声音放得很低，低得只有他们两个人能听到。他说得情真意切，拉克差点就被说服了。

真的是差一点。"你也可能把尸体给埋了。"

"你刚才不是说在冰柜里。到底怎样？"

"我说的是我想看看里面有什么，是你歪曲了我说的话。"

肯尼利用和之前一样的声音说道："那我们现在就去车库，我让你看看我那辆小面包车是不是蓝色的，怎么样？它是灰色的。"

有那么一瞬，拉克觉得困惑，但他耸了耸肩，选择把这困惑甩开。"也可能是你重新喷漆了。"

"安东尼，我可不打算玩这种游戏。"医生边说边站起来，"如果你不听劝，那我帮不了你。"

一阵风吹过，房间另一面那扇白色的门被吹开了。

拉克也站了起来，慢慢把枪从外套里拔出来。"我不需要你的帮助。"

他把笔记本从肯尼利手里抢过来，重新放进自己的口袋里。

肯尼利张开双臂。"你打算杀了我？你杀了几个人，安东尼？这对你有什么好处？"

拉克觉得手里的枪很沉重。"你想让他们死。"

"你听到自己都说了些什么吗？你罪责难逃，得为自己的行为负责。"

拉克后退一步，举枪横在两人之间。"你说的话，我已经厌烦了。"

他拉动扳机，却觉得那扳机犹如铅一般重，拉都拉不动，就像金属熔在了一起。

突然，有门铃声响起，回荡在房子的某处。

肯尼利举起双手。"看到了吗？你并不是真心想杀我。"

"是啊，我不想杀你。"拉克一边说，一边用拇指松开了保险。

伊丽莎白记得是这样的。太阳晒在她的后颈，暖洋洋的。单站在她身旁，露出他的徽章。他伸手想再次按门铃，但手还没碰到按钮，门就从里面打开了。

食物在烹饪的香气传来。牛肉饼在平底锅上发出嘶嘶的声音。一个有一头棕色卷发的女人正用纸巾擦手。单做了自我介绍，然后问马修·肯尼利是不是住在这里。

"马特正在接待一个病人。"女人答道。

然后，有枪声响起，让人几乎以为是油脂在平底锅里发出的噼啪声。女人回头看了一眼，一脸困惑。下一秒，她拔腿就跑。伊丽莎白让她停下来，她当然没有停。伊丽莎白拔出自己的那把九毫米口径的手枪。单已经比她快一步拔了枪，紧跟在女人身后。

电视上放着企鹅动画片。一个小女孩从沙发上站起来，伊丽莎白让她坐到地上。卷发女人跑过一段走廊，用肩膀去撞一扇紧闭的门。单和她一起用肩膀撞门。她的尖叫声就像另一声枪响。

伊丽莎白站在门口，将周围的一切摄入眼底。房间中间有两张椅子，其中一张椅子上坐着一个男人。他的衬衫被血浸透，脸上的眼镜歪了。

单站在他一边，卷发女人站在他另一边。她一把抓住他的右手，他的食指以不可思议的角度弯着。单撕开男人的衬衫。胸口腹部都完好无损，没有受伤。

"他想开枪打我。"肯尼利的声音很茫然。

伊丽莎白穿过房间,看到地板上的枪。她看到那扇白色的门半开着,门把手上有一点血迹。

"我射中了他。"肯尼利说。

你在留下痕迹,拉克想。

他跑步绕过父亲那条船的船身,其间伸出一手稳住身子。一个血手印就这样印了上去,印在白色纤维玻璃上斑驳的阴影间。

人行道上也有血滴落。他没有停下来看,但他知道地上一定有血迹,圆形的,在地面上晕染开来。

他觉得奇怪的是,此时他比任何时候都更有活着的感觉,肺里充斥着空气,心脏在剧烈跳动。他拖着沉重的步伐在人行道上奔跑。他感觉不到疼痛,身体没有感觉到一丝一毫的疼痛。

肯尼利让他非常意外,他一把抓住了枪,这是拉克见他做过的最为果决的事。你并不是真心想杀我。在他们缠斗的时候,拉克一边在想,可能他说的是真的。

可能是吧。有那么一瞬间,枪响之后,在拉克需要做出决定时。肯尼利把枪扔在地上,盯着自己弯曲的手指看,他的手指卡在扳机护环里受了伤。他跌坐回椅子上。拉克直直地站着,他本可以重新捡起枪,但他选择了弃枪而逃。也许和杀死马修·肯尼利相比,他想要活下来的欲望更为强烈。

拉克跌跌撞撞地在拐角转了个弯。他看到雪佛兰停在街对面的阴影里。还有二十码,他能够跑二十码。

他重心不稳,从马路牙子跌到了街道上。身后似乎有脚步声。他赶紧手忙脚乱地站起来。现在还有十五码。前方,有个女孩牵着一只牧羊犬过马路。还有十码。拉克把钥匙抓在手里。五码。那个女孩看了他一眼,然后勒住牧羊犬让它停下来。在他身后,有清晰的声音在叫他的名字,让他停下来。

他按下按钮,雪佛兰的车门锁应声而开。他转动钥匙,引擎瞬间就点着了火。牧羊犬听到声音,吠个不停。拉克猛踩油门,雪佛兰一下子飙到了街道上。透过后视镜,他看到一名女警站在那里,举着枪。枪口微微下沉,是犹豫的表现。她担心会误伤那个女孩或者是迎面开过来的轿车的司机。拉克从后视镜里看到她变得越来越小,看到她又举起枪,端平,最后又垂在身侧。

第 46 章

我把车子停在斯宾塞家的 U 形车道上,露丝·斯宾塞给我开了门。我之前打过电话,她丈夫同意和我见面。她带我穿过房子来到后院,然后我们沿着那条石板路往凉亭走去。

哈伦·斯宾塞就在那里等着,他穿了一件开领衬衫,一条亚麻裤。他的电动轮椅朝着东南方,这样他就可以越过家里的草坪,看向客舍和贝德福德路。

露丝·斯宾塞让我们独处。凉亭里专门为我放了一张露台椅、一张小桌子,桌子上放了两个玻璃杯,还有一个放了一壶冰茶的托盘。

哈伦·斯宾塞指了指那壶茶。"我和露丝说过你不是来喝茶的,但她不能忍受家里来了客人,却没有为客人提供饮料。自己倒吧。"他的声音低沉,很客套。

"暂时不用。"我说。我本想问是否要帮他倒一杯,但他从我的眼中看懂了我的疑问,继而摇摇头做了回应。

"你来这里是为了露西·纳瓦罗,"他说,"我已经和警察说过一遍了。一名叫温特格林的警探来过,他问我上个礼拜有否看到她把一辆黄色的甲壳虫停在了街上。"

"那你是怎么回答的？"

"我告诉他，我的腿是不行了，但我的眼睛还没瞎。我当然看到她了。"

一阵微风吹来，斯宾塞把头往后仰，感受风拂发顶的惬意。

我说："他有没有问你是否可以为周三晚上露西那件事提供一些线索？"

"他不想问，因为他认为这样问太失礼了，但他还是问了。我告诉他我帮不了他。"

"我希望你可以帮我。"

"我也这么想，"斯宾塞说，"你打算怎么威胁我？"

他抿了抿一边的唇角，双眼紧紧地逼视着我。"你一定有什么对策，"他说，"我知道，你用暴力威胁艾伦·贝克特，让他把那个女孩毫发无损地送回来。"

"我并没有打算威胁你。"我说。

"不打算用暴力威胁我，但你掌握了其他的事。是什么？"

"今天我和萨顿·贝尔谈过了。"

"是吗？"

"我们谈了大湖银行劫案。"

他缓缓点了点头，若有所思。"他确实属于知道内情的人。"

"他把他最大的秘密告诉了我，"我说，"那个被他用来做交换，只坐了两年半牢的秘密。"

"你觉得他的秘密怎么样？"

"一开始，我挺失望的。"

"大多秘密都如此。"

第46章 | 393

"他告诉我说，银行劫案发生的前两天，他看到你和弗洛伊德·兰姆比在一起吃饭。"

他的目光看向草坪对面。"他说得没错。"

"治安官和银行劫匪一起喝咖啡，"我说，"贝尔知道这是丑闻。他不知道到底是怎么一回事。他觉得可能你也参与了抢劫，只不过是以另一种方式。"

"从事情的发展来看，"斯宾塞说，"这个推理不是很让人信服。"

"不，我觉得我可以让它变得更有说服力。我知道一些贝尔不知道的事。比如，弗洛伊德·兰姆比自称过是凯莉的生父，这是他对特里·多特里说的原话。"

斯宾塞猛地回头看向我。"这是无稽之谈。"

"我知道。"我说，"凯莉已经以血型之间的联系向我解释了为什么这是不可能的事，但兰姆比的确这样说过。也许这只是他说的瞎话，或者可能他自己坚信这是事实，或者也可能是真的。你有枪吗？"

突然的跳转让他笑了出来，他的笑和他的声音一样低沉。"为什么这么问？"

我耸了耸肩。"前几天，参议员先生告诉我你总是随身带着一把枪。如果你真的带了枪，我想我说你妻子可能和弗洛伊德·兰姆比有暧昧时就得当心着点了。"

他摩挲着下巴。"你的确应该小心点。不过，让我们假设我不受你这种推测的影响。"

"如果他们真的有暧昧关系，一些事情就能说得通了。"我说，"兰姆比可能把你当成情敌。所以，当他决定要抢银行时，便选了苏圣玛丽的一家。就在你的眼皮子底下，他是打算向你示威。而且，如果你在镇上看到他，比如去吃饭的时候偶然遇到他，我想你应该会想和他谈一谈。"

斯宾塞的眼中有什么闪过。"你说的没错。"

"这就能解释贝尔看到的那一幕。"我说，"也能解释另一件事。读过大湖银行劫案的报道，我从来都不相信案发当天你恰好出现在银行这一说法。报道说，你当天去银行是为了去开户。"

"你觉得有太多巧合了是吗，卢根先生？"

"我觉得那天早上你应该一直都在监视兰姆比住的酒店。你知道他到了镇上，就一定会留意他的动向。我认为你应该看到了他和其他四个人一起坐上那辆黑色的SUV，你跟着他们到了大湖银行。"

斯宾塞点头。"这听起来合情合理。"

"如果我是一个愤世嫉俗的人，我还会想得更夸张。"我说，"我会假设你提前知道了他们的计划……"

"我怎么可能会知道？"

"参与大湖银行劫案的人都是菜鸟。可能其中有个人告诉了别人，而那个人正好就跑来告诉了你……"

"如果我提前知道他们打算抢银行，为什么我不马上阻止他们？为什么要等到他们进了银行我才出现？"

我抬起一边眉毛。"这种做法很有诱惑力，不是吗？弗洛伊德·兰姆比染指了你妻子。如果你让他们实施抢劫，你就有正当理由开枪射杀他，而且不用承担罪责。"

斯宾塞又笑了，笑声和之前一样低沉。"艾伦·贝克特和我说你总是浮想联翩。"他目光坦荡地看向我，"我承认这种做法确实很有诱惑力，但这不是事情真相。"

"好吧，"我说，"没关系。不过，贝尔看到你和兰姆比在一起，这本身就已经够尴尬的了。如果这事被曝光，你就不得不解释你是怎么认识他的，那天一起吃饭的时候都和他说了什么。也许你能想到一个足以服众的谎言，或者人们会发现，那个睡了你妻子的男人还在你眼皮子底下策划了一起银行劫案。"

风把缠在凉亭柱子上的葡萄藤吹了起来。"所以你可能会和贝尔做个交易，让他保持安静，"我接着往下说，"但只有检察官说的话能算数。你得给他施压，或者其他人也可以，其他有权力向检察官施压的人。比如，卡斯特布里奇参议员，而且我认为参议员完全有理由给你行这个方便。"

"你又臆想过度了，"斯宾塞说，"凯莉和我说了你的猜测，你认为杰伊是第五名劫匪，而我之所以守口如瓶是因为参议员让我这么做的。"

我坐在椅子上，身子前倾。"我和凯莉交谈的时候，她说你永远不可能会包庇其他人，因为你非常正直。但她不知道萨顿·贝尔，她不知道你有和别人做交易的理由。你忘了自己看到杰伊出现在大湖银行，这样参议员就可以让贝尔忘记他看到你和兰姆比在一起。"

"你的故事很好，卢根先生。但故事始终只是故事，杰伊·卡斯特布里奇不是第五名劫匪。"

我耸耸肩，坐回椅子上。"我把我对艾伦·贝克特说的话告诉你，我对他说，我不关心十七年前是谁抢了那间银行，我只关心露西·纳瓦罗出了什么事。我没法找到她，也许你可以。"

斯宾塞朝我摊开右手。"那我应该怎么做呢？"

"四处打听。"我说,"我猜抓走她的一定是你认识的某人,可能是贝克特。你认为他会这么做吗?"

他认真想了想,"我想他可能有过这样的想法,但我不知道他是否会将这个想法变成现实。"

"如果不是他,可能就是杰伊·卡斯特布里奇。"

"我告诉过你了,杰伊不是第五名劫匪……"

我挥了挥手,示意他不必对我做出一副不耐烦的样子。"好吧。第五名劫匪到底是谁,这非常值得期待,但别告诉我说你不知道他是谁,我从没相信过你说的话。"

他没有回答,但额头上的皱纹逐渐变深。我们就这样沉默了一会儿,坐在凉亭的阴影里,享受午后温暖的太阳。

"即使我同意去四处打听看看,"最后他这样说,"也可能会毫无头绪。"

"那我就会揭发萨顿·贝尔的秘密。"

"媒体不会相信你,除非你能让贝尔自己开口对他们说。"

我朝客舍的方向点了点头。

"我会先告诉凯莉。"我说。

哈伦·斯宾塞听了,突然对我怒目而视,他的眼神变得阴沉,面目变得狰狞,这让我突然意识到,无论他外表看起来如何,此刻我正在打交道的人是一个危险的男人。来这里的时候,我心里想着我不会有任何闪失。我知道他的秘密,这让我占了上风。他的年纪几乎是我的两倍,说实在的,他也不可能碰到我一根手指头,他没法从轮椅上站起来。如果参议员所言不假,他可能有枪,但枪对他没有任何好处,除非他打算在光天化日之下朝我开枪。

我等待他答复时，脑子里闪过这些想法。做这些回想时，我认为他很可能会答应我提的要求，答应去帮我打听露西·纳瓦罗的下落。但同时他会非常反感这件事，也非常反感我。

我认为他应该已经同意了，但他一直没有回答我。我小心翼翼地盯着他看，等他回答。但他的目光越过我，看向远处的街道。终于，他开口了，但我刚开始没听懂他说的话。

他又说了一遍。"拿着枪。"

是一把九毫米口径的枪，他一定是把枪藏在了轮椅里。我发誓，我的眼睛一直没有从他身上离开过，但我真没看到他拔枪。现在，他把枪递给我，握柄对着我。

在我身后，有汽车刹车的声音，由远及近，非常刺耳。

我站起来，转身去看。我看到一辆汽车跳到贝德福德路的马路牙子上，然后停在了草地上。我在温斯顿酒店的停车场里见过这辆车，是拉克的雪佛兰。

"凯莉在客舍里？"我问。

"对，天杀的她在。"哈伦·斯宾塞说，"拿着枪。"

我接过枪，从凉亭的扶手一跃而下，牢牢站在草地上，冲击力像电流一样传遍全身，扯痛了我身侧的伤口。我顾不上许多，全速向前奔跑，因为我看到拉克打开了车门。我不知道先到达客舍的会是我还是他。

第 47 章

拉克本想去米拉的公寓,但开到半路上,他意识到他恐怕去不了了。

血染红了他的白衬衫。下车之前,他把西装外套的扣子扣了起来,想要藏住血渍。他双脚踏在草地上,感觉草地往下一沉,自己就像要陷进去一样。他一手撑在座椅上,费力地站起来,掌心滑溜溜的一大片血。

吹到脸上的风让他神志清醒了许多,如果能再凉快一点就更好了。他想要控制自己的双腿,但它们已经不听他使唤,自作主张地踏上了那条通往客舍门口的路。他一边走,一边卷着袖子,这个动作让他不由自主地微笑。

也许你应该带束花来。

拉克穿着西装,显得很年轻,就像第一次约会的男孩。他走路的动作很僵硬,我想他大概是喝了酒。

草坪有一个向下的斜坡,我趁机加速接近他。我叫他的名字,他的反应像是第一次见到我。我记得,当时他咧嘴一笑,就像你突然看到一个老朋友时露出的那种笑。

这时,我才知道事情不对劲,但已经停不下来了。冲力带着我一下子撞到了他身上,我们俩都撞在了凯莉·斯宾塞那辆银色福特的一侧。

他的头被撞得一震,他痛苦地闭上眼睛,喘着粗气。被撞之后,他的笑消失了,但现在又笑了起来。他说:"我真希望你没撞过来。"

我后退一步,然后看到他手上的鲜血。"你怎么了?"

他没有回答,呼吸变得很微弱。我解开他外套的纽扣,然后看到他被血染红的衬衫。透过衬衫的布料,我看到他的肚脐上方有一个一到两英寸的小洞。"谁干的?"我问他。

他睁开眼睛,抬起右手去盖住那个洞。他的目光上下扫视着我,最后定在斯宾塞那把九毫米口径的手枪上。

"这次你带了一把枪,"他半笑着说,"不过太晚了。"

我把手撑在他背后,把枪放在凯莉那辆福特的挡风玻璃上。

"是谁开的枪?"我问。

他张了张嘴,想要回答,但脸色变得更差了。他无助地环顾四周。"他叫什么名字?"他拍了拍外套的口袋,"我写下来了。"

他从其中一个口袋里摸出一个笔记本,翻到其中一页,然后转过来给我看。

我看到了一个名单,一共四个名字,三个认识的:高摩伦、贝尔和多特里,第四个名字没听说过。

"马修·肯尼利。"我念了出来。

"就是他。"

"他和他们是一伙的吗?"我问,"也是劫匪之一吗?"

拉克精神有点涣散，但他点了点头。"现在凉快多了，"他说，"那风。"

风根本没有变凉。我掏出手机，想给911打电话。

"你不用打了，"拉克说，"她已经打过了。"

他朝客舍的门示意了一下，我回头，看到凯莉·斯宾塞。她合上手机盖，快步下了楼梯。

"救护车就快到了，"她轻声说，"他情况很糟吗？"

就像回答她一样，拉克背靠着车身滑下来，重重地坐在了地上。

我在他身边跪下来，把手机放回口袋里。他双手捂着伤口，我把双手放在他的手上。

"是冷却器。"他说，"不，不对。"

凯莉也蹲了下来，她拨开他额前的头发。

"不是冷却器，是一个冰柜。"拉克说，"他的车库里有一个冰柜。"

"谁的车库里？"我问，"肯尼利吗？"

他轻轻点了点头，几乎难以察觉。"他还有一辆小面包车。他说是灰色的，但我不相信他说的，我想应该是蓝色的。"

我倾身靠近他。"肯尼利有一辆蓝色的小面包车？"

"还有一个冰柜。我打不开，对不起。"

拉克的笔记本躺在身旁的砾石路上，风把笔记本的内页吹得哗啦哗啦响。

我听到身后有马达的响声，很轻，是哈伦·斯宾塞的轮椅。他可能是绕了一大圈赶了过来。

然后，我听到了第一声警笛声，远远地。

拉克把头后仰,靠在车上,然后朝凯莉·斯宾塞笑了。"我想我可能没法去红杉林了,"他说,"但你可以去。"

凯莉看了我一眼,很困惑。我耸耸肩表示我也不知道。她又转向拉克,拇指从他的额头上抚过。"好的。"

"它们真的很美,"他说,"答应我。"

她先是眼睛里盈满笑意,然后嘴角上翘露出笑容。她的笑容慢慢展开,一点都不绚烂,她笑得很悲伤,很唯美,如果这是假笑,那么她就是我见过的最高超的骗子。"我答应你。"她说。

拉克的目光一刻都没有离开过她,但他的最后一句话是对我说的。"他有一个冰柜。"他说,"记住了。"

"我会记住的。"我对他说。

"我想打开它,但我打不开。"

"没关系。"

警笛声越来越近。拉克的声音渐渐淹没在警笛声中,但我仍能听到他说的话。

"对那个女孩,我很抱歉。"他说。

在安娜堡市,周六晚上,你去哈瓦那咖啡馆可以吃到碎牛肉,去蓝色尼罗河饭店可以吃到丰盛的埃塞俄比亚大餐。还可以去夜店、马丁尼酒吧,以及出售三十二美元一磅的松露巧克力的商店。你可以听诗歌朗诵,也可以听交响乐。以前外战老兵俱乐部的地下室现在改成了酒吧,你可以夹在拥挤的人群中看站立喜剧。你可以参加当地剧作家的新作首映,或者去看最新上映的独立电影。

周六晚上,我是在市政厅调查处的休息室度过的。房间没有窗户，有一张表面坑坑洼洼的桌子，还有六个不同套的椅子。一张沙发，坐垫也是破的，房间里都是咖啡的味道。

刚到的时候，我见过伊丽莎白。她过来看我，确定我没有增添新伤。她给我带了药过来，是布洛芬。我正需要它们，身侧的伤口像有人拿锯子锯一样，钻心的疼。

过了一会儿，在药刚奏效，把剧痛稍稍压了一点下去之后，莎拉来了。她骑着自行车过来，给我送了一份中东风味的外卖。我们吃了鹰嘴豆泥和阿拉伯蔬菜沙拉，还有烤鸡肉三明治。她大概待了一个小时左右。

莎拉离开之后，我躺在沙发上，双目紧闭，但根本睡不着。我想我应该可以回家，没有人会拦我。但罗恩·温特格林，第一个抵达斯宾塞家客舍现场的警探，他让我在这里等着，因为我得做个笔录。他也让哈伦·斯宾塞和凯利·斯宾塞一起过来。他们应该也在这幢大楼的某处。而且，我从去冲咖啡时闲聊的警察嘴里得知，马修·肯尼利也被带来了。我只是个跑龙套的，只能等着轮到我。

那天晚上，我再没看到温特格林出现。后来来的人是欧文·麦凯莱布，来的时候看起来很烦，衬衫皱巴巴的，领带也松了。他来的时候已经将近十一点。我想办法弄到了一支笔和一个拍纸本，把安东尼·拉克临终前的那几分钟写了下来。麦凯莱布看了一遍，然后隔着桌子把本子朝我扔回来，让我签字，写上日期。我签了字，写了日期，他告诉我说我可以走了。

"你不用问我话吗？"我问。

"不，我不用问。"他把椅子推离桌子，"我想我最好是不问。"

他站起来，跟着陷入了沉思。他双臂交叉抱在胸前，盯着我看了很久。"如果非要我问的话，"他说，"我会从你今天下午和萨顿·贝尔聊了些什么开始。"

我用手指轻轻地敲着桌面。"我和他谈了大湖银行劫案，"我说，"细节不想多说。"

"当然，贝尔也不愿意多说。至于哈伦·斯宾塞，他说你去找他是为了那个失踪的记者露西·纳瓦罗。当然了，他根本不知道她的下落，所以你们俩当时应该是坐在一起喝了冰茶，一边感叹了一番草儿是多么的绿，天空是多么的蓝。我差不多全说对了吧？"

"事实上，我们没有喝冰茶。"我答道。

他皮笑肉不笑地说道："我很高兴你能就这个细节说真话，但我觉得我们最好不要谈这件事。因为我觉得如果我打算深入询问，可能就会发现你在自作主张地对露西·纳瓦罗的失踪案进行半吊子调查。而且，因为你和我手下的探员一起生活，这种发现会对她有不好的影响。"

"莉齐没有做错事……"

"我相信她还没有，但她却选了一个总是会惹麻烦的男人。如果在这个问题上钻牛角尖，我可能就会开始质疑她的判断力。"他站起来，把我的笔录从桌子上收起来，"所以，我不问，我不想问你任何问题。我也不想听你打算对我说的任何一句话。我希望你现在马上离开。"

于是，我离开了，离开休息室，沿着走廊往楼梯走。我在楼梯口碰到了伊丽莎白，她刚才在对马修·肯尼利问话。她和我一起下了楼，穿过大厅，走到外面。

室外温度降到了大约七十华氏度，有点凉意，街灯给万物笼上了一层如梦似幻般脆弱的纱衣。人行道上的裂缝格外分明，看着就像被刻意弄出来的。向南走出一段路，我们隐约听到音乐声和嘈杂声——自由街的夜生活正是热闹。我们回头，往北走。

"你在肯尼利的冰柜里找到什么了吗？"我问伊丽莎白。

"我们还没去查看。"她说。

"你还在等搜查证？"

她挽住我的胳膊。"不可能会有搜查证的，大卫。拉克看到车库里有一个冷柜，然后就说里面藏着一具尸体，没有人会去认真对待这种胡言乱语，这样太胡闹了。"

"那肯尼利不同意你们去搜查？"

"肯尼利不需要同意任何事情。他请了一个律师，律师这样教他的。至于说他是大湖银行劫案的第五名劫匪——他声明这是拉克扣过来的莫须有的指控。"

"你相信他？"

"我信不信他并不重要，"她说，"重要的是我能证实什么。"

第 48 章

伊丽莎白和单陪同肯尼利去了大学医院,一名急诊医生帮他做了检查,然后给他的断指做了一个矫正支架。

肯尼利的妻子联系了哈里斯&查特基律师事务所,伊丽莎白和单带肯尼利回到市政厅时,雷克斯·查特基已经在会客室里等了一会儿。和他的委托人单独聊了一会儿之后,查特基宣布肯尼利愿意配合警方做笔录。

随后,肯尼利把当天下午的事情从头到尾说了一遍,从发现拉克闯进他的书房开始。他用一种不带任何感情色彩的口吻描述了拉克情绪化的行为,以及对大湖银行劫案和露西·纳瓦罗绑架案的怪异声明。肯尼利说,看到拉克拔枪时,他很怕自己会死,也担心妻子和孩子的生命安全。出于本能反应,他一把抓住了枪,然后在接下来发生的搏斗中,他抛开了这种恐惧。

雷克斯·查特基是一个矮胖的男人,穿了一身定制的西装,肯尼利说话的时候,他面无表情地坐在一旁。肯尼利说完之后,查特基用手捋了捋他灰色的头发,然后开口说道:"毫无疑问,你们不可能控告我的当事人不是吗?在我看来,这是再典型不过的自卫案件。"

"我们还想问几个问题,"伊丽莎白说,"如果你的当事人愿意回答的话。"

查特基摆摆手。"如果一定要问,就问吧。"

"医生,你关注新闻吗?"伊丽莎白问。

"当然。"肯尼利答。

"也就是说,一个半礼拜前,当亨利·高摩伦的尸体在自己的公寓被人发现时,你是知道的?"

"我听说了。"

"然后你没想过这可能是拉克干的?毕竟,你知道他对高摩伦有不正常的仇视心理,不是吗?"

查特基打断她的话。"你不能让我的当事人讨论安东尼·拉克可能有或者可能没有什么样的仇视心理,这涉及个人隐私。"

伊丽莎白挑了挑眉。"肯尼利医生刚才告诉我们,说拉克谴责他是大湖银行劫案的劫匪之一。那么,我们应该相信他并不知道拉克对高摩伦和其他几个人的态度吗?"

"我知道。"肯尼利答。

"但是高摩伦被杀时,为什么你没有想过要联系警察?"

"我当时确实不知道安东尼和这件案子有关。"

肯尼利的食指放在桌子上,正用金属矫正架敲打着桌面。

"好吧。"伊丽莎白说,"这个礼拜四,我们对外发了拉克的照片,并声明要通缉他,因为他和高摩伦、沃尔特·德拉科特的死都有关,你仍然觉得没必要联系我们?"

"我没有任何有用的消息可以提供给你们,"肯尼利说,"我不知道安东尼在哪里。他不来上课之后,我们之间就没有联系了。"

之前，单一直沉默地坐着，现在也忍不住开口了。"今天下午，你在书房里看到拉克时，你知道他有枪吗？"

肯尼利转头看向他。"不，一开始不知道。"

"那么，他闯进你的家，想要杀你，而你没有在看到他的第一时间就打电话报警，理由是什么？"

肯尼利推了推鼻梁上的眼镜。"我不知道他当时带了枪，但我知道他很危险。我只是不打算当着他的面报警，也不敢放他一个人在那里。我想让他冷静下来，然后从我家里离开。而且，我当时以为我可以帮助他。"

查特基发出一声叹息。"我不明白你们问这些问题有什么用意？"

他当然明白，伊丽莎白心想。拉克实施犯罪的时候，肯尼利根本没有采取制止的措施。所以，可以推测他根本没想制止拉克。但她知道，如果她这样责备肯尼利，查特基可能就不会再允许他们继续提问。

"我们只是想尽量完整地再现今天所发生的情况，"她对查特基说，随后，她转向肯尼利，"你能告诉我你给安东尼·拉克开了什么药吗？"

"你无权过问我的当事人治疗病人的细节。"查特基强调。

伊丽莎白盯着肯尼利看。"对不起，"她面带微笑地对他说，"看来机密涉及的范围还挺广，不是吗？我想问你是如何诊断拉克先生的这种情况，不过我想你应该是不能告诉我的，这也属于不能说的范畴，对吗？"

肯尼利的眼里现出一丝活力，连带着声音也变得有活力起来。"这是最最不能说的范畴之一。"他说。

"好吧。"伊丽莎白说,"那我们换个方式。也许我可以问你一些问题,然后你用笼统的说法来回答。比如,拉克的母亲认为苏珊娜·马滕的死给他带来了沉重的打击。我猜他可能会服用抗抑郁药,但我们没找到。他的公寓、汽车和尸体我们都找过,你是否和我一样觉得奇怪?"

肯尼利微微笑了。"我没法谈论安东尼的诊断情况,"他说,"但我可以告诉你的是,一般来讲,药并不是治疗有抑郁症症状病人的唯一方法。有的病人对谈话疗法的反应很好。即使有必要服用抗抑郁药,一些病人也不愿意服用。就算病人服用抗抑郁药,也可能会因为副作用停药。这样说得过去吗?"

"当然,谢谢你。现在,我们知道拉克受头痛之苦,而且,谈话疗法对他这种头痛没有效果,对吗?"

肯尼利又微微笑了。"是的。如果非处方药没有效果的话,对治疗头痛有效果的处方药也有很多。"

"我们在拉克的汽车里发现了一瓶舒马曲坦,这是你可能会开出的药之一吗?"

"这是病人通常会从主治医生那里拿到的药。"

"如果他没主动要,你也可能会给他,对吗?"

"有这个可能。"肯尼利回答,"针对拉克的情况,我并不打算说我给没给。但如果你们真的拿到了瓶子,上面的标签就会告诉你是谁开的。"

"恐怕没办法,因为那瓶药是安东尼从一家药房里偷的。"伊丽莎白打开一个文件夹,拿出一张照片,照片上就是单在拉克公寓里找到的那个铁罐。"你看到过这个吗?"她问肯尼利。

第 48 章 | 409

"我不记得看到过。"他说。

"安东尼用这个放药。标签上写着'舒马曲坦',但这药其实是维生素D。你对此有什么看法?"

查特基一掌拍在桌子上。"够了,"他说,"我不知道你希望医生对拉克先生的维他命发表什么看法……"

肯尼利仿若没听到查特基的话。"事实上,情绪性疾病也和缺乏维生素D有关。"他说,"所以,有抑郁症的人服用维生素D并不奇怪。当然,这只是泛泛而谈。"

欧文·麦凯莱布局长的记录册摊在桌子上,上面躺着安东尼·拉克的笔记本。麦凯莱布坐在桌子的一角,认真听伊丽莎白向他简要总结和马修·肯尼利面谈的经过。单坐在窗前,时不时插上一两句。现在,他们让肯尼利在会见室做笔录,雷克斯·查特基盯着他写。

伊丽莎白说完之后,麦凯莱布问:"我们应该如何看待肯尼利?"

"医生被病人袭击,被迫自卫。"她说,"他说得还挺像那么一回事,但我表示怀疑。一方面,我本以为他的状态应该比现在更糟。"

"另一方面,"单说,"他在我们面前没有试图说谎。他完全可以隐瞒两个人独处时拉克对他的指责,说他是大湖银行劫案的劫匪,或说他绑架了露西·纳瓦罗,但他没有。因此,要么就是这些指控是莫须有的,肯尼利觉得没有理由隐瞒不说,要么就是这些指控是真的,而他认为自己够聪明,不会被戳穿。"

麦克莱布用脚后跟敲着桌子前面的松木板。"我还没有问过检察官,但我没看到他有官司在身。现有的证据支持肯尼利的说法。打伤拉克的那支枪是保罗·莱茵的,所以是拉克带过去的。我看过法医给我的初步报告：拉克的双手和衣服上都有射击残留物，这就证实了肯尼利所说的，他扣动扳机的时候，他们正在夺枪。"

"典型的自卫，"单说，"就像查特基说的。"

"那么其他方面呢？"麦凯莱布问，"我们是否应该相信肯尼利是大湖银行劫案的第五名劫匪？我们是否应该相信他操纵了拉克，让他变得焦躁，然后让他去找多特里、高摩伦和贝尔？"

"有可能。"伊丽莎白说，"拉克认识肯尼利是在三月份，就是肯尼利买下拉克的船那时候。当时，拉克还沉浸在失去苏珊娜·马滕那种长久以来的悲痛中。他饱受头痛之苦。在他房间的墙上，有专门为那女孩设的神龛。"

"肯尼利去提船的时候，很可能见过那个神龛。"单补了一句。

伊丽莎白摸着脖子上的玻璃珠。"拉克的母亲告诉我们，他一直拒绝去看医生。他觉得自己对苏珊娜的死有责任，因为他没有尽全力去避免悲剧的发生。她还对我们说了其他的事。她认为拉克并不需要一个劝他放过自己的医生，他需要的是一个同意自己看法的医生，一个会对他说他有责任的医生。"

"所以肯尼利出现了，并且同意了他的看法？"麦凯莱布问。

单从窗前离开，在地毯上踱步。"如果肯尼利是第五名劫匪，就意味着他背负着这个秘密生活了十七年。他从大湖银行逃脱了，但他却在逃跑的过程中撞翻了一辆警车，撞死了苏圣玛丽的一名警察斯科特·怀特，所以肯尼利知道自己身上一直背着一桩命案。这么长时间过去了，他本该是安全的，但凯莉·斯宾塞决定竞选参议员，然后人们突然又开始谈论当年的银行劫案。然后多特里、高摩伦和贝尔也会回想往昔，他不能确定他们都会想起什么。"

麦凯莱布点头。"所以他有希望他们都死的动机。"

"是的。"伊丽莎白说,"随后他认识了拉克,一个因为自己没有尽全力,让一个和凯莉·斯宾塞一样有美丽笑容的女孩就此香消玉殒而痛苦不已的男人。"

"肯尼利让拉克到他那里接受治疗。"单说,"拉克告诉他,说觉得自己对苏珊娜的死有责任。肯尼利告诉拉克他想听到的:他确实有责任。"

"然后肯尼利引导他注意到凯莉·斯宾塞,"伊丽莎白说,"他给拉克灌输一种思想,即多特里和其他人是凯莉的威胁,就像苏珊娜那个有过虐待行为的丈夫是她的威胁一样。在过去了这么多年之后,任何一个理性的人都不会相信大湖银行劫案的劫匪还会对凯莉构成威胁。但拉克不是理性的人,而肯尼利知道这一点。我想肯尼利一定是大力鼓吹了苏珊娜和凯莉的相似之处。有容貌上的相似,她们的笑容,同样重要的另一个相似之处,就是他们的父亲最后都只能在轮椅上度过余生。苏珊娜的丈夫德里克·艾佛利是害她父亲坐轮椅的罪魁祸首,拉克对此无能为力。要是他能做对,要是他能杀了德里克,苏珊娜可能就不会被逼到自杀的地步。拉克本来可以救她的。凯莉也一样,大湖银行劫案的劫匪害她父亲坐轮椅,拉克认为,还有时间来做点什么,还有时间来救她。"

麦凯莱布看着有点怀疑。"这听起来像是推理。"

"不全是推理。"伊丽莎白边说边指着桌上拉克的笔记本,"我只来得及草草扫一遍拉克写的笔记本,不过我可以明确告诉你的是,有很多篇他都是在写觉得自己有多辜负苏珊娜,以及他是多么地不希望再辜负凯莉。这些日志都写了日期。第一次提到凯莉,就是在拉克认识肯尼利之后。"

麦凯莱布扫了笔记本一眼。"我看不到这里面有什么直白的事实。拉克根本没真正写明是肯尼利让他去杀人。"

"是的，"伊丽莎白说，"我没看到这样的日志。我想肯尼利最多就是暗示，但是拉克听懂了。他认为大湖银行劫案的劫匪是他弥补过失的唯一机会。"

单不再踱步，重新走到窗前。"如果我们做这样的假设，肯尼利操纵拉克，"他说，"那么，其他的一些事情也就能说得通了。拉克的抑郁症对肯尼利有利，所以他不开药给他吃。拉克向他抱怨头痛难忍时，肯尼利就给他一些药，跟他说这是舒马曲坦，但其实它们不是。"

"这听着还是有点牵强，"麦凯莱布说，"如果肯尼利想要多特里和其他人死，为什么他不雇其他人去杀人？为什么他要大费周折找上拉克？而且是什么让他相信自己可以让拉克变成一个杀手？"

"他是一名精神科医生，"单说，"但这并不是说他认识职业杀手。"

麦凯莱布看向伊丽莎白，征求她的意见，但她仍在思索他的问题。是什么让肯尼利认为他可以把拉克变成一个杀手？

她想到了答案，她说，"他预先做过试验。"

麦凯莱布抿着嘴，万分疑惑。

"德里克·艾佛利。"她说，"拉克认为就是他害得苏珊娜自杀。但苏珊娜死后过了三年，他什么也没做。拉克认识肯尼利的一个月之后，德里克就被人杀了。"

"但拉克没有因为那案子被控？"麦凯莱布说。

"并非如此。在迪尔本，和我们交谈的那名警员说他认为是拉克干的,但他没法证实这一点。"

"那我们也不可能证实是肯尼利说服他去杀人的。"麦凯莱布说,"来,先假设肯尼利确实对拉克有某种影响,所以他让拉克去杀多特里、高摩伦和贝尔。然后,我们认为他之所以这么做,是因为肯尼利就是大湖银行劫案里那名逃跑的司机,那我们能证明这些吗?"

单耸耸肩。"我们让肯尼利从哈伦·斯宾塞面前走过,斯宾塞说他不认识他。"

"我们还可以让萨顿·贝尔试试,"伊丽莎白说,"但他和司机也只有过非常短暂的碰面。"

麦凯莱布从桌子上跳下来。"这听起来毫无希望可言,"他说,"那么对于肯尼利,我们都掌握了什么?有什么他犯罪的切实证据吗?"

单冷笑一声。"如果我们能在他车库的冷柜里找到露西·纳瓦罗的尸体。"

"说得对,冷柜。那有什么理由让我们相信她在那里面吗?"

"拉克是这样想的。"伊丽莎白说。

"我没法仅凭一个死人的直觉就去申请搜查证,"麦凯莱布说,"我们能把肯尼利和纳瓦罗联系在一起吗?"

"露西·纳瓦罗失踪的那天晚上,拉克看到了一辆蓝色的小面包车,"单说,"肯尼利也有一辆小面包车。"

"告诉我是蓝色的。"

"是灰色的。"伊丽莎白说,"今天下午,他妻子开着这辆车去了医院。"

"有没有可能是在近三天里做过喷漆?"

"看起来不像,但我们可以查一下。"

"也许那天晚上拉克看错了。"单提了一种可能,"他把灰色看成了蓝色。"

"也许拉克搞错了很多事,"麦凯莱布说,"我想我们能查看肯尼利的冷柜或者是小面包车的唯一办法就是他同意我们这么做。这个可能性怎么样?"

伊丽莎白和我绕了一圈,重新回到我们开始走的地方——市政厅前。

"我们征求了肯尼利的意见,希望他同意我们做个搜查,"她对我说,"但他的律师跳了出来,完全否决了这个提议。我不知道他这么做只是出于原则行事,还是他认为肯尼利是有罪的。"

"所以,这就是结局?"我问。

她转头,面对着我。"不,大卫。我之所以告诉你这些,是想让你知道这并不是结局。我们打算调查肯尼利的背景,把他和弗洛伊德·兰姆比还有大湖银行劫案联系在一起。我不会放弃的,但我不需要你做任何事。我知道你离开这里之后,第一反应就是要去肯尼利的家,但你这样做帮不了露西。就算她在那里,你也没法帮她。而且,如果你去了那里,对我来说,事情会变得更糟。"

我们在市政厅的台阶那里分道扬镳。她得留下来,针对肯尼利的情况做个总结。我向西走,走到缅因街,如果我打算回家,这样走是对的。但我在那里转而向南,朝《灰街》办公室的大楼走了去。

办公室的空气有一股腐味。我打开台灯,伸手去摸挂在那里的项链,是伊丽莎白的玻璃珠项链。在灯光的照耀下,它闪着幽幽的蓝光。我打开窗户,听到萨克斯的音乐声,和前一天晚上听到的一样,

第 48 章 | 415

是查利·帕克的曲子，音乐声从街道上传来。我想到露西·纳瓦罗，不到一个星期之前那个礼拜一的晚上，她打电话过来，感谢我帮她约到了凯莉·斯宾塞。我们还在电话里开玩笑，说如果她问错了话，可能会有什么后果。如果我失踪了，也许你能找到我，她当时是这样说的，如果你找不到我，那我不介意你帮我报仇。

我办公桌的角落里放着她的小说，她的吸血鬼小说，就在艾伦·贝克特给我的那瓶麦卡伦旁边。我想喝点什么，因为我不喜欢这些事情在我脑海里盘旋。

我不知道马修·肯尼利住在哪里，但我可以查到。我现在没车，车子留在斯宾塞家了，但我可以去取回来。

也许你能找到我。

我站在那里，听街上传来的音乐声，努力想找到一个解决问题的办法。

如果你去了那里，对我来说，事情会变得更糟，伊丽莎白这样说。

她说的没错。如果我去了那里，我就真的会变成那种只会惹麻烦的男人，那种闯进别人的车库，翻人家冷柜的男人。如果我被抓住，情况会很糟，对伊丽莎白更不好。

她没有让我答应她，这让我感觉稍许安慰。

我把那瓶酒从桌上拎起来，穿过外面的办公室，走到洗手间。我把酒往水槽里倒，看它盘旋着流向下水道。这只是做做样子，因为我办公桌的深抽屉里还有一瓶剩下五分之一的格兰菲迪。

我打艾伦·贝克特的手机时，脚跷在窗台上，膝盖上放着一个玻璃杯。

"我打算要干坏事。"电话接通时,我这样对他说。

我听到电话那头有恼火的嘟囔声。"我是真想听听你打算做什么坏事,但你的电话来得特别不是时候。"

"我想着你可能会和我一起,"我说,"你可以带上你的玻璃刀,会派上用场的。"

"你喝酒了,卢根先生?"

"很快你就可以见分晓了。我打算做的坏事是,破门而入,闯进马修·肯尼利的家。"

我听到他在电话那头呼吸的声音,然后,他说:"你说这些和我有什么关系?"

"我想你也在那里,"我说,"我想看看,当我在那里找到了我想找的,你脸上会是什么表情。"

"我要挂电话了。如果你不再打过来,那就太棒了!"

"她让我帮她报仇,艾尔。你认为我没法从那里离开,对吧?"

"晚安,卢根先生。"

那头挂线了,我把听筒放回支架上。我举起杯子,就着台灯的灯光,仔细研究苏格兰威士忌。一分钟之后,我站起来,把酒倒进水槽里。我折回办公室时,电话响了,我接了起来。

"你改变主意了,艾尔?"

电话那头安静了片刻,然后一个不是艾伦·贝克特的声音响了起来。

"卢根,是我。"

接着,我非常后悔刚才把苏格兰威士忌给倒了。我的嘴很干,干得我一句话都说不出来。

"我现在在外面,"她说,"我能上来吗?"

我走到窗前,往下看。我在街上扫视一圈,然后看到一小片蓝色,是小面包车的车顶。

周六晚上在安娜堡市能做的事项清单里,有一项我没有列出来,那就是有时候你可以去看魔术。

街道上,小面包车前面乘客座的车门打开了,露西·纳瓦罗跨了出来。

第49章

之后连着几天我都睡到很晚才起来。一个个漫长的下午，我就靠看电视和老电影来打发。一天，我翻到《炎热的夜晚》，然后把这部电影从头看到尾。罗德·斯泰格尔在电影里饰演警察局长比尔·吉莱斯皮。他穿着制服，拎着西德尼·波蒂埃的手提箱走路的样子，让我想起了沃尔特·德拉科特。

我看电影的时候，他们正在苏圣玛丽举行德拉科特的葬礼。参加葬礼的人不多：三任前妻中的一名、一个从西部某处赶回来的女儿、一些警察局的同事和他们的家属。这是尼克·多特里告诉我的，他和母亲也一起出席了葬礼。

看电视看得厌烦之后，我就出去散步。某个傍晚我觉得自己充满干劲，于是拿出割草机打算割草。割到一半时，莎拉从屋子里跑出来。她坚持要换人，我就让她换上去了，她们认为我应该好好休养。

白天的大多数时候都是我一个人在家。冰箱里会放着食物，让我饿的时候可以吃。没什么地方是我想要去的，也没有人被绑在地下室里等我去救她。露西·纳瓦罗已经从镇上离开。我不知道她去了哪里，这也和我没关系。

安娜堡市的警察局对她很不满。周六晚上,在《灰街》办公大楼现身之后,她去了警察局。她对警察说,周三那天快半夜的时候,她的前男友突然出现在酒店的停车场。冲动之下,她上了他的车,之后的三天,他们都是在她前男友位于芝加哥的公寓里度过的,断绝和外界的一切往来,不看电视,不上网,重温他们过去的甜蜜时光。直到周六,她有点不放心地去看手机未接来电和短信,这时才知道人们在到处找她。

她向警察道歉,希望自己没有给他们带来很多麻烦。

她说的话有一些是真的,很容易就能查到。她所谓的男朋友,是一个叫雷尔顿的建筑师,自己住在芝加哥的一幢公寓里,有一辆蓝色的本田奥德赛小面包车。其他的话则毫无说服力,伊丽莎白半句也不信。欧文·麦凯莱布静静地听着,等到露西离开办公室之后,一脚把废纸篓踢出去老远。我听说,他发脾气时就这样。

我知道露西在撒谎。

我本以为她会对我说实话,但她周六晚上到我办公室来所说的话和之后在警察局的口述一模一样。她坐在办公桌对面,我看着她。她扎了一个柔软的马尾辫,眼睛下面有很重的黑眼圈,就像三天没睡觉。她的脸看起来小了一些,憔悴了一些,我猜她一定瘦了。她穿着蓝色牛仔裤,高领毛衣。

她试着讲得绘声绘色,但所做的一切看起来就像在演戏。以往她身上一直有一种活力,当时我却完全感受不到。直到她讲完,我还是一言不发。我又把那瓶酒从抽屉里拿出来,倒满两个玻璃杯,然后把杯子放在我们之间的桌子上。我坐在椅子上,一脚撑在打开的抽屉上,看她伸手拿玻璃杯。

"我很抱歉,卢根。"她说,"你一定很担心我。"

"我?"我抬头看向天花板上的影子,问道,"为什么?"

"你一定很想知道我到底发生了什么事。真的很抱歉。"

我仍看着天花板上的影子,摇了摇头。"我想这一定有一个解释,如果我静待事态发展,一切都会水落石出。"我低头,看到她正端着玻璃杯,"你知道的……我说得不会错。"

她看起来并不相信我的话,我也并不打算让她相信我。

"好吧,"她说,"我希望不会太糟。"

"我几乎没放在心上。我自己也有麻烦事。我被人刺了一刀,你知道的。"

她啜了一口,然后把杯子放回桌子上。"我也看了新闻,"她说,"但我听说你是被枪打伤的。"

"不,是刺伤,被刺刀刺的。"

"我看的那篇报道说,你是被安东尼·拉克开枪打伤的。"

"这正表明,你不能相信你所看到的。不是拉克,是一个身份不明的攻击者,穿着小丑的衣服。"我严肃地看着坐在对面的她,"但你没法知道,因为你正和一名建筑师待在你们的爱巢里。"

她淡绿色的双眸里有些微的跃动,她笑了,"我的建筑师在楼下,在面包车里等我。"

我耸耸肩。"如果我想,我可以找到一个小丑。你到底发生了什么事?"

"就我刚才说的那样。"

"不可能。你不可能会不熄掉甲壳虫的引擎就和前男友跑了,也不可能会在他的床上睡三天。我不关心你们亲热了多少次,但你不可能会一直不听新闻。你不可能忘记自己正在写凯莉·斯宾塞的报道。"

她的笑容黯淡下来。"卢根,我已经告别了那些。"

"你不当记者了?"

"我已经向《全球时事》递了辞呈。"

"辞职了有什么打算?"

"我拿到了一份图书合同。"

"你以前告诉过我,说你已经不写小说了。"

"我又重新考虑过了。"

我把一只手放在桌面的记事本上,想要拉近我们之间的距离,但我知道这样是无谓的。"他们对你做了什么?"

"没有人对我做过什么事。"

她在撒谎。一定有人对她做了什么。就我所掌握的信息来看,可能是艾伦·贝克特,可能是杰伊·卡斯特布里奇,也可能是马修·肯尼利,也可能是三个人一起。也许是其中一人在周三晚上把她抓走,然后把她藏在某处,可能是在卡斯特布里奇房地产公司名下的一幢房子里。他们可能把她绑了起来,还把她麻醉了。肯尼利是精神科医生,他完全有渠道拿到镇静剂。

至于过程,我只能自己想象。也许他们威胁了她,或者是非人的折磨让她彻底崩溃了。我的脑海里浮现这样的画面:在一个黑暗的地方,艾伦·贝克特弯下身子对她说,如果她接受他的赠予,放弃报道凯莉,继续回去写吸血鬼小说,这一切都会结束。

此刻,她坐在我的办公室里,双臂交叉,一种防卫的姿态。我不记得以前有看到她穿长袖的衣服。

"让我看看你的手臂。"我说。

她松开交叉的双臂,双手放在膝盖上,绞着手指。"为什么?"如果他们对她注射了麻醉剂,就会留下针孔。如果她被绑了起来,就会留下绳子、管道胶带或者是他们用的其他捆绑工具的勒痕。我想看看。

"让我看看。"我说。

我轻而易举就能绕过桌子,抓住她的手腕,把袖子卷起来。我也的确想要这样做。我把脚从抽屉上放下来。我的这一动作让露西瑟缩了一下,就像我让她感觉害怕,然后我知道,我没法让她给我看任何东西。

我慢慢地绕过桌子,走到她身边,她立马站了起来。我向她伸手,她有一瞬的犹豫,但很快就把手放了上来,她的手指修长,很温暖。她靠过来,我的下巴抵着她的头顶。

"你可以告诉我,"我轻声说,说话的气息喷在她的发顶,"我会保护你的。"想到目前为止所做过的保护她的事,我自己都觉得这承诺多么荒诞而不可信。

她摇了摇头。

"是贝克特?"我问她。

她没有回答我。之后我们再也没说过一句话,无论是搭电梯到大厅,还是穿过大厅送她到街上,一路默然。我帮她打开面包车的车门,她的建筑师男友朝我微微点头,非常绅士的样子。我关上车门,后退一步,看着面包车朝街尾开去,转了个弯。

菲利克斯咖啡馆前,吹萨克斯的人还在那里。我走过去,往他脚边的敞口盒子里放了两张纸币。我不知道他演奏的乐曲的曲名,但我听得出来,这是一首哀伤的曲子。

第 50 章

露西·纳瓦罗失踪又出现是一件微不足道的小事，没有人花精力来报道这个消息。《全球时事》在网站上登了一篇短文章，在印刷版的报纸上只字未提。如果事情的发展变成露西·纳瓦罗疑似被一名来自俄亥俄州的疯狂粉丝杀害，那小报的报道兴趣就会大得多。

《全球时事》的写手们报道了拉克死在凯莉·斯宾塞家门口的消息，这得到了较多的关注，但即便如此，我仍然认为他们并没有潜心于此。权威媒体报道这一消息也是无奈之举。大多数媒体认为，这和凯莉并没有直接关系，因为像拉克这样迷失的灵魂可能会攀住任何人。新闻节目的时事评论员普遍认为，对这种不幸情况，凯莉的处理方式非常得体。如果有人问我，我可能也会说同样的话。

到周一晚上，拉克的死讯已经没有人关注。因为周一下午，约翰·卡斯特布里奇参议员召开了一个新闻发布会，对外宣布他已被确诊患上阿兹海默症。

我是在有线新闻网看的发布会。参议员、参议员的儿子还有凯莉一起出席了发布会。一并出席的还有密歇根大学医院的数名医生，他们负责回答相关问题。他站在学校大礼堂的一个平台上读一份声明,感谢多年来一直支持他的选民。他追忆了他们一起取得的成功,并畅想了更美好的未来。他告诉他们他很好,他的病现在还是早期阶段。到目前为止,他的症状不严重,只是记忆力方面出了一点小问题,仅此而已。

这确实让人难以相信。他的情绪控制得很好,讲话很流利。我知道关于病情的严重程度他撒了谎,因为一个礼拜之前,他还想去找死去的妻子。但我并不觉得他的谎言让人不快,毕竟,这和其他人都不相关。

声明到结尾时,他停下来,拨开一绺白发。"我的生活不会因此结束,"他说,"但我却无法再为国家效劳。离届满只有几个月的时间,我本想坚持到最后,但现在看来不可能了。因此,我遗憾地宣布,从今天起,我将正式辞去职务。"

现场有人大声提问,但参议员没有回答。他朝摄像机庄严地挥挥手,然后从平台上走下来,杰伊和凯莉一左一右跟在他身侧和他一起离开。镜头被拉近,可以看到一名医生走到了麦克风前。但镜头的大部分画面仍是参议员,他高昂着头,大步向前走,最后,他穿过一扇门,消失在镜头里。

艾伦·贝克特没在现场,但我确信他已经协调好了所有的事。发布会举办的时机无懈可击,它将人们的注意力从拉克身上重新转回到了参议员竞选上。接下来的几天,会是一系列铺天盖地的猜测,猜测谁会来填补参议员的空缺。周末以前,政府会选出一名备受尊敬的前国会议员。所有人都明白他只是一个占位的人,等到凯莉竞选成功宣誓就职时,他就会退下来。民意调查显示,她的支持率一直居高不下。

八月初，因为拉克死了，萨顿·贝尔把他的妻子和女儿都接回了家。伊丽莎白给他看了马修·肯尼利大学时期的照片。贝尔说他不认识这个人。也许他说的是实话，但我想他同样可能是在撒谎，因为萨顿·贝尔想要把大湖银行劫案永远留在过去。

郡检察官拒绝起诉马修·肯尼利射杀拉克，因为陪审团认为他无罪。

八月六号，周四的晚上，我在浴室照镜子，然后发现自己已经一个多星期没刮胡子了。我换了一把新刀片，开始刮胡子。刮完胡子我躺到了床上，几分钟之后，伊丽莎白从摊在被单上的纸堆里抬起头。她看了看我，然后伸手摸摸我的脸颊。她说："好多了。"

"你本来可以说点什么的。"我对她说。

她对着报纸笑了。"我觉得你可以自己整理会更好。"

我随便拿了一张纸，她轻轻拍了拍我的手背。"这些都是我根据自己的需要弄过来的。"

这些是大湖银行劫案调查报告旧件的复印件，许多报告都和弗洛伊德·兰姆比有关。我知道伊丽莎白一直在想办法找兰姆比和马修·肯尼利的关联点。

我拿起另一张纸。"麦凯莱布知道你有这些文件吗？"我问。

"管他知道什么。"她说。

欧文·麦凯莱布已经认定，把马修·肯尼利和一桩十七年前其他辖区判的案子联系在一起没有很大意义。他不赞成伊丽莎白到处调查，但没有明令禁止。

所以，她仍然在继续调查。我后来拿起的那张纸上是肯尼利的背景介绍。他在威斯康星的斯蒂文分校出生，父亲是理查德·J.肯尼利，他母亲是玛丽·M.拉弗勒。伊丽莎白标出了他的出生日期，以及他父母结婚的日期。在页边的空白处，她写了一个备注，有点潦草：值得注意？

"这是什么意思？"我问她。

她瞥了一眼。"意思是你变懒了。"

我又把那两个日期看了一遍，然后看懂了。"肯尼利出生的日期比他父母结婚的日期早七个月，所以不排除他是非婚生子的可能。"

伊丽莎白点头。"也可能他是早产儿。"

"这很重要吗？"

"我现在还不知道什么重要什么不重要呢。"

肯尼利在约翰·霍普金斯大学拿到硕士学位，大湖银行劫案发生时，他正在麦迪逊的威斯康星大学上学。

"弗洛伊德·兰姆比在威斯康星大学教过书吗？"我问。

伊丽莎白递给我一个文件夹，里面有一份兰姆比二十年间所有讲座和教学的安排表，其中一页贴了一张黄色的标签。

"他在那里办过为期一个星期的研讨会，主题是印第安人历史。"她说。

我翻到贴了标签的那一页，研讨会是在银行劫案发生的几个月前办的。"是他，"我说，"肯尼利就是那个司机。"

她定定地看着我，"不久以前你还认为杰伊·卡斯特布里奇是那个司机。"

"那次是猜测，这次是有证据的。"

"不够，证据还不够。"

周五中午，我醒了过来。下楼之后，我发现伊丽莎白和莎拉早就走了。她们把家里的窗帘都拉开了，阳光照进整间屋子，分外明亮。

四十五分钟之后，我开车去了《灰街》办公室。大厅里的邮箱差点被塞爆，我把里面的信拿出来，上了六楼。我在分类信件时，电话响了。

电话那头的人说："卢根先生，我看了更多你的杂志。"

是一个女人的声音。我想了一会儿，然后反应过来这是阿米莉娅·科普兰。电话里听着她像在开车，我能听到风呼啸而过的声音。我不由自主地想到二十世纪四十年代电影里的一幕：一个女人开着敞篷跑车兜风。

"我刚看完一个叫《血玉》的故事，"她说，"太好看了。里面的对话真是精彩绝伦。"

"精彩绝伦？"我问。

"让人热血沸腾。卢根先生，你是一个非常有魅力的男人。"

"你过奖了。"

"有很多人，当我给他们钱时，他们都会点头哈腰，唯独你不一样。"

她这样说我才想起来她之前让我给她打电话，约个时间见一面。

"抱歉，"我说，"我不在办公室。我正在让自己恢复……"——我从什么里恢复？——"从失望里恢复。"

"失望？"

"还有枪伤。"

她笑了。"听着很有意思。可以边吃晚饭边告诉我。你有空吗？"
"今天吗？"
"就定在五点钟，在格拉兹饭店。你知道吧？"
"我知道。"
"保持好心情。回见。"

我挂了电话，然后对着空无一人的办公室说了句"保持好心情"。我缓缓转动椅子，回想着刚才发生的一切。阿米莉娅·科普兰想用钱让我和她合作。上次她打电话来，是因为艾伦·贝克特想让我说服露西放弃报道凯莉·斯宾塞。但这次她的目的应该不是这个，因为露西已经放弃了报道。

椅子停了下来。也许我多虑了吧，阿米莉娅·科普兰只是单纯地喜欢《灰街》。有时候事情就如表象一样，没有什么深意。

整个下午，我都在分邮件，编稿子。五点钟的时候，我步行到格拉兹，发现阿米莉娅·科普兰已经候在那里。她坐在夹层楼的一张桌子旁，穿一条男式长裤，真丝衬衫，戴了珍珠项链。她点了彩椒培根猫耳面，我点了鸡肉通心粉。

我们从这个话题聊到另一个话题。她测试我对古典文学了解多少，问了我关于阿瑟·柯南道尔、达希尔·哈米特和多萝西·塞耶斯的问题。她给我看她孙子孙女们的照片：长相漂亮的孩子们，有的骑着马，有的在打曲棍球，有的在打垒球。她想知道中枪是什么感觉，然后我就对她说了安东尼·拉克的故事。她听说过他，但不知道他的事。

"这些天我没有看新闻，"她说，"太闷了。"

服务生把我们的盘子收走以后,她点了两份提拉米苏和意式浓咖啡,然后开始转入正题。她问我《灰街》有没有基金会。

"我觉得没必要有。"我说。

我们又逗留了三十分钟,期间,她一直在和我说非营利基金的赋税优惠。我们决定离开时,她报了一个律师的名字给我,说他可以帮我设一个基金。然后,她的基金会就能对我的基金会展开援助,这样我们就可以实现双赢。

我们离开餐馆时,缅因街的上空有几朵高高的云飘过。她说她的车子停在附近的一个车库,于是我们一起往车库走。我们边走边聊,气氛非常友好。走进车库的电梯时,我终于找到空当问出那个一直困扰我的问题。"科普兰夫人。"我开口了。

"叫我阿米莉娅。"她说。

"阿米莉娅,我一直想知道,你是怎么知道《灰街》的?是不是有人让你联系我?"

在电梯里,人们往往都会回避彼此的视线,但阿米莉娅·科普兰直视我的双眼。"如果你是知道了很多才问这个问题,"她说,"那你一定已经知道答案。"

"是艾伦·贝克特。"

"自然是艾伦·贝克特。我也有一个疑惑要你解答:你怎么得罪他了?"

电梯的门开了,我们向外走去。"我得罪他了吗?"我反问。

"有什么事让他改变了对你的看法。两个礼拜之前,说到你,他都是溢美之词,但现在他却说你很讨人厌。"

我大概知道他看法改变的原因,但我不打算说出来。

"他一定有自己的原因,"我说,"但如果事情是这样,你今天为什么打电话给我?"

我看到她的脸往下一沉。"艾伦·贝克特再怎么风光,也只是个跑腿小弟,"她说,"我可不用听他的差遣。"她的表情一下又亮了,"而且,他错怪你了。"

我们一起爬一个斜坡,从一排汽车旁经过,她突然停下来说道:"我的车就在这里。"越过她的肩膀,我看到一辆大红色的马自达敞篷车,比我想象中的要新潮。我想象她开着车,灰色的头发在风中飞起,长围巾在身后飘扬。

她笑着说终于能见面她觉得很高兴,我同意她的话。

"你会保持联系吧?"她问我。我告诉她说我会的。

她微微点了点头,然后转身,从敞篷车旁边走过去,上了一辆旁边的车。

是一辆蓝色的小面包车。

第 51 章

那天回到家时,我看到在走廊上等我的伊丽莎白,她坐在一张露台椅上,两脚架在栏杆上,没穿鞋。她穿了一条膝盖处有破洞的牛仔裤,上身是我的一件男式衬衫,袖子卷到手肘处。她脸上一片风平浪静,眼睛却炯炯发亮,有新消息要和我分享时她就会露出这样的眼神。

我一在她身边坐下,她就开口对我说:"一直以来,我们都问错了问题。"

一只蝴蝶停在她脚边的栏杆上。我没有接话,等着她往下说。

"你要做的只是看看这时间表,"她说,"大湖银行劫案发生在十七年前。弗洛伊德·兰姆比死了,马修·肯尼利逃了,至于其他三个人:特里·多特里、萨顿·贝尔和亨利·高摩伦,他们被捕了。时间向前推进一年,当时,特里·多特里在苏圣玛丽的法院受审,而他的父亲查理·多特里几乎每天都在那里。在休息时段,他都会待在附近的公园里。"

"那就是他遇到玛德琳·特纳,也就是尼克他母亲的地方。"我接了一句。

"没错。当时玛德琳四十岁,查理·多特里都快六十了。他一辈子从事的都是卑微的工作。法院判决之后,仅仅过了几个礼拜,他们就结婚了。为什么?这才是我一直以来忽视的问题,就连沃尔特·德拉科特都明白其中的原因。你记得吗?"

我当然记得。当时,在苏圣玛丽和沃尔特·德拉科特一起吃饭时,他就坐在我们对面。伊丽莎白问他为什么玛德琳和查理·多特里离婚,他当时是这样说的,你还不如问为什么他们会结婚。

"她和他结婚,是因为觉得对不起他。"我说,"她是这样告诉我们的。"

几绺头发垂在伊丽莎白的一侧脸颊。"如果你对一个男人心怀歉意,你会让他靠在你的肩头哭泣。也许你还会和他上床,但你不太可能会和他结婚,还为他生孩子。玛德琳·特纳骗了查理·多特里。她和他并非偶遇。她一直在找他。她没法让自己不这么做。他们有共同点。"

伊丽莎白伸手,朝露台椅旁的一张镶玻璃的桌子探去,拿起一个文件夹。她递给我一张纸,就是我昨晚上看过的那张,上面写着马修·肯尼利父母的名字:理查德·J.肯尼利和玛丽·M.拉弗勒。

"M 就是玛德琳的缩写,"她说,"拉弗勒是她娘家的姓。"

她站起身,走到栏杆前,把背靠上去。"玛德琳在苏圣玛丽长大,"她说,"十九岁时,她离开苏圣玛丽,怀了马修。理查德·肯尼利带她去了威斯康星大学的斯蒂文分校,当时他在那里任行政职位。马修十几岁时,他去世了。最后,马修去别的地方上大学,玛德琳则回了苏圣玛丽。"

"大湖银行劫案发生时,她就住在苏圣玛丽。马修从银行逃跑那天,逃跑的方向就是州际公路。他就是在那里撞上了警车,撞死了斯科特·怀特。当时他一定很恐慌，很想去找他的母亲。我们都知道有人协助他，因为警察最后只找到了那辆被遗弃的黑色SUV，但没有找到他。所以，特里·多特里的案子要开审时，玛德琳一定有很重的心理负担。特里开枪打伤了一个警察，所有人都知道他会被关进监狱。查理·多特里即将失去他的儿子，但玛德琳的儿子却逍遥法外。她没法远离查理，她觉得对不起他，甚至，她觉得自己有罪。"

我们北上去拜访玛德琳时，她在她的农舍里说的话有一部分是实话。他们把特里关进了监狱，查理的心碎了，她这样说，我想如果我再给他生个孩子，也许事情就会变得不一样。所以她为他生了尼克，一个新的儿子，代替他失去的那个儿子。

"真相远不止这些。"我对伊丽莎白说。

"当然不止这些。"

我拍了拍手里的那张纸。"马修·肯尼利确定是非婚生子。"

"当然。"

"我甚至怀疑理查德·肯尼利到底是不是他父亲。"

"我也是。"伊丽莎白说，"答案显而易见。玛德琳年轻时非常漂亮，她喜欢那些年纪大的、能够为她提供更多的男人。"

我年轻时，也有过几段缠绵悱恻的爱情，她这样对我们说过，如果我想，我可以告诉你这些故事。

"像约翰·卡斯特布里奇这样的男人。"我说。

伊丽莎白点头。"玛德琳生下马修·肯尼利时，只有二十岁，而这是在三十七年前。当时，约翰·卡斯特布里奇是一名正在竞选参议员的雄心勃勃的国会议员，他到整个州的每个城市去演讲拉票，包括苏圣玛丽。当时他已经结婚，并且有一个儿子，但这对他没有任何约束力。而且，如果他是马修·肯尼利的父亲，这也就有力地解释了为什么从没人把肯尼利和大湖银行劫案联系在一起。我想你是对的：参议员的儿子就是第五名劫匪，参议员用他的影响力试图掩盖此事。你只是猜错了他的儿子。"

伊丽莎白把玛德琳·特纳和约翰·卡斯特布里奇联系在一起，这应该只是猜测。

"我想这么多年他们应该一直都有保持联系，"她又拿起那个文件夹，"两个半星期前，凯尔·斯库德被控谋杀查理·多特里，斯库德是玛德琳的现任男友。二十号，也就是周一那天，玛德琳打电话给她认识的人，想把他从监狱里弄出来。记得吗？"

我记得。是尼克告诉我的，然后我告诉了伊丽莎白，她就记在她的时间表上了。现在，她把相关的资料递给我。

"当时是周一，"她说，"周二晚上，斯库德就被释放了，指控他的罪名也被撤销了。看看期间发生了什么。"

就和她说的一样。周一晚上，八月二十号那天，参议员约翰·卡斯特布里奇出了车祸。他说他要去完成一项任务，他的妻子需要他的帮助。我们当时以为他说的是他的亡妻，但他当时说的其实是玛德琳·特纳，他儿子的母亲。

我要去的，是一个很远的地方，他这样对我说。他说的是真的，玛德琳住在苏圣玛丽附近的布雷姆利。

当天晚上他没去到那里。但第二天他一定回过了神来，发现自己根本没必要北上去解救斯库德。他要做的只是打个电话给检察官，让他行个方便。

"还不能盖棺定论，"伊丽莎白说，"这不能证明约翰·卡斯特布

第 51 章 | 435

里奇和玛德琳·特纳有不正常关系,也不能证明他就是马修·肯尼利的父亲。"

"他就是,"我说,"我能肯定。"

她看向我。"你怎么肯定?"

"因为阿米莉亚·科普兰开的是一辆蓝色的小面包车。"

差一点我就让她走了,因为刚看到那辆车时,我一下子懵了。她开出停车位时,我冲到驾驶室的车窗旁,拼命用指关节敲打着窗玻璃。我想她可能会被吓到,因为当时我的脑子里一片混乱,动作也有点野蛮。她把车窗降了下来,一脸淡定地看着我。

"这辆车是谁开的?"我问她。

她拧着眉,没有回答我。

我又问了一遍。"上上个星期,是不是艾伦·贝克特把车借走了?"一定是贝克特,我当时脑子里就是这么想的,习惯性地先想到他。

"不,"阿米莉亚·科普兰回答,"不是他。"

"是参议员。"我对伊丽莎白说,"二十二号那天,他发生车祸的两天之后,他向她借了车,因为他的车还在店里。当天晚上,露西·纳瓦罗失踪了。"我站起来,和伊丽莎白一样,背靠着栏杆。"十七年前,参议员保护了肯尼利。他和哈伦·斯宾塞达成协议,所以斯宾塞才会不记得逃跑的那个司机长什么样子。现在,他仍然在保护肯尼利。他发现露西问了太多关于劫案的问题,所以出手了。"

伊丽莎白的指尖划过我的眉毛。"我猜你并不是想要告诉我,二十二号那天,参议员开车去了温斯顿酒店的停车场,然后把露西拽进了一辆面包车。"

"没错,"我说,"我觉得他根本没必要拽她上车。"

周六早上,我们打包行李,每人一个行李箱,打算来次短途旅行。九点整,我们从安娜堡市离开。开的是我的车,伊丽莎白开车。热浪炙烤着我们面前的路。我们想,往北开应该会变凉快。

两小时后,我们换了位置。之前听的电台信号开始消失,我转着旋钮找其他的台。最后,我找到一个在放布鲁斯·斯普林斯汀的《为跑而生》的电台。播放结束之后,一条商业广告插了进来,伊丽莎白伸手把音量调小。

"你知道的,"她说,"她很可能会拒绝和我们谈话。"

她说的是玛德琳·特纳。我知道她说的是对的,但如果我们想要证实参议员是马修·肯尼利的父亲,玛德琳无疑是合适的询问对象。

我本想亲自和参议员谈一谈,但我不知道去哪里找他。他在布里奇维尔大厦的公寓空无一人。我和阿米莉亚·科普兰见面之后,第一个去的地方就是那里。

我刚踏进大厅,接待处桌子后的小子就看到了我。

"晚上好,先生。"他说,"你可以直接上去。"他今天穿的西装看着比之前的要上档次一些。

我在桌子旁停下来。"我还想你大概会说,现在参议员不希望任何人上去打扰。"

"世事总是多变。"

"所以现在他希望有人去打扰?"

"也不是。但我确定,你不可能打扰到他。"

我站在那里，听喷泉潺潺的水声。"他不在这里，对吧？"

"是的，先生。"

"如果我对你说的话一个字都不信呢？"

"你这话伤到我了。"

"我很怀疑会不会伤到你，"我说，"我会自己去确认他到底在不在这里。"

他挥手示意我往电梯走。"直接上去确认吧。"

我走进电梯，直接上到顶楼。参议员公寓的门半敞着。屋里有一个穿着女仆装的女人在用真空吸尘器吸地毯。她关了吸尘器，告诉我参议员已经离开了这里，不知道他什么时候回来。

"你知道他去哪儿了吗？"我问她。

她看了看我，然后一脸漠然地走开。"这不是我该过问的事，"她说，"也不是你该过问的事。"

一点过几分，伊丽莎白和我从75号州际公路上下来，横穿奥塞布尔河，进入了一个叫格雷灵的镇。我们经过一处出租皮划艇的地方，一家叫斯皮克的酒馆，还有一家门上刻着驼鹿的咖啡馆。我们在河边找到一处荫凉，在草地上铺了一块毯子，吃买来的三明治和苹果。

吃完之后，伊丽莎白沿着河边散步，我则盘着腿坐在那里研究地图。一只白色的飞蛾在草地上上下舞动。过了一会儿，我把地图折起来，收起三明治的外包装和毯子。伊丽莎白和我在车子旁碰头。

"研究出路线了吗？"

她完全是在开玩笑，因为我们都知道路线。在75号公路上向北再开一百三十英里，然后转向西往布雷姆利开，根本没必要看地图。

"你在想什么？"她问。

我看着河面上的阳光。"参议员，"我说，"他在格罗斯角有一幢房子，在兰辛有一套公寓……"

"这两个地方都有点偏离我们的计划路线。"

"在圣伊尼亚斯也有一幢别墅，我们正好要从那里经过。"

"你认为他在那里？"

"可能在。"

她把一只手放在我的肩上。"如果你找到了他，你想对他说什么？"

"等我们到了那里我就知道了，"我说，"问题在于怎么找到那个地方。好像是在湖边，但我没有具体的地址。"

我看到她笑了，这事她有办法补救。她掏出手机，翻开手机盖。

"只管跟着我就行。"

圣伊尼亚斯在格雷灵北方九十英里处，位于距离麦基诺桥较远的那一侧。我们从出口下来时，已经差不多四点。我们往东开，天空呈现一种褪色似的蓝。因为降下车窗，休伦湖湖面上的水气吹过来，感觉非常凉爽。我们往东开到尽头，在州街上转向北，看到了远处的水面。

参议员的别墅有白色的隔板墙，屋顶是黑色的木瓦顶。车道的尽头竖着一个邮箱。邮箱上没有名字，也没有编号。如果不是看到房子旁边停着一辆熟悉的车，我们很可能会直接开过去。那辆车有一半露在一棵白橡树的树荫下。不是参议员的水星，是露西·纳瓦罗的黄色甲壳虫。

第 52 章

我们把车子停在车道上,沿着一条小路绕到房子后面。在这里,我们分道扬镳。伊丽莎白沿着一条崎岖的下坡砾石路往湖边走,我则沿着一座木梯往上,来到一个装纱窗的门廊。露西坐在一张桌子前,面前摆着一部笔记本电脑,四周散着很多页稿纸。

她咧嘴一笑,像恶作剧被发现的孩子一样。"你好,卢根。"

门在我身后砰的一声关上,我在她对面的一张椅子上坐下。我把一样小东西扔到桌子上。光滑冰凉,像金子的颜色,是布丽奇特给我的那把左轮手枪里的一颗备用子弹。我把枪放在了汽车仪表板上的贮物箱里。

子弹掉在一叠打印稿上,转了一个小小的半圆。

"我在楼梯上看到的。"我说。

露西拿起那颗子弹,五指合拢。她的眼睛很有神,看起来像是补过觉。她没有化妆,鼻梁上的雀斑一览无遗。

她穿了一件有点透的无袖上衣,裸着手臂。手腕上没有任何印记,也许从来就没有过什么印记。

她又咧嘴笑了,然后摊开手,让子弹重新滚落到桌子上。

"我不相信你说的。"她说。

"这就是你和我之间的区别。那天晚上,在苏圣玛丽的旅馆里,你告诉我说你在我的房门口发现了一颗子弹,在你自己的房门口也发现了一颗,我当时信你了。这招实在高明。这让我和你站在同一阵营,共同对抗不明的势力,让我对你格外关照。"

她的笑容黯淡了。"卢根,你不能因为这个就怪我。当时,我还不认识你。"

"是的。你当时就像无头苍蝇,想尽一切可能奏效的办法。当时你是怎么说的?你说要把我发展成你的信息源。"

"卢根……"

"我不认为我能成为对你有好处的信息源,但你确实想发展我。"

"你夸大了事实,我当时没想这么做。"

"不。你确实在这么做。在没有计划的前提下,你从中得到的好处太多了。"我从桌子上拿起一叠稿纸,看了几行。"这看起来不像吸血鬼小说。"我说。

她的声音变得柔和。"卢根,很抱歉我没说实话。你得站在我的角度看待这件事。"她掸了掸笔记本电脑键盘上的一粒灰尘,不想直视我的双眼。

"那就说说看。"我说。

"什么?"

"你的角度。我想听听。"

她的目光越过我,越过门廊上的纱窗。我转头,跟着她的目光。伊丽莎白站在湖岸边,脱了鞋子,正赤着脚往浅水处淌水。

"这和安娜堡市的警察无关,"我转向露西,"这是我和你之间的事。"

露西的手指在键盘上滑动,认真思考着。

"是谁的主意?"我提示了一句,"你的,还是参议员的?"

她把手从键盘上移开,然后站起来,在房间里走动。"是他来找我。那天晚上,在停车场里,他不知道从哪儿冒出来的,让我上他的车,说他想和我谈谈。我能拒绝吗?"

"没有记者会拒绝,"我说,"但你为什么没把车子熄火就扔在停车场那里?"

她耸耸肩。"我当时根本没考虑到这点,我记得拿钱包就已经有点不可思议了。"

她告诉我参议员开车带她从酒店离开,然后在街上随意地溜着。"他知道我的事,"她说,"知道我正在调查大湖银行劫案,他对我说我应该着眼于大处。当然,也许我可以查到一些对凯莉不利的事,甚至可能让她竞选失败,但他认为这有失身份。'如果你需要丑闻,'他说,'我可以为你提供丑闻。'"

他确实说到做到,满桌散的就是证据。那一大叠打印出来的稿纸,有的是提纲,有的是不完整的初稿章节。之前我看的那一份标题是《情报失察——伊拉克战争》。

约翰·卡斯特布里奇担任了五届国会议员,以及五届参议员。他告诉她的是圈内人士对四十年来有价值的绯闻的看法,从水门事件到大规模杀伤性武器,无一不有。

"从那天晚上开始,无论我想问什么,他都会给我独家新闻,对我的安排就是要我从酒店离开。我们可以去别的地方,然后开始采访。但当我们开车回到酒店时,看到了警车,只能再次离开。"

"是你决定的,还是他决定的?"我问。

"是我们的共识。你必须理解,我当时不知道你被射伤了。我根本没意识到事情会发展得这么严重。参议员也不愿意和警察打照面。他不希望向任何人解释自己的任何事。他的家人、艾伦·贝克特,他们全都不知道他打算和我交谈。如果他们知道,他们不会赞成他这样做。至于我……"

"你不想打破这个魔咒。这是约翰·卡斯特布里奇打算和你交谈,一个从没有和记者交谈过的男人,你担心节外生枝会让他改变主意。"

"你说的没错。"她站在那里,一动不动,看向窗外的湖面。湖面上有一片白色,是一艘双体船的帆。

"你知道他的情况,不是吗?"我说,"有的人说他不适合做重大决定,比如是否应该和一名记者谈论情报失察。"

"我当时并不知道。老实说,他对我很友善。他晚上觉得累的时候,就会转移话题。除此之外……"她的思绪渐渐飘远。

我再次提示她。"这三天,也就是周三晚上到周六晚上这段时间,你去哪儿了?"

"我们本想开车到这里来,但参议员改变了主意。他认为他们可能会到这里来找他,也就是他的儿子和贝克特。他不希望被任何人打扰,所以我们找了一家旅舍。他付的现金,用假名登记。"

"没有人认出他吗?"

"他穿了一条卡其裤,还有一件马球衫,头发往后梳,看起来就像某个小孩的爷爷。我想他应该很喜欢这样,愚弄所有的人。"

对此我深信不疑。他对艾伦·贝克特一向不屑一顾,但贝克特克制得很好。一直以来,当我在寻找露西·纳瓦罗时,他一定也一直在找约翰·卡斯特布里奇。他一定已经怀疑卡斯特布里奇和露西是一起离开的,但当我问他时,他却只字未提。他怎么能显露出来呢?他不能承认他错信了一名参议员。

那天在布里奇维尔大厦,他故意表现出一副希望我远离参议员的样子,我一直都相信参议员就在那幢大厦里。

"那这三天你做了什么?"我问露西。

"我开了录音机,听他的叙述。除了轮流出去买吃的,其他时间我们都待在房间里。我们觉得累的时候就会停下来,他会睡一会儿。我会眯几个小时,然后浏览我的笔记,看看还有什么问题要问他。"

她又走回桌子旁,在我对面坐下。"我们也看了一会儿新闻,"她说,"虽然只有一点,但我知道我被当成了失踪人士。但他还在讲述,所以我不打算中途停止。到了星期六,事态变得严重了:新闻上铺天盖地都是拉克被枪杀的报道,而且很多人都提到了我的失踪。我们知道好运到此结束,是时候要回去了。"

"那你用来当幌子的那个故事呢?就是你的芝加哥建筑师。"

"他只是一个碰巧有一辆蓝色小面包车的朋友。我给他打了电话,然后他就答应帮我了。"

她伸手去够那颗子弹,用指尖压着它在桌子上滚来滚去。

"在《灰街》的那天晚上,"我说,"你本来可以把事情真相告诉我的。"

她的双眉拧在一起。"卢根,我是想告诉你,但你很可能会告诉警察。你有你的道德标准。在所有人都认为我失踪的这三天,我却一直和参议员在一起,他们知道后会怎么样?他并不希望我们的安排被公之于众,至少不是现在。"

"那你的安排是什么?"我问,"他为你的书提供素材,作为交换,你把大湖银行劫案撇到一旁,是这样吗?"

"是这样。"

"作为一名记者,你不会觉得不安吗?"

她的脸上显露出稍许不赞同的表情。"你不知道他告诉我的是什么。过不了几年,就不会有人记得大湖银行劫案。但这个,"她指着那叠稿纸,"这是历史。"

我坐在椅子上,向后仰,有微风从我身后的纱窗吹过来。

"你想过参议员的动机吗?他为什么会愿意告诉你这些?"

她耸耸肩。"一定是特里·多特里或者亨利·高摩伦告诉我的某些事里,有一些会对凯莉·斯宾塞产生不好的影响。"

"所以他只是想让他的儿媳妇能够竞选成功?"

"那不然是为了什么?"她问,"你知道什么?"

我往椅背一靠。"我什么都不知道。"

"那么拉克的医生肯尼利呢?里面有隐情吗?"

我的手指漫不经心地敲着桌子的边沿。"就算有,我觉得也不是什么大事,不会是历史。参议员那边的人怎么看你的安排?"

"艾伦·贝克特很不高兴,他觉得我中途会变卦。"她挥手对这事不以为然,"但他翻不起什么浪。"

"你不认为他会试着阻止你?"我说,"贝克特是个喜欢掌控一切的人。"

"让他去试好了。"

"我敢说他已经在想办法了。上个礼拜参议员退休了,你不认为这是贝克特在背后推动?这是他重新掌握主导权的方法。"

"我不是这样想的,我认为这更可能是参议员的主意。他在位子上已经太久,他觉得累了。"

我点头,朝向房子里面。"现在他在哪儿?他在这儿吗?"

她摇头。"上个礼拜他大多数时间都在这儿,和我一起工作。这个礼拜他总是来了又走,走了又来,我已经两天没看到他人了。"

"他去哪儿了?"

"我猜可能去找你了吧。"

我都懒得去纠正她。

"他让我待在这里完成这本书,"她说,"我根本没指望他会告诉我他要去哪儿。"她沉默了一会儿,然后伸出一只手,越过桌子,放在我的手上。"卢根,很高兴看到你。你怎么知道我在这儿?"

"我不知道。"

外面起风了,我听到白橡树的叶子在低语。露西把手撤了回去。"你到这里不是来找我的,你是在找参议员。他不在安娜堡市?"

"我不知道他在哪儿。"

她眯起眼。"卢根,你打算干吗?"

"我不打算做任何事。莉齐和我在度假。"

她看着不太信。"生我的气,对吗?你没什么事瞒着我?"

"我没有生气。"

"对所发生的一切,我真的感到抱歉。但你能理解为什么我会这么做,对吗?"

我轻轻拍了拍她的手,然后拿起那颗子弹。

"当然了。"

第 53 章

伊丽莎白把车重新开回 75 号州际公路上，我们沿着公路开出圣伊尼亚斯。我坐在她旁边的座位上，复述露西告诉我的话。我有点焦躁，不停地用手指把弄着子弹，这头转到那头。伊丽莎白看在眼里，什么也没说，就像之前她在贮物箱里看到那把左轮手枪时一样。

"关于露西和参议员的交易，你怎么看？"我说完之后，她开口问我，"她真的相信他仅仅是为了掩盖凯莉·斯宾塞的一些丑闻就同意泄露国家机密吗？"

我用拇指刮着子弹的表面。"我想，她大概认为他上了年纪，判断力就退步了，而她非常乐意趁机从中捞好处。"

"那她打算遵守约定吗？就此放弃大湖银行劫案？"

"我不知道，"我说，"我不确定她是否知情。但如果她发现马修·肯尼利是参议员的儿子，同时也是第五名劫匪，我想她很可能会把这个也归到她的书里。"

五点四十五分左右，我们抵达布雷姆利，然后找了一家可以看到苏必利尔湖的酒店。我们花了四十分钟，各自洗了个澡，换了一身衣服，然后开车去往玛德琳·特纳那幢改建过的农舍。阳光把房子的阴影投射在侧院里，榆树下那个轮胎秋千静静地悬在那里。

车道上停着一辆生锈的小皮卡，没有其他的车，也看不到尼克的自行车。我们上前敲门，也没有人出来应门。

我们驱车穿过布雷姆利镇的中心，来到舒适酒店。一名女服务生领我们在餐厅角落的一张桌子旁落座，这里离酒吧的嘈杂比较远。她给我们上了甜茶，然后我们在她的介绍下点了鸡尾酒虾。我们还点了啤酒风味的鲈鱼、炸薯条和凉拌卷心菜。我们考虑是否要点苹果派时，玛德琳·特纳走了进来。

我背对着墙，所以我看到她走了进来。"现在不要回头。"我对伊丽莎白说。

她的眼睛盯着我看。"是玛德琳吗？"她问。

我点头。

"她一个人？"

"一个人，"我回答，"她往酒吧那里去了。我们该怎么办？"

"在这里和她说话不合适。让她去吧。"

我看到酒保放了一杯酒在她面前。"可能会等很久。"我说。

"我不这么想。她穿了什么衣服？裙子？"

"休闲裤。"

"紧身上衣，还是宽松的？"

"宽松的。"我答道。她穿得很休闲，盘着头发，并不打算吸引其他人过来搭讪，也不打算让自己显得年轻。

"她会喝一杯，"伊丽莎白说，"然后带着晚餐离开。"

我们跳过苹果派，招呼女服务生过来结账。十分钟之后，玛德琳·特纳手里拎着两个装着外卖盒子的塑料袋离开,我们跟了上去。

停车场外,天色已经开始暗下来。玛德琳的汽车飙出去时,扬起一阵灰尘。我们跟着她向东开,来到一个十字路口,停在她车子后面等红灯。从这个路口回家的话,她应该转向南。

"她不会回家的。"伊丽莎白说。

她向前直走,大约半英里之后,转向北。她从大路开上一条蜿蜒的小路,路的两边都是白桦树和松树。开着开着,我们突然不再看得到她的车,等开到一个转弯处时,又看到她的车子停在一幢小屋前的草地上,旁边有一辆盖着柏油帆布的长轴距轿车。

我下意识地踩了刹车,但伊丽莎白告诉我继续往前开。

"眼睛向前看,表现得自然一些。"

我尽量让自己表现自然,继续往前开了一百英尺左右。这里又有一个转弯,转过去的话,小木屋就在视线范围外。我在这里停了车,从后视镜里观察小屋的动静。玛德琳拎着外卖下了车,朝门口走去。小屋的门开了,一个男人走出来迎接她。如果我不是如此渴望想要见到他,我可能真认不出他来。是约翰·卡斯特布里奇,他穿着卡其裤、亚麻衬衫,银白的头发剪短成罗马皇帝那种发型。

他从玛德琳手里接过外卖盒,然后他们一起进了屋。我转向伊丽莎白,她刚才一直回头盯着小屋看。

"他们在这里干什么?"我问她。

她心不在焉地摸着脖子上的玻璃珠。"这是查理·多特里的小屋。他死了以后,这里就空置了。"

我意味深长地看了她一眼。"你知道玛德琳会来这里?"

"我想她可能会来。这里不适合幽会,但至少够偏僻。她不可能带着他招摇过市,也不能带他回家,否则她就不得不向尼克说明这个人是谁。"

我盯着后视镜里的小屋看,想着他们俩现在应该在共进晚餐。这只是一件简单的事,但参议员却为此走了一段漫长的路。我想到露西的话,她认为退休是参议员自己的主意。所以这就是他退休的理由?和玛德琳·特纳在一起是他所希望的?

汽车怠速的声音打断了我的沉思。我熄了火,打开车门,跨出去,伊丽莎白也打开车门下了车。

"我们要过去吗?"她问。

"当然。我想这会是重头戏。"

她的目光越过引擎盖,看向我。"我们来这里是为了证实参议员和玛德琳有私情,证实他是马修·肯尼利的父亲。"她的头朝小屋的方向偏了偏,"我想这样差不多能证实,但让他们承认却是另外一回事。"

我一只手放在温暖的引擎盖上。"但如果他们知道我们在这里抓到了现行,那也很难否认了,不是吗?"

"也许吧。但即便他们承认肯尼利是参议员的儿子,我们也无法证实他们做了其他的坏事,至少现在还不能。我们没法证实肯尼利和大湖银行劫案有关,也没法证实参议员掩盖了此事。"

"你是说我们应该就这样离开?"

她注视着小屋。"我是说我们应该想清楚我们希望达成什么目标。我是说……"

她没有说完,我敢说她是看到了什么。我转头,然后看到玛德琳的车子旁,有个人影猫在那里。即使隔了这么一段距离,我还是一眼就认出了他，是尼克·多特里。

"他从哪儿冒出来的？"我低声说。

伊丽莎白低声回道："小屋另一侧的树林里。"他慢慢往旁边那辆盖着柏油帆布的车挪，是参议员的水星。他绕着车子走了一圈，然后手伸到油布下，想打开车门。他两扇门都试了，打不开，车门一定是被锁上了。他站直身子，盯着小屋看，然后朝我们所在的方向瞟了一眼。他愣了一下，然后回过神来，下一秒，他迅速绕过车子，隐入了树林里。

伊丽莎白和我一动不动地站在原地，竭力想要重新找到他的身影。树林里的某个树冠上，有一只鸟儿在歌唱。伊丽莎白朝小屋的方向跨了一步，像是打算去找尼克。我也想跟她一起去，然后就听到后面有动静：树枝被折断的声音，还有枯叶发出的脆响。我猛地回身，看到尼克正从树林里走出来。

"老兄，你在这儿干什么？"

伊丽莎白抢在我前面开了口。"我们是来兜风的。"

"你可能会认为我这样做很疯狂。"尼克说。

我们在往南开，穿过布雷姆利。他的自行车被放在后备厢，我们在路边的一个山洞里取到了它。尼克坐在后座，向前倾着身子和我们说话。

"那个和我妈在一起的家伙，我觉得他是个人物。"

伊丽莎白和我交换了一个目光。

"所以你才鬼鬼祟祟地跑到他车子旁？"她问。

尼克耸耸肩。"我本来觉得车子里的什么东西上会有他的名字，但车子被锁了。你们知道他是谁,对吗?"

我看向后视镜,看到他那双漆黑的眼睛正盯着我。

"系上安全带。"我说。

"老兄,你这是在要我的命啊!"

伊丽莎白示意他往后坐。过了一会儿,我听到扣安全带的声音。

"你母亲和那个男人一起多久了?"她问他。

"他们通电话有两个礼拜了,也可能更久。他打电话过来的时候,我接到过一两次。"

"你母亲和你提起他时是怎么说的?"

"她说他是一个老朋友,他的名字叫约翰尼。"

"她一直在和他见面?"

"她不承认,她只是告诉我说她要出去。"我从后视镜里看到他冷笑一声。"出去就是要去舒适酒店,"他说,"以前她经常和凯尔·斯库德在那里见面,但她现在和他分手了。"

"什么时候?"我问。

"两个礼拜之前,也就是她开始和约翰尼一起出去的时候。我一直在找她和他见面的地方。不在舒适酒店,我去过那里。今天是我第一次想到她可能会来小屋。"他的目光在我和伊丽莎白之间游移,"你还没回答我的问题。你知道他是谁吗?"

"他就是你认为的那类人,"我说,"约翰·卡斯特布里奇,一名参议员。"

尼克臭着一张脸。"他来布雷姆利干什么?"

这问题问得好。我不打算告诉他事情的真相,即卡斯特布里奇来这里是为了见三十七年前给他生了一个儿子的女人。我想要找一个听起来不像谎言的答案,伊丽莎白替我回答了。

"就像你母亲说的,"她告诉他,"他们是老朋友。"

我们开回农舍时,天已经全黑了。我把车子停在生锈的皮卡边上,然后帮尼克把他的自行车从后备厢里弄出来。

我们一起进了屋,伊丽莎白问他吃过晚饭没,他说还没吃,于是我们去厨房帮他做了一份三明治和一碗汤。他吃饭的时候,我在那里陪着他,伊丽莎白则在起居室到处走走看看。过了一会儿,我们也进了起居室,看到她站在壁炉旁边。壁炉架上挂着一排裱了框的照片,大多数是尼克的照片,有一张是年迈的查理·多特里,还有一张看着像马修·肯尼利中学时代的肖像画。

肯尼利的名字已经在新闻里出现了,有一两个台已经播出了射杀安东尼·拉克那天晚上他被带到市政厅接受审讯之后离开的画面,是一组连续镜头。我知道尼克在关注有关拉克死讯的新闻,所以我很想知道为什么他没有把拉克的医生和他母亲挂在壁炉架上的那幅照片里的男孩联系在一起。

伊丽莎白一定也想知道。她把那幅照片拿下来,让尼克看。

"这是谁?"

他皱眉。"据说是我的哥哥。"

"据说是?"

"我从没见过他。他比我大很多,而且住在南方。"

"在密歇根南部?"

"比那里还要往南,"尼克答道,"我想他搬到那里是为了摆脱我妈,他们的关系不好。他有很重要的工作,从来没时间来看我们。"

"他叫什么名字？"伊丽莎白把照片挂回壁炉架上，然后问尼克。

尼克努力回想，最后，他想到了。"他叫奇普。"

"是什么名字的缩写？"

他不耐烦地耸了耸肩。"通常是什么的缩写那就是什么。你不打算告诉我你们在这里做什么吗？"

这问题既是在问我，也是在问她，但我只是站在那里，一言不发，双手插在口袋里，右手的指尖摸着那颗子弹光滑的金属外壳。伊丽莎白则是盯着壁炉上的大卵石看，我知道她不想回答尼克的问题。

她没法把真相告诉他，说他母亲和父亲结婚的原因至少有一部分是负罪感作祟——她母亲的儿子参与了大湖银行劫案没有受到制裁，而他父亲的儿子却锒铛入狱。而他，尼克，只是忏悔的产物，是他已经死去的哥哥特里的替代品。她没法告诉他，说他另外一个哥哥马修·肯尼利操控了安东尼·拉克，让他去追杀特里，这一行为直接导致了尼克父亲的死。

她给了一个没有透露任何信息的回答。

"我们来这里是要和一些人谈话，为了问几个问题。"

"什么问题？"他问。

"这是警察的任务，不是你该操心的事。"

这句话显然说错了。尼克鄙视地抿了抿嘴。他背对伊丽莎白，转向我。"你说谎了，老兄。"

"什么意思？"

"你说她想查出我父亲和特里的事的真相。"

"她确实在查，一直在查。"

"她只是个警察，"他说话的声音陡然拔高，"警察总是官官相护。"

我冷静地回答他。"尼克,这个话题我们已经谈过了。安东尼·拉克杀了你父亲,这事和警察无关。"

"保罗·莱茵开枪打死了特里,他是个警察。"

"他只是在执行任务,特里想要逃跑。"

"他们根本没必要打死他。"

他几乎是嘶吼着说出这句话。我看到他的肩膀绷得紧紧的,双拳紧握,我想几乎就要哭出来了。

"嘿,"我轻柔地说,"放轻松。"

伊丽莎白走了过来,和他面对面。"没事的,"她说,"我知道这很艰难。你爱特里。你不应该独自一个人承受这些。你有没有和你母亲谈过?对所发生的一切……她知道吗?"

特里看向我,一脸困惑。"她想说什么?"

我没有立刻回答他。我仍在摆弄着那颗子弹,用手指把它翻来翻去。我很清楚伊丽莎白说这话的用意。我本该早点发现这些。尼克表现得像个大人,但他终究只有十五岁。他有个哥哥被关进了监狱,他非常爱他哥哥,甚至愿意帮助他越狱。但计划失败了,他哥哥也死了。

我看着那颗子弹在我的指间翻转。无意识之间,我把那颗子弹从口袋里掏了出来。我抬头,看到尼克正盯着我看。我于是把手又插了回去,让子弹掉进口袋里。

"她的意思,"我告诉他,"是想告诉你,你不该因为特里的事而自责,这不是你的错。如果你想谈这件事……"

我看到他的嘴唇剧烈颤抖,体内的愤怒差点就要倾闸而出。他乌黑的眼睛盯着我。"老兄，你现在是社工上身了？你想让我谈我的感受？对于我为特里做的事，我不觉得有什么遗憾的。你根本什么都不知道。你想帮我？那就查清楚为什么他们要杀了他。"

我悲伤地摇摇头。"他们杀他，是因为他想逃跑。"

"你翻来覆去就只有这句话。"他又回转身子，面对伊丽莎白。"你刚才说你来这里是为了问问题的。那你和萨姆·蒂尔曼谈过了吗？"

我几乎忘了萨姆·蒂尔曼。他是当时负责押解特里·多特里的另外一名警员，保罗·莱茵的搭档。

伊丽莎白摇头。"我还没和他谈。"

"我一直在监视他家。"尼克说道。随后，他指着我，补了一句。"他告诉你了吗？"

"我告诉她了，"我回答，"但我一直以为你没有再继续了。我对你说过，你得停下来。"

尼克直接无视我。"萨姆·蒂尔曼上两个礼拜都睡在沙发上。周四的时候，他妻子离开了他，把孩子和狗也带走了，很多家当也被她装车带走了。"

伊丽莎白专心地看着他。"真的吗？"

"昨天，他的神父来看他，"尼克说，"他们在屋子里，大概谈了一个小时。我听不到他们谈话的内容。"

"如果萨姆·蒂尔曼的婚姻出现了问题，"她说，"可能这就是他们谈论的话题。"

尼克挫败地闭上双眼。"他们还可能是在求雨呢。但我想，如果有神父到你家里来，那么可能是来听你忏悔的。"他复又睁开双眼，"保罗·莱茵是开枪打死特里的人。那么，萨姆·蒂尔曼需要忏悔什么呢?"

一开始,伊丽莎白一句话也没说。她拎起项链,抵在下巴处,陷入了沉思。

过了一会儿,她对尼克说:"我希望你离萨姆·蒂尔曼的房子远一点。"

"唉,"他说,"这句话我以前听到过。"

"你有权生气,"她这样对他说,"我没有认真对待特里的死。但我答应你,从现在开始我会。就从蒂尔曼开始,我会和他谈。"

"确实是时候了。"

"这就是我让你远离他家的原因。对了,还有别的事。"

"什么?"

"我得了解清楚特里的逃跑计划,"她说,"是谁的主意,你是怎么实施的,所有的细节我都要知道。"

他警惕地盯着她。"我可以告诉你,但我要和你一起去见蒂尔曼。"

我希望她拒绝,但我看到她点了点头。"你可以去,"她说,"但你得按照我说的做。明天我们会开车去他家,在那之前,你得远离他。"

"为什么我们不现在去?"

"我需要时间做一些准备,只能是明天。"

他没有说话,但明显非常怀疑。随后,他说道:"好吧。"

第 54 章

九点二十分左右,伊丽莎白和我从农舍离开。就在我们离开前,尼克的母亲打电话通知他她很快就会回家。我们开车沿着车道回到路面上时,轮胎碾压着砾石路面发出噼啪声。我把一侧的车窗放了下来。

"你告诉尼克说他明天可以和我们一起去时,我很吃惊。"我说。

伊丽莎白减速,转了一个弯。"你很震惊,大卫?"

"有点。这谎撒得有点无耻。"

她笑了,但笑意不达眼底。"你觉得他会信吗?"

"我觉得他会。"

我知道她其实不想骗他,但她去和蒂尔曼见面的时候不能带上他,这件事完全没有和他争论的必要。

"所以我们不用等到明天?"我一边问,一边伸手去摸她的头发。

她把头往后仰。"我想我们现在就要去。"

在双车道郡道上,她往北开了一段,然后又转向东。车速加到五十五码时,我把车窗升了起来,路两边的树木不断向后掠去。

"你怎么看玛德琳·特纳?"我忍不住问道。

伊丽莎白一边看路况,一边回答。"她是个谨慎的女人。这十七年来,她一直在走钢丝。"

"她有很多秘密,"我说,"她不让尼克知道任何有关马修·肯尼利的消息。"

"她这么做也是迫不得已。从她和查理·多特里扯上关系的那天起,她就走上了一条危险的道路。在尼克出生之前,秘密就已经存在了,她一定很怕特里·多特里。她知道大湖银行劫案发生的当天,他一定见过肯尼利,可能在劫案之前就见过。她可能会假设他不知道肯尼利的名字,因为弗洛伊德·兰姆比让参与抢劫的人用绰号互相称呼,但她不能确定。只要她把儿子的消息透露给查理,或者尼克,这些消息稍后都会传到特里那里。"

所以马修·肯尼利变成了奇普,一个和母亲关系不和,独自在南方生活,因为工作从来不来走访的儿子,家里就只有他的一张照片。

"但她一定一直都在和他保持联系,"我说,"即使她必须瞒住尼克才能这么做。"

伊丽莎白点头。"即使肯尼利来这里看她我也不觉得奇怪,她完全可以趁尼克去学校的时候和他见面。而且,肯尼利自己有了三个小孩,玛德琳可是孩子们的奶奶,她一定也想要参与他们的生活。"

我想,一定有很多偷偷摸摸的举动,一定有很多担忧,这都是因为她不能确定特里·多特里对她儿子的情况究竟了解多少。

事实证明,她的担忧是对的。在我们离开农舍之前,我问了尼克一个很久以前问过的问题,一个所有人都想知道的问题:特里知不知道第五名劫匪,也就是那个逃跑的司机的身份?

他的回答让我备觉挫败。特里知道,弗洛伊德·兰姆比告诉了

第 54 章 | 459

他。相对于其他人，兰姆比显然更相信特里，因为，兰姆比是奥吉布瓦人，特里也是奥吉布瓦人。从特里给的暗示里，尼克相信特里知道司机的名字，至少知道他的名，也知道司机的其他信息。比如，他在哪所学校上学，学的什么专业。他知道足够多可以揭露他的信息，只要特里愿意，他随时都能把他供出来。

但如果这是真的，我自问，为什么他没这么做？

尼克也回答了我的这个问题。

萨姆·蒂尔曼的家离大路大约五十码，在一个三面被树林围着的平地上，最近的邻居家离他家大概有四分之一英里。

伊丽莎白关了引擎，我们下了车，听着蟋蟀的叫声，感受微风拂面的感觉。满月给草地镀上了一层银辉，树林靠房子很近，特别是北面的那一片。我想，尼克过来监视蒂尔曼时，应该就是躲在那里。

我绕到车子前，伊丽莎白把手放到我手上。我们往屋子的方向行进，一个男人走出来，在门廊上迎接我们。他靠在楼梯顶部的一根木桩上，开口说了一句，"夜色真好。"

伊丽莎白从包里掏出她的徽章，举高。"伊丽莎白·华士奇，"她说，"我是安娜堡市的警察。"

"我想过你会来，早晚的事。"

他慢吞吞地走下楼梯，和伊丽莎白握了握手，然后又朝我伸出手。他握手的力度很大。

"大卫·卢根。"我说。

"萨姆·蒂尔曼。很高兴见到你们。"

蒂尔曼家的前厅很长，夜晚的空气从那扇安有纱窗的窗户里飘进屋子。房间的北面放着一个沙发，还有一张茶几，茶几旁围着两张靠背椅。南面有一座落地式大摆钟，旁边有一扇拱门，通往厨房。摆钟旁有一张写字台，还有一张木雕椅，椅背上挂着一条腰带，腰带上别着一把手枪，口径九毫米，套着皮套。

蒂尔曼领我们进了屋，沙发上堆满了一些小物件，主要是玩具、毛绒动物，还有一条女人的围巾，应该是他妻子和孩子留下来的。看到我们连落座的地方都没有，他开始动手清理，把这些东西挪到一张靠背椅上，自己在另一张靠背椅上坐了下来。

他坐在椅子上，右肘搁在椅子的扶手上，手撑着脸颊，等着我们开口。我猜在我们到这里之前，他很可能就像现在这样，已经在这里坐了很久。没有线索可以揣测之前他在做什么，房间里的音响没开，电视机也是关着的，旁边也没放着书。茶几上放着一瓶啤酒，还没打开，我猜啤酒应该放在那里有一会儿了，因为啤酒瓶上没有冷凝下来的水滴。

蒂尔曼看到我盯着那瓶啤酒，便开口了。"我没有喝酒。"

"没有？"

"以前我喝酒，"他说，"但结婚以后就不喝了。达琳，就是我妻子，她不喜欢。"他说话的语调很平缓。"她有不喜欢的理由。她父亲是个酒鬼，一点小事也会让他情绪失控到暴跳如雷。她十岁那年，因为给父亲做早饭时把吐司烤焦了，手臂被拉得脱臼。"

他坐直身子，双手垂放到膝盖上。椅子旁边有一盏落地灯，他的婚戒在灯光下闪着幽光。

"这就是她喜欢我的原因，"他说，"我稳重，值得依靠。'如果你不喝酒的话，就真的完美了。'她经常这样说。所以我戒了酒。"他指了指酒瓶。"她离开的那天，我在冰箱里找到这瓶酒。这一定是上次我们招待客人时剩下来的。我想，这个可能会让我好过一些。"

"是什么让你变了主意？"伊丽莎白问他。

"我想，只有一瓶而已，无法淹没白叶公墓发生的事。"他转动着手上的戒指，"这也是你来这里的原因，不是吗？"

"告诉我在白叶公墓发生的事。"她说。

"还不够明显吗？"蒂尔曼摸索着手上的金戒指，"我杀了特里·多特里。"

落地钟的钟摆咔嗒咔嗒地响着，时间一分一秒地过去。一阵轻风吹起蒂尔曼椅子后那扇窗户前挂着的透明窗帘。

"开枪打死多特里的是保罗·莱茵。"伊丽莎白说。

蒂尔曼摇头。落地灯的灯光下，他的头发变成了古铜色。"保罗只是恰巧扣动了扳机。"

"你是说，是你们两个人共谋杀死他的？"

"的确有共谋，"蒂尔曼说，"但保罗并没有参与在内，他是个正直的人。我认为他不会同流合污，但沃尔特不这么认为。"

"沃尔特·德拉科特？杀多特里是他的主意？"

蒂尔曼低头看着他的双手。"他问我我能不能做。我一直都在想，想知道为什么他会选我。我在警察局待了十二年，有的人选择这份工作是受这份工作的暴力吸引，但我不是。如果我不得不把一个人摁在警车的引擎盖上，然后给他戴上手铐，那我会照做，但我不会以此为乐。我的同事里有人以此为乐，沃尔特没有选这类人中的某一个。"

他又抬起头。"我告诉你我猜测的理由。他想找一个可靠的、在预料范围内的人。并不是说我就一定会答应他,而是他知道,他可以问我,而我不会因此过于激动。有的时候,因为强烈的信念,你势必会过于激动。他知道即便我不答应,我也不会到处乱说去给他惹麻烦。"

伊丽莎白坐在沙发上,向前探过身子。"告诉我他都对你说了什么。"

"他把我叫进他的办公室,他说之前给金罗斯监狱的典狱官打过电话,他们同意让多特里去参加他父亲的葬礼。沃尔特告诉我护送的细节,我同意了。他又提醒我多特里射伤了哈伦·斯宾塞,害他瘫痪。"

"'不能有半点差错。'沃尔特对我说。"

"'不会有差错的。'我这样告诉他。"

"'如果多特里打算逃跑,你就开枪打他,有异议吗?'"

"'没有,这听着很合理。'"

"'你经常对我说,很久以前就该开枪打死他,'沃尔特说,'他不配呼吸和其他公民一样的空气。'"

"'如果我看护的时候他敢有小动作,他一定会后悔的。'"

"沃尔特盯着我,就像在做最终决定一样。然后,他开口了,声音比之前更加柔和。'很好,我正希望听到你这样说。因为据我得到的消息,他的确打算有所动作。'"

"他脸上挂着一抹古怪的笑,等着我反应过来。"

"'你在说什么,沃尔特?'"

"那抹笑消失了。'我说,特里·多特里预谋摆脱你们的羁押。如果他真这么做了,你可以开枪,可以开枪打死他。'"

"我想要找到他在开玩笑的痕迹,但没找到。'你怎么知道?'"

"'这不重要,'他说,'重要的是这的确会发生。有人希望它发生,有人出钱想让多特里去死。'"

伊丽莎白打断了他的话。"他说的是'有人'?他没告诉你是谁?"

"他说我最好不要知道,"蒂尔曼长长呼了一口气,"一方面我想对他说让他见鬼去吧,另一方面我又想知道他所说的钱是多少。在我没想好是不是要问出口时,他先回答了这个问题。"

"'五万五,'他说,'预先付一半,事成之后付另一半。'"

"这听着不像真的,但我知道他是认真的。我站在那里,盯着他看了很久。'天哪,沃尔特,'最后我这样说,'你希望我怎么做?'"

"'回家好好想想,'他说,语气非常温和,'明天早上答复我。'"

"那天晚上,我一直感觉怪怪的。我失衡了。我想到了钱。达琳和我赚的都还过得去,但一年年过去,我们陆续生了三个女儿,这房子也变得越来越拥挤。我们想过要换一个大点的房子,但没钱。如果有五万五千美元,那换一个大房子绰绰有余。但另一方面,我得编个故事说明钱是怎么来的。如果她知道事情真相,我想她不会再愿意继续和我一起生活。"

"整个晚上我都没睡着,到了早上,我想通了,五万五不够,这不值得我去做那件事。九点钟时,我走进沃尔特的办公室,告诉他我需要十万。我想那个出钱的人很可能会拒绝,然后这件事就会到此为止。但那天下午晚些时候,沃尔特告诉我说对方答应了。"

"接下来的几天里,我一直处于这种失衡的状态。我一直在两种想法中摇摆不定。第一,这事不会发生,我并不是真的需要打死特里·多特里。第二,为什么不呢?他有罪,如果他真要逃跑,他就该死。"

"举行葬礼的那天,我和保罗·莱茵碰了面,然后我们开车去了监狱。他们已经和多特里准备好了。我们给他戴了手铐和脚镣,然后出发。在车上,他很安静,我们抵达教堂时,他低着头往前走。他拖着脚,就像一个受伤的人,在金罗斯监狱待久了的人走路都是这个样子。"

"我们耐着性子等到弥撒结束,然后把他押回车上。开车去墓地时,我想沃尔特一定得到了错误的消息。多特里根本没有打算逃跑,这样对我很好。"

"我不相信这事真的会发生,但沃尔特警告过我说在墓地的时候就会发生。'留一点空隙给多特里,让他从你身边离开一点,然后他就会趁此机会逃跑。'保罗和我带他去他父亲的墓,然后听牧师走流程。之后,多特里问我们他能不能去他奶奶的墓看看。保罗看向我,我说可以。我本想拽住多特里的胳膊,但随后改变了主意,因为如果我跟着他去的话,我就不得不开枪打死他,而我不想这么做,不是为了钱。然后,我做了无法饶恕的事。"

蒂尔曼停了下来,接着伊丽莎白提示了他一句。

"你让保罗带了他过去。"

第 55 章

萨姆·蒂尔曼似乎要整个人都陷进扶手椅里了。

"是的。"他说,"但事情变得棘手了。我知道保罗工作时一直都很严谨,整个押送的过程,他都紧紧跟着多特里。我让他放松,别把多特里看这么紧。我对保罗说:'他哪儿也去不了的。'"

"因为不想看到接下来发生的事情,我停下来跟牧师聊了几句。我猜后面发生的事不说你也都知道了。一阵类似机关枪扫射的声音突然传了过来,其实是几个孩子在放鞭炮,不过我当时并不知道。我以为保罗被杀了,心想完了事情搞砸了。等我终于弄清发生了什么事时,多特里已经挣脱束缚,保罗则在他身后紧追不舍。多特里越过墓地围墙,眼看就真要逃出生天。我当时想要是沃尔特知道这事,不知会作何感想。接着,多特里就倒了下去,保罗射中了他。"

"我跑到围墙边时,感到自己的心在怦怦直跳,但这并不仅仅是跑得太快的原因。保罗已经翻过围墙去查看多特里的情况。因为隔了一段距离,我没法看清,所以大叫了一声'他被射中哪儿了?'其实,我根本没必要操这心。子弹径直穿过多特里的喉咙。赶来的医生告诉我们他已经死了,于是,我的心也就落回了肚子里。"

"这事德拉科特怎么说?"伊丽莎白问。

蒂尔曼苦笑道:"我本以为他会大发雷霆,可他只是拍着我的后背,说了声'干得不错'。他好像以为我从一开始就计划着让保罗这么干了。多特里已经死了,而我也成功地让自己置身事外。"

"钱怎么样了?"

"还在阁楼的纸箱里,我一下都没动过。我曾有过疯狂的念头,想把钱给保罗。但是沃尔特劝我别这么干,因为射杀多特里这件事让保罗觉得受打击很大,如果他知道真相,事情会变得更糟。"

蒂尔曼的声音一下低如耳语,他悲伤地望着伊丽莎白,说:"保罗从没有怀疑过我,也从没有责备过我,反而一门心思追查你们说的公墓山上的那个神秘男人。就是那个杀掉老查理·多特里,又惹出后面这一摊子事的叫拉克的人。后面的事你都知道了。"

我看到伊丽莎白不住地点头。她当然知道,正是因为保罗·莱茵的执念,沃尔特·德拉科特死了,莱茵自己最后也自杀了。

整整半分钟,屋里静得只有老式落地座钟的滴答声。接着,伊丽莎白柔声问道:"萨姆,你想怎么做?打算何去何从?"

"你是问双手没有沾血的我吗?"他抬眼望向房间另一头,说,"你知道我已经被复职了吧?沃尔特和保罗死了,他们觉得我停职的时间也够长了。郡长想让我出任代理治安官,但因为前面有多特里那场意外,这样看起来又不太合适。你瞧,那件事现在竟成了意外。"他转向伊丽莎白,脸上又浮现出一抹苦笑,"我想何去何从?我想要回到过去,让我的妻子和孩子都回来。"

"他们为什么离开?"她问,"你把真相告诉你妻子了?"

"我不能说,不过她知道这几周有些事情不对劲,所以一直揪着不放,想让我坦白。有天我吼了她,说我就是想静一静。可她还不依不饶,我便推了她一把,她一个踉跄就摔倒了。"他转了转手指上的金戒指,"她现在在她姐姐家,说如果我一直都这样,她就不再回来。"

"这可不妙,"伊丽莎白说,"但也没糟到不可挽回的地步。"

"我把这事告诉了我的牧师,他说我得坦白一切。我已经忏悔了两次,一次对他,一次对你,可我没觉得有什么好转。"蒂尔曼叹道,"你觉得我应该怎么做?"

"如果我们能找出雇你的人,事情可能会好办一些,"伊丽莎白说,"这样你或许也可以在检察官面前戴罪立功。"

"沃尔特从没给过我这方面的线索,"蒂尔曼皱眉,"既然这个人知道多特里想逃跑,那他应该也和他们有关。"

"有道理。"

我也这么认为,这个人肯定是和他们有千丝万缕般关系的人,是一个付得起十万美金,并且有希望多特里死的动机的人,比如约翰·卡斯特布里奇。

伊丽莎白瞥了我一眼,我看得出来,她的结论应该和我一样。

蒂尔曼瞥了我一眼,接着又看向她,卷发下的眉毛紧紧地皱了起来:"你知道那人是谁,是吗?"

"只是个猜想,"她说,"如果没有证据,我们就不能控告这个人。"

蒂尔曼的眉头皱得更紧了。"沃尔特死了,要想找到证据,希望真是渺茫。"蒂尔曼揉了揉下巴,"真丧气,他一直都是个谨小慎微的人,我总觉得他已经为自己留好了后路。"

"什么意思?"伊丽莎白问。

"我是说，如果最后必须有人要为多特里的死负责，那也不可能是沃尔特·德拉科特，他很可能已经做好了自保的准备。"他的目光又看向房间的另一头，"我参加了他的葬礼。他的面容很安详，真想不到他是那样死的。被撬胎棒戳死，肯定很惨烈。"

伊丽莎白默默地点了点头。

"你有没有在他身上找到一支笔？"蒂尔曼问。

"一支笔？"

"一支黑色铝壳圆珠笔，一般他都放在衬衫口袋里。"

"没印象。至少没在他身上看到，也许在他车里吧。"

"你应该检查一下，"蒂尔曼说，"那不是普通的笔，是支录音笔。开会的时候沃尔特常用，那样就不用记笔记。他死后，我曾去找过那支笔，但没找到。"

"你认为他会用它……"

"只要跟委托人谈话，不管是谁，无论是面谈，还是通电话，我想沃尔特应该都会录音。那支笔里的文件可以下载到电脑上，你可以去查查治安官办公室里的那台电脑。"

蒂尔曼深吸了口气，继续说道："他家里没有电脑，但你也应该去瞧瞧，看能不能找到那支笔。不过，可能性应该不大。他死后，我拿着他留在办公室里的备用钥匙去过了。我把所有能想到的地方都找了个遍，没找到那支笔，也没找到其他的东西。"

"你想找什么东西？"伊丽莎白问。

"当然是钱啊。我不知道计划杀一个人到底要付多大代价，但我能肯定沃尔特绝对不会无偿做这件事。"他的声音显出几分思索的意味，"回过来头说，如果那屋子里有钱，我不可能找不到。我把所有的角落都翻遍，只差拆墙了。"

"你不应该到那去的。"

蒂尔曼低声笑了起来："那是我最该做的事之一。"

北面窗户上的透明窗帘翻飞了一会儿，又柔顺地贴在墙上。蒂尔曼一言不发地坐着，伊丽莎白则给卡特·单打了个电话，确认德拉科特的那支笔不在他身上，也不在他车里。挂断电话后，她和蒂尔曼说了她的打算。她说要申请搜查令，搜查德拉科特的屋子。我心不在焉地听着，一直在想尼克·多特里跟我说的一些话。

尼克一直在监视德拉科特，有次还尾随他去了商店。这事当时看着似乎不怎么重要，但我记得尼克曾告诉我德拉科特买了些东西回去。"油漆！"我大叫出声。

两人齐齐转向我。

我问蒂尔曼："你搜查屋子时，看到油漆桶了么？"

他眯起眼："地下室里的确有几个。"

"那石膏板和接合剂呢？"

"好像也有。"

伊丽莎白了然地笑了，"看来，我们得拆墙了。"

第 56 章

我本以为他们不会这么快就动起来，毕竟现在是周六深夜。然而，我和蒂尔曼独处时，伊丽莎白已经走到院子里，用手机打了好几个电话。她跟欧文·麦凯莱布谈了一会儿，说了自己的打算，并从麦凯莱布那得到了布莱恩·阿纳冈的电话。布莱恩曾是欧文昔日的军中同僚，现在住在苏圣玛丽，是密歇根警察局的督察长。她需要一个能说得上话的人，但又不想惊动警察局。

我不知道她到底跟阿纳冈说了多少，但要让他相信特里·多特里可能是被一名美国参议员雇人杀害的肯定不容易。整件事错综复杂。我一边坐着打量蒂尔曼，一边在脑中梳理此事。要是有本拉克那样的笔记本，我估计就要把它写下来了。

露西·纳瓦罗去监狱里探望多特里时，就不知不觉地触发了这件事。他暗示自己或许会把第五名劫匪的姓名告诉她。我知道当时可能有人听到了他们的谈话，可能是狱警，也可能是同监狱的犯人。消息很可能不胫而走。监狱里的犯人可能告诉了一名狱警，那名狱警再报告给了典狱长。典狱长可能会告诉哈伦·斯宾塞，因为斯宾塞一直都在监视这个朝自己开过枪的人。然后斯宾塞可能就把这件事告诉了约翰·卡斯特布里奇，因为多年来他一直替参议员保守着秘密。

卡斯特布里奇要杀掉多特里有一个很合理的理由，即第五个劫匪马修·肯尼利是他儿子。

卡斯特布里奇知道多特里可能把事情透露给了一名记者后会怎么做？他不会叫人干掉多特里，至少第一反应不会。不过，他一定会警告自己的儿子。

之前马修·肯尼利或许认为大湖银行劫案已经和自己没有任何关系，但现在因为凯莉·斯宾塞要竞选参议员，人们又开始议论这个案子。肯尼利虽然已经在父亲的庇护下安然无恙地过了十七年，但他肯定很清楚，约翰·卡斯特布里奇不能护他一辈子。因此，肯尼利极有可能在听说多特里和记者接触之前就已经开始忧心忡忡了。

而就在那时，肯尼利遇到了安东尼·拉克。安东尼对一个已经死去的姑娘念念不忘。那姑娘的笑容很美，笑起来很像凯莉·斯宾塞。

肯尼利不敢自己去追踪多特里，于是派拉克去对付大湖银行劫案的那些劫匪。他让拉克相信，那些人会对凯莉不利，所以他得去救她。

计划果然奏效了。拉克虽然不能去监狱干掉特里·多特里，但也做了件值得称道的事：他杀了多特里的父亲。这样，多特里肯定就能出来参加葬礼。不过，接下来却发生了一件意想不到的事，那就是尼克想出了一个帮特里逃跑的办法。

话说回来，在农舍里，伊丽莎白和我跟尼克谈起了那个计划。尼克把他跟特里如何安排此事的过程都告诉了我们。父亲去世和举行葬礼之间只隔了一天，而这一天，就是他们唯一的交流机会。在金罗斯监狱的探视室里，他们交换了一张字条。

那张字条肯定被别人看见了，可能是同囚的犯人，也可能是狱警。总之，约翰·卡斯特布里奇得到了消息，获取信息的方式也许跟他得知特里·多特里和露西·纳瓦罗有过接触的那次一样。

之前参议员可能还没认真想过要杀掉多特里，但在当时他看到了一个机会。他跟沃尔特·德拉科特做了笔交易，要他确定，如果多特里试图逃跑，就让他死。卡斯特布里奇没把这事透露给儿子，肯尼利也没把安东尼·拉克的事告诉父亲。于是，在白叶公墓举行葬礼的那天早上，特里·多特里难逃劫难：德拉科特和蒂尔曼密谋要他的命，拉克也端着步枪在山上等着他。

德拉科特和蒂尔曼胜出，但射出致命一枪的，却是保罗·莱茵。

但事情没有完。拉克没停下，继续马不停蹄地追踪亨利·高摩伦和萨顿·贝尔。如果肯尼利觉得高摩伦和贝尔也是威胁的话，这可能都是他的主意。但也有可能从行动一开始，拉克就是不受他控制的。

各方人马最后终于碰上了。在某一刻，拉克进入了约翰·卡斯特布里奇的视线。伊丽莎白跟艾伦·贝克特、斯宾塞一家和参议员的儿子杰伊都讨论过拉克的手稿，其中任何一个人都可能跟卡斯特布里奇谈起此事。也可能是肯尼利意识到拉克是个我行我素的人，然后向父亲求助。

无论如何，参议员决定要解决掉拉克。他所谓的解决，肯定就是让沃尔特·德拉科特去阻截拉克。这个决定不仅让德拉科特送了命，也害了保罗·莱茵。

如果手边有笔记本的话，我或许都可以列出一份名单，细数因为约翰·卡斯特布里奇的决定丧命的人。但我没有，我站起身，踱过房间，朝前门走去。萨姆·蒂尔曼依然坐在扶手椅里，落地灯照在他脸

第 56 章 | 473

上,投下一片暗影。

突然间,他让我觉得有些不舒服。

我站在那,听着滴答的钟声,突然觉得他的整个讲述过程中,有什么东西一直呼之欲出。但到底是什么我又说不上来。如果艾伦·贝克特在,他或许会说我又在胡思乱想。但我觉得,一定有什么地方出了岔子。

此刻,看着蒂尔曼颓然地坐在那,发现他的手枪就在屋子的另一头时,我备觉安心。我不希望他朝我开枪或给自己一枪,我希望的是他能遵从伊丽莎白的吩咐去做。不过,有件事我很确定,那就是我绝不会让他靠近那把枪。

拉开前门时,我的眼睛仍旧死死盯着他。屋外,伊丽莎白还在跟阿纳冈通电话,但听得出来,他们已经快讲完了。

蒂尔曼肯定觉察到了我们马上就要行动,他起身绕过椅子,走到窗边撩开透明的窗帘,拉下窗户。无论是谁,只要躲在外面幽暗的丛林里,就肯定能清楚地看见他的侧影。我突然觉得,肯定有人躲在那里。我绷直身子,死死盯着蒂尔曼的背,等着一声枪响之后,那里绽开一片猩红。

结果什么也没发生,蒂尔曼轻轻放下了窗帘。门廊上响起伊丽莎白的脚步声,我赶紧闪身,把她让进门内。然后,她开始转述跟阿纳冈商议好的计划。

十分钟后,我们沿着苏圣玛丽郊区,朝东南方驶去。蒂尔曼摇起车窗,一言不发地倚在后座上。伊丽莎白从副驾驶座上望向他,我负责开车。

按我丰富的想象来看，她应该也坐在后座，如果端把枪抵在他的肋骨上就更合我意了。不过，事实证明我想岔了，我要担心的人并非蒂尔曼。

驶出阿什曼街后，我们在一条死胡同里找到了沃尔特·德拉科特的家。房子前长了一排和人行道平行的低矮树篱。我把车停在一盏路灯下，然后，我们三人走下车，踏入夜色中。德拉科特家左边那户邻居把音响开得老大，白色条纹乐队的歌声震天响。德拉科特家则一片黑暗，只有前门旁的一个房间隐约有灯光从窗帘后透出来。

我指着它对伊丽莎白说："有光。"

"是计时器上的灯，"蒂尔曼说，"上次来的时候我就注意到了。"

我死死盯着窗户，期待看到什么动静，比如会有一个影子从窗帘前闪过，但什么也没有。几分钟后，布莱恩·阿纳冈带着同事——副巡官雷德莱克从警局赶了过来。他们都穿着便衣，又高又瘦，方下巴，板寸头，开一辆加长道奇。阿纳冈五十多岁，副巡官四十岁左右。

阿纳冈和伊丽莎白互相做了正式的简短介绍，我冲他们微微点了点头，随后他们略过我，话题直接转向发号施令的那个人。阿纳冈向伊丽莎白解释说，和他保持联系的警区队长直到现在都还在申请搜查令。他们找了一位住在城里的女法官，她认识德拉科特，但和他的关系非常一般。

"我认为她应该会和我们合作。"阿纳冈说，"但她不是很好打交道，所以我们可能得等上一会儿。"

在等待期间，我们听着白色条纹乐队的歌。阿纳冈把蒂尔曼拉到一边，问他关于他和德拉科特的交易的事情，副巡官跟上去做笔记。

很快，三人就在黑色轿车后面完全专注在了交谈上。

于是，我们的车边只剩下伊丽莎白和我。我靠在挡泥板上，盯着德拉科特那扇闪着光的窗户。

"有些不对劲儿。"我说。

她伸手握住我的手。"没事，就是计时器上的灯。"

我不是这个意思。"我们需要一支手电筒。"

"干吗？"

"后备厢里有一支，对吗？或许，你也想拿上你的枪。"

"大卫……"

我使劲握了一下她的手，然后从兜里掏钥匙去开后备厢。备用轮胎中间有支手电筒。我关上后备厢，没有惊动黑色轿车旁聊得正起劲的三个人，悠闲地穿过树篱间的缺口，朝德拉科特的屋子走去。

伊丽莎白把手枪放进腰间的皮套里，赶紧追上我。

"我们不能进去，"她说，"我们在等……"

"我知道，"我指着前门那点闪烁的微光说，"但我怀疑的是，或许还有别的人也在等。"

光从门缝中漏出来，光点越来越大，比我们预想的还亮。看来，门并未完全关上。

突然，身后响起一个声音："嘿，快回来。"是副巡官雷德莱克。

我放低手电筒，扫过屋子正面。在一个被人踩踏过的花坛后面，我发现一扇地下室窗户，窗框上还有些碎玻璃。

这时，阿纳冈和雷德莱克都朝我们跑了过来，蒂尔曼也犹豫着跟了上来。待阿纳冈走近，伊丽莎白指着那扇破碎的窗户说："有人去过那里。"

阿纳冈和雷德莱克从前门走了进去，伊丽莎白和我站在外面，听他们挨个检查每个房间后互相汇报结果的声音，蒂尔曼则站在远处的草坪上等着。

五分钟后，屋里的每盏灯都亮了起来。副巡官雷德莱克出来告诉我们，屋里一个人也没有。"但有些东西你们或许想看看，"他冲伊丽莎白挥手，"直接到厨房来。"

然后，雷德莱克跟蒂尔曼待在一起，我则跟着伊丽莎白往厨房去。我们在屋后的一间小餐厅里找到了阿纳冈。种种迹象看来，墙最近才粉刷过，接着就被人用木工锤打破了很大一块，碎屑和墙灰落了一地。

他已经找到了想要找的东西：一支黑色铝壳圆珠笔、一些打印纸、一张CD、一捆百元大钞，它们都躺在餐桌上。之前，这些东西都装在墙里的一个塑料保鲜袋里。

"这就是你说的那支神奇的笔，"阿纳冈说，"电池没电了。"

"它被藏在那里应该已经有好几个星期了。"伊丽莎白说。

"所以说，把它从墙里扒出来的那个人没有听里面录的内容。"

"他没必要听。"我盯着那张CD说。德拉科特应该已经把笔里的录音刻成了一张光盘，瞧，那上面还有张黑色标签：约翰·卡斯特布里奇。

阿纳冈指着那叠打印纸说："这是德拉科特跟参议员交易的记录，上面写得清清楚楚，参议员出钱要特里·多特里的命。"

"我们得走了，莉齐。"我柔声说道。

"我不明白，"阿纳冈说，"那人费那么大劲从墙里挖出这些东西，为什么都留在这呢？尤其是这笔钱。"

伊丽莎白从桌边退回来，她说："他不在乎钱。"

回到车上，我用自己的手机拨了尼克·多特里的电话。等待电话接通时，伊丽莎白已经从德拉科特家的那条街开出来，急转上阿什曼街。阿纳冈开着他那辆黑色道奇跟在我们后面，雷德莱克和蒂尔曼则留在那所房子里。

尼克的声音不紧不慢地从电话那头传来：有事请留言，我或许会回你电话。

"尼克，"我说，"回电话。什么也别干，先跟我谈谈。"

伊丽莎白一个急转，驶入北向车道，超过一辆缓慢行驶的露营车。

"你觉得他领先我们多少？"我问她。

"不知道。"

"我想他骑自行车的话，不会跑得太远。"

她一言不发地驶入南向车道。

我希望他骑的是自行车，从苏圣玛丽到布雷姆利有十五英里，这样或许就能在半路上拦下他。然而，我怎么想都没用，因为尼克有他自己的想法。我们对他下了错误的判断。我们不该认为他会相信我们，不去蒂尔曼的家。他今晚一定也去了那，偷偷穿过篱笆，躲在窗下偷听。夜色中，他可能一直都在那。他可能听见了蒂尔曼的话，知道了德拉科特的笔，还可能从那里径直赶去了治安官的家。

他不在乎钱，只想知道是谁杀了他哥哥。

伊丽莎白踩下刹车，猛地转入六里路。

"我没有玛德琳·特纳的电话号码。"我说。

她把她的手机递了过来,我在通话记录里找到那个号码。

玛德琳的声音从电话那头传了过来,有气无力的感觉。我费了些功夫做了自我介绍,最终她想起了我是谁。

"什么事,卢根先生?"

我按了按键,打开扬声器,说:"华士奇警探和我在一起,我们想找尼克,他在家吗?"

"他跟凯文和JT看电影去了。"

"在布雷姆利?"

"在苏圣玛丽。"

"他怎么去的?大晚上的骑自行车可太远了。"

"他们开车去的,凯文有驾照。"

"哪辆车?"我问。蓦地,我想起了农舍里那辆生锈的小皮卡。

"尼克他父亲的皮卡,"她说,"以前我就让他们开那车去过苏圣玛丽。凯文还是靠得住的。出什么事了吗?"

"但愿没事。你确定他们三个在一起吗?你看着他们一起离开的?"

那头突然静默了一会儿,接着有声音传来:"不,尼克是打电话跟我说的。我到家后,他们已经走了。卢根先生,你别吓我,到底出什么事了?"

我望向伊丽莎白,不知道该如何回答。

她说:"我们认为,尼克或许觉得是参议员害死了特里,我们担心他接下来会做一些鲁莽的事。"

好半晌,玛德琳才消化了这个新消息。我想知道如果她打算继续装傻,在我们直接提到参议员时,她会作何反应。

结果,她只是简单地说了句:"尼克怎么会有这种想法?"

"这不是重点,"伊丽莎白说,"重点是,参议员还在木屋里吗?"

又是一阵沉默,然后传来一声:"在。"

"尼克也知道他在那。"伊丽莎白说,"最好给参议员打个电话,让他赶紧离开,我们这会儿也正往那赶。"

电话那头突然没了声音,我这才意识到玛德琳挂了电话。三分钟后,她又打了过来,她说:"我打不通约翰的手机。如果他在睡觉的话,可能会关机。"

"木屋里没有座机吗?"

"查理死后就拆掉了。尼克也不接电话,而且,凯文和JT也没跟他在一起,我刚和他俩的妈妈通过话。"

我想到了莎拉,她一直都很想学开车,我想尼克一定也和她一样。在这样的乡村里,他们很容易就能学会。

"他有可能会自己开那辆皮卡吗?"我问玛德琳。

"他知道不该这样做,"她说,"但也很可能会这样做,因为之前查理有教过他开车。"

就着车子里仪表板上的光,我瞥了眼伊丽莎白的侧颜,她握着方向盘的样子。我们正飞速朝西面驶去,六里路的路面像一条灰线朝我们迎面涌来。

两旁的田野迅速没入黑暗中,我听见伊丽莎白在一旁平静地说:"特纳太太,我想知道你屋里或木屋里有枪吗?"

玛德琳空洞的声音传了过来。"没有。你难不成以为……不,没枪。我得走了,我要去木屋看看。"

"也好。"伊丽莎白说,"我们过会儿就到。"

挂断电话时,我想到了枪,心里一阵发怵,白天时尼克见过我把玩那颗子弹。只要有子弹的地方,就肯定有枪。我们停在蒂尔曼家车道上的车并没有上锁,而我借来的那把左轮手枪就放在仪表板贮物箱里。如果尼克已经去过那里——

我砰地拉开仪表板贮物箱,扯开布袋,看见了左轮的枪管。

"还在。"我半自言自语地说了句,"我还担心他可能会拿走这把枪。"

伊丽莎白的一只手从方向盘上抬起,拔了一下头发。

"你忘了蒂尔曼的手枪。"她说。

第 57 章

皮卡在树下前进，车亮着一盏前灯，灯光穿透了黑暗的夜幕。灯光颤抖着扫过没铺柏油的小路，轮胎碾过去，地上的鹅卵石弹到汽车的底盘上。尼克·多特里坐在驾驶座上，座椅放得很靠前。萨姆·蒂尔曼的枪套就躺在他身旁的乘客席上，是一把口径九毫米的枪。

他沿原路折回，发现蒂尔曼的房子空无一人。然后，他敲碎一扇窗爬了进去，就跟在德拉科特家时一样。

有些地方的树离小路很近，树枝不住地擦过车身。尼克喜欢听树叶发出的沙沙声，这让他想起了和父亲一起开车的日子。

一到木屋，他就熄了前灯，同时把脚从油门挪开，卡车慢慢停了下来。他关掉引擎，等双眼适应了黑暗才爬到车外。他只拿了枪，把枪带和枪套都留在了座位上。

父亲向来都会在门廊的一只桶下放一把备用钥匙。尼克找到那把钥匙，进了门。这一串的动作都放得很轻很慢，所以门上的铰链没有发出一点声音。屋内，一盏灯散发着微光，像羊皮纸一样柔和，但已足够让他看清躺在沙发上的人。是约翰·卡斯特布里奇参议员，他和衣睡着了，张着嘴，有轻轻的鼾声传来。

沙发旁的地上散着几列扑克牌。看样子，卡斯特布里奇睡着前在玩单人纸牌游戏。尼克慢慢跪下来，把手枪放在地毯上，开始收拾那堆牌。这是父亲的牌，而且过去他也经常跟特里玩，所以他不喜欢看到它们散落在地上。

五岁时，他在金罗斯监狱的探视室第一次见到自己的哥哥。那天他吓坏了，至少，后来父亲是这样说的。他怕的可能是那里的人和噪声，但肯定不是怕特里。因为他的笑容是那么温柔灿烂，还很乐意听他讲朋友和学校的事。

他想起了其他几次探视。特里总是会讲笑话，很蠢的笑话。奶牛为什么要挂铃铛？因为它们的角不管用。有时，他们会玩西洋跳棋。有时，特里会掏出一副牌，然后，三人就会在铺着塑料布的桌上玩钓鱼，尼克和父亲坐在一边，特里坐在另一边。

过了一段时间，尼克才意识到特里是个犯人，以及犯人意味着什么。早前的那些探视中，父亲总会在告别时握着他的手，让他说再见。他总是会问："特里可以跟我们一起走吗？"而特里则会回答："小子，这次不行。"开车回家的路上，他又一次问父亲特里为什么从来不跟他们一起回家。"他不能，"父亲说，"他们不放他出来。""为什么？"尼克问。"因为他做错了事，"父亲说，"所以，现在他只能待在那里。""难道他道歉也不行吗？""有时候，道歉是不够的。"

父亲的声音听起来十分悲伤，于是尼克没再继续问下去。不过，从那以后，他开始留意起探视室灰色的墙壁，以及不让他哥哥离开的狱警。再次跟特里告别时，他凑过去，低语道："总有一天，我会把你弄出去的。"

特里扯了扯嘴角，却没有笑话他，这让尼克非常开心。从此以后,每次前来探视,他都会把这句话重复一次,特里只是点头:"小子,我打赌你肯定能做到。"

一次又一次探视过去,尼克渐渐长大了。他和特里一起玩的扑克,也从钓鱼到红心大战,又从红心大战换成疯狂扑克,最后变成德州扑克。到他十五岁时,他已经很久没有说过那句"总有一天,我会把你弄出去"。他之所以不说,是因为害怕被狱警听见,也因为这是一个他想兑现的承诺,而非戏言。

尼克收好扑克牌,把它们塞进口袋,然后重新捡起地毯上的手枪。安全起见,他拨了旁边的击锤。此刻,枪膛里应该有颗子弹。他学着电影里看到的姿势,缓缓移动手枪。

他站在沙发边,听约翰·卡斯特布里奇打呼噜。那人满是皱纹的手交叠着放在肚子上,松垮垮的脖子上有深深的皱纹,下巴上有一片没刮干净的白胡茬。

尼克举起枪,指着这老头的胸口。他感到一阵紧张,心狂跳不已。虽然直起了手臂,握枪的手却在颤抖。他抬起头,闭了闭眼,希望自己的手能稳一些。

再次睁开眼时,他看见父亲的麻雀日历正挂在沙发背后的墙上,旁边是他自己的一幅肖像。

不能在这里,他想。

睡梦中的约翰·卡斯特布里奇翻了个身。尼克走上前,用枪口捅了捅老头的肩膀。

"醒醒。"他说。

走进林子去找尼克和参议员时，我下意识地带上了左轮手枪。伊丽莎白猛然转入通往查理·多特里木屋的那条路时，我从面前敞开的仪表板贮物箱里抓过了枪。开过那辆生锈的皮卡后，我们看见了木屋，伊丽莎白把车停在草坪上。下车时，我从枪带里掏出枪，插进背后的腰带。有时候，我真希望自己当时忘了带上它。

木屋外的路边停了不少车：参议员那辆盖着帆布的车、玛德琳·特纳的车、密歇根警局的巡逻车。巡逻车是阿纳冈的手笔，短时间内能用手机调到巡逻车实属不易，因为布雷姆利还没有警察局。

阿纳冈开车跟在我们后面，我们在木屋旁的门廊上碰了头。一个一头姜黄色头发的年轻警官正在那等我们，他叫库珀，只比我们早到了五分钟。

"门开着，里面只有特纳太太，"他说，"没别的人。"

"现在她人呢？"阿纳冈问。

他随手朝东一指。"她找邻居了解情况去了，看能不能有所发现。"随后，他瞥了眼木屋，又补了一句："那里没有争斗的痕迹，几乎看不出有人住过的样子，约翰·卡斯特布里奇真在这待过？"

阿纳冈望向伊丽莎白。"真的待过。"她说。

"路边的那辆皮卡，"库珀警官问，"是特纳太太的儿子开来的？"

伊丽莎白点了点头。

"那你们的确该担心了，"库珀说，"我在车里找到了这个。"他走进屋，从门口拿了样东西出来。我认出那是萨姆·蒂尔曼的枪带，枪套已经空了。

小路上传来一阵脚步声，玛德琳·特纳从邻居那回来了。她急匆匆穿过石头小径，走到木屋前。她说刚跟她谈过话的一对夫妻表示，他们没有看见或听见任何反常情况。"这是个十分平静的夜晚，"她说，"没有大叫声，也没有任何吵闹的噪声。如果有的话，他们一定会听见的。"

她语速很快，说得上气不接下气，眼睛也瞪得有点大。

"如果有的话，他们肯定会听见的，"她又重复了一遍，"没有吵闹的噪声，一切都很正常。"

没有吵闹的噪声，看来，她不敢说出"枪声"这两个字。

阿纳冈接过话头，柔和地开了口："没关系。现在，你能想到你儿子或许在哪儿吗？这附近有他喜欢去的地方吗？"

"不好说。他一学会走路，就开始在附近的林子里转悠，这里所有的路他都认识。"

"能给我指条路吗，随便哪条都行？"

她四下望了望，仿佛周围有脚印留下。四下里一片黑暗，除了木屋里面的光和高悬在头顶的明月。地上铺着一层松针和小草。地面很干，看不出任何蛛丝马迹。

她背对着木屋的门，抬起头，面向南方。"那条吧，要不了多久，你就能转到主干道上。"她慢慢转向北方，"木屋背后的林子要密一些，那里的岔路也最多。只要往北走上一段，你就能看见一片湖泊。"

"你觉得他也许会去湖边？"

"我不知道，"玛德琳摇了摇头，"我不能……我得找到他。"

阿纳冈拍了拍她的肩，"夫人，你应该待在这儿，万一他回来了呢。我们去找他。我会再打几个电话，多叫些人来，我们会找到他的。"

玛德琳应了几句，但我没顾得上听她说了什么。我溜回车后，找到那支在德拉科特家用过的手电筒。在后备厢胡乱翻了一阵后,我又找到另一支。

伊丽莎白走了过来,我把第二支手电筒递给她,然后转头向阿纳冈的方向,"我们不会一直站在这里等他组织好搜寻队伍,对吧?"

"不会。"她说。

玛德琳也没等。她大喊着尼克的名字消失在林子里,那名警官连忙跟上去照顾她。阿纳冈留在原地,继续打电话。

伊丽莎白和我绕到木屋背后,择路往北而去。很快,我们便磕磕绊绊地踏上了一条折向东北方的又窄又坚实的土路。

我们一路走到一条水沟前,路在这里出现了分岔口。左边的一条岔路大约通往西北方,我们沿着这条岔路穿过一小片野蕨丛生的空地,从倒在地上的一棵枝干已经开始腐烂的桦树上翻过去。走了没多久,面前又出现了岔路。

我们停住脚步,远处,玛德琳呼唤尼克的声音已经消散。

"要找的地方太多了。"伊丽莎白说。

"没错。"

她用手电筒照着右边的那条路,说:"我实在不喜欢分头行动。"

"我也不喜欢。"

周围一片寂静,全是树。

她飞快地亲了我一下。"别再中枪了。"

"你觉得这几率有多大?"我说。

我挑了左边的那条路。往西走了一会儿,路转向了北方。它穿过一条没有铺柏油的路,从一间幽暗的木屋前经过,那间屋子比查理·多特里的要大些。我举起手电筒照了照窗户和门,没发现什么破损的地方。

木屋后面，小路开始变宽，树木则稀疏起来。地势陡然降低，露出地表的树根，形成了一排天然阶梯。回到平地后，我从兜里掏出手机，拨尼克的号码，听到了他的声音。十五岁的嗓音，漫不经心的语调，让我留言，他或许会回电话。

再往前走，周围的空气开始有了凉意。远处燃着一堆篝火。小路微微弯向东，尽头是一片沙地。苏必利尔湖映入眼帘：深蓝色的天空下，一汪墨绿色的湖水。湖水拍打着岸边，泛着泡沫，月光洒遍湖面。

我在沙地上找到了尼克。他蜷着身子，双臂抱膝，头埋得低低的，额前的缕缕黑发遮住了眉眼。

我在他身前蹲下。"尼克，你还好吧？"

他抬起头，用手掌抹了把脸。"你想干吗？"

"我在找你。"

"就不能让我一个人静静吗？"

"你母亲很担心你，我们还以为你在木屋里。"

他凝望着幽暗的湖面。"在木屋里我下不去手。"

我胃里突然一阵翻腾。"做什么下不去手？"

"你认为呢？"

"尼克，参议员在哪儿？"

他右手朝肩后一挥。"去岸边找找，我把他扔那儿了。"

我看见他的手指黑得发亮。用手电筒一照，发现那不是黑色，是红色。

"你受伤了？"我问。

他摇摇头，避开了我的目光。

"你在流血。"

他抬起头，仔细看了看。"不是我的，老兄。"

我努力想这些血是哪儿来的。应该不是枪伤，因为我没听见枪声。

"尼克，枪在哪儿？"

"我不知道。"

"出什么事了？"

他又抱紧膝盖，将脸埋了进去，一言不发。

"我想帮你，"我轻声说，"但我得知道到底发生了什么事。"

"我不要你帮。"

"尼克，岸边有什么？"

"自己去看吧，没人拦着你。"

我走上前，拨开他脸上的头发。"告诉我，枪呢？"

他推开我的手。"离我远点。"

"告诉我。"

只见他先是颤了一下，然后艰难地开口说道："你想让我说什么？我让他跪在沙地里，然后用枪抵着他的脑袋。他承认了，他告诉我说特里就是他杀的。"

尼克把脸埋进臂弯里，我伸出手去摸他的头。这一次，他没反抗，只是前后摇晃着身子，声音颤抖地说："他承认了，可我还是下不去手，我没法扣动扳机，我为什么就做不到呢？"

我靠着他坐下来，盯着涌向岸边的一波波潮水。我伸出一只手揽过他的肩膀，他渐渐停止了晃动。接着，我帮他站起来，带他走到水边，他站在那里，把手和脸洗了洗。

"在这儿等我，"我说，"我们一起回木屋去。"

他心烦意乱地点了点头。

"我马上回来。"我把手电筒留给他，朝下方的岸边走去。

沿着向南方蜿蜒的湖岸没走多久，我来到一片草坡前，草坡几乎从林间径直延伸到了水边。穿过草坡后，我就着月光看见了那个坐在沙地上的身影。参议员的双腿伸展着，又走近一些之后，我才发现他光着脚，鞋子和袜子在他身旁，裤脚也卷了起来。他背靠着沙地，仰望着头顶星空。

我快走到他正上方时他才看见我。随后，他缓缓地蜷腿，坐起身子，轻柔的笑声低不可闻。"在这四周都走了走，是吧？"

我一屁股坐到沙地上，面对着他说："我猜你也是吧。"

"你觉得布雷姆利怎么样？"

"就我看到的来说，是个很不错的小镇。"

他点点头，目光越过我的肩膀，望向湖面。"我一直都很喜欢它。年轻时，我还在这待过一段时间。那时还没赌场，到这里要么是露营，要么就是徒步旅行。要想来点刺激，可以开车去苏圣玛丽。穿过那里的桥，就到加拿大了。"他把裤腿上的沙子拂掉，说，"过去，没有护照也可以过境，那真是个单纯的年代啊。你有么？"

我愣了下，才明白他指的是护照。"没带。"我说。

"但你有，还在有效期么？"

"应该在吧。"

"一定要及时更新，"他说，"你不知道什么时候就用得着。更新一次，可得花上好几个星期。那件事我永远也搞不定。"

"你是说更新护照的事?"

"不,是修改系统的事。我一直都想让它变得流畅点,但国务院就是那样,要让他们做出改变,真是无比困难。"

我静静地打量了他一会儿,然后说道:"事情真的是这样吗?"

他皱起眉,显出困惑的样子:"你说什么?"

"露西·纳瓦罗说你累了,而我觉得你在铤而走险。"

他舒展眉头,笑了起来:"小子,你在想什么?我的头脑已经不清醒了,你没看我那场新闻发布会么?"

"看了。"我说,"那时候,我坚信不疑。现在,我却没那么肯定了。"

"哦,你还是可以相信它的。我真的病了,所有最好的医生都这么说。"

"你似乎还是能应付自如,不是还能开车么?"

参议员右手垂在身侧的地上。他把手指插进了沙子里。"很快他们就什么都不让我干啦,"他轻声说,"不过,现在还没到时候。以后,我会连穿衣服都不会穿,护士会替我穿衣服,会替我擦掉下巴上的口水,他们就是这么计划的。不过,我可不打算乖乖配合。"

说到最后,他的声音几乎微不可闻。

"你肯定不需要我的同情。"我说。

"是的,当然不需要。"

在月光下,我仔细打量他。他太阳穴边好像有血迹,发际线下有条口子。他左边的沙地上有块白色的亚麻布,应该是从衬衣下摆撕下来的。那上面有些暗色的污迹,看样子他已经拿它止过血。

我指着他的太阳穴问:"有多严重?"

第57章 | 491

他用指尖碰了碰那道伤口。"没事,就是擦了一下。"

"怎么回事?"

"我被树枝绊倒了。"

"然后头着地?那可真不走运。"

他没吭声。

"你确定尼克没有用枪砸你?"我问他。

"你怎么会这么想?"

"要是没法鼓起勇气杀了你的话,是我就会这么做。"

第 58 章

约翰·卡斯特布里奇移开目光,胡乱摸索了一番,从衬衫口袋里掏出半包烟和一盒火柴。我看到一簇火苗腾起,然后听到他喷烟圈的声音。他甩掉火柴,右手夹着烟搁到膝上。

他一边吞云吐雾,一边说:"那男孩还好吧?"

"这是什么鬼问题,"我说,"现在,应该还好吧。"

"他认为我花钱雇人去杀了他哥哥。"

"很多人都这么认为。沃尔特·德拉科特不仅做了笔记,还录了音。"

他缓缓点了下头。"我早该想到的,德拉科特向来狡猾。"

"你是通过哈伦·斯宾塞认识他的?"

他又不慌不忙地喷了口烟。

"哈伦·斯宾塞跟这事半点关系都没有。"

"你竟然直接联系德拉科特,真是让我意外啊,"我说,"更聪明的做法,应该是找个中间人。"

"很难找到可靠的人。"

"艾伦·贝克特怎么样?"

他垂下夹烟的手,思索起来。"艾尔不是你想的那样。他一向泾渭分明,即使他的界限和其他人不太一样。"他突然想到了什么,"你没带酒吧?"

我冲他摊开掌心。"没带。"

"这样的夜色下,能喝上一杯就好了。"他叹了口气。

"喝酒对你的脑袋可不好。"

"我说过了,那没什么。"

"尼克用枪砸了你之后,那枪去哪儿了?"

"被他扔了,从那儿沉到了湖底。"

我顺着他指的方向看过去。周围沙地疏松,几乎辨不出脚印。不过,依稀还是可以看出有人顺着那条路走向水边,又折了回来。

再次转向参议员时,我的手机响了,是伊丽莎白。

"尼克和我在一起,"她说,"我找到他时,他正在岸边溜达。"

"这很合理。"我说,"我让他在那等着的。"

"你找到参议员了吗?"

"我正跟他在一起。"

"一切都还好吗?我这就过来。"

"一切都好。你应该带尼克回木屋去。"

她顿了一下,才说道:"你确定?"

"我们坐这儿说会儿话,尼克的母亲知道你找到他了吗?"

"我已经给她打过电话了。"

"那就送他回木屋,我和参议员在这儿等你回来。"

那边又顿了一下。"你确定,一切都在掌握之中?"

"相信我。"

"那好吧。我会尽快赶回来。"

我挂掉手机,塞回兜里。参议员正透过一片朦胧的烟雾凝视着我。

"伊丽莎白会把尼克带回他母亲那里。"我说。

"很好。"

"对那孩子来说,今晚可真是不好过。你跟他说什么了?"

他弹了弹烟灰。"什么意思?"

我耸了耸肩。"他说,你承认自己杀了他哥哥。他一定想知道原因,但你没告诉他真相,对吗?没说马修·肯尼利的事吧?"

虽然我知道马修·肯尼利这一点让他很吃惊,但他却把自己吃惊的情绪掩饰得很好。

"我告诉他这是为了报复,"他说,"报复多特里对哈伦·斯宾塞做的事。"

我点点头,这就说得通了。

"我想他相信了。"参议员补充道。

"或许吧。"我说,"不过,过段时间他就能回过神来。你怎么解释你知道特里·多特里想逃跑的事?"

他抽了口烟,答道:"实话实说,我在金罗斯监狱有眼线。"

"他会信么?"我捡起沙地上的一个贝壳,说,"今天下午,伊丽莎白和我跟他谈了那个逃跑计划。你知道吗?是他的主意。他安排得妙极了。为防被人偷听,他不能跟特里说起那件事,所以他把一切都写了下来:放在墓地花瓶边的手铐钥匙,以及随时待命供其逃亡的汽车。他把所有信息都写在一张纸牌上——一张方片 A。然后,他让他妈妈送他去金罗斯监狱探视特里。"

"他把那张牌藏在衬衫下,带进了探视室。以前去探视时,他和特里经常玩牌。所以,他需要做的,就是确保特里拿到方片A的牌。"

我摩挲着那个贝壳。"探视结束前,尼克把那张牌又拿了回来。现在,那张牌仍在他家梳妆台的抽屉里躺着。今天下午,他还拿给我们看过。所以我猜,肯定是探视室里的人看见了那张牌。可能是狱警,也可能是别的犯人。"

"没错。"参议员说。

"有人恰好越过特里·多特里的肩膀,看到了那张牌。"

他挥舞了一下手中的烟。"也有别的可能。可能是多特里把这事告诉了某个他信得过的人,朋友,或者狱友。"

"当然,"我说,"这种猜测更合情理。不过,我很不希望还有别的可能。如果不是狱警,也不是狱友,而是探视室中别的什么人……比如,某个一直坐在尼克身旁的人。那个人可能瞥到了那张方片A,随后从尼克的梳妆台抽屉里把它翻了出来。"

参议员露出一副痛苦的表情:"我不喜欢这种猜测,别告诉那男孩,这对他不好。"

"现在来操这份心,太晚了点吧。"

他看到袖子上有撮烟灰,一言不发地伸手把它掸掉。

"我想,对玛德琳而言,这是一个再简单不过的抉择。"我说,"特里·多特里不是她的儿子,马修·肯尼利才是,而对肯尼利来说,多特里无疑是个威胁。虽然对尼克来说,失去哥哥是一件痛苦的事,但到最后,被牺牲掉的仍然只能是多特里。"

"我觉得你最好不要把玛德琳和这件事扯在一起。"

"当然。不管怎么说，我对你更感兴趣。我一直都觉得你不是个冷酷无情的人，可你却宁愿置特里·多特里于死地。"

他又掸了掸袖子，然而那上面压根就没有烟灰。"我不想谈这个。"

"你怎么说服自己的？"我问道，"你对自己说，反正横竖多特里都想要逃跑，不管有没有花钱雇人安排那件事，他都会挨枪子儿吗？"

我等着他回答，他却不慌不忙地把手里灭掉的烟重新点上，又把火柴扔到沙地上。他把火柴盒往兜里收，又改了主意，把它也扔进了沙地里。

"你有没有想过多特里为什么会跑？"我问，"他肯定知道这是在冒生命危险。监狱里的环境得有多差，才会激得他非要冒这么大一个险？"

"别指望我会同情一个罪犯，"参议员愤怒地喷出一大口烟，他说，"特里·多特里可不是无缘无故就进了监狱的。"

"那当然。他跟你儿子一样，都曾试图抢劫银行。"

"他们才不一样。我儿子犯了个错，他被弗洛伊德·兰姆比骗了。"

"多特里也是。"

"多特里开枪打伤了哈伦·斯宾塞。"

"你儿子也杀了斯科特·怀特。"

"他不是故意的。不能让这事毁了他的一生。"

我低头，盯着掌心的贝壳。月光下，它泛着珍珠般的光泽。"前不久，我还在想那些因为你们父子而丧命的人。"我边说边把贝壳抛了出去，"查理·多特里和特里·多特里、亨利·高摩伦、沃尔

第58章 | 497

特·德拉科特和保罗·莱茵,还有安东尼·拉克。十七年前,马修·肯尼利做错了事,为了让他免受责罚,代价可真不小。现在,还要再付出多大代价呢?"

参议员耸了耸肩。"我不知道你在说什么。"

"你跟露西·纳瓦罗到底在玩什么把戏?"

"没什么把戏。我就是不喜欢她写的那些东西,所以我给她提供了其他素材。"

"她说你在向她泄露国家机密。"

这话把他逗乐了。"她是个聪明的姑娘,但还嫩了点。"

"所以你对她撒谎了。"

"我说的那些事里,有一部分是真实的。只不过,是一些无关紧要,可以对外发布的消息。"

"其他的呢?"

"都是我瞎编的。"

"以后她开始核实这些内容时,她会发现的。"

他摇了摇头,不屑一顾的样子。"我已经告诉过你以后我会变成什么样,以后,我会连自己的名字都记不住。"

"这倒是。会有护士帮你穿衣服,擦口水,前提是你愿意配合。参议员先生,枪在哪儿?"

起初,我以为他不会回答我的问题。他盯着手里的烟头出了会儿神,然后把它扔到我俩中间的沙地上。

"我说过了,被那男孩扔了。就从那儿,沉到水里去了。"他说。

我瞥了眼周围的脚印。"我问的不是他把枪怎么了,而是枪现在在哪儿。"

"你为那年轻人操的心太多了吧。"参议员说着,垂下左手,放在身侧的亚麻布上,"我想你该走了,让我一个人待会儿。这么美好的夜晚,正适合沿着湖岸散散步。"

"把枪给我。"

他把那条亚麻布扫到一旁,捡起萨姆·蒂尔曼的手枪,在两手之间换来换去。"来吧,"他说,"把鞋脱了,感受一下趾间的沙粒。走到水边去,好好看看四周,仔细地看。即便在月光下,你也能看见岸边水下的鹅卵石那清晰的轮廓。把脚伸进去,好好感受下水有多凉,肯定会冷得让你抽气。因为太冷了,一开始你甚至会有刺痛感。但这种感觉会提醒你,你还活着。"

他用枪套指向那边说:"去吧。我还有事要做,让我一个人待着。"

"不行。"我说。

"为什么不行。这很公平,不是吗?不论是对特里·多特里,还是对其他所有人。"

"我不能让你这么做,尤其不能让你带着那把枪这么做。"

我倾身向前,死死盯着他。"那把枪是萨姆·蒂尔曼的。"我说,"我虽然不关心他会怎么样,但如果你用他的枪自杀,那就有麻烦了。他住在苏圣玛丽,但他的枪怎么会到了这里?你怎么搞到那把枪的?那么,真相也会随之浮出水面。尼克从蒂尔曼的屋子里偷走那把枪,用它押着你穿过林子。把你逼到这里后,他用那把枪袭击了你,在你的太阳穴上敲出一条口子。你想自杀,我完全没意见,但别把那孩子扯进来,他应该有更好的未来。"

参议员把枪往膝上一搁,说道:"我同意,但我没其他选择了。恐怕,我们谈不下去了吧。"

"那倒不尽然。"我伸手拔出腰后那把手枪,枪口朝下,拿给他看。

"这是前不久,我刚从一个朋友那儿得来的,"我对他说,"我一直觉得,把它带在身上,说不定什么时候就能派上用场。不过,其实这该死的东西对我来说压根就没用。大多数时候,它都躺在我车上的仪表板贮物箱里,但或许它终究还是有点用的吧。"

我抬起手,侧举着枪,放在两人中间。"它没登记,"我说,"不会牵扯到我、我朋友,或任何我认识的其他人。它肯定是被从什么地方偷来的。虽然枪上已经有了我的指纹,里面也有颗子弹,但这些都不是问题。"我又把枪口指向地面,"你觉得怎么样?"

起初,他的神色有些困惑,但接着又笑了。那笑里似有悲伤,又有动容。他说:"你真是个好人。"

"那么,成交?"

他点点头。我打开左轮手枪的旋转弹膛,把子弹都倒入左手掌心。在月光下,它们非但没有闪闪发光,反而显得更幽暗了几分。我把其中的五颗塞进衬衫口袋,然后用拇指和食指夹起了第六颗。

"我想,一颗就够了吧。"

"嗯,我应该不会射偏的。"他说。

我从裤子后袋掏出一块手帕,擦去了我留在子弹上的指纹,然后还是用这块手帕,把那颗子弹推进了旋转弹膛。合上弹膛后,我依次将弹膛、枪柄和击锤都擦拭干净。跟着,我轻轻地擦了擦扳机。最后,我擦了擦枪身,然后倾身向前,把枪递向参议员。他也递过萨姆·蒂尔曼的枪跟我交换。

周遭的世界丝毫不为所动。湖水仍然拍打着岸边,小草依然随风摇曳，高大的松树依然直耸云霄。参议员松松地握着那把左轮手枪，挺直脊背，抬头望向漫天繁星。

"如此夜色，竟要做这种事，真可耻啊，"他说，"此刻，我的思维前所未有的清晰，如同这澄澈的夜空一般。不过，连这也是要消失的。你说是吗？"

我把手帕塞回兜里，一言未发。

"我本想在它消失的时候结束这一切。"他说，"不过，到那时我或许就做不到了。所以，我现在就得动手。"

"你可以耽搁一小会儿。"我的左手握着蒂尔曼的手枪，枪身上有我手的温度，"在其他人抵达这里之前，你还有一点时间。"

我站起身，参议员却没注意，依然仰望着天空。

我说："趁头脑清醒，有些事你还得好好想想。特里·多特里非常清楚你儿子需要他守口如瓶，而他也是这么做的。我认为他也不会把事情告诉露西·纳瓦罗。他虽然说有这个可能，但我觉得那只是因为他喜欢跟漂亮姑娘说话。他想让她再去找他，但他肯定不会把那件事告诉她。"

参议员望向我，眯起眼睛："你无法预料结果！"

"或许吧，"我说，"但多特里在金罗斯监狱待了十六年。他明知供出大湖银行劫案的第五个人能让他得到些好处，却一直保持沉默。我一直想不通这是为什么，直到我问了尼克。你猜他都跟我说了什么？"

"什么？"

"他跟我说，特里不是那种卑鄙小人。"

我俯视着他，看着他慢慢消化这句话。在月色下观察他并不容易,但我想他听懂了我没有说出口的话:他做的所有事都是徒劳的,其实一切都不必发生,没有人非死不可。

我盯着他看了很久,然后转身离开,没说再见。

如果愿意的话,你可以这样描述最后一幕。夜色中,一个男人慢慢走在苏必利尔湖岸边的沙地上。这个男人就是我,一个英雄。模糊的背景中,参议员的身影渐渐远去,越变越小。周围有水波荡漾的声音,也有轻柔的风声。突然,一道仿若惊雷的爆裂声凭空炸响——那是枪声。

枪声响起时,我可能哆嗦了一下。毕竟,我也是人。

也许我顿了一下,但也只是微微顿了一下,前进的步伐几乎没有受到任何影响。

第 59 章

当然了,实际上并没有枪声。

真实的画面是这样的。几分钟后,我停在水边,低头看着左手握着的那把蒂尔曼的枪。枪管上还带着血,是尼克用它猛击参议员时留下的血迹,还混了些沙粒。我用水洗净了这把枪。

我的右手紧紧地攥着某个坚硬如石的东西。我往后收回手臂,又猛地往前一甩,把一样东西直直地掷向湖面。是那颗我原本要塞入枪膛中的子弹,我用手帕遮掩着把它拨了出来。此刻,它悄无声息地消失在了漆黑的天际。

我继续往前走,看到伊丽莎白迎面走来,阿纳冈和库珀警官和她一起。还没走到眼前,阿纳冈便开始问话。

"你刚才好像往湖里扔东西了,是什么?"

他的语气没任何不妥,但我没心情回答。等走得够近了,我把手枪递了过去,说:"是蒂尔曼的。"

他用指尖拎着它。"怎么是湿的?"

我也没有回答这个问题。"参议员在前面,你会找到他的。"我边说,边回头瞥了眼远处的岸边,"他很好,只是太阳穴上有道伤口。"

"怎么弄的?"

阿纳冈的声音尖锐起来，我突然很想朝他那张方颌大脸挥上一拳。但让我生气的，并不是他。

"他在林中跌了一跤，"我说，"你赶紧去找他吧。他想自杀。他手里有把左轮手枪，不过没上子弹。"

阿纳冈冲我皱起了眉。"天哪，他从哪儿找来的枪?"

"我们可以站在这好好讨论下这个问题。不过，在此期间，他很有可能已经让自己溺毙在湖里了。"

阿纳冈再也听不下去了，他闷闷不乐地快步往湖岸沙地走去，库珀也跟了上去。

他们都走后，伊丽莎白伸手拂过我的面颊，说："你真会跟人打交道，我最喜欢你这点了。"

他们在我刚才离开的地方找到了约翰·卡斯特布里奇。那把左轮手枪躺在他脚边的沙地上。他光着脚，走在阿纳冈身侧，一声不吭地跟着他们走了回来。库珀拎着参议员的鞋子，跟在他身后。

伊丽莎白趁阿纳冈带走参议员前，跟他说了会儿话。我待在沙地上的一个火坑边，远远地看着他们。这是个岩石围起来的火坑，里面还有些烧焦的树枝。参议员高高地仰着头，看起来无悲无喜。他没有朝我这边看。他跟伊丽莎白说了些什么，然后就在阿纳冈和库珀的带领下，离开湖岸，钻入了林中。

伊丽莎白则走回来，跟我一起在岸上坐了下来。

"告诉我他们会逮捕他。"我说。

她的回答不是我想听的，但在意料之中。"他们会把他带去医院,让人先处理一下他头上的伤口。他们不会逮捕他的,至少,今晚不会。"

"他差不多已经向我坦白了。"

伊丽莎白猛一跺脚,鞋跟陷进了沙里。"如果他是在这里等着,然后向阿纳冈坦白,那事情就好办了。无论他跟你说了什么,之后都有可能反悔。你的话虽然能指证他,但也不能把阿纳冈排除在外。他正在立案,还需要点时间。他已经拿到德拉科特的笔记和录音,不过这些应该不足以成为检察官用作起诉的证据,因为德拉科特没空去验证它们的真实性。"

"这话我可不爱听。"

"给阿纳冈一个机会吧。看看他会怎么做。"

她仰起头,感受从湖面吹来的微风。我坐在一旁,细细地打量她的侧脸。

"参议员跟你说什么了?"我问。

"都是废话。他问我的护照过期了没。"

我心不在焉地点了点头。"他也问过我。"

我凝望着一波波湖水冲上幽暗的沙地,尽力回想跟参议员的谈话,把能想起来的一切都告诉了她,包括塞子弹时我耍的那个小把戏。但她感兴趣的,却是参议员关于露西·纳瓦罗的那番话。

"这样做没道理啊,"她对我说,"他和她做交易就是为了让她放弃调查,以防她发现马修·肯尼利的事。"

"没错。"我说。

"但他没有兑现自己的承诺,对她说了些假消息。所以,他到底想得到什么?他应该知道,她早晚会发现真相。届时,任何事都无法

第 59 章 | 505

阻止她继续之前未完的调查。"

"他只是在争取时间,"我说,"他觉得等到以后就没事了,因为以后他可能就不在了。"虽然我说了这句话,但自己都觉得说不通。届时,参议员可能不在了,但肯尼利还在啊。

伊丽莎白想得比我远,说道:"他对露西开展拖延战术不是为他自己,而是为了肯尼利。所以,需要时间的那个人,肯定是肯尼利。"

她没有再说下去,反而等着我开口。

我终于反应过来。"肯尼利需要时间去更新自己的护照!"

趁伊丽莎白和卡特·单通电话时,我走到林子里捡了些看起来可以点燃的干树枝。我抱着树枝走回来,把它们在那个圆石坑里码好。

她合上电话,在我身边蹲了下来。"你要拿什么点燃它们?"

"我带了小刀,"我说,"可以找根粗点的树枝,在上面开道,再拿一根尖树枝沿着那条口子来回摩擦。"

"能行吗?"

"要不我去湖边找找,看参议员扔下的那些火柴还在不在。"

我们打着手电筒一起过去。我们用了整整半盒火柴才让火燃了起来。正坐在那盯着火苗发呆时,伊丽莎白的手机响了——是单的回电。

她听完电话后,立刻把消息告诉了我。"肯尼利的房子是空的。卡特自己开车过去的,他找了一个到现在还没睡觉的邻居。邻居告诉他肯尼利一家今天早上出发去了欧洲。卡特查过航班,是从底特律大都会机场飞往阿姆斯特丹的航线,中途在日内瓦设停。"

我想,肯尼利需要时间还有个原因。他得说服妻子举家搬迁到瑞士去。

"聪明,"伊丽莎白说,"如此一来,他就完全置身事外了。即便被指控谋杀,从理论上讲,瑞士也能引渡他。但事实上,这么做要花很多时间。只有在检察官手头握有强有力的证据时,他才会不介意这些烦琐的过程。"

我盯着袅袅升起的烟雾。"到了那个时候,就不可能会有强有力的证据了。"

我们待在火堆边,直到深夜,偶尔会聊上几句。我想知道尼克将来会怎样,伊丽莎白说她认为他会挺过来。"因为闯入德拉科特和蒂尔曼的家,他肯定会受罚,这是没办法免掉的。不过,我可以让阿纳冈多关照他。"我告诉她,一想到玛德琳会拽着尼克跟参议员去医院的画面,我就不舒服。"他们没有去医院,"她说,"我把尼克带回木屋时,她直接开车送他回家了。据我所知,他们现在应该在家里。"

虽然是件小事,我却由此想起了玛德琳·特纳。盯着眼前一根树枝在火中噼里啪啦地爆出火星,我不由想到:但愿我一直以来都错怪了她,也许她并没有真正出卖特里·多特里。

然后,我舒展身子,把头靠在伊丽莎白的腿上。她接到阿纳冈的电话,得知杰伊·卡斯特布里奇和凯莉·斯宾塞正驱车从安娜堡市赶来接参议员。一位苏圣玛丽的急诊医生已经把他的伤口缝了针。此刻,阿纳冈带着他躲在医院的一间办公室里。他受伤的消息不知怎么传了出去,哥伦比亚广播公司特拉弗斯城办事处的一名记者已经在医院外面架好了摄像机。当地报社的一名记者正在提问,而且都是些怪异又详细的问题。她想知道,参议员是不是真的在布雷姆利一间曾经属于特里·多特里父亲的木屋里待过。

"阿纳冈发飙了，"伊丽莎白说，"他问我你有没有给记者打过电话。我说你和羔羊一样无辜。"

"也许是库珀警官。"我猜测道。

"也许吧。"她说，声音里却带了些高深莫测的意味。我这才发现，我收集树枝生火的这段时间里，她竟然一直都在讲电话。

我抬头冲她笑，她伸手抚摸我的下巴。

有关参议员的事传播速度一定很快，因为没过多久，我的手机就开始震动了。我从兜里掏出手机，屏幕上闪烁着露西·纳瓦罗的名字。我能想到她会说什么：卢根，你那边出了什么事？怎么都不告诉我啊？

我任由电话转入了语音信箱。

火渐渐熄灭，伊丽莎白问我是不是该穿过林子回车上去。走之前，我脱掉鞋袜，把脚微微往湖里一探。突如其来的冰冷让我倒抽一口凉气。参议员果然没说错。

致　谢

我想说，把稿子交给艾米·艾因霍恩，就和让一篮子小猫当编辑一样，不过值得一提的是，这是一群聪慧、见解独到、宽厚慷慨的小猫。而我的文字经纪人维多利亚·斯科尔尼克，我想这样形容她：因为有她，我的南瓜变成了马车，老鼠变成了白马。艾米和维多利亚是两位你想让她们常伴左右的女子，我无比庆幸她们能成为我的左膀右臂。

同样要感谢伊凡·赫尔德、莱斯利·吉布曼、汤姆·科尔根、海瑟·康纳、马修·弗农、哈利·梅利尼茨基、兰斯·菲茨杰拉德、梅丽莎·罗兰、林赛·埃奇库姆和米克·科西亚。

最后，我要感谢我的家人。我的母亲父亲，卡洛琳和迈克尔·多兰，为了等到一本专为他们而写的书，他们等了很长时间。而我的哥哥特里和我的姐姐米歇尔，感谢他们仍然愿意等待。再及，感谢一直无条件支持我的琳达。

作者按

《全球时事》是我杜撰出来的一个报社名称,《安娜堡新闻报》则是真实存在的,至少它曾经真实存在过。2009年,《安娜堡新闻报》停刊。但在这本书里,出于自己的考虑,我一直保留着它。

另外,大湖银行和白叶公墓也是杜撰之物。在苏圣玛丽,你不会找到这两个地方。有的时候,出于情节需要,我对密歇根州的地理面貌和安娜堡市的街道地图做了一些修改。在这里简单举几个例子:我借用了密歇根上半岛布雷姆利国家公园的一部分,作为查理·多特里木屋的背景,只不过,木屋周围覆盖的森林比现实公园里的更为茂密而广袤。回到安娜堡,我把自由街上的布里奇维尔大厦放在塞瓦酒店旁边,这也是我加上去的,现实中并没有这间酒店,大厦内部服务已经十分完善。

最后,我得说说第二十三章里,参议员约翰·卡斯特布里奇这样描述他的选民们,说他们有"又黑又脆弱的小心肝",这是罗伯特·海因莱因晚期作品中出现过的话。